SE PERDRE À L'ORÉE DES SONGES

Note de l'éditeur : ce texte aborde des thématiques comme le meurtre, le deuil, l'agression physique, le viol. Sa lecture est susceptible de heurter la sensibilité de certaines personnes.

Direction des publications : Stéphanie Baronchelli, Jérôme Bernez-Binder
Suivi éditorial et maquette : Romain Allais
Correction : Maud Bataille

Conception graphique de la collection : Jeanne Mutrel, Tiphaine Rautureau
Conception de la couverture : Tiphaine Rautureau
Couverture et illustrations intérieures : Lou Choquette
Typographies : Wicked Grit – AJ Paglia ; Gobold– 7NTypes

WWW.GULFSTREAM.FR

ISSN : 2491-827X
ISBN : 978-2-38349-304-4

Gulf stream éditeur

TESS CORSAC

SE PERDRE À L'ORÉE DES SONGES

ÉLECTROGÈNE

THRILLER SF

À Philippe
Rien ne comblera jamais ton absence,
Mais on y sème de l'amour tous les jours
Pour faire fleurir des souvenirs ou des histoires
Que l'on cueille avec le sourire

CHAPITRE 1
Parfois, la mort...

Je crois que je rêve.

Quand ce doute germe en moi, je ne l'ignore jamais. Aujourd'hui, il est apparu comme un froissement discret, une sensation d'étrangeté qui m'a chatouillé l'âme.

J'avance mon pied droit sur le pavé et y pèse de tout mon poids. Je sens mes muscles encaisser la pression avant de la transmettre à mes orteils repliés au fond d'une chaussure moelleuse.

Alors, le doute se délite et la certitude s'impose : je rêve. Bien sûr que je rêve !

Le brouillard qui encombrait ma conscience laisse place à une euphorie exaltante : celle du rêveur qui se sait tout-puissant.

J'inspecte la ville abîmée, brossée autour de moi à coups de pinceau fébriles. J'ai atterri dans les méandres d'une venelle obscure, piégée par des rangées d'immeubles étriqués. Entre les gouttières se déploie un ciel opaque, d'un blanc d'os. Un plafond tangible qui brille avec la froideur d'un gigantesque néon.

Pas de doute, j'ai plongé dans l'esprit d'un mourant. Les tuiles ont dégringolé par centaines dans les caniveaux et les habitations éventrées présentent leurs voliges comme un squelette de bois. La vie a déjà fui ce coin de songe, je ne dois pas m'attarder. Si je suis là, c'est pour accomplir ma mission.

Je fouille dans ma mémoire pour exhumer mes souvenirs, enfouis sous une couche poisseuse de sommeil.

Mon rêveur a besoin de moi. D'ailleurs, je crois bien que mon rêveur est une rêveuse.

Mes doigts tremblent, ivres du pouvoir que je sens naître en moi. Ils remontent la dragonne et se posent sur ma canne, que je brandis en l'air pour en faire sauter l'embout. Mon ombrelle jaillit et s'ouvre en corolle ourlée de dentelle, soutenue par huit baleines qui s'arquent avec délicatesse. Je formule alors dans mon esprit un ordre convaincu :

Je veux que le vent souffle.

Une bourrasque phénoménale siffle entre les pavés et vient gonfler le tissu. Je plie les genoux et me lance dans un bond prodigieux qui me propulse au-dessus des toitures. Après avoir acquis suffisamment d'altitude, je me laisse flotter, comme une graine de pissenlit portée par une brise que je contrôle par la pensée.

À mesure que ma lucidité s'affûte, mes sens s'éveillent. Une odeur puissante me monte au nez. Celle des aiguilles de pin dans la terre humide. Celle des routes après une averse d'automne. Mais surtout… celle, plus puissante et iodée que les autres, de la mer.

Pendue à ma canne, j'observe le panorama grandiose qui s'étale devant moi. Cette ville épuisée n'est pas une invention de ma rêveuse. Cette ville épuisée, c'est Marseille.

Je la reconnais à ce littoral torturé, qui pince entre sa mer d'acier et ses toits rouges une bande sombre, s'étirant par endroits en longs quais audacieux. Un écheveau de rues converge sur une colline où trône la basilique de Notre-Dame-de-la-Garde. Amarrée au grand port, une flottille fantôme tend au ciel une forêt de mâts maigres. Je suis le témoin privilégié d'un spectacle époustouflant où la mort s'installe peu à peu sans que la vie ne proteste.

Ma rêveuse m'offre le reflet mourant de sa ville. Cette ville qui, si je me souviens bien du dossier, l'a vue naître. Celle qui l'a marquée au point de façonner son dernier songe.

Soudain, une ombre immense m'engloutit tout entière. Une silhouette reptilienne aux ailes pointues se dessine contre les toits troués. Je sens, une dizaine de mètres au-dessus de mon ombrelle, une présence bienvenue.

Sans réprimer mon sourire, j'ordonne aux rafales de me pousser de biais, afin de rejoindre Naomi.

— J'ai failli t'attendre ! me lance mon amie d'un ton chaleureux.

Ses cheveux drus, tondus au sabot, frissonnent dans les tourbillons d'air que brasse sa monstrueuse monture. Elle a, peinte sur son visage, l'allégresse d'un enfant dans ses premières montagnes russes.

— C'est parce que tu te précipites que tu te déconnectes une fois sur trois, je lui renvoie d'un ton railleur. D'ailleurs, je suis surprise que t'aies réussi à te cramponner à ce rêve.

Elle encaisse ma pique avec un rire franc et fait claquer ses rênes. Le reptile harnaché secoue sa tête puis me distance après avoir poussé un cri strident.

— Me fais pas le même coup que la dernière fois ! j'avertis d'un ton blasé. Évite de terroriser notre rêveuse avec ton dinosaure.

— Je te l'ai déjà dit ! Alphys n'est pas vraiment un dinosaure, c'est pas la même famille !

SE PERDRE À L'ORÉE DES SONGES

— Je m'en fiche, j'en ai assez qu'elle réveille nos hôtes. On en a déjà parlé, tu devrais changer de vecteur.

— Plutôt raccrocher ma blouse !

Naomi se retourne sur sa selle pour me servir une œillade complice.

— T'inquiète, je la garerai sur les toits, loin de notre patiente. La première à destination se fait offrir une bière !

Talonnant les flancs écailleux de son monstre, elle plonge dans un piqué qu'elle redresse juste avant de frôler les tuiles. Amusée par l'idée qu'on puisse « garer » un ptérosaure sur les toits de Marseille, je laisse Naomi prendre un peu d'avance. Elle a beau adorer Alphys, chevaucher un reptile de quinze mètres d'envergure ne va pas l'avantager.

Voyons voir… où peut bien se cacher notre hôte ?

Je m'immobilise dans les airs et parcours la ville du regard. La mer est floue, l'écume se confond presque avec le ciel. Idem pour la banlieue qui se déroule vers les causses de l'arrière-pays. Du côté des calanques, ça n'est pas mieux : les criques silencieuses ont leurs contours estompés, comme si elles m'apparaissaient à travers un écran de vapeur.

Je dois me diriger vers la zone la plus nette de cette cité suspendue hors du temps. Le vieux centre.

Je laisse les vents me pousser au-dessus des anciens immeubles et sens, à mesure que je progresse, ma vue s'affûter. Pas de doute, je chauffe. J'amorce ma descente et me pose sur une place articulée autour d'une vieille fontaine. Elle est à sec, et son fond est tapissé de feuilles rabougries. Pourtant, elle sent la pierre humide, comme si l'eau avait à peine cessé d'y couler.

De grands tilleuls ombragent des carrés de pelouse. Je m'attarde un instant sur le relief de leur écorce et le détail de leurs branches immobiles. Mon acuité sensorielle est à son paroxysme, je touche au but.

Je secoue mon ombrelle et les baleines dociles se replient à l'intérieur de la canne. Satisfaite, je pivote sur moi-même jusqu'à tomber sur une maison mitoyenne à la façade ocre, qui tranche avec les teintes sépia du reste du rêve.

Je fais tinter le heurtoir en forme d'ancre et, à travers la porte, me parvient une voix lointaine.

— Entrez !

J'actionne la poignée et m'engage dans un vestibule au plafond bas, encombré d'étagères où s'entassent des livres gondolés. Au moment de refermer le battant, je surprends l'ombre d'Alphys qui enveloppe la place. Naomi arrive pile à temps, et elle me doit une bière.

À pas prudents, j'avance jusqu'à un salon qui me frappe tant par sa chaleur que son élégance. Les murs terre de sienne sont décorés de tournesols séchés, éclairés par une unique fenêtre aux carreaux minuscules. Au fond de la pièce, un âtre rougeoie à peine et j'aperçois, cloués au linteau, une douzaine de cadres présentant des formes abstraites dont le sens m'échappe. Une huche d'osier s'ouvre sur trois baguettes qui paraissent à peine sorties du four. Leur odeur emplit tout le rez-de-chaussée. Impressionnant : ma rêveuse concentre ici toute la vie qu'il lui reste. Cette maison, *sa* maison, s'élève autour d'elle comme le dernier carré qui protège son souffle.

— Je peux vous aider ?

Ma rêveuse émerge de la cuisine, affublée d'un tablier poudré de farine. Comme la plupart des mourants âgés, elle a un visage fascinant, qui semble aussi juvénile qu'abîmé par le temps. Ses joues sont rondes et ses yeux vifs, mais son front dégarni est piqueté de taches brunes bien visibles. Sa peau pourtant lisse est binée de rides et ses lèvres étonnamment charnues ont leur coin pincé, comme celles d'une vieillarde.

— Vous êtes bien madame Navarro ? je demande avec douceur. Odile Navarro ?

La femme acquiesce, intriguée. Ses cheveux soyeux, tirés en chignon, n'arrivent pas à choisir entre le gris et l'auburn. C'est comme si, à quelques heures de la fin, elle présentait en même temps toutes les apparences qu'elle a eues au cours de sa longue vie.

— Bonjour, madame, je murmure. Je m'appelle Éole, et je suis…

La porte s'ouvre avec fracas et Naomi déboule dans la pièce d'un pas précipité.

— Navrée pour le retard, déclare-t-elle. J'ai eu du mal à trouver où stationner.

— Pas faute de t'avoir prévenue, je ricane.

Sans me répondre, elle troque son habituel air plaisantin pour une mine plus grave, et salue à son tour notre rêveuse :

— Moi, c'est Naomi. On est là pour vous aider. Quel âge avez-vous, madame Navarro ?

— Quatre-vingt-quatre ans, pourquoi ?

— Je veux m'assurer que vous êtes bien lucide. Vous avez des enfants ?

— J'ai deux garçons. Loïc et Guillaume.

— C'est parfait. On va pouvoir commencer l'entretien. Vous voudrez peut-être vous asseoir avant qu'on démarre.

Époussetant son tablier, Odile s'installe sur le gros canapé qui fait face à la cheminée. Elle ramène un plaid effrangé sur ses genoux et dirige vers nous un regard plein d'inquiétude. Naomi s'assied par terre, sur la carpette à longs poils. Elle me fait signe de prendre le relais, car elle me sait plus à l'aise dans cet exercice délicat. Je prends place à côté de ma rêveuse et saisis sa main fragile.

— Madame, je murmure. Je suis désolée, mais vous êtes en train de mourir.

La rêveuse se ratatine un peu sur place, son œil se promène dans la pièce comme pour y débusquer du sens.

— Mourir ?

— Oui. Votre infirmière vous a trouvée inconsciente à votre domicile. Plongée dans un coma vraisemblablement dû à une anémie sévère. Vous avez été conduite au CHU de Montpellier et vous vous trouvez actuellement en réanimation. Est-ce que vous comprenez ce que je dis ?

Odile hoche la tête et ses doigts s'emparent de mon poignet. Elle serre fort.

— Vous êtes… des anges ? bredouille-t-elle. Des anges en blouse bleue ?

— Non. Nous sommes des onironautes assermentées. Notre travail est d'explorer les rêves des mourants pour obtenir des informations que réclament la famille ou le corps médical. Actuellement, madame Navarro, vous rêvez.

Une secousse ébranle la maison, faisant frémir les abat-jour et sonner les assiettes dans le vaisselier. Je n'ai pas peur qu'Odile prenne conscience de son état : contrairement aux rêveurs en bonne santé, elle ne peut pas se réveiller. Impossible que ce songe-là se déchire. Je laisse à la patiente le temps de digérer l'information, puis enchaîne d'un ton doux :

— Loïc et Guillaume sont à votre chevet. Ils ne sont pas d'accord concernant vos directives de fin de vie. L'un assure que vous ne voulez pas de mesure héroïque et souhaite que l'on vous laisse partir. L'autre veut tout tenter pour vous garder parmi nous. Même si ça implique de vous maintenir sous respirateur, raccordée à une batterie de machines pendant une durée indéterminée. Une durée pendant laquelle vous pourrez continuer à rêver, comme vous le faites actuellement. Nous avons besoin de savoir ce que vous désirez.

Notre hôte frémit et se terre un peu plus sous le plaid. Elle reste digne, pourtant, avec ses prunelles limpides et sa poigne déterminée sur mon bras.

— Je… Je ne veux pas être un légume…

Elle bat des cils en remâchant cette phrase avec un air hébété. Puis elle annonce d'un ton plus ferme :

— Je ne veux pas rester seule ici. Je ne veux pas.

— Entendu. Votre décision sera respectée.

— Est-ce que vous avez des choses à nous dire, madame ? demande alors Naomi. Des paroles que nous devons transmettre à vos proches ? Un souhait, peut-être ?

— J'aimerais revoir mes enfants. Et mes petits-enfants… Vous pensez pouvoir les emmener ici ?

— C'est impossible. Seuls les assermentés ont les compétences nécessaires pour s'immerger dans le rêve d'autrui.

— Oh. Dans ce cas…

Elle drape la couverture sur ses épaules et traverse le salon d'un pas gauche, avant de s'immobiliser face à la cheminée. Les formes abstraites piégées dans les cadres se sont changées en portraits bien distincts.

— J'aimerais que vous disiez à mes fils que je les embrasse très fort. Que je serai bien aux côtés de mon Jean-Jean. Vous pouvez ajouter qu'ils me manquent déjà…

— Vous leur manquez aussi, assure Naomi. Ils se relaient auprès de vous sans trêve.

— … et que j'ai caché deux kilos de résine de cannabis quelque part dans la maison.

— Quoi ?

— C'est… enfin, *c'était* à usage thérapeutique, pour mon arthrite, évidemment.

Naomi est saisie d'un grand rire qui fait basculer sa tête en arrière.

— Bien sûr ! s'amuse-t-elle.

— Vous… Voulez vraiment qu'on leur dise ça ? je m'esclaffe.

— À moins que vous n'ayez pas le droit, oui ! Ça leur fait cinq savonnettes chacun.

Elle n'a pas l'air de délirer. Au contraire, elle semble plus authentique que jamais, avec sa dégaine espiègle de mamie fière de son coup. Cette annonce saugrenue a chassé l'angoisse de son visage hors d'âge. J'enchaîne, sur un ton rieur :

— C'est vrai, ou vous nous menez en bateau ?

— Vous n'avez pas besoin de le savoir. Et eux non plus ! Au moins, je suis sûre que la maison sera rangée de fond en comble.

Elle attrape un portrait cloué au-dessus de l'âtre et le contemple pendant de longues secondes, empêtrée dans des émotions dont elle peine à se dégager.

— Est-ce que ce sera tout, madame Navarro ? je glisse en m'approchant.

— Je crois que oui. De toute façon, ça ne servirait à rien de supplier ou de pleurer, si ? La mort se fout de mes états d'âme.

— Je pense que vous ne devriez pas vous empêcher de pleurer. Vous préférez qu'on vous laisse seule ?

La rêveuse opine doucement.

— Alors nous allons rentrer. Merci pour ces instants.

Naomi bondit sur ses pieds, serre la main d'Odile, puis s'éloigne en silence. Sa blouse bleue disparaît dans le vestibule et j'entends la porte grincer. Une brise fraîche, qui sent la pluie et le vieux port, s'engouffre dans la maison.

— Merci à vous, Éole. Je…

Avec hésitation, elle chiffonne un pan de son tablier.

— Je crois que vous êtes vraiment des anges.

Elle se signe discrètement puis, sans rien ajouter, se retranche dans la cuisine. La gorge serrée, je rejoins Naomi qui s'est plantée sur le pavé. Elle fixe le ciel opaque en passant une main devant sa bouche. Je crois que des larmes ont roulé sur ses joues sombres.

— On fait un sacré métier, hein ? me dit-elle.

Elle soupire et me gratifie d'un coup de coude.

— Je te dois une binouze, du coup.

Elle se place dans mon dos et glisse les bras sous mes aisselles.

— Allez, ramène-nous à la base ! s'exclame-t-elle.

— Alphys va se sentir délaissée.

— Elle sait que je préfère quand c'est toi.

Je déploie mon ombrelle lorsqu'une rafale nous emporte au-dessus de la ville. Nous fusons à toute vitesse vers le plafond-ciel. Nos blouses tressautent et mes cheveux déchaînés noient le visage de ma partenaire. Quand je sens que nous approchons l'ultime frontière du rêve, je prends une grande inspiration et… lâche prise.

Rugissant sa joie à plein coffre, Naomi me repousse et étale les bras à la façon d'un parachutiste. Elle savoure le plongeon en multipliant les pirouettes. De mon côté, je tends les mains loin devant moi et pique tête la première vers le sol. Une sensation grisante m'avale tout entière. Mes tripes remuent, tassées contre un cœur drapé d'adrénaline.

Parfois, la mort…

Voilà encore une mission qui me rappelle que parfois, la mort sait être belle.

En quelques secondes à peine, je m'écrase contre les tuiles. Et ma conscience est broyée en même temps que mon corps onirique.

CHAPITRE 2
Ptérodactyle

Je repousse l'édredon au fond du lit et tâtonne pour trouver la lumière. Le plafonnier s'allume et dévoile les murs austères du minuscule envoloir 113-B. Je me débarrasse de mes électrodes puis, encore engourdie, m'étire pour attraper ma prothèse tibiale. D'un geste mécanique, je la talque et l'enfile sur mon moignon. Cette fois, c'est sûr, je suis bien réveillée. Je saisis ma canne et me traîne jusqu'à la patère pour attraper ma blouse bleu ciel – que l'usage populaire commence à remplacer par un poétique « bleu rêve » – ainsi que mon pantalon du CHU trop large. Je bataille un peu au moment de passer ma jambe droite, puis serre une ficelle autour de ma taille, en guise de ceinture.

Une infirmière toque à la porte et, sans attendre ma réponse, passe la tête par l'entrebâillement :

— Éole ? Le greffier est prêt.

— Merci. Je suis là dans une minute.

Par la grande vitre rectangulaire, j'aperçois madame Navarro. Raide sur le sommier, elle paraît bien petite par rapport au fatras de câbles et de tuyaux qui rampent sur son corps. Les fauteuils repoussés dans un coin sont vides. Loïc et Guillaume ont dû partir il y a un moment. De l'autre côté de ma rêveuse, derrière sa propre fenêtre, Naomi s'active. Elle a ramassé ses affaires et part déjà pour le compte rendu. Je me hâte donc et éteins mon joncteur avant de refermer la mallette blanche dans laquelle il est enchâssé. Je désinfecterai les électrodes plus tard. Attaché-case en main, j'emboîte le pas à l'infirmière qui me conduit au cabinet B, juste en face de la chambre 113. Naomi, elle, a déjà filé dans le cabinet A. En pénétrant dans le bureau, je tombe sur un vieux greffier hospitalier aussi amer que guindé. Quelle poisse ! C'est à mon tour de me coltiner Christian Richard, solide candidat à la palme du type le moins amène de l'hôpital.

— Bonsoir, docteur Geist.

— Bonsoir monsieur.

— Notre débriefing concerne madame Navarro Odile, quatre-vingt-quatre ans. En coma profond aréactif depuis quatre jours. Vous avez ses étiquettes ?

— Les infirmières vous les ont déjà transmises.

— C'est à vous de me les communiquer avant votre envol. Ne commencez pas à déléguer les tâches élémentaires en imitant vos jeunes confrères médecins qui croient que tout leur est dû.

Je déteste sa suffisance de col blanc qui juge mon travail sans le comprendre. J'ai besoin du dossier pour calibrer mon joncteur, comment est-ce que je pourrais le lui transmettre *avant* l'envol ? Je n'ai pas que ça à faire, de m'ajouter un aller-retour avant chaque immersion. Je ravale une réplique cinglante et réponds plutôt :

— Navrée, ça ne se reproduira plus.

— Je n'en doute pas.

Il se tourne vers l'écran de l'ordinateur et pianote avec une lenteur exécrable sur le clavier. Il allume ensuite le dictaphone pour débiter sa litanie habituelle :

— Vous êtes entendue aujourd'hui, mercredi 6 octobre 2038, pour un Rapport d'Envol et de Vérification des Éléments. Les questions que je vous poserai seront comparées à celles que nous fournira votre partenaire, la docteure Guzo, afin de confirmer l'authenticité de votre témoignage et confirmer la valeur légale de vos déclarations. Commencez par me décrire le rêve.

— Il s'inspirait de Marseille. L'ambiance était grise et la ville dans un sale état, comme après un bombardement.

Pendant de longues minutes, je cherche les mots qui rendraient justice au tableau poignant que nous a offert madame Navarro. Traits fermés, Richard reporte ce que je lui raconte sur le dossier informatique.

— Vous avez rencontré des personnages de rêve qui ont interféré avec votre mission ?

— Non, pas de PR. Pas avec un coma aussi profond.

— Classe du rêve ?

— Type cinq de Duberger. Avec une bonne matrice, compte tenu du contexte.

— Avez-vous rencontré la rêveuse et engagé une discussion avec elle ?

— Sans aucune difficulté.

— Avez-vous abordé les questions requises par le comité d'éthique ?

— Oui. Madame Navarro refuse l'acharnement thérapeutique.

— Était-elle lucide et orientée au moment de formuler ce refus ?

— Nous nous en sommes assurées.

SE PERDRE À L'ORÉE DES SONGES

— Bien. Parlez-moi du rêve.

Paupières closes, je laisse les souvenirs émerger et me ramener dans cette ville aux abois. Puis… je raconte. Avec une voix ternie par la conviction que ce greffier ne comprend rien à ce que je débite. C'est peut-être ma faute : je peine à donner à mon récit le poids qu'il mérite. Je suis incapable d'exprimer la puissance avec laquelle Odile se tenait là, face à moi et face à l'évidence de sa mort. Ça me frustre. Pour Richard, notre patiente est un dossier au sommet de sa pile. Une formalité à régler pour tenir à distance les molosses du département d'éthique. Pour lui, ma rencontre avec madame Navarro n'était qu'un rêve. Pour moi, c'était bien plus que ça. J'aimerais expliquer tout ce que sont ces petits vieux qu'on console à l'orée de leur fin. Mais personne ne comprendrait, bien sûr. Ce qu'on vit dans la tête de nos rêveurs n'a cette intensité que pour nous.

— Docteur Geist ?

Odile n'est pas un cadavre en sursis. Pas plus que ne l'était…

— Vous vous sentez bien ?

Richard me dévisage, menton reposé sur le dos d'une main. Mes lèvres s'écrasent l'une contre l'autre, en une moue que j'aurais préféré retenir.

— Ça va.

Le greffier n'est pas convaincu. Son index remonte sous son nez et se fige là quelques secondes.

— C'est la fatigue, j'argue presque pour me défendre. À quatre heures trente du matin, normal que je sois à côté de mes pompes.

— Ça va faire un an, non ? Je me souviens que vous avez arrêté de travailler à cette période, l'automne dernier. Vous voulez parler un peu ?

Je me raidis contre le dossier de ma chaise. Il est rare que la gangue sévère de Richard se fissure. D'ordinaire, il est plus prompt aux remontrances qu'aux marques de compassion.

— Je préférerais qu'on continue l'interrogatoire.

— J'ai les informations dont j'ai besoin. Je peux peut-être vous donner le numéro de notre psychologue ? Elle est arrivée pendant l'été et est formée pour répondre aux cas comme le vôtre.

Richard fouille un instant dans un porte-vue et en tire une carte qu'il me tend.

— C'est fréquent, de s'oublier soi-même à force d'aider les autres. Vous ne seriez pas la première soignante en bout de course alors... tentez le coup. Je suis sûr que les petites lacunes dans votre travail seront gommées dès que vous irez mieux.

— Merci.

Richard tend la main vers la porte pour me signifier la fin de l'entretien. Je quitte le cabinet d'un pas pressé, pour fuir cette sollicitude qui me perturbe autant qu'elle me touche. Je glisse la carte au fond d'une poche, où je l'oublierai sûrement. Ici encore, le greffier se heurte à l'incompréhension de mon travail. Je ne peux pas vider mon sac chez une psy. Mon inconscient secoué risquerait de me jouer des tours lors de mes prochaines immersions.

Je remonte le couloir, bien décidée à rejoindre le dortoir des internes pour y terminer ma nuit.

— T'as déjà fini ? Alors que t'as écopé de Richard ?

Naomi trottine jusqu'à moi, ballottant son joncteur sur une épaule. Une fois à mon niveau, elle se calque sur mon allure.

— C'était une belle virée, me souffle-t-elle. On va boire un café pour tenir jusqu'au matin ?

— Sympa de proposer, mais je voudrais dormir un peu.

— On se retrouve en amphi, alors. Je te paierai ta bière ce midi.

— Plutôt ce soir. J'ai des trucs à faire.

Je n'aime pas laisser Pilou seul à l'appartement pendant mes gardes et l'idée de lambiner davantage ne me séduit pas. J'aimerais au moins manger avec lui.

— Je préférerais qu'on y aille après le cours du matin. Tu penses que c'est jouable ?

Si c'est si urgent… je suppose que mon frère pourra se débrouiller quelques heures de plus.

— D'accord, mais je veux pas m'éterniser.

— Merci.

Naomi bascule la tête sur le côté avec une grimace. Elle mâchonne l'intérieur de sa joue, puis lâche d'un ton pesant :

— J'ai un truc à t'annoncer.

Je me fige sur place et, perplexe, l'observe disparaître à l'angle du couloir. Sans m'offrir plus d'éclaircissements, elle a filé vers la salle de repos pour faire le plein de caféine. Étrange, ça ne lui ressemble pas de fuir après avoir dégoupillé une grenade pareille.

Je n'ai pas le cœur à pousser l'investigation plus loin, alors je me dirige vers le dortoir. Mes années d'exercice ont affûté chez moi une espèce de sixième sens. La capacité presque prémonitoire à deviner ce que m'offrira mon cerveau une fois mis en sommeil.

D'ici l'aube, je serai plongée dans un de ces rêves blancs et effilochés. Ceux qui ne font plus grand sens, où les choses sont des brumes et les gens des ombres. Un songe malade, un peu comme ceux que je partageais avec maman avant qu'elle ne s'éteigne.

*

D'un bond, Naomi s'assied sur le bureau et abat ses mains sur ses genoux.

— Vous comprenez l'idée ? La matrice du rêve compte deux aspects. D'abord, la partie « essentielle » qui est celle que vous pourrez contrôler. Par opposition à celle dite « stochastique » qui se rapporte à l'inconscient. Que vous soyez le visiteur ou l'hôte, c'est la même chose : il y aura dans les environnements oniriques des choses que vous pourrez maîtriser et d'autres qui vous échapperont.

Une vingtaine d'étudiants s'activent sur autant de tablettes qui forment, ainsi alignées, une guirlande lumineuse qui serpente dans le minuscule amphithéâtre. Il n'y a pas à dire, Naomi sait comment happer son public. Les jeunes externes boivent ses paroles sans oser l'interrompre, pas un seul ne semble s'être découragé malgré les deux heures qui se sont déjà écoulées.

— Il y a deux types d'assermentés. Ceux qui craignent les aléas stochastiques et ceux qui voient ça comme l'intérêt même des voyages oniriques. Les premiers sont en général obsédés par le contrôle et…

— … et les seconds ont la fâcheuse tendance à se déconnecter pour rien, je coupe en m'avançant sur le devant de l'estrade.

Les rires frissonnent et je sens l'attention se braquer sur moi. Je presse sur la télécommande pour lancer l'animation que j'ai intégrée au diaporama sans en avertir ma partenaire : un petit personnage insouciant s'avance jusqu'au milieu du tableau, avant d'être dévoré par un ptérodactyle tout droit sorti d'un cartoon. Le bruitage ridicule soulève cette fois une franche hilarité. Naomi se tourne vers moi, surprise et amusée. Elle s'apprête à protester, mais je lui coupe l'herbe sous le pied :

— Avoir un animal comme vecteur onirique, c'est se reposer sur la matrice stochastique. Dans le cas de son ptérodactyle, il est partiellement incarné par son inconscient. Et le jour où son inconscient ne sera pas d'humeur, le gentil dinosaure aura tôt fait de gober sa rêveuse. D'où l'intérêt de trouver un moyen de transport sûr, que vous pouvez contrôler facilement sans perdre votre lucidité.

Au premier rang, une étudiante lève le nez de sa tablette et réclame la parole. Je jette un coup d'œil à l'écran encastré au milieu du bureau pour lire le plan de classe.

— Oui, Maria ? je lance, en même temps qu'un sourire.

La jeune externe, qui entortille sa natte autour d'un doigt songeur, se tourne vers Naomi.

— Pourquoi un ptérodactyle ?

Les derniers rires se tassent, laissant place au silence gourmand du public à l'affût de sa réponse. Ma partenaire bombe le torse et se laisse glisser du bureau, emportant avec elle le sac de toile posé sous le micro en col-de-cygne.

— Parce que la vie est trop courte pour ne *pas* chevaucher de ptérodactyle.

Elle savoure les exclamations frivoles que sème son adage. En préparant nos cours, nous avons décidé de ne pas nous enfermer dans une ambiance trop sérieuse. La routine d'onironaute est éreintante et il est essentiel que nos futurs confrères ne soient pas rebutés par cette proximité avec la mort. Ni par le poids de l'administratif qui douche l'enthousiasme des néophytes. Notre rôle, en tant que membres de la promotion pionnière, est d'entretenir la passion de ces apprentis rêveurs. Dans cette mission-là, l'humour est une arme. Voilà pourquoi Naomi, après avoir farfouillé dans sa besace, enfile un serre-tête rose à crinière, affublé d'une corne torsadée. Elle s'installe au bord de l'estrade et balance joyeusement ses jambes dans le vide.

— J'ai un ptérodactyle, mais tu as le droit d'imaginer une licorne. Ou un jet-pack. Certains ont juste à tendre le poing pour s'envoler façon Superman… Tu as une totale liberté. Je me ferais bien une soupe de galets, moi, tiens !

Les étudiants échangent des murmures désarçonnés, ils ne savent pas s'ils sont censés rire à cette démonstration grotesque. Le concept même de « soupe de galets » est à lui seul particulièrement aberrant. Seule Maria, au premier rang, semble flairer le piège tendu par Naomi. Elle fait vriller un index contre sa main opposée, comme si elle espérait qu'une phalange plonge au travers de sa paume.

— Bien joué, je lui lance. Tu peux expliquer aux autres ce que tu fais ?

La jeune femme tourne la tête vers les gradins supérieurs, un brin embarrassée.

— Je… fais un test de réalité. En rêve, mon doigt peut s'enfoncer dans ma peau, comme si mon corps n'avait plus la même cohérence.

— Bingo ! s'exclame Naomi, sans se débarrasser de son serre-tête ridicule. Un TR ! Voilà le réflexe que je veux que vous acquériez tous au cours des prochaines semaines. Vous allez bientôt commencer vos envols partagés, il faut que vous soyez rodés et que vous sachiez recourir au TR dès que vous avez le moindre doute.

Elle glisse la main au travers de son col pour y attraper son cordonnet auquel pend un sifflet de fer-blanc.

SE PERDRE À L'ORÉE DES SONGES

— À chacun son astuce pour démêler le rêve de la réalité. Certains utilisent un objet fétiche, qu'on appelle un « témoin ». Ça, c'est le mien. J'ai enlevé la bille de ce sifflet de sorte que, dans la vraie vie, il soit impossible d'en tirer le moindre son. En songe, par contre… on l'entend à des kilomètres. Dès que je sens que quelque chose cloche, il me suffit de souffler là-dedans, et je suis fixée.

Elle porte l'instrument à ses lèvres pour illustrer ses paroles. Plutôt qu'un bruit strident, c'est à peine un murmure qui s'échappe du biseau.

— Je suis dans le monde réel. Vous devez garder en tête cette question cruciale : *Est-ce que je rêve ?* Elle doit rester plantée dans un coin de votre esprit, à toute heure du jour et de la nuit.

Le voisin de Maria lève la main. Il porte sur lui la fascination du débutant qui trépigne à quelques jours de ses premiers rêves de groupe. Cet émerveillement naturel qui donne du sens à nos cours.

— C'est quoi ton témoin, Éole ?

La question, aussi innocente soit-elle, me hérisse. Elle tombe comme un grain de sel sur une plaie mal fermée. J'ai honte de cette détresse qui émerge dès que je me rappelle ce qui fait de moi une onironaute aussi efficace. Je me crispe sur la poignée de ma canne et grime un sourire sur mon désarroi.

— Moi, je triche un peu.

Je dévisage l'étudiant, résolue à l'honnêteté que je me dois autant qu'à lui.

— En rêve, j'ai toujours mes deux jambes.

CHAPITRE 3
Déluge

D'instinct, je frappe du pied contre le carrelage travertin. Quelques clients installés aux tables voisines se retournent et laissent peser sur moi leur agacement. J'ignore leur jugement, toute à mon malaise : j'ai senti l'emboîture de ma prothèse buter contre ma cuisse. Je suis dans le monde réel.

Pourtant, et c'est un sacré signe d'appel, Naomi n'ose pas croiser mon regard. Elle balade un doigt soucieux autour de sa pinte dont la mousse s'efface au fil des minutes. D'ordinaire, elle s'empresse d'alpaguer un serveur pour commander l'assiette la plus généreuse de la maison, mais aujourd'hui… J'ai dû mal comprendre ce qu'elle vient de m'avouer. C'est forcément un malentendu. D'une pichenette, je repousse le dessous de verre qui affiche le QR code de la carte. Il glisse jusqu'à la corbeille de pain et ricoche jusqu'au bord de la table, avant de basculer sur les genoux de Naomi. Ma partenaire scrute toujours sa bière, et ça n'est pas pour me rassurer. J'ose alors, d'une voix cassée :

— Je suis pas certaine d'avoir saisi.

— On m'a fait une offre il y a une dizaine de jours. Je quitte l'hôpital à la fin de la semaine.

Je m'attends à voir les murs du restaurant s'effondrer et le sol m'engloutir. En rêve, un choc pareil m'aurait réveillée. Mais pas ici. Je suis coincée dans ma chair, sans échappatoire.

— Mais... les cours ?

— C'est toi qui es payée pour animer les amphis. Moi, je suis là en bénévole.

— Et nos patients ?

— On te trouvera un partenaire encore plus extra que moi. Ne t'en fais pas. En plus, avec un peu de chance, je reviens l'an prochain.

Elle s'accorde une timide gorgée de bière, puis cheville enfin ses yeux aux miens.

— On m'a fait une proposition exceptionnelle. Ce sera un bond formidable dans ma carrière.

— On embauche toujours les onironautes par paire. J'y crois pas... On bosse ensemble depuis le début de notre externat, on a mis des années à construire cette synergie !

— Il n'y a qu'un poste à pourvoir.

J'aimerais l'écouter, mais je n'y parviens plus. Ce qu'elle me raconte n'a aucun sens. Quand bien même un employeur n'aurait eu besoin que d'un rêveur assermenté... pourquoi contacter Naomi plutôt que de partager une offre publique ? Pourquoi elle, alors que son excentricité et son insouciance l'ont conduite plus d'une fois à la déconnexion ? Si sélection il y a eu, elle ne s'est certainement pas faite sur la base de nos statistiques individuelles.

— En t'embauchant, ton nouveau patron casse le binôme le plus performant de la région. Ça doit être un job de première importance.

J'ai du mal à doser l'ironie, et mes phrases sortent plus effrontées que ce que j'aurais souhaité. Naomi a dû bénéficier d'un sacré piston. À moins que le problème soit ailleurs.

— Je suppose que t'as pas le droit de m'en parler plus en détail ?

Plutôt que de répliquer, Naomi émiette un quignon de pain qu'elle se met à grignoter. J'en profite pour insister :

— Je savais pas qu'il y avait plus essentiel que nos patients.

— Joue pas à ça.

— C'est juste que je ne pige pas ce qui se passe. Quel genre d'emploi exigerait en deux semaines la mutation d'une assermentée, sans sa partenaire par-dessus le marché ? Ça ne veut rien dire.

Je porte mon verre à mes lèvres, mais le repose à la première gorgée. La bière a, sur mon estomac en pelote, l'effet d'une mélasse indigeste.

— Enfin… je vois bien une explication, je commente avec un rictus. Mais elle me dégoûte tellement que je préfère la mettre de côté.

D'un geste fébrile, Naomi tripote son sifflet et le porte à ses lèvres. Elle tente un TR. Au fond, elle non plus ne croit pas à l'absurdité de cette situation. Ma colère est aussi improbable que son aveu.

— À quoi tu penses ? grogne-t-elle.

Je laisse les secondes filer, le temps de trouver la bonne formulation. Mais il n'y a aucun moyen diplomate de proférer l'accusation qui me démange. J'empoigne ma canne allongée par terre pour me donner de l'aplomb.

— Peut-être que ton employeur ne voulait pas d'une rêveuse éclopée.

Ma partenaire me dévisage, incrédule.

— Ça n'a rien à voir.

— Tu n'as aucun moyen de le savoir.

— Mon profil correspondait à ce qu'ils cherchaient, c'est tout. Pour cette mission-là, on a besoin de mes compétences et de ma personnalité. Pas de mes statistiques d'envol. Les chiffres, la performance, ça ne fait pas tout. Tu devrais commencer à l'accepter.

Piquée au vif, je repousse ma chaise et me redresse. Je glisse mon smartphone contre le terminal, à l'extrémité de la table, pour régler l'addition.

— C'est moi qui devais t'inviter, soupire Naomi.

— Considère que c'est pour fêter ton nouveau boulot.

— On peut gérer ça en adultes, essaie de te calmer, s'il te plaît.

— Je suis désolée. C'est trop brutal.

— Je sais.

Bien sûr qu'elle sait. Voilà pourquoi elle n'insiste pas lorsque je me presse jusqu'à la sortie de la brasserie et plonge dans l'animation du centre-ville. J'ai besoin de temps pour digérer cette nouvelle, si pénible pour elle… et si désastreuse pour moi. Elle a raison : je vis pour mon travail et mes performances. Me séparer de Naomi, c'est mutiler un bout de moi. C'est… un cauchemar. Un cauchemar dont, cette fois, je suis incapable de me réveiller. Elle s'en va bientôt, et de son plein gré. Je vis ça comme une trahison.

Je remonte une allée aux platanes échevelés, pianotant sur mon portable pour appeler une voiture. Un ciel lourd, presque aussi épais que celui du rêve de madame Navarro, paraît entre les feuilles rousses. La météo annonce un gros orage dans l'après-midi. Le genre de tempête qui change les rues en pataugeoires. C'est un temps à se blottir sous un plaid avec

Pilou, en regardant un de ces films-doudous qu'on savoure en même temps qu'une bonne boisson chaude.

Une Tesla blanche, souriant de toute sa calandre en demi-lune, s'immobilise devant moi sur la voie de bus. La porte coulisse, m'invitant dans un habitacle cossu habillé de surpiqûres bleues. Je scanne le code-barres affiché sur le vaste écran de bord, puis énonce mon adresse. Un jingle enthousiaste retentit, signifiant le début de la course. Le moteur émet un discret sifflement et bien vite, je suis emportée dans le fabuleux et incohérent dédale routier qui irrigue le centre de Montpellier.

Seule dans ce cocon de ferraille, je lutte pour retenir mes émotions qui menacent de déferler à grosses larmes. C'est idiot, car il s'agit bien du seul moment de la journée où je peux me permettre de pleurer sans que quiconque me juge.

En moins de dix minutes, je suis débarquée devant le parvis de mon immeuble. Je passe sous les deux marronniers qui composent un beau treillage automnal avec leurs branches torturées. Je m'engouffre dans l'ascenseur et, une fois au troisième étage, me réfugie dans l'appartement.

Un météore aux cheveux en pagaille fuse dans ma direction et freine des quatre fers juste avant de me bousculer.

— T'es rentrée avant la tempête ! s'égaye Pilou en écrasant un baiser sur ma joue.

Je pends ma canne à son crochet, puis jette un œil à la fenêtre du salon, où de fines gouttes commencent à crépiter.

— C'était moins une, oui. Tu t'es pas trop ennuyé tout seul ?

— Comme d'hab'. J'ai survécu en piquant tes jeux vidéo. T'as fini tes gardes de la semaine ?

— Je suis libre comme l'air jusqu'à lundi prochain. T'as mangé ce midi ?

Pilou acquiesce et me suit jusqu'à la cuisine. Je contemple les étagères avec appétit.

— Moi non. Alors qu'est-ce que tu dirais d'une assiette de bananes flambées pour le dessert ?

— Avec de la chantilly et un chocolat chaud ?

— Tu lis dans mes pensées. T'as le droit de choisir le film de l'aprèm'.

Mon petit frère s'adosse au plan de travail et cogite un instant. J'ai à peine le temps d'attraper la panière de fruits qu'il s'exclame :

— *Jurassic Park* ! On peut se faire toute la série ?

J'ignore le pincement au cœur que sa réponse suscite en moi et agite nonchalamment la main.

— Installe-toi, j'arrive.

Je me demande ce que les gens trouvent à ces fichus reptiles pour en être à ce point férus. Je m'empare de la poêle et de la bouteille de grand marnier. Peu importe que les dinosaures de la saga me fassent penser à Naomi. Le sourire de mon frère vainc tous les maux du monde.

CHAPITRE 4
Sortir de l'impasse

— Je t'aime, ma puce. De tout mon cœur.

Maman étend les jambes, donnant encore plus d'amplitude à son mouvement de va-et-vient. Les chaînes de la balançoire couinent. Les deux soleils jumeaux, qui bataillent pour le zénith de cet étonnant ciel rose, jettent sur le portique des éclats doux qui glissent sur le métal comme sur ma peau. Pourtant, il neige sur le désert. Des flocons tièdes valsent et nous effleurent parfois, avec la délicatesse de petites plumes.

— Tu n'es pas censée être là, je chuchote.

— Pourquoi pas ? C'est à ton tour de me prêter tes rêves.

— On est pas chez moi, là. C'est le rêve d'un patient, je devrais pas…

— C'est du pareil au même. Tu as besoin de moi, surtout en ce moment.

Mon cœur se serre, déversant en moi un flot d'émotions lancinantes. J'ai honte de l'admettre, mais ses mots, si faux et pourtant si sincères… me font du bien. Ils sont un fil de soie qui rapproche les berges de la plaie géante qu'a ouvert le départ de Naomi. Maman est morte, mais elle est là, tout près de moi. Avec tous ses cheveux, sa poitrine intacte et ses joues rondes épargnées par la chimio. Je peux l'entendre et la toucher. En inspirant à fond, je flaire même cette odeur suave, de santal et d'iris, qui collait aux murs de sa chambre. Celle qui m'a poussée à remettre les heures de ménage aux calendes grecques. J'avais si peur qu'elle disparaisse, cette odeur. Qu'elle s'évanouisse en même temps que le souvenir de ma mère. Je craignais d'oublier sa présence fière, son sourire de louve… ou ces yeux pers, qui disaient toute leur férocité.

— Il y a des choses que tu dois mettre en ordre, me dit-elle.

Je lance mes pieds en avant pour grimper, moi aussi. J'accorde mon balancier au sien, me poussant vers le haut jusqu'à ce que les chaînes se détendent et que je me sente chuter en arrière. Mon cerveau est un champ de ruines. Maman… pourtant si réelle à côté de moi, n'est qu'un Vestige. Un fantôme que mon inconscient ressuscite pour combler le vide en moi. Je porte au loin mon regard, embrassant ce paysage étrange aux dunes écarlates sur laquelle la neige se dépose en silence.

— Je sais que j'ai du chemin à faire.

— Tu n'oses pas toucher à tes souvenirs parce que tu crains que ça mette ton travail en péril ?

Cette maman-là sent les choses avec une lucidité qui échappe à tous les autres parents. Aujourd'hui encore, elle frappe juste. J'acquiesce, et elle n'insiste pas.

— Où est ta partenaire ? demande-t-elle plutôt. Je croyais que vous vous envoliez toujours à deux.

— Elle doit se promener quelque part dans le désert. Je lui laisse le temps d'apprivoiser la matrice.

Pour peu qu'elle arrive à reconnaître qu'elle se trouve dans un rêve. Maria, en bonne première de classe, est bourrée d'assiduité… mais elle manque d'intuition. Elle n'a pas cet instinct propre aux onironautes de première génération, sélectionnés pour leurs prédispositions plutôt que pour leurs résultats à des concours universitaires. Il lui faudra du temps avant de naviguer au travers des songes comme ses aînés.

— Je pense qu'il faut que tu la retrouves, me murmure maman.

— Reste encore un peu, s'il te plaît.

Ma requête, presque supplique, meurt sans recevoir de réponse. Lorsque je la croise à nouveau, la balançoire est vide. Son élan s'affaiblit peu à peu, dans un tintement ténu qui persiste jusqu'à ce que les chaînes s'immobilisent. J'ouvre alors la paume pour y attirer ma canne jusqu'ici plantée dans le sable. Je m'empare du pommeau, déploie mon ombrelle… et profite d'une dernière poussée pour m'envoler.

D'étranges coraux hérissent l'erg[1] à la façon de cactus biscornus. Sous la neige, ils ressemblent à des Père Noël maigrichons, figés dans des poses grotesques. Un bataillon de petites silhouettes au capuchon pâle et aux bras tordus. Au milieu du sable et des flocons, je repère un minuscule morceau de bleu. La blouse de mon infortunée binôme, qui promène sa mine hagarde d'une dune à l'autre. Je me laisse planer dans sa direction, puis atterris devant elle.

— T'es avec moi ? je m'enquiers avec douceur.

La jeune femme me contourne et s'approche d'un corail qu'elle considère avec émerveillement. Elle en brise une branche, qu'elle porte à sa bouche et mastique comme une

1. Désert de dunes dont le sable superficiel est sans cesse remodelé par le vent.

canne à sucre. De toute évidence, elle ne se doute de rien et flotte au travers de la matrice sans y enraciner sa conscience. J'enchaîne, pour provoquer une réaction :

— Tu peux me citer les quatre facteurs de Nehmann ? Ceux qui précipitent la perte de lucidité dans un rêve !

— La sensation de chute, l'asphyxie, une émotion trop intense et l'aveuglement, débite-t-elle du tac-au-tac.

Se désintéressant de sa drôle de friandise, elle ramasse une poignée de neige qu'elle passe sur son visage avec un air extatique. Elle a beau m'avoir répondu par automatisme, elle n'a toujours pas compris qu'elle était en mission.

— Et qu'est-ce qui favorise la lucidité ?

— Compter jusqu'à dix. Répéter ses TR. Se concentrer sur un objectif précis et s'y raccrocher comme à un filin de sécurité.

— Bien. Notre filin, c'est notre patient, je lui souffle alors en lui décochant un coup de coude. Reprends-toi, on doit se bouger.

— Notre… *patient* ?

Maria bat des cils, comme pour se débarrasser du voile hébété qui enduit ses prunelles. Elle presse son index droit contre la main opposée et s'illumine lorsqu'il plonge au travers de la paume.

— Je rêve, vraiment ? Je rêv…

Avant même d'avoir terminé sa phrase, elle disparaît. Sans le moindre bruit ni la plus petite étincelle. Son enthousiasme débordant l'a, en une fraction de seconde, happée hors de ce monde. Je me retrouve seule, campée dans le sable au milieu des coraux-cactus qui demeurent les uniques témoins de ma frustration. Encore un échec.

— Bordel.

À ce rythme, notre hôte sera mort avant que nous puissions recueillir ses dernières volontés. C'est la cinquième fois d'affilée que Maria se déconnecte en se découvrant lucide. Depuis le début de la garde, nous n'avons même pas réussi à débusquer notre rêveur. D'autres mourants attendent, en réanimation. On ne peut pas se permettre de telles erreurs. Pourtant, la cheffe de service refuse de m'attribuer un autre binôme, prétextant que ces échecs m'enseigneront la patience et l'humilité. Je comprends que ma partenaire débute, mais il n'y a pas que son cursus en jeu. Il y a des êtres humains qui flottent entre la vie et la mort. Notre retard engorge toute une aile de l'hôpital.

Je renverse ma canne et, par la pensée, la change en une hallebarde acérée que je me plante au-dessus du nombril.

*

Je soupire en ouvrant les yeux sur le plafond de l'envoloir 113-B. Il est neuf heures du matin, ça fait un moment que ma garde devrait avoir pris fin. Pour les dernières tentatives de la nuit, je n'ai même pas pris la peine d'ôter ma prothèse ou de me déshabiller. Aussi, j'ai juste à descendre du lit et nettoyer les électrodes avant de ramasser mon joncteur pour rejoindre Maria. Je n'ai que quelques pas à faire pour traverser la chambre du patient et retrouver ma binôme.

— Désolée, monsieur Dalmaso, je chuchote en passant devant les pieds à perfusion.

Le pauvre est piégé dans cette pièce par notre incompétence. Il végète là comme au purgatoire, inconscient des efforts que nous déployons pour le rencontrer. Je passe la porte et trouve ma partenaire ensevelie sous sa couette, qui remue mollement pour s'arracher au sommeil. Elle a cette fâcheuse tendance à abuser des somnifères et peine à sortir du coaltar une fois revenue d'immersion.

— Excuse-moi, croasse-t-elle en me voyant approcher. J'aurais dû me contrôler.

— T'y arriveras bientôt, t'en fais pas.

— On ré-essaie ? propose-t-elle en tâtonnant sur sa table de chevet pour trouver sa boîte de médicaments.

— Pas aujourd'hui. On va faire nos bilans aux greffiers, et tu pourras partir.

Mallette sous le bras, je me dirige vers la sortie et lâche, avant de quitter la cabine :

— Vas-y mollo sur les cachetons.

Hypocrite de ma part, quand on sait que je garde au fond d'une poche ma réserve de narcotiques dans laquelle je pioche quand je peine à m'envoler. Je me presse dans le cabinet B où je trouve Richard, aux joues creusées par d'énormes cernes. Les heures supplémentaires que lui impose notre retard pèsent lourd sur son visage. Pourtant, il note mon compte rendu sans se fendre du moindre commentaire. Comme s'il savait qu'il ne pouvait pas attendre mieux de moi au vu des circonstances. Une question délicate glisse alors entre mes lèvres :

— Vous savez où est Naomi, n'est-ce pas ?

Après avoir coupé le dictaphone, il lève le nez sur moi. Aussi sévère qu'à ses habitudes mais... étrangement compassé. Mon commentaire l'ennuie.

— Vous êtes le greffier en chef de la région. Vous connaissez tous les onironautes du coin et, techniquement, vous êtes notre référent. Vous étiez forcément au courant, pour cette offre, mais vous ne m'en avez pas parlé.

Richard s'appuie contre le dossier de sa chaise et croise les bras contre sa chemise parfaitement repassée.

— Vous pouvez me dire pourquoi je n'ai pas eu ma chance de postuler ?

— Ce n'était pas un travail pour vous.

— Pour « moi » ? Parce que je me remets de la disparition de ma mère ? Ou parce que votre employeur mystère avait déjà rempli ses quotas de travailleurs handicapés ?

Je fais volte-face, prête à claquer la porte sur cette discussion qui me brûle au fer rouge. Je maugrée, main sur la poignée :

— Cette décision repose sur une injustice, c'est discriminatoire. Je pourrais vous faire virer pour ça.

— Nous aurons l'occasion d'en rediscuter. D'ici là, tâchez de faire au mieux pour aider vos patients.

— Avec une débutante pour partenaire ? Vous auriez dû missionner les externes de dernière année pour accompagner les nouveaux. Pas des praticiens diplômés qui ne travaillent qu'avec de vrais patients.

— L'équipe enseignante a fait au mieux pour composer des binômes équitables. Vous avez autant à y gagner que Maria. Elle est major de promotion et…

— Ça ne suffit pas à garder le cap dans un rêve !

— Étonnant que ces paroles sortent de votre bouche, docteur Geist. Vous avez été le même genre de tête de classe persuadée qu'elle tenait le monde dans sa main.

J'essuie sa pique sans broncher et quitte le cabinet en m'efforçant de ne pas protester. Je fais un saut au dortoir pour récupérer mes affaires et lutte pendant de longues minutes pour m'habiller en civil. En jetant ma blouse dans la corbeille à linge, j'ai une curieuse pensée pour madame Navarro. Je songe au moment pesant où le médecin a éteint les machines pour la laisser partir. Je songe à ses deux fils, dont l'aîné se cramponnait à l'aumônier de garde pour ne pas s'effondrer. Je songe aux derniers mots que cette patiente m'a soufflés en rêve et qui se sont empreints en moi avec une puissance étonnante. « Je crois que vous êtes vraiment des anges. » Il y a bientôt un mois que les obsèques de madame Navarro ont eu lieu, mais cette phrase résonne encore.

Je m'engouffre dans l'ascenseur et, devant les gros boutons bleus du tableau de commande… je me dis que l'analogie est ridicule.

Grand hall. Je slalome entre les patients entassés devant les guichets et me dirige vers la sortie, avide d'air frais. Au mieux, je suis un ange malade, amputée d'une aile. Celle qui me reste est torse et déplumée, pourrie par les Vestiges qui hantent mes missions.

— Éole !

Je me raidis en apercevant Pilou, assis sur un rocher décoratif à l'ombre de grands pins parasols. Il bondit sur ses pieds et me rejoint avec une mine euphorique.

— Qu'est-ce que tu fais là ? je chuchote.

— Je voulais te faire une surprise ! J'ai pas cours aujourd'hui.

— T'attends depuis quand ?

— Un bout de temps… Je pensais que tu finissais ta garde à huit heures.

— J'ai pris du retard. Désolée que t'aies poireauté.

— Pas grave. On va au Jardin des plantes ?

Il croise ses mains dans son dos et se balance d'avant en arrière, avec une mimique pleine d'espoir. Il porte son foulard bicolore d'éclaireur, qui brimbale gaiement contre son polo. Même si son orgueil de préado l'empêche de l'admettre, je sais qu'il le garde avec lui comme un doudou sans lequel il peine à dormir. S'il l'a noué aujourd'hui, c'est que quelque chose le tracasse. C'est peut-être la période, le cœur glacé de l'automne arrivant avec l'anniversaire redouté de la disparition de notre mère. J'ébouriffe la crinière bouclée de Pilou et, en aînée magnanime, l'entraîne jusqu'au tramway qui nous conduira jusqu'au Jardin.

Nous y flânons toute la matinée, errant à notre rythme entre les arbres dégarnis et la bambouseraie humide. Un camaïeu jaune et fauve recouvre tout le parc, cueillant les pas des visiteurs avec un bruit mou. Nous nous installons devant les petits étangs aux margelles empoissées de feuilles aussi mortes que trempées. Collés l'un à l'autre sur le banc de pierre, nous discutons. De maman et de notre chagrin, surtout. Je finis par lui parler de Naomi et lui de cette collégienne de laquelle il aimerait se rapprocher. Sur les coups de midi, nous décidons de rentrer à pied. Je m'achète une crêpe que je grignote par petites bouchées, ne la terminant que sur le perron de notre immeuble. Nous entrons dans la résidence, fatigués mais rassérénés par cette longue promenade.

Les portes de l'ascenseur dévoilent le troisième étage, avec son long corridor défraîchi au sol de béton ciré. Tout au fond, la porte de notre appartement. Et adossée à notre porte, une silhouette.

Celle d'un homme en uniforme, de modeste gabarit, coiffé d'une casquette marine brodée de fil argenté. Un… *policier* ? Qu'est-ce qu'un policier fiche sur mon seuil ? Je me retourne sur Pilou et le pousse au fond de la cage.

— Surtout, tu bouges pas.

Tout en acquiesçant, mon frère se rencogne contre l'interphone et porte un ongle à sa bouche pour le ronger.

SE PERDRE À L'ORÉE DES SONGES

J'inspire à fond et m'avance en direction de l'agent. Il a des traits d'une finesse surprenante, qui contrastent avec la rigueur évoquée par ses pattes d'épaule à feuilles de chêne.

— Docteur Geist ? annonce-t-il en me voyant approcher.

Sa voix est douce, presque onctueuse. Mais le ton, plus âpre, trahit son habitude à donner des ordres.

— Je peux vous aider ?

J'attrape mes clés au fond d'une poche avant de m'immobiliser sur le paillasson. L'homme me tend une main raide, à la paume caleuse.

— Je suis le commissaire Clément Rainal. J'ai été mandaté par Europol pour vous contacter malgré le refus préalable de vos supérieurs hiérarchiques.

Le trousseau glisse entre mes doigts et s'écrase contre mes chaussures. J'ai un mouvement de recul, mais l'appui sur ma jambe droite me confirme que je suis dans le monde réel. Mes lèvres se fendent sans qu'aucune réponse ne se faufile.

— Nous avons besoin de vos talents.

CHAPITRE 5
Mission

Tête pressée contre la vitre, je regarde la garrigue défiler d'un air absent. Les collines embroussaillées qui entouraient Montpellier enflent peu à peu, elles se font montagnes aux angles durs et coiffés de forêts sèches. À la végétation farouche, tout en épines et en buissons coriaces, je devine que nous traversons les Cévennes. Nous contournons le Massif central par le sud, et je n'ai toujours aucune idée de notre destination. La voiture autonome évite les grands axes et se cantonne aux routes rustiques qui sinuent à flanc de coteau, difficile dans ces conditions d'anticiper notre itinéraire. Je pourrais tricher en utilisant la commande vocale du véhicule pour réclamer que l'adresse entrée dans le GPS soit énoncée tout haut. Je pourrais même interroger le commissaire Rainal, qui me fixe depuis l'autre côté de l'habitacle. Il a les bras croisés contre son uniforme, juste au-dessus du képi dont il a piégé la visière entre ses cuisses. Ses cheveux clairs, rasés au niveau des tempes, ont sur le sommet de son crâne une allure plus rebelle. Quelques mèches ondulent, prêtes à se hérisser en boucles farouches si la tondeuse se montrait plus clémente. Voilà encore un détail qui contraste avec la sévérité de ses galons. C'est étrange, mais malgré cette humanité que je flaire en lui, je n'ai pas envie de demander plus de précision.

Je tire de cette ignorance une espèce d'euphorie sourde, presque enfantine. Je préfère m'abandonner à l'inconnu et embrasser la réalité saugrenue que je découvrirai au détour d'un de ces causses ensoleillés. Car ce qui m'attend au bout du chemin sera forcément bizarre. Comment pourrait-il en être autrement ? Un gradé de la police internationale m'escorte au travers de la cambrousse avec un visage si dur qu'on le croirait taillé dans une brique. Ma valise a été fouillée de fond en comble au commissariat central. Un lieutenant l'a palpée jusque dans ses doublures et passée sous le museau d'un malinois renifleur de drogues. On a même réclamé mon smartphone, qu'on a enfermé dans un petit coffre blindé que le commissaire a fourré dans la boîte à gants. Je n'ai eu le droit d'emporter que du linge, une trousse de toilette et mon joncteur, bien à l'abri dans l'attaché-case que je gratte compulsivement. Le tout après avoir dûment rempli une clause de confidentialité, nichée au cœur d'un formulaire épais comme un roman qui pourtant ne détaillait rien de ma future mission. On y garantissait simplement ma sécurité, ainsi que ma liberté d'abandonner et de rentrer chez moi si j'en sentais la moindre nécessité. J'avoue que tout ça m'a intriguée.

Je me fiche de savoir où je vais, mais j'ai envie d'apprendre ce qu'on attend de moi. Alors je me tourne vers Rainal avec un air taquin.

— J'ai le droit à un nouvel essai ? Pour deviner où vous m'embarquez ?

De nouveau, ma boutade se heurte à l'impassible expression du commissaire. Peu importe, je persiste :

— Peut-être que vous voulez que je joue les prête-songes pour un puissant. Si ça se trouve, vous cherchez le gratin des assermentés parce qu'un politique ou un homme d'affaires a besoin d'un peu de piment dans sa vie. Vous attendez que je lui cuisine un rêve érotique aux petits oignons…

Les traits de l'officier semblent s'adoucir, l'espace d'une seconde. Avec de petites touches d'humour, je travaille au corps son indifférence de façade. Comme si je m'acharnais sur une huître et qu'enfin je sentais se créer sous la pointe de mon couteau une infime ouverture.

— Pour le coup, je ricane, j'espère que je me trompe.

— Ne vous inquiétez pas, Europol n'a pas déployé des moyens pareils pour vous confier de si basses besognes.

— Si ce n'est pas une tâche ingrate, aucune raison que je me défile. Laissez-moi un indice !

— Navré, il faudra patienter encore un peu.

Reportant mon attention sur le paysage, j'exhale un long soupir qui plaque un disque de buée contre la vitre. Je me demande si Rainal a saisi que je masquais sous mes plaisanteries l'angoisse de me sentir loin de Pilou. J'essaie de la noyer sous les brocards et les questions, mais je suis incapable de la faire disparaître. Mon petit frère est le seul facteur qui m'a fait hésiter au moment de signer le contrat. Et je n'ai accepté qu'avec la garantie de pouvoir communiquer à volonté avec lui grâce à une ligne sécurisée. Non sans avoir négocié une permission hebdomadaire pour le serrer dans mes bras. Lui n'a pas eu l'air de souffrir de mon départ : au contraire, il était ravi de pouvoir emménager chez son meilleur ami durant quelques semaines. Il doit déjà s'être vautré avec lui sur le canapé pour profiter des vacances de février devant des jeux vidéo ou un site de *streaming*. Est-ce que… laisser Pilou entre les mains d'une famille inconnue fait de moi une sœur indigne ? J'ai pourtant scrupuleusement noté les coordonnées des parents, non ? Malgré tous mes efforts, rien ne garantit qu'il ne vivra pas cette situation comme un abandon. Ma gorge se noue.

— Quelque chose vous tracasse ? glisse Rainal.

Sans que je m'en rende compte, mes doigts se sont mis à danser le long de ma canne. Le cliquetis des ongles sur la poignée remplit tout l'habitacle.

— Vous ne seriez pas serein non plus, à ma place. Sans savoir à quelle sauce vous allez être mangé et sans la moindre idée de l'endroit où on vous conduit.

— Pour ce dernier point, vous serez vite fixée. On arrive.

Après avoir contourné une montagne aux flancs durs, nous pénétrons dans une vallée encaissée, bien plus verte que les kilomètres de maquis qui nous entouraient jusque-là. La route laisse place à une chaussée défoncée du siècle dernier, qui nous secoue façon battant de cloche en m'envoyant contre la portière au gré des nids-de-poule. Les chênes rabougris et les broussailles cèdent place aux vergers, que l'hiver a changé en régiment d'épouvantails pressés de fleurir à nouveau. Les cols escarpés s'adoucissent et deviennent des pâturages qui moutonnent jusqu'aux berges d'une rivière que je devine à peine.

La voiture nous lance sur un sentier cahoteux, puis s'arrête à l'ombre d'un portail rongé par de larges macules de rouille. Au-dessus des battants à tortillons s'arque un écriteau aux belles lettres cursives : *Mas de la Volière.*

— Quelle déception, je souffle à Rainal. Où sont les immeubles high-tech, le parking secret et les gorilles armés ?

Le commissaire hausse les épaules, le fantôme d'un sourire tirant sur le coin de ses lèvres. Il pianote sur son smartphone et, dans les instants qui suivent, les gonds couinent en nous libérant le passage. J'aperçois deux hommes habillés en civil, au visage retranché derrière un passe-montagne noir.

Le moteur se remet en marche et nous progressons le long d'une allée plantée de troènes qui nous mène jusqu'à une place circulaire. Une espèce de parking gravillonné, centré sur un puits étonnamment pimpant qui m'a l'air d'avoir été restauré cent fois. Les portières de la voiture s'ouvrent et Rainal m'invite à le suivre. Trois bâtiments nous font face. Les pierres de leurs façades sont léchées par l'ombre d'arbres immenses qui jaillissent des plates-bandes, presque avec solennité. Une curieuse pensée m'effleure : cette ambiance paisible, verte et digne, m'évoque celle des cimetières.

Nous pénétrons dans l'édifice central, et je constate au moment de passer la porte que les deux types du portail nous suivent de loin. L'officier me guide dans cette étrange maison où flotte une odeur d'humidité mêlée à celle du café et du papier tout juste imprimé. Avec ses couloirs étriqués, son âtre éteint et ses vieux escaliers, l'endroit me fait penser au rêve de madame Navarro. Cette demeure a accueilli des familles sur plusieurs générations et, pour une raison mystérieuse, Europol l'a changée en bureau de fortune, où la paperasse s'entasse.

— Ici, c'est la baraque nord, décrète alors Rainal. On l'appelle « l'office », et c'est notre principal lieu de travail. Tout le rez-de-chaussée est sous ma responsabilité, c'est là qu'on planche sur la mission.

Du menton, il désigne ce qui devait autrefois tenir lieu de salle à manger. Une demi-douzaine d'agents s'activent sur autant de comptoirs où trônent d'imposants ordinateurs.

— Mission dont je n'ai toujours pas le droit d'entendre parler ? je risque d'un ton cynique.

Le commissaire ne m'accorde aucun détail. Au lieu de ça, il m'invite à grimper vers l'unique étage du bâtiment.

— C'est là-haut que se trouve votre terrain de jeu, commente-t-il plutôt.

C'est étrange. L'odeur chaude du hall d'entrée a laissé place à une autre, plus pincée : celle du gel hydroalcoolique et des draps aseptisés. Aucun doute, cette partie de la maison sent l'hôpital. Rainal pivote pour me faire face et pousse du dos une porte blanche.

Je fais un pas dans ce qui paraît être une ancienne chambre d'amis aménagée sous les combles. Un pas, rien de plus. Car la surprise et l'horreur me sautent en même temps à la gorge, gelant dans ma poitrine tous les jurons que j'aimerais pousser. À la lumière de l'unique fenêtre de toit, un lit austère aux montants d'acier. Contre le mur, des machines énormes, qui vomissent sur le carrelage un lacis de câbles convergeant sur le matelas. Une anesthésiste à la blouse froissée, nonchalamment jetée sur son pull-over, gratte sur un calepin les données du monitoring. Elle nous salue d'un bref geste de main, puis se plonge à nouveau dans son étude. Indifférente au souffle du respirateur artificiel.

Au milieu de ce chaos, et je m'en veux de ne l'avoir pas remarqué tout de suite… un homme est étendu. Le crâne et le nez emballés dans des bandes serrées, le torse se gonflant au rythme des pompes, le cou renversé en arrière. Deux tuyaux s'enfoncent dans ses narines encombrées de sang sec, à en juger par la poussière coagulée qui poudre sa bouche. Seules ses lèvres bouffies et ses joues jaunes, marquées d'hématomes à peine résorbés, sont visibles. L'inconnu se tient là, inerte et froid, plus blême encore que ses draps. Arraché à notre monde sans pour autant pouvoir plonger dans celui d'après. Je sursaute quand Rainal abat sa main sur mon épaule.

— Il y a quelques mois, Europol m'a confié la tête d'un détachement… singulier, m'explique-t-il. Notre objectif est de déterminer l'intérêt de l'onironautique en matière d'enquête criminelle. Comme vous, nous sommes des pionniers : nous voulons mettre le rêve au service de la justice. Bien sûr, tous mes confrères ne voient pas cette initiative d'un bon œil. Beaucoup nous considèrent au mieux comme des extravagants, au pire comme des cinglés. Mais mon équipe et moi croyons en ce projet. Et j'ose imaginer que vous y croyez aussi.

Il me conduit jusqu'à un local étroit, autrefois chambre de bonne reliée au reste de l'étage par une trouée dans le mur. Un réduit sans fenêtre, éclairé par des ampoules à incandescence qui dévoilent une paire de paillasses chacune nantie d'une table de chevet. De quoi poser deux joncteurs. Je me tiens sans aucun doute dans l'envoloir le plus oppressant qu'il m'ait été donné de découvrir.

— Nous allons descendre chercher vos affaires, murmure Rainal. Ensuite, je vous transmettrai les identifiants du module de partage que nous avons préparé pour ce rêveur. J'aimerais, si vous le voulez bien, que vous tentiez vos premiers envols dans l'après-midi.

— Seule ?

— Oui, pour commencer à apprivoiser le terrain : c'est un cas difficile. Pas l'idéal pour une première expérience du genre, mais le seul qui s'y prête pour l'instant.

Sa proposition a des airs d'ordre, mais je n'arrive pas à m'en offusquer. Je mesure pour la première fois l'ampleur de mon engagement. Bien sûr qu'Europol attend que je me faufile dans l'esprit de mourants. Après tout, c'est mon métier : je suis une arpenteuse de cadavres en devenir. Cette fois – et cette pensée m'effraie – ce n'est certainement pas pour soigner qu'on me demande de visiter une âme en miettes.

— Je veux savoir ce que vous attendez de moi avant de me lancer. De quel genre d'enquête on parle ?

— Je ne peux pas vous le dire. Sachez juste qu'il s'agit du premier « patient » que nous soumettons à ce genre de protocole, et que votre expertise aura grand poids dans l'avenir de votre profession.

— Comment voulez-vous que je bosse si je ne sais même pas ce que je cherche ? je proteste d'une voix blanche, écrasée par l'émotion. C'est du délire !

Je presse mon pied droit par terre. TR négatif. Je n'arrive pas à y croire : une situation aussi glauque, aussi improbable, ne peut pas être réelle. J'ai dû me planter.

Rainal s'éloigne sous les lampes jaunes avec une étonnante douceur. Il se laisse tomber sur un des lits et me sert un regard étrange, lourd d'une autorité naturelle où perce pourtant une étincelle d'empathie.

— Cet homme est un témoin-clé dans une affaire complexe. Si vous parvenez à le rencontrer, vous obtiendrez vos réponses. Votre rapport sera la seule preuve valide et incorruptible que vous avez réussi votre mission.

CHAPITRE 6
De boue et de regrets

De la boue, partout.

Sous mes pieds, contre mes yeux, dans ma bouche. Une fange obscure et gluante qui m'avale tout entière et tombe sur mon visage en déluge. Rainal m'a menti : ce rêve n'est pas un « cas difficile ». C'est un calvaire, un enfer glauque et détrempé qui ne demande qu'à me noyer. Ce monde est totalement vide, à l'exception d'un escalier de gadoue qui s'élève en spirale à une hauteur telle que je n'en distingue pas la fin. Ses marches visqueuses aspirent mes chaussures et mes mollets dès que je tente de m'y appuyer. À tout instant, je risque de passer au travers et de me retrouver précipitée dans ces abysses battus par une averse noire. La pluie déferle à torrents sur mon ombrelle et m'empêche de décoller. Alors j'ai abandonné ma canne et me suis mise à ramper comme une mendiante estropiée, le long de ce colimaçon sans substance. J'avance centimètre par centimètre, me débattant pour ne pas sombrer. Je bats des mains, secoue la tête et pousse fort sur mes cuisses pour progresser… mais la boue me recouvre tout entière. Bien vite, elle m'empêche de respirer et la panique, doublée d'un vertige que je n'avais jamais éprouvé jusqu'ici, me fige sur place. On dirait que l'escalier sent ma reddition : je me sens plonger au travers des marches, et mon instinct, celui de l'animal confronté à sa mort, me fait pousser un cri. Un hurlement qui résonne en écho dans ce songe sordide, tandis que les profondeurs m'engloutissent et me pulvérisent.

*

Je me réveille avec le bip strident de mon joncteur qui a capté l'emballement de mon rythme cardiaque. J'ouvre les yeux dans le cagibi et abats un poing frustré contre le matelas. C'est la première fois depuis des mois que je suis déconnectée d'un rêve. Au-delà même de la frustration de l'échec, mon orgueil est écorché. J'inspecte ma montre. Le cadran lumineux indique dix-neuf heures. Rainal m'a laissé jusqu'au matin pour prendre mes marques. La formulation ne trompe pas, il s'attend à ce que j'échoue. Une part de moi aimerait lui donner tort, et réussir à rencontrer ce foutu rêveur sans même le soutien d'un partenaire. J'ai largement le temps de recommencer.

Mais je n'y arriverai pas en restant dans cet état, impossible de s'envoler proprement avec ce dépit qui bouillonne en moi. Je dois respirer, retrouver l'équilibre…

Et appeler Pilou.

Oui, voilà une bonne idée qui siphonnera mon amertume. J'attrape le vieux téléphone que m'a confié Rainal. Avec son antenne et son écran vert de la taille d'un timbre, il ressemble plus à une antiquité qu'à un portable. C'est pourtant mon seul moyen de communiquer avec mon frère et, pour les gars d'Europol, il a l'avantage de m'interdire tout accès au Web. Des fois que j'aurais envie de raconter ce qui se trame dans cette maison de fou. Avec un soupir, je cherche le numéro de Pilou, le seul que j'ai eu le droit d'inscrire au répertoire.

— *Éole !* s'exclame alors une voix chérie contre mon oreille. *J'avais trop hâte que t'appelles !*

Il ne m'en faut pas plus pour que tout ce qui macère en moi soit drainé. Un enthousiasme et une motivation nouvelle me gonflent à bloc. Je tâtonne sur la table de chevet et attrape un comprimé ainsi que ma gourde. Avec un peu de chance, le somnifère commencera à faire effet dès la fin de notre discussion et je pourrai retenter ma chance.

*

Ce rêve ne veut pas de moi. Il me repousse de toutes ses forces, de toute sa boue. Il me crache au visage des trombes glacées pour me signifier que je ne suis pas la bienvenue. Lors de ma deuxième tentative, je finis par m'habituer à ce sol instable et progresse cahin-caha, à quatre pattes, en écartant mes membres et en voûtant le dos comme un poulain malade. Je grignote les marches une par une, mais mon rêveur finit par prendre le dessus. L'averse m'inonde au point de m'étouffer. Cette fois, c'est l'asphyxie qui sape ma lucidité et me rappelle au monde réel.

*

Je me réveille à minuit. Fiévreuse, avec l'impression que les hypnotiques ont glissé du coton sous mes paupières et du fil de fer au fond de mon estomac. Je grelotte, mais je refuse d'abandonner. J'inspire à fond et m'efforce de vider mon esprit. Pourtant, au moment de replonger, mes pensées filent vers maman.

*

— Tu ne devrais pas insister, murmure ma mère. Essaie de te reposer jusqu'à demain, tu n'as pas besoin de faire ça seule.

Je crache la boue qui a forcé son chemin entre mes lèvres et gravis une marche supplémentaire. Maman me suit d'un pas léger, imperméable à la tempête ainsi qu'à la gravité. Elle progresse le long de l'escalier comme elle l'aurait fait dans le monde réel.

— Tu m'entends, ma chérie ? Pense un peu à toi.

Je brandis mon ombrelle devant mon visage pour protéger mes voies respiratoires. Mais les gouttes s'écrasent quand même sur moi, on croirait qu'un vent furieux souffle de tous les points cardinaux en même temps pour ramener cette grenaille poisseuse dans l'espoir de me descendre.

— Tu as besoin de prouver quelque chose, commente maman. Et tu le sais.

— Arrête, s'il te plaît.

— Tu veux démontrer au monde, non, te démontrer à *toi*, que tu n'as pas besoin de Naomi. Tu t'obstines à résoudre ce cas seule parce que ça soulagerait ta petite crise de confiance en toi. Parce que tu as été blessée qu'elle soit réquisitionnée et toi, laissée sur le carreau.

— Laisse-moi tranquille.

— Regarde dans quel état tu te mets. Ils n'attendent pas que tu y parviennes ce soir, prends un peu de…

— Fiche-moi la paix, je te dis !

— C'est mon devoir de te raisonner quand tu perds pied. Je suis ta mère, Éole.

— Tu n'es RIEN, bordel ! Rien qu'un foutu Vestige ! Tu n'existes même pas !

Une bourrasque emporte mon ombrelle et la boue se fracasse en trombe sur mon visage. J'en avale, et ce qui réussit à esquiver ma bouche m'aveugle. Ma conscience est extorquée.

*

Six heures du matin. Je tousse, comme si une giclée de vase restait coincée au fond de ma gorge. Dehors, un soleil pâlichon doit commencer à arroser les collines. Ici, dans cet envoloir confiné, il fait aussi sombre qu'à minuit. Les heures m'échappent sans que j'arrive à progresser. Mes immersions sont de plus en plus longues, mais mes progrès toujours aussi ridicules. La perspective d'un échec me terrifie autant qu'elle m'enrage, jamais un rêveur ne m'avait autant résisté. Je ferme les paupières, prête à plonger dans ce sommeil contre-nature vers lequel me poussent les médicaments. Saisie d'une obsession puérile, je m'accroche à une pensée, que je remâche jusqu'aux frontières de l'inconscience. Je vais réussir. Je vais réussir. Je vais réussir.

*

Cette fois, je change de stratégie. J'ai étiré ma canne en une perche de funambule dans l'espoir de préserver un semblant d'équilibre. En me concentrant à fond, je parviens à repousser la tempête et discerner les marches qui s'étalent devant moi.

Pour ça, j'invoque un champ de force qui englobe toute ma tête. Comme un scaphandre sur lequel la boue glisse.

— Ça ne va pas marcher, annonce maman, légèrement en contrebas. Et tu sais quoi ? Ça va te faire du bien.

Je l'ignore et me focalise sur mon objectif. Ma technique fonctionne, mais elle souffre d'un défaut majeur : elle me coûte une quantité faramineuse d'énergie mentale. Je risque à tout moment de basculer, et de devenir une simple figurante dans ce rêve composé par un autre. Je ne suis ici qu'une invitée, voire un parasite. Mes pouvoirs sont muselés par la réalité de l'hôte qui façonne la matrice. Maman n'aide pas, sa présence ponctionne une partie de mon attention.

— C'est tout toi, ça, soupire-t-elle. De te haïr à la moindre déconvenue. Quand ton frère et toi êtes devenus éclaireurs, je me disais que ça allait t'aider à t'épanouir. Et pourtant, même l'ambiance scoute n'a pas réussi à gommer ce perfectionnisme ridicule.

Plus j'avance, plus le vent se déchaîne. Je me concentre pour alourdir ma perche, qui pèse sur mes bras et les étire jusqu'à leur point de rupture. En lestant mon balancier, je parviens à résister aux rafales.

— Enfin, je pense que tu aurais fini par te décrisper, s'il n'y avait pas eu l'accident. Tu progressais beaucoup, avec ton équipe. Je ne t'ai jamais vue aussi heureuse qu'avec ton foulard au cou.

Je comprends que j'ai fait une erreur. Ce poids supplémentaire m'enfonce au travers des marches. Je suis immobilisée, chevilles piégées dans la gadoue. Ce n'est qu'une question de secondes avant que je sois absorbée par l'escalier et recrachée dans l'abîme.

— Elle te ronge, cette sensation, n'est-ce pas ?

En tournant la tête, je devine que maman s'est assise à même la boue et me fixe avec une tendresse teintée d'amertume.

— Celle qui te murmure qu'avec une jambe en moins tu ne seras plus jamais la meilleure. Celle qui te renvoie aux limites de ton corps et de ta vie.

Ses mots sont des grêlons féroces, qui me frappent de plein fouet. Je sombre jusqu'aux genoux et renonce à lutter. Mon scaphandre se fend et la pluie coule en rideau sur mon visage. Ce rêve va, lui aussi, se solder par un échec. Alors... autant larguer tout ce que j'ai sur le cœur.

— Peut-être, je bredouille en sentant mes yeux me brûler, peut-être que j'aurais mieux progressé si t'étais restée.

— Tu penses que c'était mon choix d'être malade ?

Ma taille disparaît dans la boue. Mes pieds traversent les marches et pointent dans le vide.

— Bien sûr que non. Je... je suis juste triste, tellement triste que ça t'ait bouffé le cerveau pendant si longtemps. Je suis fatiguée d'avoir eu à t'accompagner pendant toutes ces années alors que tu te perdais, que tu...

— Que je n'étais plus moi-même ?

Je hoche la tête alors que ma poitrine est engloutie.

— Et sur la fin, quand je ne pouvais plus te croiser qu'en rêve... j'étais même en colère. En colère de t'aimer, carrément. De t'aimer à m'en rendre cinglée, au point de te ressusciter dans mes rêves.

Maman s'approche, avec un sourire abîmé par le chagrin. Elle s'accroupit et caresse mon front sale avec une main qui tremble.

— Les rêves font partie de ta réalité, ma puce. Mais ils n'en sont pas la seule facette. Alors, fais-moi plaisir : n'abandonne pas l'autre Éole. Celle de l'envoloir, que tu fuis dès que l'occasion se présente. Elle ne peut peut-être pas plier le monde à sa volonté par la simple pensée, mais elle est tout ce que tu as, une fois tes yeux ouverts.

Le contact de ses doigts disparaît, remplacé par le fracas de l'averse. Mon visage est avalé par cet escalier sordide. Je pends dans le vide… puis m'enfonce dans l'obscurité. Je ne perds pas conscience de suite. Je chute quelques instants, yeux rivés sur ce colimaçon dégoulinant qui s'éloigne à toute vitesse. Cette poignée de secondes suffit pour qu'une silhouette monstrueuse se dessine dans mon champ de vision. Deux triangles olivâtres se déploient et des doigts osseux, couronnés de serres glacées, se referment autour de mon poignet. Au bout d'un cou immense, une tête au long bec armé de dents tordues. Deux yeux jaunes se posent sur moi avec une bienveillance incongrue.

— Alphys ? je m'étrangle.

Ce coup-ci, c'est la surprise qui me cogne si fort qu'elle m'arrache au sommeil.

CHAPITRE 7
Dream Team

Je repousse les draps, roule sur le côté et palpe le mur à l'aveuglette pour trouver la lumière. La sueur a tracé dans mon dos des bandes moites, parallèles à ma colonne vertébrale, qui collent à ma tenue bleue. L'envoloir est rempli de la sonnerie de mon joncteur, qui résonne en écho au creux de mon oreille. *Bip-bip. Bip-bip.* Mon cœur bat à en fêler mes côtes.

Ce n'est pas un écho, je me corrige tandis que mes doigts trébuchent sur l'interrupteur. *Il y a deux signaux.*

Le plafonnier s'allume, révélant l'immense sourire de Naomi qui me fixe depuis la paillasse adjacente.

— Qu'est-ce que…

Ses électrodes sont encore en place, rattachées aux câbles qui rampent jusqu'à sa tête ou disparaissent dans le col de sa blouse. Ses cheveux se hérissent en moutonnements fous, qui lui donnent un air encore plus fantasque qu'à l'accoutumée.

— Dommage, me lance-t-elle. Je pensais que j'arriverais à te récupérer ! Pour une fois que c'est toi qui te déconnectes !

— T'es entrée dans le rêve ? Sans prévenir ?

— Y a qu'avec toi que je me le permettrais, répond-elle avec un clin d'œil.

D'un geste sec, elle tire sur les fils pour décoller les capteurs et bondit sur mon matelas.

— Si tu savais comme j'avais hâte que t'arrives.

Dissipant tant bien que mal la fatigue qui me colle aux paupières, je me redresse en position assise. Je crois qu'un bout de moi s'y attendait. Depuis ma rencontre avec Rainal, une petite voix intérieure me murmurait tout son espoir. Un espoir fou, auquel je n'ai pas osé m'accrocher. Mais si Europol requérait les services de notre binôme, pourquoi ne pas nous avoir convoquées en même temps ? Pourquoi avoir laissé les semaines s'égrener, et ma santé mentale tomber en lambeaux ?

— Je m'attendais à plus d'enthousiasme.

— Alors que tu m'as abandonnée du jour au lendemain ? Tu savais que c'était une période difficile pour moi, mais tu t'es quand même barrée !

Naomi se rend compte de sa maladresse et m'attire dans une étreinte douce à l'odeur fruitée. Elle enferme entre ses bras toutes les émotions contraires qui bataillent en moi.

— Excuse-moi. Je pensais que la joie des retrouvailles balaierait le reste mais… t'as le droit d'être en colère.

— Tu ne m'as rien expliqué. J'ai dû gérer les classes, galérer avec nos patients !

— Je n'avais pas le choix. Cette histoire nous dépasse toutes les deux.

Je ravale mon amertume, et ose une plaisanterie :

— Vu les sommes qu'ils garantissaient dans le contrat, je comprends que t'aies préféré partir.

— J'ai une tête à être attirée par l'argent ? J'avais envie de découvrir d'autres choses, et cette mission représentait une opportunité unique.

Naomi se dégage et poursuit, d'une voix que je sais sincère :

— Je me suis sacrément battue pour t'intégrer à l'équipe. Et je suis très heureuse que ça ait abouti.

Derrière son commentaire, un sous-entendu me cogne comme un burin. Il a fallu qu'elle se « batte » pour moi. Ce qui signifie que les têtes pensantes d'Europol ne souhaitaient pas m'inclure dans leur programme.

— Pourquoi ? je souffle, en m'installant sur le rebord du lit pour saisir ma prothèse. Qu'est-ce qui clochait avec moi ?

— Apparemment, Richard s'était opposé à ton recrutement.

— Qu'est-ce que ce crétin de greffier avait à dire ?

J'empoigne ma canne et m'avance jusqu'au centre de l'envoloir, incapable de regarder ma partenaire dans les yeux.

— Il te trouvait trop instable sur le plan psychologique, trop fragile.

Ces mots sont douloureux, chauffés à blanc. Ils empalent mon orgueil jusqu'à l'en faire éclater.

— Ça fait un moment que j'ai sorti la tête de l'eau, je grince. C'est un argument pourri.

Naomi bondit de sa paillasse avec un soupir.

— Je sais. Mais c'est pas important : Rainal est venu te chercher parce qu'on n'a pas d'autre solution. Ce patient est trop fracassé pour qu'on en tire quoi que ce soit. On a tout essayé, mais tous les assermentés qui se frottent à son rêve se déconnectent avant d'avoir pu le rencontrer.

— Tous ? je répète. Y en a eu combien, au juste ?

Les lèvres de mon amie ploient dans un sourire rapace. Elle pousse la porte du cagibi et m'invite à la suivre.

— Je vais te présenter notre *Dream Team*.

SE PERDRE À L'ORÉE DES SONGES

*

D'un pas guilleret, Naomi contourne les parterres fleuris et me conduit jusqu'à la baraque ouest, que les gars d'Europol surnomment le « gîte ». C'est le plus petit des trois bâtiments, une modeste maison aux allures provençales. L'intérieur est rouge et chaleureux, tout habillé de terre cuite. Le rez-de-chaussée est alloué aux équipes de sécurité et j'aperçois, par une porte ouverte, un vaste dortoir aux lits impeccablement faits. Il y a là de quoi loger une petite dizaine de personnes. Pourtant, nous ne croisons que trois policiers rassemblés dans la cuisine, chacun tenant sous le nez une tasse de café. C'est à peine s'ils nous adressent un regard. Par-dessus leurs épaules, je remarque une porte cadenassée dont je suspecte qu'elle barre l'accès à l'entrepôt des armes. Celles que j'ai aperçues hier à la ceinture des agents en patrouille.

— Nous, on vit là-haut, murmure Naomi en s'engageant dans un vieil escalier à la rampe criblée de trous de termite. On est privilégiés. Pas autant que les gradés et les gars des renseignements qui logent côté est, mais quand même !

L'étage se révèle être un appartement spacieux, quoiqu'entamé par une mansarde aux poutres épaisses qui confère à l'endroit un aspect confiné. Dans la partie la plus haute, une kitchenette au micro-ondes qui ronronne. Repoussé au bout du dévers, un canapé où s'est avachie une jeune femme aux yeux clos, écouteurs enfoncés dans les oreilles, qui balance son index au rythme de sa musique. Au centre du salon trône une table circulaire sur laquelle se penche une troisième personne. Un homme massif, aux traits doux, qui promène un porte-mine sur une large feuille blanche.

— Salut, glisse-t-il avec un geste complice de la main. Vous arrivez à temps pour le petit déjeuner.

Il parle d'une voix sereine, froissée par un léger accent qui pince un peu ses consonnes. Naomi se dirige vers lui et examine le croquis.

— Pas mal, apprécie-t-elle. Ça prend forme.

En m'apercevant plantée devant la porte, elle semble comprendre que les formalités sont passées à la trappe. Elle étale les bras et déclare, sur un ton plein d'emphase :

— Éole, voici Valtteri. Valtteri, je te présente Éole. Ma collègue et partenaire d'envol préférée !

Elle me présente une chaise sur laquelle je me laisse tomber, non sans une certaine réserve.

— Naomi nous a beaucoup parlé de toi, dit Valtteri en tendant son poing pour que j'y presse le mien. Bienvenue dans l'appart' des rêveurs prodiges.

— Prodiges ?

— C'est Rainal qui nous appelle comme ça, commente Naomi. On est ses petits surdoués du sommeil. D'ailleurs, faudra qu'on le remercie pour la bouffe d'hier, même s'il nous a fait livrer de quoi nourrir un régiment…

Un tintement aigu retentit depuis la cuisine, et ma partenaire se précipite sur le micro-ondes avec une mine gourmande. Elle en tire une pile de crêpes fumantes, qu'elle pose devant nous avant d'attraper des pots de confiture. Mon regard glisse sur l'esquisse de Valtteri qui représente, par grandes lignes appliquées, un escalier en colimaçon dont la partie supérieure se noie dans une brume épaisse.

— C'est le fameux rêve ? je souffle en reconnaissant la texture bourbeuse des marches. Celui sur lequel tout le monde coince ?

— Ouais. J'essaie de le représenter sous forme d'une carte, ça m'aide à voir où on en est.

Une main atterrit sur son épaule, lui tirant un léger mouvement de recul. La jeune femme aux écouteurs s'est faufilée dans son dos pour poser un baiser sur ses cheveux clairs.

— Moi, c'est Estelle, annonce-t-elle. Il était temps qu'on te rencontre !

Elle examine à son tour le dessin et hoche la tête avec appréciation.

— Tu t'es surpassé. Vivement qu'on arrive à dépasser ce foutu huitième niveau.

Elle attrape une crêpe qu'elle tartine, puis grignote avec un air pensif. Elle ne réagit pas lorsque Naomi la contourne pour s'engouffrer dans ce que je devine être l'une des chambres. Je laisse échapper la question qui me démange :

— T'entends quoi, par « niveau » ?

— Cet escalier n'est pas une vis sans fin, il doit s'arrêter quelque part. Alors on compte les tours de spire, ça nous permet de mesurer nos progrès. Je sais pas jusqu'où t'es allée cette nuit, mais aucun de nous n'a réussi à franchir le huitième. Soit on étouffe, soit on chute…

— Soit on est aveuglés par la boue, complète Valtteri après avoir soigneusement rangé son croquis. Ce sont trois facteurs de Nehmann, comme par hasard ! Tout ce qui peut déconnecter un rêveur, tu le retrouves là-bas.

La tête de Naomi émerge de l'entrebâillement.

— Michaël s'est déjà fait la malle ? s'exclame-t-elle. Ses affaires sont plus là.

— Oui. Juste après ton départ pour l'envoloir, répond Estelle.

— Sans me dire au revoir ?

— Ça t'étonne ? Vous avez passé les dernières semaines à vous jeter des noms d'oiseaux.

— Comme quoi, tu peux être un rêveur virtuose tout en ayant les capacités intellectuelles d'une table basse. J'aimerais dire deux mots au génie qui a eu l'idée de me le coller comme binôme.

Elle soupire en s'appuyant sur la poignée, avant d'embrayer :

— Au moins, ça libère la place ! Viens voir notre piaule, Éole ! Grouille, on ira chercher tes affaires après !

En la rejoignant, je découvre deux lits, repoussés de chaque côté d'une pièce lumineuse. Le premier, côté mur, est impeccablement bordé. Le second, aux draps froissés, engloutit dans ses plissures l'aile d'un ptérodactyle en peluche. Juste au-dessus de l'oreiller, une photo est scotchée au mur. Elle représente Naomi qui écarte les bras d'une façon triomphale, paraissant cueillir le monde entier dans son étreinte. J'apparais derrière son épaule, avec mes joues rouges et mes lèvres qui portaient sur elle une euphorie fébrile. Je reconnais immédiatement ma toque d'étudiante, enfoncée de travers sur mon crâne. Je me revois encore à cette remise des diplômes, dans le grand amphithéâtre, sous le regard émerveillé de maman.

La porte claque avec, peut-être, un peu de brusquerie. Naomi s'installe sur le matelas et me dévisage.

— Ce soir, me dit-elle, on va voler ensemble. Mais d'ici là, j'ai un truc à te dire.

D'un geste discret mais compulsif, elle saisit son sifflet et en porte le bec à sa bouche. Un TR ? Pourquoi tenter un TR à cet instant précis ? Je remarque alors que l'ombre d'un malaise s'est installée dans ses yeux noirs.

— Tu n'es pas obligée de me parler de ce qui s'est passé tout à l'heure. T'es pas la seule à avoir des Vestiges, et je ne sais pas si c'est le seul qui te travaille… mais je voulais que tu saches que je l'ai vu.

Je sens mon échine se hérisser, comme si je levais une nuée d'épines le long de mon dos pour repousser une discussion dangereuse.

— Je ne vois pas de quoi tu parles.

— D'accord. Je comprends.

Elle se laisse tomber à plat dos sur le lit et, avec un petit rire, me lance son dinosaure à la figure. Je le réceptionne avec un mouvement de recul.

— Dans ce cas, on va faire comme si je n'avais pas vu ta mère dans ce foutu colimaçon. À toi de me dire quand tu seras prête à en causer.

*

Une nuit claire, piquetée d'étoiles qui paraissent rire et se répondre, enveloppe les pierres de la vieille tour défoncée. Sur les coups de deux heures, alors que je rentrais de mon envol avec Naomi, Valtteri a proposé que nous nous retrouvions dans la grande volière pour discuter un peu. Nos téléphones d'un autre temps sont posés face au sol, leurs torches éclairant les murs humides. Nos souffles se mêlent en une brume pâle, qui tressaille avant de s'évanouir. Pour un œil extérieur, on doit être ridicules, à se tasser les uns contre les autres sur nos tas de pierres, à l'ombre des vieux perchoirs au bois sucé par le temps. Mais pour moi, pour *nous*, c'est important. Les rêveurs assermentés, au cycle de sommeil aberrant, ont besoin de ces instants aussi précieux qu'incongrus. Ceux durant lesquels on n'a pas à se justifier d'avoir l'air à côté de nos pompes, où chacun comprend que le repos n'a plus chez nous le même sens que pour le commun des mortels. Nous ne sommes plus fatigués parce que le soleil se couche, ou parce qu'une journée de travail a pesé lourd sur nos paupières. L'expérience nous a transformés en marginaux qui ne savent dormir qu'après avoir mis leur corps et leur cervelle en condition. La plupart du temps, avec le précieux coup de pouce de somnifères.

— Cette fois, on s'est retrouvées coincées à la sixième spire, regrette Naomi. Le vent souffle trop et on se prend toute la boue dans la tronche. Alphys n'arrive pas à garder le cap.

— J'ai tout tenté pour nous protéger, je soupire. Mais repousser l'averse réclame trop d'énergie, c'est un coup à perdre la lucidité ou à se déconnecter.

— Pour une première tentative, c'est honorable ! sourit Estelle. On a mis un moment avant de dépasser ce stade.

— Vous reprenez vos marques, ajoute Valtteri. C'est déjà chouette.

Assis à même le sol, il tient Estelle à l'abri contre son torse. Il a roulé ses bras autour de ses menues épaules et a plongé le menton dans le col de sa parka.

Je me suis d'emblée attachée à ces deux assermentés parce que je les sentais comme moi arrachés au reste de la société. Pour eux non plus, finalement, il n'y a pas de différence entre midi et minuit. Entre une heure chaude et gorgée de soleil ou une plus noire, offerte au froid et au silence.

— Va falloir que Rainal l'accepte, grogne Naomi. Ce patient est trop amoché, on n'en tirera rien. Si on galère, même avec Éole…

— Je suis pas d'accord, rétorque Estelle en levant le nez sur la trouée du plafond.

— Ça fait des semaines qu'on bloque au même endroit. Si ça se trouve, notre rêveur n'a même pas d'enveloppe physique. Il est déjà trop mort.

— Non, je glisse en portant un ongle à ma bouche pour le ronger. Il est quelque part, c'est certain : plus on grimpe, plus la matrice est nette. Axiome de Middendorf : l'hôte est au centre de son rêve, et le décor s'estompe à mesure qu'on s'en éloigne. Le type nous attend en haut de l'escalier, aucun doute là-dessus.

— Si tu le dis, prof. Moi, j'y crois de moins en moins.

— D'ailleurs, c'est vrai que vous donnez cours aux externes, dans votre faculté ? demande Valtteri, saisi d'une soudaine curiosité.

— Ouais. Enfin, moi je suis surtout l'assistante qu'on appelle quand il faut faire marrer l'assemblée. C'est Éole, l'intello du duo.

— Quand j'ai commencé mon cursus à Helsinki, l'externat d'onironautique n'existait pas encore. C'était de la pure expérimentation, avec les premiers joncteurs. On avait aucune idée de ce dans quoi on s'engageait. Je me souviens avoir eu peur, car je me demandais si c'était possible de mourir dans la vraie vie après avoir été tué en rêve. D'une crise cardiaque ou un truc du genre…

— Pareil ! ricane Naomi. La faute au cinéma qui nous a collé ce cliché aux basques.

— Moi, ce que j'aurais aimé savoir à l'époque, rajoute Estelle d'une voix éteinte, c'est à quel point ce métier allait me priver d'une vie normale.

Elle claque des doigts à plusieurs reprises avec une amertume à peine dissimulée. Ce n'est pas la première fois que je la vois faire ça, et je suspecte ce tic d'être un test de réalité.

L'assermentée fixe sa main comme si elle s'attendait à y voir naître une gerbe d'étincelles.

— Plus les années passent, plus je me sens… *désincarnée.*

Personne ne répond, mais ce mot sonne juste. En tout cas, il trouve en moi un écho si sincère que je me ratatine sur place. Le rêve ne nous tue pas, non. Mais je mentirais si je prétendais qu'il ne mettait pas ma santé mentale à l'épreuve. S'il ne me donnait pas, par moments, la sordide impression de contempler le monde au travers d'un hublot de verre trempé. En tant que pionniers de cet art nouveau, nous serons peut-être toute une génération d'assermentés à virer cinglés, faute de connaissance sur les mystérieux rouages de la psyché humaine que nos envols éprouvent. Le téléphone d'Estelle se met alors à vibrer.

— C'est l'heure de replonger ! annonce-t-elle en se soustrayant aux bras de Valtteri.

— Comment ça ? je m'exclame. Tu rentres à peine d'une immersion !

— Et alors ?

Elle époussette ses jambes et inspire à fond pour se donner du courage. Ses yeux sombres glissent sur les nichoirs inhabités, répartis par étages circulaires empilés jusqu'au toit en ruine. À ma grande surprise, la jeune femme se tourne vers moi.

— Si tu veux bien, j'aimerais que ce soit toi qui m'accompagnes dans l'envoloir.

— Pourquoi ça ? T'auras bien plus de chances de réussir avec ton binôme habituel.

— Pour apprendre à se connaître, pardi. Montre-moi ce que t'as dans le ventre.

Je lui emboîte le pas, abandonnant Naomi et Valtteri à leur insomnie. Nous laissons derrière nous la volière et pénétrons dans l'office. Au moment de grimper l'escalier, j'aperçois Rainal, absorbé par l'écran de son ordinateur. De toute évidence, il est également un habitué des nuits vides, boudées par le sommeil. Son visage cerné, blafard sous la lumière artificielle, porte le poids d'une inquiétude dont l'origine m'échappe. Il ne remarque même pas que le binôme qui se dirige vers l'étage n'est pas l'un de ceux qu'il a établis.

Nous pénétrons l'envoloir et Estelle m'adresse un clin d'œil complice avant de s'allonger. Plus tôt dans la nuit, Valtteri m'a confié que les immersions à ses côtés ne manquaient jamais de spectacle.

Au fond de moi, j'espère qu'il n'a pas menti.

CHAPITRE 8
La thébaïde arc-en-ciel

Plutôt que de la boue, je découvre l'océan. Gris, ourlé d'une dentelle d'écume qui s'agite doucement jusqu'à l'horizon.

Plutôt qu'un escalier, je découvre de l'herbe tendre et fraîche, hérissée çà et là de pierres pointues. Une prairie vaste, irréelle, qui plonge sous les vagues en une vertigineuse falaise de calcaire.

Plutôt que le rêve de notre témoin, je découvre celui d'Estelle. L'onironaute s'est allongée sur une couverture étendue à même le sol. Elle a dû s'endormir plus vite que moi, car elle paraît m'attendre depuis un moment.

— T'as bidouillé les joncteurs, je remarque en approchant.

— J'ai simplement déconnecté le moribond du circuit. Ici, y a que toi et moi.

Elle m'invite à prendre place sur un plaid, à sa droite. Quatre interminables piliers de bois s'élèvent vers le ciel pâle. Chacun se prolonge en une ramure, qui porte sur chaque branche de drôles de grappes ballottées par le vent tiède. Des carillons, à mieux y regarder. Un millier de clochettes de diamètres variables, chacune rattachée à un ruban coloré qui flotte docilement dans l'air. Les bandes se mêlent, se caressent, composant un arc-en-ciel tressé avec douceur. L'indigo glisse contre le rose pâle. Le vert s'enroule autour du turquoise. L'or enlace le châtain. À chaque grelot correspond une nuance, qui oscille avec les autres sous les nuages qu'on croirait chargés d'une pluie qui ne viendra jamais.

— C'est ta thébaïde ? je demande, bien que je connaisse déjà la réponse.

Estelle acquiesce, et ferme les yeux pour profiter de l'étonnante sérénité du lieu. Chaque onironaute possède une thébaïde, un refuge mental. Il s'agit du premier songe que l'on apprend à tisser sur commande, celui dans lequel on plonge pour s'isoler du tumulte des rêves plus naturels. Un espace tout à fait intime à la symbolique précieuse.

— Pourquoi m'avoir emmenée ici ? Je pensais qu'on devait s'entraîner.

— Parce que j'ai besoin de savoir comment tu rêves. J'ai fait pareil avec Naomi. Ça nous permettra d'apprendre à bosser ensemble et…

Je n'écoute pas la fin de sa réponse. Je viens de remarquer que ma voix, en se frayant un chemin hors de ma bouche, s'est muée en une iridescence orangée, tirant sur l'ocre, qui a disparu dès que j'ai refermé les lèvres. Je lève alors les yeux sur les piliers, et comprends qu'il n'y a aucun ruban pour décorer les carillons. C'est le son de chaque cloche qui se matérialise sous forme d'une langue éthérée, flottant dans le vide à la façon d'une aurore boréale.

Le rire d'Estelle m'arrache à ma fascination. Un rire écarlate et plein de bonne humeur.

— Ça fait toujours ça, la première fois, souffle-t-elle. Bienvenue dans mon cerveau !

Je me laisse tomber à plat dos sur le plaid, hypnotisée par le torrent de couleurs qui donne l'impression de m'aspirer.

— Comme dit Rainal, on est des prodiges. On a tous en nous des capacités qui nous rendent plus aptes à dompter nos rêves, sans avoir à subir les entraînements des générations qui nous suivent. Moi, c'est cette bizarrerie de naissance : j'ai toujours associé des teintes aux sons. Pratique pour jouer de la clarinette… mais surtout utile pour démêler le rêve de la réalité. Quand je dors, les couleurs quittent ma tête et débordent à l'extérieur de mon corps. Et toi…

Son regard se pose sur mes jambes, et je sens monter en moi un malaise indicible, comme si son jugement rampait sur moi à la manière d'une araignée.

— Oh, ne t'inquiète pas. Je ne vais pas te dire que c'est ton handicap qui fait ton atout. Parce que je me doute bien que c'est infiniment plus que ça. C'est une facette de toi qui s'inscrit dans une identité complexe. Pourtant…

— Je n'ai pas vraiment envie de parler de ça.

— Je comprends. Désolée, c'était malvenu. Je voulais juste dire qu'on a ça en commun : on n'a pas besoin de témoin pour vérifier qu'on rêve.

Elle tape trois fois dans les mains, matérialisant des vagues cuivrées qui se répandent dans l'espace. Estelle fait gigoter ses doigts et ces lames informes se changent en une myriade de papillons qui s'éparpillent avant de disparaître.

— Je me suis rendu compte qu'en songe j'ai de grandes facilités à contrôler les sons. Et de ce que j'ai entendu de toi, tu as aussi du talent à revendre. J'aimerais que tu me le montres. Pour qu'on puisse savoir comment grimper ce foutu colimaçon.

Elle darde sur moi ses yeux clairs qui brûlent d'une intelligence rare. Je sens son avidité, pourtant dépourvue de hargne ou de rivalité.

— Je ne te côtoie que depuis hier, ajoute-t-elle, mais il n'y a pas besoin de plus pour comprendre que tu es douée. Particulièrement douée même, sinon tu ne serais pas là. Alors je veux que tu m'en mettes plein la vue.

Elle a prononcé ça d'un ton passionné. Alors je dresse ma canne vers le ciel, avec la ferme intention de montrer à Estelle que Rainal a eu tort de ne pas me recruter en même temps que ma binôme. L'embout de ma canne saute comme un bouchon de champagne et mon ombrelle se déploie. Consciente que ma démonstration pourrait mettre fin au rêve, je me fends d'une question indiscrète :

— Toi, tu maîtrises les sons. Naomi est une virtuose de la matrice stochastique, elle sait créer des personnages qui semblent animés d'une conscience propre. Et ton chéri… c'est quoi, son talent ?

— Valtteri ? Mon « chéri » ? C'est un ami, rien de plus !

— Ce n'est pas l'impression que vous donnez.

— On a été ensemble par le passé… mais on a fini par se rendre compte que partager nos rêves à ce point n'était pas compatible avec une vie de couple. Tu te retrouves forcément confronté, même fugacement, aux fantasmes, aux secrets de l'autre. Ceux qui sont censés préserver nos individualités.

— Donc vous êtes complices et intimes comme un couple… sans vous considérer comme tel ? je taquine.

— Je ne sais pas s'il y a vraiment de mot pour caractériser ce qu'on est. Je ne sais pas si on peut s'épanouir à deux lorsqu'on partage tout à ce point. Mais… je l'aime comme un bout de moi-même, ça, c'est sûr. Comme un jumeau avec lequel je partagerais un morceau de cervelle.

Elle agite nonchalamment la main pour repousser cette discussion.

— À jouer les psychologues de comptoir, j'ai bien mérité ta remarque, admet-elle. Mais c'est pas pour ça qu'on est là. Si tu veux savoir, mon Valtteri est un architecte expert. Il sait plier le décor des rêves à sa volonté, c'est un maître de l'espace onirique.

Elle se redresse et pose un index impatient sur mon épaule.

— Mais cette nuit, c'est toi que je veux voir en action !

Je ne la laisse pas lanterner plus longtemps. J'ordonne au vent de jaillir du sol pour gonfler mon ombrelle et je m'envole entre les piliers, pénétrant les rubans colorés comme une brume qui s'écarte sur mon passage.

Les teintes dégoulinent soudain vers le sol en un filet poisseux qui me fait penser à un sirop d'érable aux couleurs de l'arc-en-ciel. Elles se vitrifient en plaques bariolées et s'alignent à la façon d'un escalier qu'Estelle gravit par petits sauts jusqu'à arriver à mon niveau.

— Tu as raison, je lui glisse. J'ai un talent.

J'exige des rafales qu'elles enflent et se glacent. Je les organise en anneau qui souffle de manière centrifuge en emportant les couvertures, arrachant les pierres et brisant les piliers. Les grelots s'envolent et ajoutent leur tintinnabulement furieux au vacarme de la tempête. Les marches d'Estelle se brisent, à l'exception de la dernière. Je sens la fierté me monter au cœur. Alors je m'arme de toute ma conviction pour déclarer une quasi-vérité.

— Je ne me déconnecte jamais. La seule façon qu'on a de m'éjecter d'un rêve, c'est de m'y tuer ! Et tu vas voir, ça n'est pas une mission facile !

Je prends de l'altitude, non sans lui avoir adressé un sourire provocateur. Tout en filant vers le ciel, je concentre mes vents en faisceaux étroits, qui propulsent à grande vitesse les clochettes en direction d'Estelle. Le tapage de mon ouragan se manifeste par un grand bruit blanc, que la jeune onironaute attire à elle et étire en une bulle qui la maintient dans les airs tout en la protégeant des grêlons métalliques. En sonnant contre son abri, les grelots produisent des éclats bleutés, qui deviennent un gigantesque lasso jeté dans ma direction. En m'approchant, ce lasso gèle en une lance à la pointe acérée. Je parviens à la dévier avec mon ombrelle, et riposte avec une bourrasque qui emporte la sphère d'Estelle à la verticale. Je la pousse de toutes mes forces, jusqu'à la voir disparaître derrière les nuages. C'est à ce moment-là seulement que je serre le poing pour éteindre en une fraction de seconde tous les vents déchaînés. Là-haut, dans l'immensité du faux ciel, il n'y a plus rien. Rien que du silence, rompu par le cri trop faible de l'assermentée, qui ne lui offre pas de matière suffisante pour empêcher son inexorable plongeon.

Les protestations de ma collègue explosent en un panache rubis, qui forme la queue d'une comète improbable. Lorsque la bulle me passe sous le nez, elle est vide. Estelle s'est déconnectée, victime du premier facteur de Nehmann : la sensation de chute. L'écho de son hurlement me tombe dessus en une bruine étincelante. Je dois reconnaître que Valtteri ne m'avait pas menti. Cette rêveuse a l'art d'en mettre plein la vue.

Privée de sa créatrice, la thébaïde se met à fondre. Je profite des quelques secondes qu'il me reste pour admirer les dernières gouttes de bruit rouge. Je lève une ultime rafale qui les porte autour de moi en une guirlande qu'on croirait composée de poussière d'étoile.

Jusqu'ici, je ne m'étais jamais rendu compte à quel point nos façons d'apprivoiser les rêves différaient. En combinant nos atouts, nous pourrions sûrement compenser nos faiblesses respectives.

Je sens une idée, l'embryon d'une idée tout du moins, qui commence à bouillir en moi. Si on poussait ce concept à son paroxysme, peut-être… peut-être que nous pourrions vaincre l'épreuve du colimaçon.

L'océan s'estompe. La falaise est pulvérisée. Ma conscience est engloutie.

Me voilà rappelée au monde réel.

*

En me tournant sur la paillasse voisine, je rencontre le regard embué d'Estelle, à peine visible dans la lumière timide de nos joncteurs. Elle me fixe avec une mine étrange, dont je ne sais pas si elle est euphorique ou dépitée.

— Pas de méprise, murmure-t-elle lorsqu'elle me voit remuer sous les draps. T'as un sacré niveau.

— Je…

— Il est sept heures du matin. On rentre au gîte pour le petit déjeuner ?

— Je crois que je sais comment on peut atteindre le sommet de l'escalier. Il faut qu'on s'envole à quatre.

Estelle ricane en repoussant l'édredon au bout du lit.

— Ouais, t'as *vraiment* besoin de manger. Tu commences à délirer.

Elle débranche ses électrodes, range son joncteur sur l'étagère prévue à cet effet, puis enfile ses chaussures. Ce n'est qu'à cet instant qu'elle constate que je n'ai pas bougé, et que je la dévisage avec la ferme intention qu'elle mesure le sérieux de ma proposition.

— C'est impossible de stabiliser ce genre de matrice avec plus de deux rêveurs. On parle de l'esprit d'un mourant qui tombe en poussière. C'est pas moi qui vais t'apprendre que tu demandes l'impossible.

— C'est le moment de prouver à Rainal qu'il a bien sélectionné les meilleurs assermentés du pays.

Mon regard se rive au plafond, sur lequel je brosse une image mentale du colimaçon. J'y peins différents scénarios et tente d'en retenir un qui permettrait à quatre onironautes de cohabiter dans un rêve aussi instable. Un instant, je crains que mon assurance ait dépassé mes compétences car je vois mal comment nous pourrions empêcher un songe aussi fragile de partir en lambeaux.

*

Pilou se pelotonne contre moi, appuyant sa joue contre mon épaule. Il fixe la télévision mais je sens bien que les actualités ne l'intéressent pas. Il malaxe son foulard d'éclaireur d'un air distrait, ses pensées semblent voler loin de notre appartement.

— Les policiers qui surveillent la résidence… ils vont rester jusqu'à ce que tu partes ?

Je me raidis contre le rembourrage du canapé, et m'accorde une gorgée de thé pour me laisser le temps d'inventer une réponse rassurante. Voilà donc ce qui le préoccupe. Au final, je n'ai aucun intérêt à botter en touche, j'opte donc pour la sincérité.

— Oui. Ce sont eux qui m'ont escortée ce matin, et ils sont

censés me raccompagner tout à l'heure. Mais ne t'inquiète pas, j'ai demandé qu'ils ne grimpent pas jusqu'ici.

— C'est trop la classe…

Étrange, il a chuchoté ça avec une vraie fascination.

— Tu penses que vous pourrez me déposer chez Noé en partant ?

— Hors de question. Ses parents viendront te récupérer ici, comme prévu. Ils ont le double des clés.

— S'il te plaît, ça en jetterait tellement de débarquer dans une voiture de flics !

— C'est non, Pilou. Et puis, c'est un véhicule banalisé, donc oublie le gyrophare.

Plutôt que de se rembrunir, il se lève et se poste à la fenêtre. Il contemple la ville grise, baignée par un soleil timide. Retrouver mon frère, même l'espace d'une journée, m'offre une vraie bouffée d'air frais. Ce samedi, placé sous le signe du farniente, me fait un bien fou. J'oublie presque l'étage morbide de l'office, et son demi-cadavre qui nous résiste. J'oublie mes échecs à répétition. J'oublie l'angoisse à l'idée que notre vol collectif échoue.

— Je veux pas te vexer, mais t'as l'air frustrée, commente Pilou. Tu tires la même tronche que quand tu ramenais pas la meilleure note aux contrôles de maths.

La sensibilité de cet ado m'impressionnera toujours.

— C'est vrai, j'admets après avoir sifflé le fond de ma tasse. Quelque chose au travail me gêne.

— Raconte ! Ils te font rêver de quoi, les policiers ?

— Ça, je ne peux pas le dire.

Délaissant la fenêtre, Pilou revient vers moi, s'agenouille sur le carrelage et appuie le menton sur l'accoudoir du sofa. Lèvres entrouvertes, il lève sur moi deux prunelles gloutonnes.

— Ce que je peux te dire, c'est qu'on attend de moi que j'arrive à explorer un rêve avec plusieurs autres personnes. On serait peut-être les premiers à y parvenir dans… un cadre pareil.

Je me retiens de préciser « dans l'esprit d'un mourant ». Mon frère n'a pas besoin de ce genre de détail glauque.

— Pourquoi c'est si dur ?

Sa question sonne avec la même curiosité que celles de mes externes, sur les bancs de la faculté. Je retranche une mèche derrière mon oreille et force sur mon visage un sourire de professeur.

— Il faut t'imaginer le rêve comme un château de cartes. Selon la santé du rêveur, ce château peut être plus ou moins complexe, et comporter un certain nombre d'étages. Chaque carte représente une quantité d'énergie mentale : toute personne présente en consomme une partie. Bouger, interagir avec le monde ou simplement conserver sa lucidité réclament une concentration de tout instant. Quand tu partages le songe de quelqu'un, tu partages la matrice de son rêve : plus tu ponctionnes de l'énergie, plus elle se fragilise et te refuse. Imagine ton château : un envol classique, en binôme, revient métaphoriquement à retirer deux cartes de sa charpente et espérer qu'il ne s'écroule pas. Mettons que tu partes à quatre, ça signifie que tu dois doubler le nombre de cartes à enlever.

Pilou fronce les sourcils, tâchant de digérer au mieux l'analogie. Il pince son menton entre deux doigts pour se donner une allure pensive. De temps à autre, il me pose une question saugrenue d'enfant. Je lui réponds du mieux que je peux, mais mon regard s'est braqué sur l'un des croquis de Valtteri que j'ai fourré au fond d'une poche. Je scrute ce colimaçon, et le crayonné mal gommé des différentes formations que nous avons tentées lors de nos précédents envols à quatre. Nous n'avons jamais réussi à nous cramponner assez longtemps à cette matrice boueuse mais… nos échecs sont prometteurs. À force d'entraînement et d'émulation, nous avons pu atteindre la dixième spire et, avant d'être emportées par l'averse, Naomi et moi avons distingué au-dessus de nos têtes ce qui ressemblait à un gigantesque palet boueux. Un disque étonnamment lisse, percé d'une trappe dégoulinante où se faufilait une lumière pâle. Après le niveau dix se trouve un étage où vient mourir ce tire-bouchon de malheur.

Naomi, Estelle, Valtteri et moi en sommes convaincus : c'est là que se cache notre rêveur, et nous avons la ferme intention de nous acharner jusqu'à le rencontrer. Ce que Pilou a pris pour de la frustration tient pour moi d'une impatience doublée d'une furieuse obsession de réussir.

CHAPITRE 9
Après le sommet du monde

Ce soir, nous avons rendez-vous avec ce satané témoin. Et je ne laisserai pas passer notre chance.

Nous nous sommes cassé les dents sur ce rêve pendant près d'un mois. Ce rêve m'a poussée dans mes retranchements : il m'a noyée, asphyxiée, lapidée de toute sa boue. Mais le calvaire s'apprête à prendre fin, j'en suis convaincue. Hier, nous avons réussi à toucher la trappe. Cette fois, nous passerons au travers.

En me glissant sous les draps, je secoue mes mains avec vigueur pour les détendre. Naomi s'allonge à ma gauche et se concentre sur sa respiration. Estelle et Valtteri, collés l'un à l'autre sur la seule couchette que nous avons pu ajouter dans l'envoloir minuscule, se murmurent des paroles d'encouragement. Malgré la fièvre qui s'est emparée de ce cagibi obscur, nous allons tous devoir trouver le sommeil.

— On reste sur la formation de la dernière fois, glisse Estelle. Ça fonctionnait bien, on devrait réussir.

— Je ne garantis pas de pouvoir arrêter la pluie au-delà du dixième niveau, grogne Valtteri. Une fois là-haut, vous devrez vous débrouiller.

— Ça va le faire, assure Naomi comme pour s'en persuader. On va gérer.

Je ferme les paupières et repasse en revue la moindre étape de notre chorégraphie millimétrée.

— On se retrouve là-bas, je glisse en remontant la couette sous mon menton. Bonne chance.

Je ne me laisserai pas dominer par mes émotions. Après tout, j'ai déjà fait ça des centaines de fois.

Je visualise ma conscience qui échappe à mes chairs saturées de stress. Je l'imagine comme un orbe fantomatique qui se dilue dans la vaste étendue noire qui règne dans mon esprit. Au bout de longues minutes, je sens mon corps se mettre à tanguer. C'est le signal : mes muscles sont figés par le sommeil. J'en profite pour plonger en avant dans les ténèbres. Je m'arrache littéralement à ma carcasse, aveugle et libérée de toute sensation. Je n'ai plus qu'à laisser le rêve de notre hôte naître du néant.

*

Je me cramponne de toutes mes forces au pommeau de la selle pour éviter d'être désarçonnée par les premiers battements d'ailes d'Alphys qui tente un décollage précaire depuis l'escalier. Les trombes de boue nous cinglent au point de nous faire d'abord perdre de l'altitude. Mais après quelques poussées maladroites, le ptérodactyle s'élève enfin. Son corps hideux se crispe et se détend comme un accordéon écailleux qui me colle la nausée. Mais je n'ai pas le choix : quelqu'un doit me porter là-haut. Surtout, ne penser à rien. Laisser les autres puiser l'énergie qu'il leur faut sans intervenir. Je ne dois pas encore retirer ma carte du château.

J'aimerais fermer les yeux, mais j'ai besoin d'analyser mon environnement pour m'adapter au moindre raté. Alors j'observe à travers la fente de mes paupières mi-closes.

Naomi porte son sifflet à sa bouche, produisant un son déchirant qui se dilate dans la tempête sous forme d'éclairs blancs qui suivent notre ascension. Estelle, postée sur les premières marches, a positionné ses mains l'une face à l'autre et y attire la foudre qu'elle condense en un maelström immaculé qui rugit entre ses paumes. Elle transforme le sifflement strident en un voile diaphane qui se déploie dans l'air. Une boule de ce que je définirais faute de mieux comme du *tissu de son* se froisse au-dessus de sa tête. C'est à Valtteri d'entrer en scène : perché légèrement en surplomb, il étale les bras sur le côté pour séparer la matière que lui fournit Estelle en deux membranes qui sont propulsées de part et d'autre du colimaçon, puis se ressoudent après en avoir fait le tour. Nous voilà abrités de la tempête par un cylindre souple et blafard, qui s'étire plus vite que ce qu'Alphys grimpe. La dompteuse du bruit offre au maître-architecte le carburant dont il a besoin pour échafauder son édifice. Tant que Naomi continue de siffler, nos deux collègues peuvent nous protéger de l'averse. Alors peu importe que ce vacarme me vrille les oreilles, nous progressons à toute allure vers notre objectif.

Le dixième palier entre dans mon champ de vision. Le disque de boue suintant nous apparaît et, avec lui, sa minuscule ouverture.

Poussant un rugissement strident, le ptérodactyle se pose sur les dernières marches de l'escalier. Ailes repliées de part et d'autre de son poitrail, il gravit les derniers mètres en ballottant ses hanches osseuses. Naomi passe un bras autour de mon épaule pour éviter que je sois trop secouée. Aucune chance que je perde ma lucidité, pourtant : je suis bien enracinée dans ce rêve et rien ne m'en délogera. Alphys étire son cou et le passe au travers de la trappe. Elle est la première à apercevoir ce que cet étage nous réserve. Un instant, je crois voir ses yeux de monstre s'écarquiller, et sa tête partir dans un subtil mouvement de recul.

Nous sommes accueillies par un fracas aigu, un vrai bruit de tempête, qui nous tombe dans l'oreille dès que nous émergeons.

— Il ne pleut plus, remarque Naomi d'une voix ébahie.

En effet. Et pour tout dire, malgré le sifflement qui remplit tout l'espace… l'air est aussi plat que tiède. Pas la moindre brise pour nous effleurer, et pas la moindre odeur. Il me faut quelques secondes pour m'adapter au silence illogique de mes autres sens.

Le sommet de ce monde – car c'en est bien le sommet, l'escalier s'arrête au niveau de la trappe – ne compte que deux couleurs. Le brun et le blanc écru. Blanc pour le ciel, qui remplace les ténèbres du colimaçon. Brun pour le sol de boue et ces arbres biscornus qui semblent avoir été façonnés à la main. Naomi claque des étriers et Alphys s'envole de nouveau. Nous planons au-dessus des branches et notre ombre plaque un losange obscur sur la glaise, qui semble ici plus ferme que dans les tréfonds.

— J'arrive pas à y croire ! jubile Naomi d'une voix puissante pour couvrir le tumulte ambiant. On y est !

Je devrais la rabrouer pour l'inciter au calme : je connais sa tendance à se déconnecter sous le coup de l'emballement.

Pourtant, je me retiens, car je partage son émoi et son triomphe. J'aimerais aussi laisser éclater ma joie, mais la mission passe avant tout. Je guette les nombreux branchages et tente de distinguer lesquels portent les feuilles les plus nettes. Dès que j'en discerne les nervures, j'indique à ma binôme que nous approchons. Nous naviguons de longues secondes, jusqu'à l'orée du bois, qui vient se terminer contre une steppe vide et parfaitement lisse. Voilà la frontière de ce monde.

Et cette silhouette accroupie, qui s'active sur un monceau de boue… ce doit être notre rêveur.

Mon cœur s'emballe comme un canari effarouché. Nous amorçons un piqué, que Naomi redresse au dernier moment pour nous poser en douceur.

— À toi de jouer, annonce-t-elle en mettant pied à terre. Je te laisse le champ libre.

Elle s'assied à même le sol et ferme à demi les paupières pour économiser de l'énergie onirique. L'homme ne nous a pas vues, il est trop occupé à façonner un nouvel arbre sous la paume de ses mains sales. Je fais quelques pas vers lui. La boue aspire mes semelles et les retient par un effet de succion, si bien que je me retrouve à clopiner plutôt qu'à marcher.

Le vacarme de la tempête est ici plus insupportable encore qu'à l'entrée. On dirait des milliers de voix hurlées qui se superposent les unes aux autres, tissant une cacophonie monstrueuse.

— Excusez-moi ! je lance alors à l'homme, qui lève sur moi un œil surpris.

Ce qui me frappe d'emblée, c'est la force de son regard et de ses traits. Contrairement aux malades que j'ai l'habitude de visiter, il présente une apparence cohérente : je lui donne une petite quarantaine, avec ses rides discrètes, son nez abrupt et sa barbe de dix jours qui boucle à peine. Ce rêveur a été arraché à sa vie de façon soudaine, son corps est celui qu'il avait au moment de tomber dans le coma.

— Qu'est-ce que vous faites ici ? demande-t-il d'un ton bourru.

— Je m'appelle Éole, et je suis…

— Un de ces toubibs qui visite les derniers rêves des macchabées, c'est ça ?

Je m'immobilise tandis qu'il se redresse, flanquant un coup de pied rageur dans le tronc qu'il était en train de sculpter.

— J'ai reconnu votre blouse bleue, grogne-t-il, on vous repère de loin.

— Monsieur, je glisse d'une voix que je veux aussi douce que possible. Vous avez raison : vous rêvez.

— Sans blague ! Je me demandais si j'étais pas en train de me promener tranquillement sur le littoral cotentin. Ou dans les Landes, ça doit ressembler un peu au foutoir d'ici, non ?

Ses bras ballent le long de ses hanches, avec une lassitude non dissimulée.

— Ça fait des semaines que je me balade dans ce trou perdu et que je fabrique de maudits arbres parce que j'ai rien d'autre à faire. J'ai pas besoin de toi pour me dire que je rêve.

Je croise les bras contre ma poitrine. Je n'ai pas l'habitude qu'un hôte me traite avec une insolence pareille.

— Et j'ai pas *non plus* besoin de toi pour me dire que je suis en train de mourir.

Aïe, voilà qui va rendre l'exercice plus ardu. Hors de question que ce type s'empêtre dans sa colère, je désamorce d'emblée la tension.

— Qu'est-ce que vous aimez boire ?

— Quoi ?

— C'est quoi votre boisson préférée ? Autant se parler dans des conditions civilisées.

Il s'essuie les mains, fixe un instant le ciel vide, puis répond avec un haussement d'épaules :

— J'avoue que quitte à caner, je cracherais pas sur un verre de champagne.

Je recueille un peu de boue dans ma main et, par la pensée, la change en deux coupes de cristal. Je balade un index sur le pourtour et elles se remplissent à ras bord d'un liquide clair qui pétille. Créer de la matière nécessite une grande quantité d'énergie mentale, mais tant pis, je dois amadouer ce rêveur farouche.

— Comment tu fais ça ?

— Simple question d'habitude.

— Si j'avais su que c'était possible, je me serais moins emmerdé ici.

Il attrape sa coupe et la porte à ses lèvres. Ses pommettes se froissent avec un rictus.

— C'est pas un grand cru, pique-t-il. On dirait de la limonade alcoolisée.

— Navrée, je ne suis pas une habituée des dîners mondains.

— C'est déjà pas mal. Bon, qu'est-ce que tu veux ?

Il fait rouler la coupe vide entre ses doigts et me toise avec ce que j'ose prendre pour un début de cordialité. J'opte à mon tour pour le tutoiement :

— On peut commencer par ton nom.

— Alexian. Alexian Omelhier.

Cette réponse est un trophée. Elle est la preuve de ma réussite, l'assurance que j'ai réussi là où tant d'autres se sont plantés. Une part de moi, que je sais trop égoïste, se met à exulter. Alexian se penche sur le côté et observe Alphys, qui abrite toujours Naomi sous une aile.

— C'est quoi ce monstre ? Et c'est qui la fille, là-bas ?

— La fille, c'est ma partenaire. Et c'est son ptérosaure qui nous a emmenées jusqu'ici. Elle reste en retrait pour que je puisse me concentrer à fond. On est quatre onironautes à s'être invités dans ton rêve.

Il hoche la tête, mais ne semble pas plus surpris que ça. Il ne mesure sans doute pas l'exploit que cela représente. J'ai éclairé sa lanterne, à mon tour de risquer une question.

— Est-ce que tu sais pourquoi tu es là, Alexian ?

— Ce qui m'a… tué, tu veux dire ?

Il s'installe sur la souche de l'arbre qu'il vient de démolir comme sur un banc de fortune.

— J'ai fait des conneries et j'ai payé pour ça. J'vois pas ce qu'y a d'autre à ajouter.

— On t'a agressé ?

— Au pied de biche, ou à la batte de base-ball. Peut-être avec un marteau ou un vieux gourdin, qui sait ?

Il a dû surprendre mon agacement, car il poursuit d'un ton résigné :

— Oui, on m'a agressé. Mais je ne sais pas avec quoi exactement. Ils sont entrés chez moi, m'ont foutu un solide coup sur l'arrière du crâne et… c'est tout. Depuis, je suis coincé ici.

Voilà qui écarte au moins la piste du suicide. Mais un détail cloche. Les mourants, au moment d'aborder les circonstances de leur fin de vie, se laissent en général aller à l'émotion. Le coin de leurs yeux se mouille, leurs gestes se font fébriles et leur voix peine à incarner la réalité. Mais lui… lui parle de sa mort comme d'un accident trivial, avec une assurance qui m'ébranle.

— Ça ne te travaille pas plus que ça ?

— Je l'ai mérité, je crois.

Au moment où il assène cette phrase, les steppes se mettent à trembler, manquant de se dérober sous mes chaussures. L'émotion d'Alexian, jusqu'alors contenue, secoue la matrice du songe.

— Tu peux m'en dire plus ? je risque, en étalant mes bras pour garder l'équilibre.

— Je…

Alphys pousse un long vagissement. En me retournant, je constate que Naomi est remontée en selle et fixe la forêt, qui commence à se déliter. Les arbres s'enfoncent peu à peu au travers du sol, les feuilles paraissent fondre.

— Je sais pas ce que tu fais, hurle-t-elle, mais on est en train de perdre le rêve !

Elle tend ses paumes devant elle, puisant avec peine de l'énergie pour tenter de stabiliser notre environnement.

— Alexian, je glisse avec insistance, j'ai besoin d'une réponse. Pourquoi est-ce que tu l'as mérité ?

Il gratte compulsivement le foulard déchiré roulé autour de son poignet gauche. Sa bouche s'ouvre et se referme. Son aveu est une bile qu'il n'arrive pas à vomir.

— Eh merde. J'ai plus rien à perdre, hein ? J'suis mort, de toute façon ! Je suis qu'un putain de cadavre !

Un foulard… bicolore.

— J'ai tué tous ces gosses.

Une chemise beige, cousue d'un blason doré. Un vautour gypaète aux ailes étendues. Ce symbole…

— Comment ça, tu les as tués ?

Je n'ai pas prêté attention à ses vêtements. Ou je n'ai pas voulu le faire. Quelque chose se fissure en moi. Comme si mon âme cédait sous le poids d'une conclusion impossible.

— Je devais… Je devais faire une diversion. Quelqu'un s'apprêtait à nous balancer, alors on m'a demandé de détourner l'attention. Le temps qu'ils embarquent la came et démantèlent le labo.

Ses propos s'effilochent peu à peu, ce ne sont plus que des confessions faites à vif, crachées sans contexte pour apaiser l'enfer en lui.

C'est lui qui a foutu le feu, n'est-ce pas ? Le jour des Olympiades…

— J'ai allumé un incendie. Mais je pouvais pas deviner que ça les piégerait comme ça… On avait étudié les vents, tout était préparé… C'était pas censé atteindre les campements.

C'est LUI qui a foutu le feu.

— J'pouvais pas vivre avec ça. J'pouvais pas. J'ai voulu avouer ce que j'avais fait, ce qu'on m'avait fait faire… j'ai voulu demander le statut de repenti pour avoir une protection. Mais on m'a pas pris au sérieux. Après tout, c'était y a quinze ans et ça avait l'air accidentel… Bien sûr, puisqu'on avait tout fait pour ! Mais la rumeur a dû remonter jusqu'à un flic corrompu, qui m'a vite balancé.

Ces bruits de tempête n'en sont pas. Ce sont bel et bien des cris. Des hurlements venus de nulle part et déposés sur mon tympan. Ils sont l'écho de la culpabilité d'Alexian, ils sont ses victimes, ils sont…

Crac.

Deux de mes lombaires viennent de se désolidariser. Mon dos se brise. Dans l'espace créé entre mes os, une force brûlante enfle et enfle encore, venant bouffir le tissu de ma blouse et menaçant d'exploser dans l'espace. Une puissance immonde, qui me possède tout entière. Je n'entends plus le plaidoyer misérable d'Alexian.

D'un geste désespéré, j'étire le bras en direction de Naomi, toujours appliquée à maintenir la forêt en place. Je projette mes pensées dans cette direction. Je me heurte au crâne écailleux d'Alphys et tente de m'y faufiler. Je sens l'énergie de ma partenaire qui l'anime, et tout le bouillon stochastique qui donne l'illusion que ce reptile est pourvu d'une conscience. Je m'imagine plonger dans son esprit rustre, et arracher à Naomi son autorité.

Les yeux de la créature se révulsent et je prends le contrôle de son corps. Je serre le poing, et sa tête énorme part en arrière, désarçonnant sa cavalière. Qui s'effondre dans la boue, frappée de stupeur.

— Qu'est-ce que…

Le ptérodactyle plie le cou, dévoile ses crocs de travers et sa langue craquelée. Naomi n'ose même pas crier et se mure dans un silence atterré quand sa monture jette son bec sur elle.

Je détourne le regard quand Alphys engloutit mon amie mais je sens, au bout de mes doigts qui la contrôlent, la satisfaction de la bête à l'appétit assouvi. Ça me fiche un haut-le-cœur.

Naomi a disparu de ce monde. Tant mieux, car elle ne doit pas voir ce qui est sur le point de se passer.

L'énergie cauchemardesque larde ma blouse et se faufile dans les ouvertures. Des filaments brûlants surgissent de mes reins, imprimant une peur sans nom sur le visage d'Alexian.

— C'est un cauchemar… bredouille-t-il. C'est un cauchemar, hein ?

Les tentacules s'unissent en une mèche unique, qui prend du volume jusqu'à devenir un deuxième corps émergeant du mien. Un corps si lourd que je bascule en avant dans la boue. Un corps qui m'appartient sans que je le possède réellement.

SE PERDRE À L'ORÉE DES SONGES

Je le sens qui prend forme, avec beaucoup trop de bras, ou de pattes, peut-être… peu importe. Il se couvre d'écailles et de plumes qui me démangent en effleurant mon dos nu. De griffes qui se plantent dans la boue.

Le monstre en moi grossit et se munit d'une dizaine d'yeux à travers lesquels je vois à peine. Et d'une gueule béante qui a faim, d'un appétit qui n'a rien à voir avec mon estomac. Des dents lui poussent partout. Sur la langue, autour des narines, au travers des joues…

Mon deuxième corps veut bouffer ce rêveur coupable. Je suis devenue ma colère. Et ma colère est bien plus grande que moi.

Alexian s'enfuit en hurlant comme un damné. Mais c'est peine perdue. Je le vois d'en bas, avec mes yeux, et d'en haut, avec ceux du monstre. La bête lance en avant son mufle que je discerne à peine, le happe et le broie entre ses crocs. Ses chairs se rompent et ses os sont pulvérisés.

Je comprends que je suis en train de dévorer mon hôte. Et qu'un morceau de moi en tire de la jouissance.

Le rêve explose.

CHAPITRE 10
Bobine

Mon souvenir est en feu.

La forêt craque et se consume tandis que l'incendie progresse depuis l'aval. Le ciel étoilé est masqué par la fumée opaque qui se dépose devant les vitres.

L'intérieur du bus pue l'effroi et la sueur humaine. Nos hurlements y ricochent, si vifs et si crus que je ne m'étonnerais pas qu'ils gondolent la carrosserie.

Je suis piégée dans un rêve-bobine, un souvenir que mon esprit lésé ne maîtrise plus. Un fragment du passé dans lequel les onironautes s'incarnent et s'empêtrent sans pouvoir se réveiller.

Je « rêviens » quinze ans en arrière, aux côtés de ma compagnie d'éclaireurs. À côté d'Amir et de Manola, au soir des Olympiades interrompues par des sirènes d'apocalypse. Dans cet autocar qui fonce à flanc de coteau dans l'espoir d'échapper au brasier. Les animateurs nous appellent au calme, mais aucun de nous ne dompte son angoisse. Nous sommes une quarantaine à nous cramponner aux sièges, sourds à toute exhortation. Je suis incapable de bouger, comme si mon corps était fait de cire glacée. Seule ma tête s'étire péniblement sur la gauche, m'autorisant à regarder par la fenêtre. Les troncs défilent par dizaines, se confondant presque à cause de la vitesse. De temps à autre, j'aperçois la silhouette droite et soucieuse de maman, qui paraît se téléporter à ma hauteur de façon erratique. Elle n'appartient clairement pas à ce monde : elle lévite au-dessus des fourrés, habillée d'une robe marine qui s'accorde avec ses yeux limpides. *Ne t'inquiète pas*, semble-t-elle me dire.

— Éole ! *Éole !*

La voix de Pilou, dans mon dos, m'empale de toute son horreur et de son réalisme. Comme les autres louveteaux de son âge, il peine à saisir ce qui est en train de se passer. Il crie aussi fort qu'une bête qu'on s'apprête à égorger.

Un panache d'étincelles se déroule devant nous, poussé par les rafales qui dévalent les collines. L'incendie, en se jetant goulûment de l'autre côté de la route, nous laisse devant un mur de flammes infranchissable. Les freins du bus hurlent et nous glissons de biais pour éviter la collision. L'avant du véhicule s'avance au-delà de la chaussée, surplombant une pente vertigineuse à peine masquée par une nappe de fumée. Quelques mètres de plus, et notre propre poids va nous emporter.

Maman s'est postée à ma fenêtre. Elle appuie sa main contre le verre pour me communiquer tout son courage.

— *Ça va aller*, je lis sur ses lèvres.

Mais je sais qu'elle ment. C'est bien le fardeau des onironautes coincés dans un rêve-bobine : ils sont tout à fait conscients de l'issue que leur réserve le cauchemar. D'ici une poignée de secondes, un autre bus jaillira du virage en épingle. Le manque de visibilité empêchera le chauffeur de réagir à temps. Nous serons emboutis, les essieux décolleront, et nous basculerons dans le vide. Notre compagnie deviendra un missile, lancé à toute vitesse vers la forêt sur laquelle nous allons nous écraser.

Je veux me réveiller. Je dois me réveiller avant que ça ne se produise à nouveau. Je ne supporterais pas les cris de Pilou, je ne peux pas perdre à nouveau ma…

Une sensation étrange, incohérente avec le souvenir, plante en moi un profond malaise : ma cuisse est bien engainée dans sa prothèse.

C'est impossible, non ? J'ai toujours mes deux jambes lorsque je rêve, toujours ! Ça ne tourne pas rond, je suis en train de salement déconner. Peu importe à quel point j'essaie, je suis coulée dans ce rêve comme dans du béton. Coincée dans ce corps qui n'a aucun sens.

La lumière des phares de l'autre autocar inonde le couloir, l'impact est imminent. Je retiens mon souffle, priant de toutes mes forces pour être arrachée à ce naufrage. Je compte les battements de cœur qui me séparent du drame.

Soudain, comme si mes suppliques avaient été entendues, le rêve s'efface. Les cris, les flammes et la nuit s'évaporent.

*

Penché au-dessus de ma paillasse, Valtteri me dévisage. Il a les cheveux en bataille et les joues jaunes sous la lumière crue de l'ampoule à incandescence. Sa main est crispée sur mon épaule, broyant ma clavicule au point de me faire mal.

— Enfin ! s'écrie-t-il. T'as passé un sacré temps dans le cirage !

Je fais taire mon joncteur, puis tâtonne contre le matelas pour trouver ma prothèse.

— Vous êtes debout depuis combien de temps ? je marmonne en me redressant.

— Estelle et moi, on a été déconnectés rapidement après que vous avez passé le dixième niveau. Naomi nous a rejoints une demi-heure plus tard et nous a fait un topo. Mais toi… t'as dormi quinze minutes de plus qu'elle, et ça en fait cinq que je m'évertue à te réveiller. On a cru à une overdose de somnifères !

— Je vais bien, t'en fais pas.

Mensonge éhonté, bien sûr : je suis en nage et au bord du malaise.

Je saisis ma canne, repousse Valtteri et m'arrache à l'envoloir moite. Je me retrouve dans la salle de soins et découvre une grappe de cinq personnes réunies autour du lit d'Alexian. Estelle et Naomi s'activent autour de son joncteur et la docteure Amoudourra, notre anesthésiste, manipule les perfusions entre deux infirmières.

— Qu'est-ce que vous avez fichu avec lui ? aboie-t-elle en m'apercevant. Vous voulez qu'il nous claque entre les mains ?

Je ne réponds pas et m'engouffre par la porte ouverte. Lorsque je descends l'escalier, la raideur sous ma cuisse droite me confirme que je suis bien dans le monde réel. Du moins, je l'espère. Après cette nuit, ma confiance en mes TR vacille.

Je demande à un agent de l'office où se trouve Rainal et apprends qu'il se repose dans ses quartiers particuliers. Je me précipite de l'autre côté du bâtiment mais, juste avant que je toque chez le commissaire, on s'empare de mon poignet.

— Ne me refais *plus jamais* un coup pareil, grince Naomi avec une émotion que je ne lui connaissais pas.

— De quoi tu parles ?

Je regrette cette phrase sitôt prononcée car feindre l'ignorance enflamme ma partenaire.

— Bordel, Éole ! Alphys est une projection de mon inconscient, elle concentre tout un tas de choses privées, carrément intimes même. Tu n'as pas le droit d'en prendre possession, et encore moins pour te retourner contre moi.

Envolés, sa bonne humeur et ses sourires. Seule subsiste sa colère, et son index furibond qu'elle dresse sous mon nez.

— Je suis désolée. Je ne…

— Tu crois que je me rends pas compte que tu me caches des trucs ? T'es pourrie par tes Vestiges et tu m'as déconnectée parce qu'il y a quelque chose que tu ne voulais pas que je voie. Tu sais quoi ? Grand bien te fasse si tu ne veux pas parler. Mais je ne veux plus voler avec toi dans ces conditions.

— Quoi ?

— C'est ton choix, de garder ce qui te tracasse pour toi. C'est le mien de ne pas partager mes envols avec quelqu'un d'instable qui n'hésite pas à me trucider pour me dégager d'un rêve. Tu as manipulé Alphys pour qu'elle me *bouffe*, Éole !

— Je t'ai dit que j'étais désolée.

— Je m'en cogne, de tes excuses. Je veux que tu sois honnête. Et si c'est trop dur pour toi de te confier, je veux au moins que tu admettes que tu n'es pas en état de t'envoler. Mais ça t'arracherait la gorge d'avouer ça, hein ?

Plutôt que de flancher, je confronte mon regard au sien et annonce :

— On a réussi notre mission, non ? Je sais pourquoi ce rêveur est tombé dans le coma, je vais faire le rapport à Rainal et…

— Ah ouais ? Tu comptes lui parler de la Chimère ?

SE PERDRE À L'ORÉE DES SONGES

Ma phrase se pétrifie en même temps que mon cœur, que je sens dégringoler dans mon ventre. D'instinct, je tâte mon dos pour vérifier que ma blouse est intacte et suis rassurée de sentir le relief de ma colonne vertébrale. Comment sait-elle ? Comment a-t-elle deviné ce qui couvait en moi à ce moment ? Comment peut-elle être certaine qu'il s'agissait d'une Chimère ? Mes pensées glissent un instant sur ces crocs, ces écailles et ces plumes qui étaient les miens. Elles trébuchent sur cette gueule ouverte, prête à déchirer Alexian. Sur ces naseaux qui humaient son angoisse.

— *Des années*, Éole. Des années qu'on partage nos rêves. Tu pensais vraiment que je ne remarquerais rien ? T'as beau m'avoir éjectée avant de tout lâcher, ça se sentait dès l'instant où t'as causé avec le mourant. C'est toi qui as fracturé le rêve.

Elle paraît incapable de museler ses émotions. Après avoir fait volte-face, elle remonte le couloir en lâchant sur un ton péremptoire :

— Je n'en parlerai pas aux autres. Mais ce n'est pas pour te faire plaisir, simplement… c'est à toi de le faire. On ne pourra t'aider que si tu nous le demandes. Parce que c'est en toi que t'es en train de te perdre.

Elle m'abandonne dans un silence glaçant. Je prends une seconde pour encaisser ses dernières paroles, puis toque à la porte de Rainal en espérant qu'il n'ait rien entendu.

Heureusement, le commissaire est étendu sur son lit, tête basculée sur l'épaule. Il s'est visiblement assoupi en feuilletant les dossiers qui se sont éparpillés sur le parquet.

— Navrée de vous déranger, monsieur.

— J'espère que c'est important, grogne-t-il d'une voix empâtée. Quand je donne l'ordre de me laisser travailler, j'ai tendance à mal supporter qu'on désobéisse.

J'inspire à fond, choisissant parmi les milliers d'informations que j'aimerais dire celles que je peux me permettre d'énoncer. Désolée, Naomi, mais je ne parlerai pas de la Chimère à Rainal. Je préfère me cantonner au factuel :

— Notre témoin s'appelle Alexian Omelhier. C'est le pyromane à l'origine de l'incendie qui a ravagé le jamboree international de 2023. Il a allumé ce feu pour détourner l'attention d'un trafic de drogue d'envergure mondiale qui, je suppose, comptait profiter de l'événement pour faciliter la circulation de sa marchandise en Europe.

Je m'attendais à ce que Rainal explose de joie. Qu'il abandonne toute réserve, repousse la couette et saute sur la descente de lit pour m'inonder de questions. Au vu de son investissement dans l'enquête, je voyais déjà mon aveu fracasser sa droiture de façade, révélant une part peut-être plus enthousiaste de sa personnalité. Il n'en est rien. Le commissaire jette un œil à sa montre avec une mine étrangement grave, puis me considère :

— Je vais passer des coups de fil. Retrouvez-moi devant l'office à sept heures pile, nous irons discuter.

*

— Comment allez-vous ?

Une aube rose, couverte de nuages ronds aux allures de dragées, se déploie au-dessus du domaine. La rivière brille sous les saules encore humides et, sous l'air vif, une odeur de vase et d'écorce me donne envie d'engloutir un café bien corsé. Avec un croissant encore luisant de beurre, ce serait l'idéal. Mais Rainal ne m'a pas convoquée pour partager un petit déjeuner sur la berge. Il a enfilé son uniforme et m'a retrouvée devant l'office avant de m'emmener sur cette langue de gravier, qui épouse l'anse que l'eau décrit avant de cascader en aval. Le remous des rapides, couplé au frottement des branches poussées par les vents matinaux, installe une ambiance agréable, propice au sommeil ou à la méditation. Enfin, disons qu'elle aurait pu se montrer agréable si le commissaire n'avait pas initié la discussion avec une question dérangeante.

— Pourquoi vous ne me répondez pas ? demande-t-il en soufflant entre ses mains jointes pour les réchauffer. Je vous ai juste demandé si ça allait.

Il n'a pas *juste* demandé. Son « comment allez-vous ? », asséné avec une sévérité troublée par l'inquiétude, ressemblait fort à un test. J'ai vite senti qu'il s'attendait à ce que je sorte ébranlée de cette immersion. Il n'avait jusqu'ici jamais posé sa main sur mon épaule et c'était la première fois qu'il laissait poindre un tel souci dans sa voix. C'est pourtant ainsi, avec le poids de sa paume et celui de ses tracas, que je l'ai suivi dans le bois. Ça ne peut signifier qu'une chose :

— Vous saviez que cette affaire me concernait.

Rainal ne dément pas et replace son képi sur son crâne en pinçant la visière entre ses doigts. Il pourrait au moins se passer de ce couvre-chef tape-à-l'œil… Ce n'est pas comme s'il avait besoin de maintenir une image aussi guindée. Après tout, je l'ai tiré du lit ce matin.

— Vous m'avez laissée me connecter à ce rêveur alors que vous saviez que son histoire touchait à mon passé.

— Au moins, vous savez pourquoi vos supérieurs ont initialement refusé votre intégration.

— Initialement ?

Une moue discrète passe sur son visage.

— Vous avez raison : ils ont toujours refusé que vous nous rejoigniez. J'ai décidé d'outrepasser leur décision en toute connaissance de cause. Pour être honnête, votre situation si particulière est la raison pour laquelle je tenais à vous avoir auprès de nous. Plus que vos talents, votre implication dans ce drame nous permettra d'avancer.

— Je croyais que Naomi s'était battue pour que j'aie le poste…

— Elle a eu l'impression de le faire. En réalité, je me suis démené auprès du reste de l'équipe pour vous embaucher. Comme elle, mais pour des raisons différentes, j'étais certain que vous seriez la clé de notre réussite.

— Alors que j'ai perdu ma jambe dans ce foutu jamboree ? Alors que j'ai…

Ma protestation est coupée par un hoquet. Je viens d'apercevoir, par-dessus l'épaulette dorée de Rainal, une ombre qui se dessine entre deux troncs. Une silhouette floue, ouatée, dont je reconnais pourtant les traits. Ce visage m'est familier et, selon toute vraisemblance… il n'est visible que par moi.

— Docteur Geist, voilà qui me conduit à la vraie question que je souhaitais vous poser.

Je tente un TR discret, au résultat négatif. Alors… pourquoi est-ce que le spectre de maman m'observe depuis le couvert du bois ?

— Est-ce que vous êtes prête à continuer, maintenant que vous avez toutes les cartes en main ?

— Vous m'avez caché la vérité.

— Ça, inutile de le nier.

— Vous saviez que m'investir dans ce genre d'enquête risquait d'impacter ma santé mentale et mes immersions.

— C'est vrai.

— Qu'ai-je à gagner là-dedans ?

— L'espoir de faire la lumière sur ce qui s'est passé il y a quinze ans et celui d'obtenir une réponse judiciaire à ce drame.

— Foutage de gueule. Vous mettez mes blessures à votre service, c'est tout.

— Vos blessures peuvent mettre du sens sur ce qui s'est passé, et vous le savez très bien.

Joignant ses mains dans le dos, Rainal remonte la rivière et passe au travers de mon fantôme sans pour autant le faire disparaître.

— Je n'ai aucun moyen de vous forcer, mais je suis convaincu que votre expérience…

— « Traumatisme. » C'est le mot que vous cherchez.

— Que votre *traumatisme* peut être apprivoisé pour aider cette enquête qui piétine.

Je fulmine sans oser protester. C'est tellement simple de parler d'une si belle façon des stigmates de quelqu'un d'autre. De servir une soupe sur le courage et la force qu'appellent les épreuves de la vie. Facile à dire : lui ne voit pas mes Vestiges et n'a aucune idée de ce que c'est, de se sentir funambule en équilibre précaire sur le fil de la réalité.

— Et si je ne veux pas être la bonne victime ?

— La bonne victime ?

— L'handicapée qui souffre, mais qui ne le dit pas trop. Celle qui a perdu une jambe, mais se bat pour marcher comme les autres. Celle qui change ses drames en super-pouvoir pour se faire justicière. Allons, vous savez forcément ce qu'est la bonne victime. Elle doit au monde entier résilience et abnégation.

Le commissaire s'immobilise et une drôle de compulsion pousse sa main jusqu'à son képi pour l'ajuster de nouveau.

— Ce jamboree m'a beaucoup pris. Alors ne vous cachez pas derrière cette morale à deux balles. Je ne suis pas une version joliment endommagée de la personne que j'étais. Et ce n'est pas pour me sublimer que je participerai à cette enquête.

— Qu'est-ce qui vous y pousserait, alors ?

— Je n'en sais rien, peut-être un peu d'honnêteté de votre part. N'essayez pas de me faire croire que je fais ça pour moi. Tout ce que je pourrais en tirer est secondaire. Non, c'est parce que *vous* avez besoin de mon aide que je suis là. Quitte à ce que je sacrifie un peu de ma santé mentale.

Je perçois un malaise en lui. Je me félicite qu'il comprenne l'indécence de cette situation.

— Vous avez raison, ce que je vous demande n'est pas juste. Mais vous avez le choix, et l'avez toujours eu. Vous avez eu l'intelligence de mener une équipe de quatre rêveurs dans un esprit quasi mort. Vous avez obtenu de l'hôte les informations dont nous avions besoin. Pour moi, il n'y a aucun doute : vous sauriez débloquer cette affaire.

— En invitant Alexian dans ma tête, c'est ça ? je complète d'un ton cynique.

Rainal, qui jusqu'ici esquivait mon regard, pose sur moi ses prunelles claires qui n'essaient même pas de masquer leur surprise.

— Je n'aurais pas osé vous le proposer si tôt, ricane-t-il.

— C'est inutile de tourner autour du pot. Vous voulez que j'utilise ma connaissance du terrain pour concevoir une matrice de rêve recréant le jamboree. Vous voulez que j'y emmène Alexian en espérant que revenir sur les lieux du drame le pousse à dévoiler de nouveaux éléments.

— Comment vous savez ça ?

— C'est la première chose à laquelle j'ai pensé quand j'ai compris que vous m'aviez embobinée. Europol y a forcément réfléchi avant moi, non ? Puisque c'est la chose la plus logique à tenter…

— Je dois en déduire que vous allez continuer à travailler avec nous ?

Je racle le sol du bout de ma canne, exprimant la frustration que suscitent mes paradoxes. Il faut croire que je n'ai rien de mieux à faire que de jouer les bonnes victimes. À moins que je n'espère combler le gouffre en moi, celui dont le Vestige qui me fixe s'est échappé. Peut-être que les réponses sur le jamboree pourraient colmater cette brèche intérieure.

— Valtteri vole, ce matin ? je demande plutôt à mi-voix.

Rainal arque un sourcil, mais ne s'offusque pas que je botte en touche.

— Pas avant midi. Je l'ai vu qui partait pour son footing, tout à l'heure.

— Merci.

— Vous filez déjà ? demande le commissaire en constatant que je me retourne.

— À moins que vous n'ayez autre chose à ajouter ?

Il secoue doucement la tête et je le sens soulagé.

— Tenez moi au courant du résultat de vos prochaines immersions. Essayez de ménager un peu notre rêveur, la prochaine fois. J'ai cru comprendre qu'on avait dû le réanimer.

Avec un bref signe de la main, je remonte le sentier en direction du Mas. Rainal ne me suit pas, et j'arrive seule sur la place centrale. Adossée au puits, je décide d'attendre Valtteri et reste là un bon quart d'heure avant de le voir débouler tout pantelant, en habits de sport. Il s'arrête devant moi, arborant une mine interloquée.

— On rêve ensemble, cet après-midi ? je lui glisse.

— Naomi m'a déjà demandé. Qu'est-ce qui me vaut un tel succès ? Et pourquoi est-ce que c'est pas avec toi qu'elle décolle ?

— Je ne veux pas qu'on aille dans l'esprit de ce foutu témoin, je réponds en ignorant sa deuxième question. J'aimerais qu'il n'y ait que nous deux, on peut se voir après ta virée avec Naomi.

Il éponge sa sueur d'un revers de main, sans saisir où je veux en venir.

— J'ai besoin de créer une matrice de rêve complexe et hyperréaliste. Je pense que tu peux m'apprendre.

CHAPITRE 11
Paysage d'âme

Je suis au centre d'un disque blanc composé d'une neige compacte qui, malgré son réalisme, refuse de mordre ma peau. Au contraire, elle crisse en épousant la plante de mes pieds, et c'est comme si un ruisseau frais m'engloutissait les orteils. Le ciel est opaque et se reflète dans la surface lisse d'un lac qui s'étend à perte de vue. Valtteri se tient à ma droite, jouant avec un dé aux points surnaturels se déplaçant comme des bulles noires qui se cognent et rebondissent. Dans le monde réel, son drôle de témoin est entièrement blanc.

— C'est ta… thébaïde ? je murmure en avançant vers la berge.

Il hausse les épaules sans cacher son amusement.

— Si on veut. Nous, on appelle ça un paysage d'âme. En finnois, notre *sielunmaisema*.

— Quelle différence ?

— Vous utilisez pour vos rêves-refuges un souvenir façonné, comme un cocon que vous invoquez sur commande. La philosophie nordique est un peu différente : le *sielunmaisema* n'est pas un bout de mémoire. C'est un fond de toile sur lequel nous peignons l'environnement qui nous plaît.

Il claque du talon sur la poudreuse, et le rêve tremble. L'eau étale frémit, saisie de soubresauts qui s'amplifient au fil des secondes.

— Tu veux m'expliquer ce que tu as derrière la tête ? demande le rêveur, indifférent aux secousses.

Je déploie mes bras pour conserver mon équilibre et bredouille une réponse :

— Je veux conduire Alexian dans un environnement qui lui soit familier.

— Comment tu comptes faire ça ? T'as une machine pour siphonner sa mémoire ?

Dans un grondement, le lac darde vers le ciel une centaine de colonnes liquides, levant une forêt de stalactites translucides.

— On a des souvenirs en commun, je glisse d'une voix enrouée.

Je ne m'attendais pas à ce qu'il soit si facile de lâcher le morceau. Il faut croire que j'en avais besoin.

— Je vois. C'est pour ça que ça a été un tel enfer de te recruter.

Les colonnes suivent une trajectoire oblique et se rejoignent en formant de gigantesques structures ogivales. Un rideau d'eau se condense entre elles et se change en paroi de pierres obscures qui nous enferme en un rien de temps. Les trouées qui subsistent sont rapidement comblées par des panneaux de verre multicolore, qui semblent naître du néant. La neige sous mes pieds se change en un carrelage étrange, aux motifs labyrinthiques. Me voilà cernée par un édifice imposant, soutenu par des piliers habillés de statues.

— C'est la cathédrale de Quimper, annonce Valtteri. La première que j'ai visitée en arrivant en France, il y a quatre ans. Je commençais mon externat.

Un ultime vitrail vient parachever son œuvre. Une rosace immense, dans les tons bleus, se constitue au-dessus de nos têtes comme un œil qui nous fixe avec bienveillance. Une lumière douce vient se briser sur le sol en une volée de pétales indigo et des cierges s'allument, baignant l'endroit d'une ambiance apaisante, tout à fait unique.

— Tu fais tout ça de tête ? je bredouille, impressionnée. Et c'est… exact ? Je veux dire, l'architecture…

— Quelle importance ? C'est un rêve, tu n'as aucun moyen de vérifier. L'important, c'est que tu y croies.

Il traverse la nef et se plante devant l'orgue qui trône sous la rosace. Il le contemple, comme absorbé par un travail d'autocritique. Puis il revient à lui :

— C'est ce que tu veux faire, non ? Tisser un environnement crédible pour arracher des infos à Alexian ?

— Oui, l'équivalent d'un rêve-bobine, sauf qu'on le façonnerait pour lui.

Valtteri lève le pouce, puis me désigne les piliers alignés par paires jusqu'au porche.

— Dans un premier temps, je pense que tu dois te concentrer sur les grandes lignes de ton paysage. Les détails sont secondaires, il faut d'abord tracer la charpente, comme dans un dessin.

— Je suis sacrément nulle en dessin.

— Alors tu pars avec un handicap, mais je suis sûr que tu peux t'améliorer. N'hésite pas à réaliser des croquis du souvenir que tu veux matérialiser, dans le monde réel, avant de plonger. Tu peux aussi…

Je me glace soudain, arrachée au discours de Valtteri que je n'aurais pas deviné si volubile. Une femme en habits d'intérieur, chaussons aux pieds, s'avance entre les travées.

Maman ? Encore ? Qu'est-ce qu'elle fout dans le rêve de Valtteri ?

Elle passe la main sur les bancs et se perd dans la contemplation des vitraux. Elle me tourne le dos, mais impossible de s'y méprendre. Je reconnaîtrais entre mille ces anglaises claires, ces épaules graciles et cette robe de chambre mauve. Un vent de panique se lève en moi. Que ma mère s'invite avec moi dans l'esprit fragile d'un mourant qui ne comprend pas ce qui se passe, c'est une chose. Mais qu'elle se faufile dans le rêve d'un onironaute aguerri…

— Concentre-toi, me rabroue Valtteri. Arrête de la fixer.

— Je…

— N'aie pas honte, ça peut arriver à tout le monde. Lâche prise et oublie-la.

Comment est-ce que je pourrais oublier le fantôme de ma mère ? Constatant que je peine à reprendre pied, le rêveur me donne une pichenette sur l'épaule et dresse un doigt sur la gauche, pointant l'entrée du déambulatoire.

— J'ai un petit monstre qui erre par ici depuis que j'ai construit la cathédrale. Hé, pot de colle, tu veux bien te montrer ?

Un garçon mal peigné émerge de derrière l'abside. Il est habillé d'une chemise d'hôpital et traîne un pied à perfusion monté sur roulettes. Je lui donne une petite dizaine d'années. Ses traits sont creusés et ses mains maigres, mais ses prunelles sont incroyablement vivantes, d'un gris d'acier glacé.

— Éole, je te présente Mini-Moi.

— Un Vestige ?

— Mon Vestige *préféré*, ajoute Valtteri, pour le plus grand bonheur de l'enfant. Mini-Moi, voici Éole, c'est ma nouvelle amie.

— Salut ! s'exclame le petit fantôme en trottant jusqu'à moi.

Valtteri cheville ses yeux aux miens. Il y a le même éclat dans ses iris que dans ceux de son reflet miniature.

— Souffle un peu, maintenant, m'intime-t-il. Les Vestiges ne sont que des personnages de rêve. De vulgaires PR. C'est qui, cette dame ?

— Ma mère. Elle est morte il y a un peu plus d'un an.

Il hoche la tête et, plutôt que de se fendre de condoléances futiles, il agite une main au-dessus de sa tête.

— Madame ! S'il vous plaît !

Maman se retourne et je me ratatine sous l'effet de l'embarras. Je n'avais jamais laissé quelqu'un interagir avec mon Vestige, et j'ai l'impression d'être totalement nue. Pourtant, je ne proteste pas. Après tout, Valtteri est le premier onironaute que je rencontre à ne pas refouler ses fantômes.

— Comment vous vous appelez ?

Armelle ! Armelle Geist.

Elle s'approche, ravie qu'on lui adresse la parole. Ses joues sont roses, froissées par une mine joyeuse.

— Je suis un collègue de votre fille. Vous pouvez rester avec nous si vous le souhaitez. On ne vous chassera pas.

— C'est très gentil de votre part.

— Vous avez de beaux cheveux, commente Mini-Valtteri avec innocence. Et puis vous sentez trop bon. Vous venez d'où ? Vous aimez les églises ?

Son double plus âgé lui adresse un regard interloqué, sans pourtant le réprimander. Ma mère m'adresse un clin d'œil, puis entraîne l'enfant autour de l'autel en répondant à ses questions enthousiastes que nous entendons à peine. Une discussion entre deux Vestiges, voilà qui relève de l'inédit. Je n'avais jamais vu maman sourire à quelqu'un d'autre que moi. Pas depuis sa mort.

Sa *mort*. Voilà un mot vénéneux qui me glace l'estomac. Tout ça n'a rien de réel.

— Tu as présenté tes Vestiges à Naomi ? demande alors Valtteri.

— Pourquoi cette question ?

— T'as une tête de déterrée. Je me demandais si c'était la raison pour laquelle elle ne voulait plus voler avec toi.

— On peut dire que c'est lié, oui. Disons que j'ai laissé mes émotions me dominer quand on était dans le rêve d'Alexian et que j'ai agi de manière injustifiable.

Comme tuer ma partenaire. Ou me changer en monstre pour déchiqueter notre rêveur. Valtteri s'adosse à une colonne et me dévisage avec douceur.

— Tes émotions, comme tes Vestiges… sont naturelles. On est les explorateurs d'un monde nouveau, et nos âmes sont humaines. Elles voyagent avec leur bagage : leurs armes et leurs fardeaux.

— Dans mon cas, je crois que ça va plus loin que ça.

— Parce que t'es liée à l'affaire, c'est ça ? Tu m'en parleras plus tard, autour d'une bonne bière. Ça décapera ton gosier autant que ta cervelle trop triste.

Il claque des doigts, et la cathédrale se met à fondre. Les pierres redeviennent de l'eau et les carreaux de la neige. Tout ce qui était vertical retourne à l'horizontal. Maman et Mini-Valtteri se retrouvent à papoter en lévitation au-dessus de la surface du lac tranquille, qui paraît figé dans cette position depuis des millénaires.

— T'es pas mourante, Éole, que je sache ?

Je m'esclaffe, sans savoir quoi répondre.

— T'es une onironaute d'élite. Tu pourras inviter quatre rêveurs dans ta tête sans souci. La *Dream Team*, plus Alexian. Tu traceras les grandes lignes de ton fameux souvenir et je serai ton étayeur. Je renforcerai ta matrice et la peaufinerai alors… Ne t'occupe pas des détails ni du réalisme, c'est mon rayon.

Il s'accroupit et enfouit ses mains dans la poudreuse avant de les écarter violemment l'une de l'autre. Plutôt que de ramasser deux monceaux, ce geste fend l'île neigeuse en deux. Un abîme se forme et l'eau du lac s'y précipite en cascade.

— Par contre, tu dois prendre soin de toi. Si cette histoire te touche, c'est essentiel de te ménager. Tes émotions sont précieuses, et elles trouveront un moyen de s'exprimer, peu importe à quel point tu tenteras de les étouffer.

— J'ai l'impression de dériver complètement…

— Dans ce métier, on avance à tâtons. C'est normal qu'on s'égare et qu'on se protège les uns les autres.

Il se tourne vers son double pour le saluer.

— On s'en va, pot de colle. À bientôt !

— Bye-bye ! s'écrie l'enfant en se dressant sur la pointe des pieds. Y aura Armelle aussi, la prochaine fois ? Tu sais, elle aussi elle a eu le port-à-cath ! Elle me l'a dit !

Je crois voir les traits de Valtteri se durcir et une de ses mains agripper par réflexe le col de sa blouse bleue. Difficile d'en être sûre, car il saute dans le gouffre sans s'attarder davantage.

Il ne me reste que quelques instants avant de disparaître à mon tour. Une phrase s'échappe presque malgré moi :

— Je t'aime, maman, on se revoit vite.

Elle est peut-être malsaine, cette phrase. Elle ne s'adresse pas vraiment à ma mère, mais à un pan rebelle de mon inconscient qui se plaît à l'incarner. Pourtant, elle me soulage comme si je l'avais prononcée au creux d'une oreille adorée. Je me laisse à mon tour engloutir par l'abîme.

*

La mine de mon crayon se brise, éclaboussant mon croquis de poudre de graphite. J'étouffe un juron et souffle sur le papier. De toute façon, cet essai-là était raté. Il n'y a qu'à regarder la carte : le dénivelé côté ouest n'a aucun sens. Les collines qui bordaient le lac étaient bien moins abruptes, et notre camp… je devrais le dessiner plus proche de la berge. Je crois que certaines tentes n'étaient qu'à quelques mètres de l'eau. On était juste à côté des Italiens, je crois. Ou peut-être que c'était la délégation slovène ? Je ne suis plus sûre. Comment je pourrais me rappeler, bon sang ? On était soixante-dix mille !

Quand Valtteri m'a demandé de lui tracer les contours du souvenir que je comptais proposer à Alexian, je ne m'attendais pas à un tel calvaire. Armée de pages Internet, d'articles de journaux fournis par Europol et d'un vieux guide touristique, je recrée un paysage que j'ai pourtant tenté d'oublier pendant des années. Je taille mon crayon et saisis une autre feuille afin de tracer pour la dixième fois le rivage du lac de Sainte-Croix. Au nord-est, une mèche ondulée représentant le Verdon. Quelque part dans le bois, les cabanes et les jeux gonflables. Oui, et là, plus en amont, le grand parking pour les bus. Sur la côte, le hangar des bateaux, avec la réserve de drones. Ça, je m'en souviens, les chefs nous en avaient interdit l'accès. Par ici, la scène et l'écran géant installés sur la clairière défrichée pour accueillir les foules. On y avait tendu l'immense banderole des Olympiades, cousue du logo de l'événement : un gypaète tenant entre ses serres écartées les cinq continents.

— J'aurais aimé qu'on passe plus de temps ensemble.

Je sursaute et découvre Pilou, accoudé au sofa. Il entortille son foulard bicolore au bout d'un doigt, sans oser insister. Je me redresse jusqu'à m'enfoncer dans le dossier.

— J'ai encore un peu de travail.

— Tu as bûché sur tes brouillons tout l'après-midi et tu n'as même pas mangé.

Je tapote le coussin sur ma droite pour l'inviter à s'asseoir. Il s'exécute et inspecte mes croquis.

— C'est le lac du jamboree, non ?

Quelle imbécile ! Je n'aurais pas dû dessiner ça dans l'appartement. Je n'ai pas à imposer ces souvenirs à Pilou.

— Je nous fais une tisane, j'annonce en me levant. Tu peux choisir un film…

— Nan, pas de film. On en regarde tout le temps.

— Qu'est-ce que tu veux, alors ?

— Qu'on parle, sans se prendre la tête. On le faisait souvent avant que tu partes pour ta mission top secret.

Je m'empare de la bouilloire, secouée par le reproche sous-entendu.

— T'as oublié les toboggans, note-t-il. Tu sais, ceux que les Canadiens avaient construits depuis le haut de la petite falaise.

Il se penche sur la table basse et analyse mes plans, sans risquer d'autres commentaires. S'il est perturbé, il ne le montre pas, mais je n'aime pas son indifférence de façade : j'ignore quelles pensées pourries peuvent se tapir derrière.

Au moment où je pioche un sachet d'infusion, j'entends qu'on toque à la porte. Je me presse jusqu'à l'œilleton, et reconnais une silhouette familière sur le paillasson. Bordel ! Comme si c'était le moment…

— Qui c'est ? demande Pilou en bondissant sur ses pieds. Encore la police ?

— File dans ta chambre, je lui lance dans un souffle.

— Éole ? lance une voix féminine. Je vois la lumière, je sais que t'es là !

— C'est Naomi ! jubile mon frère. Du coup je peux rester ?

Mon regard doit se faire plus féroce, car il n'insiste pas et quitte le salon en râlant. Je ne veux pas qu'il entende ce que ma partenaire et moi avons à nous dire. La porte s'ouvre sur une Naomi à la mine terne, bien moins expansive qu'à l'accoutumée.

— Je ne savais pas que tu rentrais à Montpellier, j'amorce en la laissant entrer.

— Je suis revenue parce que je savais que t'avais pris ta perm'.

Elle gagne le salon et se laisse tomber sur le sofa que Pilou vient de quitter.

— Valtteri m'a dit que tu prévoyais un nouvel envol collectif.

— C'est vrai, mais j'aurais voulu qu'on en discute à la volière, comme à chaque fois. Tu n'avais pas besoin de te pointer chez moi.

— Je me fous de la mission. Il m'a aussi dit que t'allais mal et c'est ça qui m'inquiète.

J'éteins la bouilloire et dégote une tasse supplémentaire.

— Je ne vais pas mal.

— Joue pas à l'idiote. Je suis venue te proposer une dernière fois de te confier.

— Une dernière ?

— J'envisage de rompre mon contrat plutôt que de continuer avec cette ambiance pourrie. Y a qu'une façon que ça aille mieux : il faut que t'assumes de partir en vrille. J'ai pas l'intention de tolérer tes conneries plus longtemps.

Je verse l'eau sur les sachets sans oser regarder Naomi. Elle me fait mal. Cette accusation me fait mal. Je me sens faible d'exposer ainsi mes fragilités au point qu'un quasi-inconnu comme Valtteri puisse les déceler.

— Je suis navrée d'avoir insisté pour qu'on t'engage sur cette mission. Richard connaissait ton passé, c'est sûrement pour ça qu'il a refusé qu'on te débauche.

Son insistance n'a rien changé, mais je n'ai pas le courage de le lui dire. C'est Rainal qui tenait absolument à me recruter. Ce n'était qu'une question de temps avant qu'il parvienne à ses fins. Je lâche alors, à brûle-pourpoint :

— Je les vois en vrai, parfois. Mes Vestiges.

— Ben voilà, on avance !

J'attrape un plateau fumant et traverse la cuisine. Avant de rejoindre Naomi, j'aperçois Pilou qui me dévisage par la porte entrouverte. Il a l'air de m'en vouloir.

— Et j'ai fait un faux-éveil juste après m'être changée en Chimère. J'ai été piégée dans un rêve-bobine.

— Qui t'a ramenée au jamboree ?

J'acquiesce en m'installant à côté d'elle. Elle pioche un cube de sucre et le glisse dans sa tasse.

— Et dans cette bobine, j'avais ma prothèse. Ça n'arrive jamais. J'ai l'impression que…

— Qu'une espèce de peau est tendue entre le monde réel et celui de l'esprit ? Comme une membrane tiraillée parce que d'un côté pousse le rêve, et de l'autre la réalité ? T'as la sensation qu'elle va finir par se rompre et que le vrai et le faux vont se mélanger en une soupe qui finira par te noyer ?

Je siffle une première gorgée de tisane qui me brûle la langue, mais je ne laisse rien paraître. Ça me laisse du temps pour réfléchir à la réaction adéquate face à cette description que j'aurais pu formuler moi-même. Naomi me coupe l'herbe sous le pied et poursuit, sur un ton de boutade où perce tout de même sa gravité :

— On est maudits, Éole ! Notre métier nous abîme et nous transforme. Mais on continue, parce qu'on est accros, tout simplement. Accros à ces mondes dans lesquels on peut tout faire.

Du bout de l'index, elle joue avec son sifflet. Elle se pose sûrement la même question que moi : et si, un jour, nos tests de réalité ne fonctionnaient plus ? Si elle ne pouvait plus se reposer sur son témoin, ou moi sur ma jambe ?

— On a tous nos démons. Les tiens sont juste déchaînés par les événements que tu traverses.

— Je suis désolée.

— De quoi ?

— D'avoir pris possession d'Alphys sans mesurer ce que ça signifiait. D'avoir été aussi égoïste.

— Tu l'as toujours été. Un peu. Disons que je t'ai appréciée malgré ça, dès les débuts.

Elle se penche sur mes dessins froissés et les compare à mon esquisse en cours.

— Je te laisserai pas t'empêtrer là-dedans toute seule. Il paraît que t'as recruté Valtteri comme étayeur alors… laisse-moi t'aider aussi. Parle-moi du rêve auquel tu veux qu'on donne vie.

Plutôt que d'obtempérer, je laisse ma tête basculer contre son épaule et, après une vaine tentative de me contenir, je me mets à sangloter. Naomi passe un bras derrière ma nuque et m'attire doucement contre elle. La réalité de cet instant ne fait aucun doute. La chaleur de mon amie ainsi que la douceur de son pardon valent tous les témoins qui soient.

J'espère que Pilou ne m'entendra pas pleurer.

CHAPITRE 12
Que brûle le passé

Estelle est la seule à n'avoir pas encore connecté ses électrodes. Elle se tient près de la porte de l'envoloir, sur le point d'éteindre la lumière.

— Tout le monde est prêt ?

J'acquiesce en même temps que Valtteri, tout en remontant les draps sous mon menton. Les signaux de mon joncteur me bercent autant qu'ils m'inquiètent, car j'ignore quels fantômes pourraient surgir des terres du jamboree.

— On reste sur le calibrage de nos entraînements, annonce Naomi. On est tous connectés à Éole, et si ça tourne mal, il est impératif de la sortir du rêve *illico.*

— On a suffisamment révisé, rétorque Estelle. On connaît les règles.

— C'est toi qui resteras avec elle. Puisque Valtteri et moi serons les étayeurs, on sera occupés à renforcer la matrice. Plus que quiconque, tu dois intégrer ça. Si Éole flanche, on avorte la mission.

SE PERDRE À L'ORÉE DES SONGES

Elle est très protectrice depuis notre discussion de l'appartement. Même si je me sens coupable de susciter une pareille sollicitude, je lui suis reconnaissante de n'avoir pas parlé aux autres de la Chimère.

— J'ai pas besoin qu'on me couve, je ricane en ajustant le capteur sur mon front.

— Non, tu as besoin qu'on t'épaule.

— Et c'est notre job, complète Valtteri. Donc… on essaie de se faire confiance ? Comme on l'a fait dans le colimaçon ?

— Bien dit, embraye Estelle. Dans ce cas, je vous souhaite une bonne nuit. À tout de suite !

Je louche un instant sur ma montre avant que la pièce soit plongée dans le noir. Il est vingt-deux heures trente-six. Nous avons toute la nuit devant nous.

De l'autre côté du mur, la docteure Amoudourra surveille les constantes vitales d'Alexian. Espérons qu'il reste suffisamment de vie en lui pour nous suivre au cœur d'un passé ressuscité.

Dans l'obscurité, je laisse se peindre le contour des Alpes et l'eau tranquille du lac de Sainte-Croix. Je trace le squelette de cette matrice vallonnée, puis, après en avoir figé le relief, j'autorise les couleurs à émerger. S'installe alors une odeur de vase, de forêt et de galets tannés par le soleil. J'entends des enfants rire.

*

Debout les gars, les filles, debout !
On va au bout du monde !

Je garde les paupières closes durant de longues secondes, le temps que la matrice se cristallise autour de moi. Les chants des éclaireurs, pleins d'une hilarité frivole, retentissent sur la berge. Des mains s'écrasent en rythme sur leurs tambours rudimentaires, cadençant le travail des plus volontaires qui portent des branches ou des caisses de nourriture. Les huit compagnies françaises portent pour l'occasion un polo beige et un foulard bicolore qui brimballe contre leur col. Je ne vois encore rien de tout ça, mais je sais, avec une absolue certitude, quel paysage se dresse autour de moi. Car c'est ma mémoire qui façonne cet environnement.

Debout les gars, les filles, debout !
Il va falloir en mettre un coup !

Je trouve enfin le courage d'ouvrir les yeux, et constate que je me trouve face au lac, au milieu de la clairière où se construisent les camps français. Nos deux étayeurs sont assis en tailleur dans l'eau, dos à dos. La première a le regard rivé sur le ciel bleu et le dos de ses mains repose sur ses cuisses à demi englouties. Le second a enfoncé ses paumes dans l'eau pour mieux sentir le sol.

Ce curieux duo se tient là, immobile et indifférent à l'agitation ambiante. Leur rôle est crucial : Naomi insuffle au travers de ces collines des centaines de personnages qui jouent, crient et œuvrent comme s'ils étaient faits de chair. Valtteri cisèle le moindre détail de la charpente du songe, pour donner à chaque feuille d'arbre, à chaque gravillon et à chaque toile de tente le réalisme nécessaire à la cohérence du souvenir. Ce réalisme m'effraie plus encore qu'il me fascine.

Il ne faut pas se dégonfler
Devant les tonnes de rochers

SE PERDRE À L'ORÉE DES SONGES

On va faire un 14-Juillet
À coups de dynamite !

— Éole ? fait doucement la voix d'Estelle qui s'empare de mon poignet.

Lorsqu'elle n'est pas l'hôte du rêve, son étrange aptitude à colorer les sons se fait plus discrète. J'aperçois à peine des reflets orangés au coin de ses lèvres quand elle parle. Plutôt que sa blouse, elle porte comme moi l'uniforme et l'écusson des animateurs.

— Il est là, me souffle-t-elle en m'invitant à faire volte-face. Il a l'air perdu.

Alexian est assis sur un tronc d'arbre abattu sur le côté. Il est lui aussi habillé comme un responsable, mais sa posture hagarde et sa stupeur manifeste tranchent avec ce rôle. Il ne comprend pas ce qui lui arrive. Il faut dire que, pour quelqu'un qui ignore tout des sciences oniriques, basculer d'un rêve à un autre peut s'avérer déstabilisant. Dans la plupart des cas, la transition efface les souvenirs les plus récents. Surtout lorsqu'on passe de rêveur principal à simple visiteur.

Encore un mètre, et deux, et trois !
En mille neuf cent quatre-vingt-trois
Tes enfants seront fiers de toi,
La route sera belle !

Je m'installe à sa droite en cherchant mes mots. Je sens en moi une colère mal éteinte gigoter comme un ver que j'aimerais arracher de mes tripes. Je mobilise toutes mes forces pour sourire à ce foutu pyromane.

— C'est laquelle, ta compagnie ?

— Ma… compagnie ? Celle du Lauragais, on arrive de Carcassonne.

— Et dedans, combien d'équipes ?

— Huit. J'ai débarqué avec une ribambelle de soixante jeunes ! Et toi ?

— Compagnie du Languedoc ! Quatre équipes seulement, mais vu l'énergie de mes petits, c'est bien suffisant.

Il s'esclaffe et je jubile. Toutes ces informations pourraient se révéler utiles. Mais je ne m'attarde pas, et préfère enchaîner :

— Prêt pour la grande veillée de ce soir ? J'ai vu que les équipes scandinaves avaient presque fini de monter la scène. Elle est gigantesque !

— Attends, pourquoi je suis là ? J'étais dans… enfin… je crois que j'étais…

Son enthousiasme s'est fêlé, révélant un trouble que je savoure. Ses doigts crispés dessinent des barres blêmes sous la peau de ses mains. Sa voix est brisée par le doute. Il a oublié jusqu'à sa propre mort.

— Qu'est-ce que tu me chantes ? je ricane. On est en 2023, le soleil brille et on s'apprête à clore le plus grand jamboree international qui ait jamais existé ! Haut les cœurs, c'est pas comme ça que tes éclaireurs vont briller aux Olympiades !

D'une tape dans le dos, je l'incite à se relever. Il aligne des pas sur la plage, bras étalés sur le côté comme un astronaute foulant pour la première fois le sol lunaire. Il semble s'imprégner de l'ambiance et des chants, car la bonne humeur lui remonte au visage.

— J'ai l'impression d'émerger d'un sale rêve…

Il y croit. Il croit à ce décor factice et à cette ambiance qui le happe dans le passé. N'importe quel onironaute aurait d'emblée deviné la supercherie, mais notre témoin profane se laisse berner. Ou peut-être qu'il *veut* se laisser berner car plus rien ne l'attend au-delà du sommeil. Peu importe, à vrai dire, je l'entraîne en retrait de la plage jusqu'à plonger dans le bois. Estelle emboîte le pas, non sans une certaine réserve.

Il nous arrive parfois le soir
Comme un petit coup de cafard
Mais ce n'est qu'un peu de brouillard
Que le soleil déchire !

Les voix s'éteignent à mesure que l'on s'éloigne, mais j'entends encore distinctement les couplets, et le rythme des tambours. Nous longeons une clairière où se faufilent des adolescents au pas de course. Une dizaine d'enfants fascinés s'attroupe autour d'un animateur accroupi devant un foyer, qui débite les consignes pour l'allumage des feux. Je reconnais la plupart des visages issus des tréfonds de ma mémoire. Les éclaireurs qui ne m'évoquent rien sont peut-être ceux façonnés par Naomi, mais ils rient comme les autres avec une incroyable cohérence.

Ce n'est qu'après avoir laissé les camps et les personnages de rêve derrière nous que je nous arrête. Les chants se sont tus lorsque nous nous figeons. Il n'y a plus dans cette immense chênaie que le tintamarre des cigales aux ailes gorgées de soleil.

— On nous a demandé de te contacter, je glisse alors avec assurance. Au sujet de la came.

Presque par réflexe, le regard d'Alexian fuit et se perd dans les cimes. Sa lèvre inférieure disparaît l'espace d'une demi-seconde sous ses incisives, trahissant un trouble soudain. Dans le monde réel, il aurait feint l'ignorance ou m'aurait servi une sacrée rebuffade. En rêve, la logique se voile et l'esprit s'engourdit. Aussi, sa circonspection se mue en un silence hésitant.

— On aimerait que tu nous conduises au centre des opérations, j'insiste. Enfin, s'il en existe un, bien sûr.

Estelle a l'air encore plus déstabilisée que lui. Il faut dire qu'elle se montrait frileuse à l'idée d'une approche aussi frontale.

— Qui vous envoie ? s'enquiert alors Alexian.

— Je ne sais pas si on peut te le dire, à toi. Disons… qu'on est venues donner un coup de main logistique.

Notre patient jette un coup d'œil par-dessus son épaule, réticent à abandonner ses éclaireurs.

— Ne t'inquiète pas, dit alors Estelle. On a trouvé quelqu'un qui te remplacera pour l'heure qui arrive.

Je sens notre interlocuteur confus, mais pas complètement crédule. Ses instincts doivent lui souffler que quelque chose cloche. Je ne lui laisse pas l'occasion de se questionner davantage et lui adresse un signe de main pour le presser :

— Allez, montre-nous où ça se passe.

Alexian s'avance d'un pas presque mécanique au travers des fourrés. Il inspecte les futaies comme pour se repérer, puis se retourne et lâche d'un ton embarrassé :

— Euh… le nord-ouest, c'est vers où ?

Je lui adresse une mimique complice pour le rassurer et dresse un doigt dans la bonne direction. Ma matrice est inexacte par bien des points car il est impossible de représenter à la perfection le moindre tronc d'arbre… mais j'ai planché sur ce rêve pendant des heures. Je sais m'y orienter aussi facilement que dans mon appartement.

Nous marchons pendant un long moment, pourtant impossible à quantifier. Nous contournons le campement des éclaireurs finlandais, que je trouve bien plus splendide que ceux des autres nationalités. Leurs tentes sont plus grandes, leur clairière plus fleurie, leur foyer gigantesque et leurs installations de fortune moins rudimentaires. J'ai une pensée amusée pour Valtteri et sa pointe de chauvinisme.

Ce n'est qu'après avoir dépassé les camps scandinaves que nous nous lançons à l'assaut du relief. La pente se fait plus raide, le bois plus frais et le sentier est envahi de fougères emmêlées. Je ne m'attendais pas à ce que nous nous éloignions autant du lac, alors je croise les doigts pour que la netteté du rêve n'en pâtisse pas. Les cigales se font plus timides, tout comme le soleil qui ne nous parvient plus que par faisceaux pâles se faufilant dans les trouées. Le layon fait un coude et nous emmène à flanc de montagne, au travers d'un éboulis aux pierres traîtres qui manquent de se dérober sous nos pas.

— Ça ne va pas… bafouille Alexian. Ça ne ressemblait pas à ça, la dernière fois.

Sur ma droite, Estelle se glace et me dévisage sans cacher son inquiétude. Je fais en sorte de museler la mienne, après tout nous avions songé à cette éventualité. Je dois glaner des informations pour refondre le songe et le rendre plus crédible.

— De quoi ça avait l'air, alors ?

— Il n'y avait pas tous ces rochers, c'était plutôt un couloir. Avec des broussailles d'un côté et une falaise qui grimpait de l'autre. Je me suis sûrement trompé de chemin, je suis désolé.

— Moi, je pense qu'on est dans la bonne direction. Il y a dû y avoir une chute de pierres pendant la nuit et ça te perturbe.

Alexian opine et inspire à fond pour rassembler ses pensées. J'en profite pour sculpter au mieux, d'après sa description, le paysage que dévoilera le prochain virage. J'invoque une végétation plus drue, et tranche au travers de la colline pour composer dans le calcaire un escarpement abrupt.

— C'est mieux ? je demande à Alexian lorsque nous reprenons notre route.

Il ne répond pas et progresse avec nous sur la sente, repoussant les genêts qui s'accrochent à nos uniformes. Il inspecte les roches d'altitude et les buissons en aval, sans afficher le soulagement que j'espérais. Rien d'étonnant, puisque nous naviguons aux frontières de sa crédulité.

— À quoi ressemble votre planque ? risque alors Estelle.

Bonne initiative, la réponse me permettra d'anticiper le paysage à façonner. Pourvu qu'on ne s'éloigne pas trop et que Valtteri parvienne à insuffler du détail jusqu'aux recoins du songe.

— Tu veux dire le labo ?

Il soupire, excédé par notre ignorance.

— C'est une vieille capitelle de berger qu'on a retapée. Pas simple de monter le PMK jusque là-haut, mais au moins on se fera pas gauler.

— Le PMK ? je répète.

— Le précurseur dont on a besoin pour synthétiser la came, le pipéronyl-méthylcétone. C'est une molécule quasi semblable à celles qu'on utilise en parfumerie, alors il suffit aux chimistes de la déguiser un peu pour pouvoir nous l'envoyer. Nos gars du labo reçoivent cette forme « maquillée » et la retransforment pour faire leur cuisine tranquille. Mais… t'es déjà censée savoir tout ça, non ?

Estelle désamorce d'emblée son doute :

— Je lui ai déjà expliqué le processus quarante fois, mais je pense pas qu'on puisse parier sur elle pour le prochain prix Nobel.

À mon grand soulagement, Alexian ricane sans se poser plus de questions.

— De toute façon, tu verras tout ça quand on sera là-haut. Y en a encore pour une vingtaine de minutes.

Voilà qui m'arrange. Je laisse Estelle poursuivre sa route avec notre témoin et ralentis le pas. J'attends qu'ils se soient suffisamment éloignés pour dresser la main devant moi et refondre complètement le plateau que j'imaginais s'étendre au bout du chemin. J'utilise chacun de mes doigts comme des pinceaux qui dessinent à distance une bande cahoteuse, louvoyant au travers d'une mer de houx. En remontant ce sentier, un petit kilomètre plus loin, je dresse un dôme de pierres plates typique des campagnes provençales. Je le représente suffisamment grand pour accueillir un laboratoire, des fours et des caisses de marchandises. Puis j'imagine une bâche aux motifs militaires pour en couvrir le toit probablement effondré et sème, dans un souci de réalisme, tout un tas de déchets sur le seuil de l'unique entrée. Je place aussi des bidons à eau et des boîtes de conserve ainsi que des sacs de couchage pour les guetteurs. Je crée également une armurerie de fortune, avant de m'attaquer aux précieuses machines nécessaires à la synthèse de la drogue. Machines… dont j'ignore tout de l'apparence, et que je conçois donc de la façon la plus sobre possible. Je dispose quelques erlenmeyers, des cubes de métal d'où partent un tas de tuyaux et des bidons de poudre blanche que j'empile sous une couverture miteuse. Difficile, dans un laps de temps si court, de se glisser dans la peau d'une narcotrafiquante pour inventer une base crédible. Espérons que les images que me soufflent les séries policières suffisent à garder en suspension la lucidité d'Alexian.

Ce n'est qu'une fois satisfaite de mon œuvre que je m'élance au pas de course pour rattraper les deux rêveurs. Ce n'est qu'en parvenant à leur niveau que je me rends compte que je ne sens pas, contre mon poignet, la dragonne de ma canne. Mes mains sont vides depuis mon arrivée dans ce songe. Mon estomac se serre. C'est la première fois que ça m'arrive. Encore une farce que me joue mon cerveau. Ces dernières semaines, il s'en donne à cœur joie et ça n'est pas pour me rassurer.

— On y est presque, lance Alexian après une longue marche silencieuse.

Il joue des coudes pour progresser au travers des feuilles crochues et nous désigne la capitelle tannée par le soleil. Valtteri et Naomi doivent être déstabilisés par cette soudaine refonte de la matrice et la qualité du rêve en pâtit. Il n'y a personne, les oiseaux et les insectes ont tous disparu, offrant ce plateau à un affreux silence tout à fait improbable. De plus, le paysage nous apparaît plus trouble. Les pierres, les ordures et les branches des houx semblent emballées dans du coton translucide.

— C'est ici qu'on crée la marchandise. Les respos de chaque équipe dans le coup nous amènent le PMK et le récupèrent après synthèse, sous forme de MDMA qu'ils rapportent dans leurs pays respectifs, histoire qu'elle soit purifiée et pressée.

— De l'ecstasy, murmure Estelle, abasourdie. C'est un prétexte royal pour la faire transiter…

Je devrais savourer cette information inestimable, mais je n'arrive pas à me réjouir car nous sommes en train de perdre Alexian. Il a galopé jusqu'à l'entrée de la capitelle et, après avoir passé la tête à l'intérieur, s'est recroquevillé contre l'entrée en tremblant.

— Ça ne va pas… Ça ne ressemble pas au QG. Et ça ne peut pas y ressembler puisque…

Il lève sur nous une paire d'yeux écarquillés.

— Puisque c'est *déjà* arrivé, non ?

Face à notre absence de réaction, il se met à fixer ses mains comme si elles allaient fondre sur ses genoux.

— Le jamboree est fini. Je suis presque sûr qu'il est fini depuis des années. Ou alors je suis complètement cinglé ?

Si Alexian n'était pas coincé entre la vie et la mort, il se serait réveillé car ce genre de stupeur arracherait à coup sûr un rêveur inexpérimenté de sa matrice. Mais son coma le coince parmi nous, il n'a aucun moyen de fuir son désarroi.

— Tu dois te taper une sacrée insolation pour délirer comme ça, ricane Estelle.

— Non, je tranche en avançant vers lui. Il a raison, le jamboree est fini.

Les sourcils de ma collègue se froncent et elle marmotte un juron qui teinte d'orange la commissure de ses lèvres. Nous n'avions pas prévu de dévoiler la vérité à Alexian mais, vu la méfiance qu'il nous oppose, je vois mal comment faire autrement. Les longs mois passés dans le rêve au colimaçon ont dû affûter son instinct. Les inexactitudes de la matrice étaient trop importantes, il ne croit plus à ce souvenir. Je m'accroupis devant lui.

— Tu rêves. Et ce rêve a pris la forme d'un souvenir de cet endroit tel qu'il était il y a quinze ans.

— Pourquoi ? Pourquoi je reviens là ?

Parce que t'as tué des dizaines de gosses et que t'en as estropié une poignée d'autres.

— Parce que t'y as fait de sales trucs.

— Je veux partir d'ici.

— Tu ne peux pas, tu as été tué par tes petits copains

trafiquants quand t'as voulu les dénoncer parce que ta conscience te pesait trop.

Il réagit à peine. Une espèce de frisson le parcourt tandis qu'il intègre une nouvelle fois le désespoir de sa situation. Je crois qu'un déclic s'est produit : il vient de récupérer les souvenirs de cette quasi-éternité passée dans son rêve boueux. Il ne s'en émeut pas outre mesure et prononce à mi-voix sa conclusion :

— On s'est déjà vus. T'es la toubib. Vous avez réussi à me berner, sans la blouse…

J'ai l'impression de retrouver l'homme qu'il était au sommet du colimaçon. Neutre, et étonnamment lucide.

— Donc je suis mort et vous continuez à m'emmerder. Y a une raison à ça ?

— On aimerait faire progresser l'enquête que ton témoignage aurait pu résoudre si tu ne t'étais pas fait descendre.

— Et si je parle pas, tu vas me bouffer comme la dernière fois ? grince-t-il.

— *Quoi ?* s'étrangle Estelle.

J'élude sa question avec un haussement d'épaules :

— Dans tous les cas, tu n'as aucun intérêt à te taire. Tu voulais parler, non ? On te donne l'opportunité de le faire, même après t'être fait massacrer.

— T'as vu ce qu'ils m'ont fait. Ils pourraient s'en prendre à ma famille. J'ai une femme et une fille. Une petite fille adorable, elle doit bientôt fêter son premier anniversaire.

Estelle s'assied en tailleur à notre niveau, elle a flairé sous sa dernière phrase une issue potentielle.

— C'est quoi son nom ? demande-t-elle.

— Emma. Quand elle est née… j'ai compris que je ne pouvais plus vivre comme ça. Avec cette culpabilité. Je voyais tous ces gosses du jamboree à travers ses yeux à elle. C'était un cauchemar pour moi.

Il dépasse les bornes. Brandissant une paume devant moi, je largue une quantité phénoménale d'énergie et propulse Alexian sur une dizaine de mètres, au travers de la capitelle qui achève de s'effondrer.

— Qu'est-ce que tu fous ? hurle Estelle.

— Qu'il ne me parle pas de *cauchemars*, bordel ! Il a ALLUMÉ ce feu ! Il a TUÉ ces gosses !

Il se dresse comme il le peut. Du sang coule le long de ses bras écorchés et s'éclate à grosses gouttes sur la pierre.

— Je veux qu'il le dise ! Je veux qu'il l'assume !

Il plonge une main qui tremble au fond d'une poche et y pioche…

Un briquet. Un foutu briquet.

Le ver de colère qui me grignotait se tortille entre mes boyaux pour atteindre ma colonne vertébrale. Il se glisse entre deux lombaires et se met à enfler. Je sens un craquement qui me hérisse l'échine. Mon dos me lance.

— Je les ai tués, oui !

C'est comme s'il les vomissait, ces mots. Il les prononce avec un dégoût qui pèse sur sa voix.

— C'est vrai, ils sont morts à cause de moi. Parce que j'ai incendié le jamboree. Mais je n'avais *pas le choix*. Ils… Ils venaient de conduire mon pote Stefan à la Boucherie, une crevasse nauséabonde où on « s'occupait » des dealers les plus bavards. Et Stefan… il avait voulu vendre la mèche, juste avant les Olympiades. On l'avait surpris en train de fricoter avec des flics. Alors ils l'ont buté sans se poser de questions.

D'un geste blasé, il jette le briquet qui s'écrase à mes pieds.

— Mais c'était trop tard, et les gars craignaient qu'on se fasse gauler. On a dû démanteler le labo en urgence et évacuer la drogue. Pour ça, y avait besoin d'une diversion… et on a exigé que j'allume le feu. J'étais mort de trouille, alors j'ai obéi. Vous auriez fait pareil.

En serrant le poing, je referme un étau invisible autour de sa gorge et le soulève dans les airs. Son cou blêmit et ses joues s'empourprent.

— Éole ! s'égosille Estelle.

Le monstre lové au creux de ma colonne me prête une force qui entraîne Alexian dans un mouvement circulaire de plus en plus effréné. Le pyromane n'est plus qu'un vulgaire caillou qui tournoie au bout d'une fronde fantôme que j'agite avec toute la fureur du monde. Il pousse un hurlement grotesque d'enfant embarqué dans un manège à sensation qui ne s'arrêtera jamais.

— Repose-le.

Aucun corps humain ne pourrait supporter une telle force centrifuge. Mais ce n'est pas un véritable humain que je balance dans les airs : c'est au mieux un pantin. Une vague incarnation qui ne se disloque pas autant que je l'aurais voulu.

— Il n'a pas le droit de dire que j'aurais fait pareil. Il n'a pas le droit.

— Je sais, bafouille Estelle. Mais essaie de te ressaisir.

Je veux le réduire en charpie. Mais n'est-ce pas plutôt le souhait du parasite qui s'est greffé à la moelle épinière ? Peu importe. Il doit accélérer encore, pour que je puisse l'abattre à pleine vitesse contre la roche. Il s'y aplatira avec une horreur comparable à celle qui nous a possédés, Pilou et moi, quand notre bus a basculé dans le vide.

— ÉOLE !

J'entends qu'Estelle tape dans ses mains et, un instant plus tard, ma poitrine est transpercée.

— Qu'est-ce que…

La rêveuse a changé le claquement en un cimeterre acéré qu'elle a glissé entre mes côtes. Elle espérait me déconnecter, mais ne parvient qu'à me déconcentrer. La surprise me fait lâcher Alexian, qui part dans un vol plané avant d'atterrir sur un matelas composé d'une myriade de flocons azurés qu'Estelle a matérialisés d'après son cri de terreur.

— Tu peux pas faire ça, Éole. On a besoin qu'il coopère, pas que tu le détruises.

Je sais. Je sais que ça ne sert à rien, que ça ne gommera pas le passé ni n'effacera les deuils. Mais je ne suis plus maîtresse de mon corps. C'est bien pour ça que je tiens debout. J'aimerais me réveiller pour échapper à cette chose hideuse qui grandit entre mes reins. Mais je n'arrive pas à répondre, je me contente de rester là, bouche béante, avec la sensation que mon dos va se rompre. La Chimère est là, à fleur de peau. Elle me cloue à ce rêve en passe de virer au cauchemar.

— On va te tirer de là, m'assure Estelle. On organisera un autre envol, on lui proposera une protection pour sa famille, il nous dira tout ce qu'il sait. C'est promis. Je t'en supplie, réveille-toi.

Je crois que des yeux viennent de s'ouvrir à même ma chair. Je « vois » au fond de ma tête le tissu de mon polo qui menace de se déchirer. Je sens des écailles et des plumes. Et cet œdème qui déploie des filaments obscurs sous mes vêtements.

Une ombre losangique nous enveloppe, et un rugissement d'enfer fait trembler la garrigue. Alphys nous domine de toute sa monstrueuse envergure avant de se poser juste sous mon nez.

— La matrice se déchire, annonce Naomi en glissant le long de son flanc.

— J'ai jamais vu ça, précise Valtteri, qui préfère rester perché. C'est comme si le rêve avait pris feu.

Estelle semble soulagée que les renforts aient débarqué. Elle lâche le cimeterre toujours enfoncé dans mon thorax, puis détale jusqu'à Alexian, qui demeure inerte au milieu des flocons de bruit.

Ignorant l'arme qui me crève les poumons, je me retourne et avise à l'horizon une épaisse muraille de fumée. Valtteri a raison : mes émotions ont enflammé ce monde, qui se décompose aussi vite qu'une feuille sèche tombée sur une braise.

— Je vais la sortir de là, s'écrie Estelle.

Elle s'empare d'une pierre parmi les ruines et la lance sur sa gauche. En contrôlant sa trajectoire par la pensée, elle lui fait décrire une courbe qui la ramène vers elle à toute vitesse. Elle lui passe au travers du crâne comme une balle de fusil qui la fait disparaître en une fraction de seconde.

L'incendie a dévoré le lac, les camps et la forêt. Le paysage s'est changé en une nuée de copeaux noirs flottant dans le vide. Ne subsiste plus que ce morceau de garrigue, épargné par la couronne de flammes qui nous enferme dans une arène aux contours mortels.

Les bras de Naomi me passent sous les aisselles pour m'enlacer. Ses mains se joignent sur mon sternum et son menton se pose sur mon épaule.

— Ça va aller, souffle-t-elle. Essaie de respirer…

Mais je ne peux plus respirer. Je ne sais pas si c'est la Chimère qui m'en empêche, ou le cimeterre planté sous ma poitrine, mais je suis incapable d'inspirer la moindre bouffée d'air. À l'ivresse de mes émotions mal canalisées s'ajoute l'asphyxie.

Soudain, je comprends pourquoi Estelle s'est déconnectée. Elle veut forcer mon réveil *depuis l'extérieur* en bloquant mes voies respiratoires.

Elle veut m'empêcher de faire payer Alexian. Je ne sais pas si cette pensée vient de moi, ou du monstre qui enfle sous ma peau. Peu importe, elle me possède et m'empoisonne. Personne ne doit s'interposer entre ce taré de pyromane et moi. Et puis, pourquoi n'arrache-t-elle pas simplement mes électrodes ? Elle préfère m'imposer un réveil « naturel » plutôt que de risquer de me ramener trop brusquement ? Ou alors, ça la fait jubiler de me voir suffoquer… à moins que je n'imagine tout ça, et que ce soient simplement mes émotions qui m'étranglent.

— Attention ! beugle Valtteri tandis qu'Alphys recule en écartant les ailes.

Mon dos s'ouvre et la Chimère émerge par grandes pointes obscures qui empalent Naomi, la projetant à son tour dans le monde réel. Son ptérosaure s'évanouit en même temps qu'elle et Valtteri s'écrase par terre. Il se relève tant bien que mal, un masque horrifié fondu sur ses traits. Il tend la main et le sol se soulève autour de moi, créant un tsunami de roches et d'herbes prêt à déferler. Mais les tentacules s'allongent dans mon dos et deviennent des bras aux griffes acérées, qui tranchent à travers le calcaire comme s'il s'agissait d'écume. Je les sens se déployer en corolle, ménageant un espace pour que surgisse une gueule irréelle, armée d'une centaine d'yeux, de plumes et de dents jetées au hasard sur un mufle écailleux. La bave coule de sa langue verruqueuse, s'infiltre entre ses crocs et dégouline contre ses multiples paupières.

La tête de la Chimère jaillit de la roche pulvérisée et pousse un rugissement lancinant. Ses orbites roulent dans tous les sens, cherchant à localiser Valtteri pour lui faire payer son assaut… mais il a déjà disparu. Il a profité de sa diversion pour quitter le rêve à son tour. Frustrée, la bête se met en quête d'Alexian et s'étire depuis mon corps immobile pour le dévorer. Je me sens comme une graine flasque et transie de peur, qui ne contrôle rien de l'arbre difforme qui en a poussé. C'est comme si j'existais simultanément dans ma tête, et dans celle de l'immondice à la cuirasse tapissée de plumes sombres et de pupilles folles.

Je suis l'esclave de mon passé. Et Alexian n'est plus là. Pas plus que le matelas floconneux sur lequel il reposait.

La frustration de la Chimère me retourne l'estomac. Quelqu'un dans l'envoloir s'est précipité à son chevet pour le déconnecter.

Le monstre et moi sommes seuls dans ma tête.

C'est à peine si je peux de nouveau respirer. Peut-être que la *Dream Team* préfère me savoir cinglée dans ce monde plutôt que dans la réalité. Peut-être est-ce la peur de fêler ce qu'il me reste d'équilibre mental en me rappelant à la réalité dans une situation pareille. Peut-être veulent-ils me laisser seule contre ce parasite en espérant que je vienne à bout de mes démons.

Je reste prostrée là pendant de longues secondes que je ne sais plus différencier des heures. La bête qui m'a brisé le dos hurle sa faim et son désarroi en balançant ses nombreux bras dans tous les sens. Elle creuse la colline. Envoie valser les débris de la capitelle. Lacère le feu et fend le ciel.

Recroquevillée au centre d'un ouragan de terre, de flammes et d'écailles, je sens une pensée émerger. Et cette pensée se condense en un visage qui, curieusement, n'est pas celui de maman.

C'est celui d'Odile Navarro. Une patiente parmi tant d'autres, qui a pourtant prononcé des mots qui se sont imprimés assez profondément pour remonter dans la tourmente.

Je crois que vous êtes des anges.

Moi, je crois que je suis un monstre. Celui qu'Alexian a planté en moi en incendiant le jamboree.

Celui qui veut détruire ce souvenir en y enfonçant ses griffes et exige comme moi qu'il n'ait jamais été réel. La Chimère qui dévore ce rêve à défaut de pouvoir croquer son coupable. Sa mâchoire, notre mâchoire, déracine les arbres et explose les rochers.

Je suis piégée dans une illusion d'éternité, qui fige dans le temps ce passé refusé. Je suis en train de me perdre.

*

J'ai la sensation d'avoir été privée d'oxygène pendant des années. Mes poumons me lancent en se gonflant, et ma tête bascule en arrière par réflexe, pour m'aider à sucer un air moite et tiède.

Je ne sais pas vraiment où je suis. Cette pièce étroite doit être l'envoloir, je reconnais la souplesse de l'oreiller sous ma nuque et l'odeur aseptisée de la couverture… Quant à ce ronronnement troublé de bips réguliers, ça ne peut être que mon joncteur.

Lorsque je lève ma cuisse droite, les draps s'écoulent le long de mon moignon. TR négatif : je suis dans le monde réel. Alors pourquoi est-ce que je me retrouve seule dans le noir ?

Pourquoi les autres ne sont pas là ? On s'attend toujours pour débriefer, d'ordinaire. Et après un fiasco pareil, ils devraient être à mes côtés pour me rassurer. À moins qu'ils n'aient peur de la Chimère et me fuient ?

La Chimère… je crois que je la sens encore. Discrète, brûlante, comme une bille de magma fichée entre mes vertèbres.

Je suis en plein faux-éveil. Il n'y a pas d'autre solution. Aussi réaliste que soit cet envoloir, il ne peut pas être réel. On ne m'aurait pas laissée seule dans une situation pareille. Pas Naomi. Je tâtonne pour trouver ma canne.

— Tu m'as fait une de ces frayeurs…

Je me redresse si vite dans le lit que les câbles de mes électrodes se tendent et manquent de faire tomber mon joncteur. Cette voix n'a rien à faire ici.

Sans même enfiler ma prothèse, je me traîne jusqu'au mur pour trouver l'interrupteur. La lumière jaillit et je découvre Pilou, allongé sur la couchette qu'occupait Valtteri lors de notre dernier envol. Il a les cheveux en bataille, les joues creusées par d'énormes cernes, le poing serré sur son foulard bicolore.

— Qu'est-ce que tu fais là ? je glapis, sans oser bouger.

— D'après toi ? Je suis venu veiller sur toi. T'es pas sortie d'ici depuis deux jours !

— Deux… jours ?

Une étrange nausée me prend le ventre et je dois prendre appui sur la porte. Il est impossible de dormir deux jours sans discontinuer. Soit je rêve encore, soit…

— Tu ne te souviens vraiment de rien ? murmure Pilou d'une voix ensommeillée.

Il bondit jusqu'à moi et m'attire dans une étreinte. Ses bras sont encore chauds d'avoir été roulés sous la couette.

— Tu t'es réveillée deux heures après tes équipiers et tu nageais en plein délire. Tu ne savais pas où t'étais, tu as refusé de manger et c'est à peine si t'as accepté de boire.

— Où sont les autres ?

— Sûrement en train de dormir. Il est cinq heures du matin et votre mission est suspendue pour l'instant.

J'ouvre la porte du cagibi et constate qu'Alexian gît seul au milieu de sa chambre. Son électrocardiogramme lance des notes espacées mais régulières. L'escapade au jamboree n'a pas trop amoché ses constantes vitales. L'infirmière de garde bouquine à la lumière d'une lampe de chevet, et m'adresse à peine un regard par-dessus les pages. C'est comme si le chaos dont je viens d'émerger n'avait jamais existé. Je referme le battant et pivote sur Pilou pour lui murmurer :

— C'est impossible. Tu ne peux pas être ici.

— Le chef des flics m'a tout expliqué. Tu reviens d'une mission difficile et tu as besoin de repères pour ne pas être trop perturbée. Je suis ton repère, c'est ce qu'on me répète depuis que je suis arrivé.

Ils n'auraient pas impliqué un civil dans cette affaire, même pour me protéger. Je ne suis qu'un pion, pas une pièce maîtresse qui mérite qu'on brise les règles de confidentialité. Pilou n'a rien à faire là.

— Il faut que je me réveille.

— T'es déjà réveillée. Éole, tu me fais flipper…

Pour la première fois, un doute sincère m'envahit. Et je ne suis plus sûre d'exister réellement.

— Il faut que je sorte d'ici.

Je presse la poignée et fonce au travers de la chambre pour gagner l'escalier. Tant pis pour ma prothèse.

— Attends ! s'écrie Pilou en s'élançant à ma suite.

Descendre les marches est une vraie torture. Je fais passer ma canne à droite et me cramponne à la rampe de la main gauche. La Chimère me brûle, diffusant en moi une fièvre qui me fait me sentir à l'étroit dans ma propre chair. Je passe devant trois agents, qui passent leur veillée autour d'un jeu de cartes. Ils me saluent distraitement et me laissent m'éloigner sans rien dire. Je me retrouve sur le seuil du gîte sans que personne à part Pilou n'ait deviné l'étendue de mon malaise. J'inspire à fond… mais c'est comme si je continuais à étouffer. Parce que je ne suis pas sûre que cet oxygène soit réel.

— Écoute-moi ! supplie mon frère. Ils sont venus me chercher hier matin, chez Noé. Ils m'ont dit que t'aurais besoin de moi, ils m'ont expliqué ce que tu faisais avec le type étendu à l'étage, ils ont…

— Arrête tes conneries.

Mais bordel, tu *dois* me croire !

Sa voix s'abîme en glissant dans les aigus. Sa conviction lancinante attise mon doute et me rend cinglée. Je refuse de lui répondre et claudique au travers de la place. Je contourne le puits central et m'enfonce dans le sous-bois. Je croise un policier en patrouille, qui promène sa lampe torche entre les troncs. Il me dévisage, surpris sans doute de me voir dans cet état, à affronter le froid avec ma blouse bleue et la pénombre avec le flash de mon portable d'un autre temps.

— J'ai besoin d'un peu d'air, je lui lance avec un sourire aussi faux que douloureux.

SE PERDRE À L'ORÉE DES SONGES

Bon sang. Si j'en arrive à me justifier auprès d'un personnage de rêve… c'est qu'un morceau de moi s'est persuadé que je ne dormais pas. Pourquoi est-ce moi que ce flic fixe, et pas mon petit frère qu'il considère à peine ?

Je plonge au plus profond du bois et le sentier devient boueux sous mon pied. Je me faufile entre les troncs, espérant apercevoir au loin la frontière du rêve pour me garantir que je suis toujours endormie…

— Je sais pas ce qui t'arrive, bafouille Pilou. Mais tu dois respirer, retrouver ton calme.

… mais il n'y a que la rivière, qui sinue contre une plage humide. D'instinct, je retourne sur la berge où Rainal a tenu à discuter. Cette même berge où j'ai accepté de poursuivre la mission et où je me suis condamnée. Une grosse lune fripée se reflète à la surface de l'eau. On dirait un œil trouble, dément, qui palpite entre deux mondes.

— On… On va appeler quelqu'un, d'accord ? Ça ira mieux quand on sera rentrés.

— Je veux que tu te taises, Pierre-Louis. Par pitié.

Mon frère a un mouvement de recul, choqué que je l'appelle par ce prénom qu'il hait tant. Ses lèvres tremblent sans qu'il ne parvienne à articuler quoi que ce soit. Son visage à moitié dévoré par l'obscurité a coulé en une mine atterrée où ses larmes ruissellent.

— Tu ne peux pas être là, c'est tout.

Je sens la bille nichée sous mon dos se briser et l'énergie de la Chimère se répandre dans la nuit. Des tentacules visqueux remuent contre ma peau comme un sac d'anguilles. Soudain, chacun d'entre eux se dresse en pointes acérées qui déchirent ma blouse. Pilou pousse un hurlement et recule avec des yeux écarquillés, injectés d'une angoisse atroce.

C'est un cauchemar, j'en suis sûre désormais. Mais même endormie, je refuse de confronter mon frère à une image de moi aussi monstrueuse.

Je lutte contre la volonté de la Chimère, qui veut enfiler mes bras comme des gants pour me contrôler. Repoussant sa présence avec toute la force dont je suis capable, je parviens à m'avancer au bord de la rivière.

— Ça va aller, je grince entre mes dents serrées. Ça va aller.

J'ai besoin de le rassurer, même s'il n'est qu'un reflet particulièrement crédible de mon inconscient. Entendre mon frère crier à pleines tripes relève de la torture. Je plonge ma canne dans l'eau. Puis mon pied. Pour mettre fin à cet enfer, je dois forcer mon éveil. Et avec cette Chimère qui me consume, je n'ai pas d'autre choix que de me noyer. Le courant vient se briser contre mes genoux, puis il avale mes hanches. La sensation de froid vient apaiser mon dos brûlant. Je retiens ma respiration, prête à m'allonger dans le lit glacé de la rivière. Ma dragonne m'échappe.

— *Qu'est-ce que tu FOUS ?* vocifère-t-on dans mon dos.

Sur la rive, maman a rejoint Pilou. Elle le serre contre elle, dans une posture voûtée et des traits que j'imagine marqués par l'émotion. Mais ce n'est pas elle qui vient de crier. C'est sûrement l'une des trois silhouettes qui déboulent depuis la lisière du bois. Naomi, Valtteri et Estelle se précipitent dans ma direction en poussant les pires jurons.

En désespoir de cause, mon inconscient invoque la *Dream Team* pour tenter une ultime fois de me persuader que je suis dans le monde réel. Mais je ne me laisserai pas berner : impossible que cette Chimère qui s'enracine entre mes reins soit réelle. J'enfonce ma tête sous l'eau et d'un coup ne vois plus ni la lune ni les étoiles. Une obscurité glaciale glisse contre mon corps, puis une pression se crée autour de ma tête et de ma cage thoracique.

Pour mettre fin à ce cauchemar, je muselle mon instinct de survie et inspire à fond. Mes bronches se remplissent.

Mais je ne me réveille pas.

CHAPITRE 13
Qui peut faire de la voile sans vent ?

Les secondes se diluent avec moi au milieu de l'eau noire. Je me tords et me cabre dans le courant, dans un élan primitif tentant de me ramener vers l'air libre. Mes poumons sont pleins, aussi lourds que mes vêtements trempés qui me lestent jusqu'au fond. Je me heurte à des rochers aux arêtes tranchantes et m'empêtre dans de longues mèches d'algues. Mon pied s'érafle sur les graviers.

Je me noie, et je crois que mon corps ne mesure pas la gravité de la situation. Mon esprit associe l'asphyxie et l'obscurité à un endormissement. Alors… il bricole un rêve. Et pas n'importe lequel : un rêve-bobine.

La rivière devient une épaisse nappe de fumée qui drape une forêt d'arbres secs, tandis que la Chimère se rétracte dans mon dos. Je suis poussée en avant, dans un corps plus menu. Autour de moi se forment des lignes métalliques, des bandes de plastique fendu et des vitres explosées.

SE PERDRE À L'ORÉE DES SONGES

Je rêviens dans notre bus écrasé au fond du ravin, cerné par les flammes. Celui où j'ai perdu ma jambe droite, et suffisamment amoché la gauche pour ne plus pouvoir me déplacer sans canne. Mes cuisses disparaissent sous un siège affaissé. Je sens mes genoux former des angles glauques. Je ne ressens pas la douleur, pourtant. Elle est écrasée par une couche de peur qui anesthésie tout.

— Est-ce que tout le monde va bien ? tousse Thibault, notre animateur, qui remonte comme il peut le couloir.

Quelques enfants lui répondent. Dépassés par leur affolement, ils ne parviennent qu'à hurler sans formuler le moindre mot. Les autres se murent dans un silence abominable.

J'en ai assez des cauchemars, ils me collent la nausée. J'aimerais vomir mes émotions et sombrer dans un sommeil vide. Mais ma cervelle n'est pas de cet avis.

Alors je reste bloquée dans cet autocar concassé, à revivre l'insupportable.

— Les secours arrivent, répète Thibault. On va tous vous tirer de là, vous entendez ?

Le chauffeur est inerte et, d'ici, je vois son bras pendre devant le levier de vitesse. Il a pris le choc de plein fouet, quand le pare-brise vertical a heurté le premier arbre. Avec l'impact initial, c'est tout le flanc droit du véhicule qui a encaissé. Je n'ose pas imaginer ce qui me serait arrivé si je m'étais installée de ce côté…

— P… ilou…

Je ne le savais pas encore, mais une de mes côtes s'était déplacée. Elle avait crevé ma plèvre, m'empêchant de crier ou d'appeler mon frère. Je me suis longtemps sentie coupable de ne pas avoir pu supplier les adultes de s'occuper de lui avant de me désincarcérer, moi.

— *Éole !*

Est-ce Pilou qui me réclame ? Impossible. Lui, il a pris place du mauvais côté du bus. Il a été projeté à toute vitesse contre le dossier du siège devant lui. Il n'est pas en état de me répondre. Il gît quelque part à l'abri des regards, inconscient. Je ne le vois pas, mais je le sais. C'est ça qui rend les bobines si effroyables.

— *ÉOLE !*

Ce ne sont pas les secouristes qui m'appellent, ils ne débarqueront pas avant une vingtaine de minutes. Ce n'est pas non plus notre animateur, qui a perdu son assurance de façade en apercevant les premiers enfants que personne ne pourra sauver. Alors c'est quoi, ce cri ? Ma Chimère, peut-être, qui laisse son appel résonner dans ma colonne vertébrale ?

Non, ce n'est pas ça non plus. Deux bras surgissent de la vitre et se referment sous ma poitrine. D'un geste féroce, je suis tirée au travers de la fenêtre et, en passant le verre, je retrouve l'obscurité de la rivière.

Ma tête brise la surface, mais je n'arrive pas à respirer, ma gorge et mes bronches sont remplies.

— Putain de bordel de…

Cette voix jure en français autant qu'en finnois. Je suis serrée contre un large torse, et sens une paire de pieds se secouer pour me ramener vers la rive. Une main se cale sous mon menton pour tenir mes lèvres à l'air libre.

— Comment elle va ? COMMENT ELLE VA ?

Ça, c'est Naomi. Je la discerne derrière le rideau d'eau qui stagne devant mes yeux. Elle attrape mon épaule et joint ses efforts à ceux de Valtteri. Je flotte entre quatre mains qui me serrent à m'en faire mal. Bien vite, je suis traînée sur la plage avant d'être basculée sur le côté. Des doigts chauds, délicieusement secs, se posent sur mon cou.

— Elle… Elle a un pouls, constate Estelle d'une voix fébrile. Laissez-moi faire, vous êtes trempés.

— Elle ne respire pas ! hurle Naomi. Elle ne respire pas !

Un hoquet me fait éructer de grandes giclées d'eau qui viennent tiédir les galets sous mon oreille.

— Pitié ! implore Pilou. Pitié ! Faites quelque chose…

— Il faut prévenir Rainal et appeler les toubibs, souffle Valtteri en enfilant sa blouse laissée sur la berge.

— Hors de question ! proteste Naomi. Vous savez ce qu'ils vont lui faire si elle a… enfin si elle est…

Estelle m'assène trois tapes dans le dos avant de répliquer :

— Elle a manqué de se noyer, bon sang ! Qu'est-ce qui se serait passé si on l'avait pas suivie ? Si on avait pas demandé au staff de nous prévenir de son réveil ?

De violentes quintes de toux expulsent des gerbes de liquide aigre, un mélange d'eau vaseuse et de sucs digestifs. J'ouvre ma poitrine et inspire à fond… Je sens mon corps entier frissonner de soulagement.

— Elle va aller ? bafouille mon frère. Est-ce… Est-ce que ça va aller ?

Personne ne lui répond. Les trois onironautes se penchent sur moi lorsque mes paupières battent.

— T'es avec nous ? demande Estelle. Qu'est-ce que t'as foutu ?

Les mots ne sortent pas. Ils sont à peine un râle, poussé jusqu'à mes lèvres par ma gorge encore encombrée.

— N'essaie pas de parler si tu n'y arrives pas, intervient Naomi. Respire. Respire, par pitié.

Sa main me maintient la nuque, au cas où j'ai besoin de vomir à nouveau.

— Estelle, va nous chercher des fringues propres et des serviettes. Sans attirer l'attention.

— T'es cinglée ? Il faut qu'on prévienne tout le monde et que la toubib vienne l'examiner.

— Fais ce que je te dis, bordel. Elle va nous faire une hypothermie.

— Elle a failli se tuer ! Elle a…

— On préviendra Rainal et *uniquement* Rainal. Pour l'instant, on essaie de lui faire reprendre pied. Grouille-toi, on gèle. Garde l'engueulade pour plus tard.

Dans un grognement, Estelle s'éloigne. J'entends ses pieds traîner sur le gravier. De toute évidence, elle obéit à contrecœur.

— Je te suis ! s'écrie Pilou. Je sais ce qui pourra la rassurer !

Il disparaît à son tour à l'orée du bois, me laissant seule avec Naomi et Valtteri.

— Pourquoi juste Rainal ? demande ce dernier. Tu vois bien ce qui se passe…

— C'est justement pour ça que je veux pas que ça s'ébruite. Tu sais ce qu'ils feraient.

Elle étouffe un juron, puis lâche ma nuque en douceur pour caresser mes cheveux. Ce contact doux, qui fait goutter un peu d'eau sur mon front, m'aide à reprendre contenance.

— Je…

Je crache une salive mousseuse qui suinte sur mon menton. Naomi ne m'a pas entendue.

— Ils l'enfermeraient, dit-elle plutôt d'une voix blanche. Ils la foutraient dans une de ces cliniques expérimentales s'ils apprenaient qu'elle fait naufrage.

— J'ai dit à Pilou qu'il n'existait pas… qu'il ne devait pas être là…

— Pilou ? Tu veux dire Pierre-Louis ?

J'acquiesce en me recroquevillant, et Naomi laisse échapper un juron.

— Reste calme. Ici, t'es dans le monde réel. Je te jure que t'es dans le monde réel. On est tous là, en chair et en os.

Elle attrape son sifflet et le porte à ses lèvres pour me prouver qu'aucun son n'en sort. Je m'accroche à ça. À son témoin à elle, puisque le mien n'a plus aucune valeur.

— Je vais essayer de retrouver ta canne, m'assure Valtteri en s'accroupissant à mon niveau.

— Et moi, je m'occupe de toi.

Elle s'assied à même la plage et passe une jambe sous ma joue pour que je m'y repose comme sur un traversin. Je n'essaie même plus de parler, trop occupée à démêler les souvenirs pour distinguer l'illusion du réel. La Chimère ne pouvait pas être vraie. Mais l'angoisse sur le visage de Pilou… elle était palpable. Si concrète qu'elle en devenait cuisante. J'ai du mal à imaginer l'avoir inventée, elle aussi.

Les minutes qui suivent me semblent distordues. On dirait que le temps lui-même est devenu gluant au point d'empoisser ma peau et mon esprit. Estelle et Pilou reviennent avec un tas de linge propre, dont mon haut préféré, aux motifs de crocodile, que maman a brodé pour moi pendant sa convalescence. Est-ce que j'ai *vraiment* emporté ce pull dans mes bagages ?

Peu importe, j'y passe la tête, et c'est comme si j'enfilais l'insouciance de mon enfance. Ça me fait du bien. Avec l'aide de Naomi, je me sèche et éponge mes cheveux trempés. J'ai toujours l'impression d'être ailleurs, presque ivre. Pourtant, jamais une cuite ne m'avait laissée dans un état pareil, dardée de doutes et hantée par une Chimère qui ne demande qu'à éclore. Valtteri glisse ma canne glacée entre mes mains et me soutient sur le chemin qui nous ramène au Mas. Pilou, lui, marche derrière moi avec une mine soucieuse. Il fait de son mieux pour retenir son émotion, mais je le sens sur le point de flancher.

On me conduit jusqu'à l'office, et grimper les marches relève d'un monstrueux calvaire. Je suis entraînée dans l'envoloir et allongée sur une couchette. On soulève mes boucles pour apposer les électrodes.

— Vérifiez le dossier d'envol, demande Naomi en manipulant mon joncteur. Je veux ses doses de somnifères prises avant qu'on plonge dans le jamboree.

— Deux comprimés de Zopiclone[1], répond Estelle.

— Quinze milligrammes, donc. On a un peu de marge.

Elle fouille dans le tiroir de sa table de chevet, puis me tend un comprimé ainsi que sa gourde à demi pleine.

— Avale-moi ça, murmure-t-elle.

— C'est… je bredouille. C'est quoi le plan ?

— Tu perds pied, Éole. J'aurais trop de mal à te persuader que tu ne rêves pas. Donc je vais t'emmener quelque part où, au contraire, tu seras certaine de rêver.

Naomi bondit sur son lit, branche ses propres fils. Elle se tourne ensuite sur Valtteri, Estelle et Pilou, qui ont du mal à tenir à trois dans le fond du cagibi.

— Eux, pendant ce temps, ils vont faire un topo à Rainal. On se retrouve à neuf heures du mat' pour discuter de tout ça.

*

1. Médicament aux propriétés hypnotiques utilisé dans le traitement des insomnies.

SE PERDRE À L'ORÉE DES SONGES

La thébaïde de Naomi est, sans hésitation, l'une des plus apaisantes qu'il m'ait été donné de visiter. L'horizon se hérisse en montagnes touffues, d'un vert tendre, portant à perte de vue ses forêts et ses prés qui sentent le printemps. Je suis entourée d'une nature sereine, piquetée de fleurs irréelles qui arborent, en guise de pétales, des orbes fluorescents qui se balancent avec légèreté. Le soleil se couche et, sous le ciel doré, cette étrange végétation donne l'impression que les étoiles se reposent dans l'herbe. Les bois alentour se composent d'arbres immenses, eux aussi habillés de lumière : des fruits-sphères pendent au bout des branches et déploient dans ce crépuscule féerique des couleurs douces, intimes, qui font se sentir chez soi.

En tendant l'oreille, je perçois une mélodie qui se mêle à la brise et au chant des grillons. Des notes hésitantes pétillent sans que je sache en déterminer la provenance. On dirait de la guitare. Étrange, c'est la première fois que j'entends de la musique dans le refuge de Naomi. Elle n'est pas vraiment du genre mélomane…

En me retournant, j'avise la pente que décrit le pré dans lequel je me suis matérialisée. Il suit le flanc de la montagne et grimpe sur une centaine de mètres, jusqu'à un chalet à la cheminée fumante qui domine le rêve tout entier. Je n'ai jamais pu l'approcher. Mon amie l'appelle La Maison Interdite À Tout Le Monde. C'est d'ailleurs cette inscription qu'affiche une pancarte mal clouée, plantée en amont pour dissuader d'éventuels visiteurs. Je crois… que c'est de là que vient la musique. Elle me tombe dans l'oreille depuis les hauteurs.

— Je suis désolée.

Naomi, que j'avais à peine remarquée jusqu'ici, ponctue sa phrase par une moue contrite.

— Désolée de quoi ? je lui demande.

— De ne pas avoir vu que c'était si grave.

Par réflexe, je porte la main à mes reins. Dans ce songe si doux, je ne sens plus la Chimère.

— Comment t'aurais pu le voir ? Même moi, j'aurais pas pu l'anticiper.

Je me penche pour cueillir une fleur. Elle ressemble à un gros raisin de cristal qui continue de luire entre mes doigts, même séparée de sa tige.

— Je suis en train de faire naufrage, j'articule d'une voix rauque. La réalité se déverse dans mes rêves, et mes rêves fuient dans la réalité.

— Là, tu dors. Aucun doute là-dessus, alors essaie de retrouver tes repères.

Je hoche la tête, trop émue pour formuler le remerciement qui me brûle les lèvres. La trêve qu'elle m'offre est précieuse, nécessaire même, après cette nuit cauchemardesque.

— Qu'est-ce qui va m'arriver ?

— On va prévenir Rainal pour en discuter. Mais je ne les laisserai pas t'embarquer, c'est promis.

— Tu penses que ça existe vraiment, ces instituts pour onironautes perdus ? Ceux dont on parle pour effrayer nos externes…

— J'y crois, oui. On fait un métier dangereux, et je pense qu'on sera de plus en plus nombreux à s'égarer au fil des années. Tu n'es sûrement pas la première à te perdre. Mais je ne veux pas que tu penses à ça, je veux que tu restes avec nous.

Elle lève un index vers le ciel et profère d'un ton ampoulé :

— Nous serons les brassards qui t'empêcheront de sombrer !

Sa détermination fait fondre un peu du malaise qui se cramponnait à mon cœur. Mais au moment où je m'apprête à sourire, Naomi pivote pour faire face à La Maison Interdite À Tout Le Monde.

— On doit parler des choses qui fâchent, maintenant. Viens.

Elle commence à remonter le dévers, et je la suis sans rien dire. La musique se fait plus distincte. Je discerne mieux les cordes chatouillées par des doigts maladroits, qui ne savent pas toujours où se poser. Une voix d'homme, chaude et vibrante, accompagne la guitare :

Qui peut faire de la voile sans vent ?
Qui peut ramer sans rames ?
Et qui peut quitter son ami
Sans verser une larme ?

— Tu connais cette chanson ? je demande à Naomi en m'immobilisant. C'est un chant d'éclaireur, tu ne peux pas l'avoir inventé…

— Ne t'arrête pas.

Un drôle de frisson s'invite dans mes jambes tandis que je reprends l'ascension. Une intuition me souffle de rester sur mes gardes.

— Non, je ne la connais pas. Elle ne vient pas de moi.

Je peux faire de la voile sans vent
Je peux ramer sans rames
Mais ne peux quitter mon ami
Sans verser une larme

— Un de tes personnages s'est invité dans mon rêve en même temps que toi. Je l'ai laissé s'installer.

— Mais cette voix ne me dit rien…

Au sommet de la montagne se tient Alphys. Plantée comme une gargouille devant le perron du chalet, elle a les ailes détendues, ses yeux clos et son bec entrouvert comme si elle se laissait bercer.

Qui peut trouver l'oiseau sans ramage ?
Qui peut vivre sans rivage ?
Et qui peut s'accrocher au rocher
Sans faire sombrer une amitié ?

Naomi avance plus vite que moi. Elle progresse sans peine au travers de la friche de cristaux, tandis que je bataille avec les gerbes les plus hautes. Je pointe ma canne en l'air et matérialise mon ombrelle qui me soulève au-dessus de la prairie. Ici, les vents sont tièdes et dociles, ils me poussent avec délicatesse sur un chemin d'ardoise serpentant jusqu'à l'entrée de la maison.

Qui peut croire un instant à l'amour
Quand tant d'hommes se battent ?
Et qui ne peut oublier un jour
Le monde et son massacre ?

Un homme est adossé à la porte et bat du pied pour marquer son tempo. Bien charpenté, il a des yeux limpides, vissés sur ses mains incertaines. Son visage est grignoté par une barbe éparse, taillée avec une certaine nonchalance. Je lui donne une bonne vingtaine d'années. Un foulard bicolore est noué autour de son cou.

— Tu le connais ? demande Naomi en arrivant à mon niveau.

— Non.

— C'est drôle, parce que moi je crois que je sais qui c'est.

Elle flatte la tête d'Alphys, qui émet une espèce de caquètement guttural tout en agitant ses épaules pour manifester son contentement.

— Bonjour, dit-elle au personnage avant de s'installer sur une marche.

Le musicien est absorbé par son interprétation et, s'il semble nous avoir remarquées, il ne veut pas répondre.

Qui peut voir le soleil la nuit ?
Qui peut voir la nuit sans étoiles ?
Et qui peut quitter son ami
Sans verser de larmes ?

— Pourquoi mon cerveau m'impose cette chanson ? je m'étrangle d'une voix fébrile. Pourquoi ici, pourquoi maintenant ?

— Je pense que tu le sais.

Je crois surprendre un sourire sur le visage de l'homme, qui enchaîne les couplets avec plus de conviction.

Je peux voir le soleil la nuit
Je peux voir la nuit sans étoiles
Mais ne peux quitter mon ami
Sans verser de larmes

Naomi me pose alors une question que je n'ose pas entendre. Elle se perd, dans ce crépuscule irraisonnable aux fleurs qui luisent. Je la laisse mourir, sa question, avec l'espoir qu'elle ne soit jamais répétée.

— Combien d'années d'écart il y a, entre Pierre-Louis et toi ?

Cette fois, je ne parviens pas à l'esquiver. C'est comme une balle tirée à bout portant, qui se fraie un chemin à travers ma tempe sans que je puisse m'en protéger.

Mes paupières se ferment pour encaisser l'impact et je sens une secousse. Une onde de choc part de ma poitrine, ébranle le chalet et secoue la montagne. Quand je rouvre les yeux, toutes les fleurs se sont éteintes. Et l'homme s'est arrêté de jouer. Pour tout dire, l'homme n'est même plus là. À sa place se tient un préadolescent qui enlace une guitare trop grande pour lui. Et ce garçon impossible répond d'un ton plein de tendresse :

— J'ai qu'un an de moins qu'elle. Mais elle aime se dire que je n'ai jamais grandi.

J'ai l'impression que mon cœur empoisonné pulse de l'horreur en fusion dans mes veines. Pilou repousse l'instrument, et termine sa chanson favorite avec sa voix d'enfant.

Je peux voir se coucher le soleil
Sans que la nuit ne tombe
Mais ne peux trouver le sommeil
Sans que mon cœur s'effondre

— Ça fait longtemps que tu vis avec le souvenir de ton frère, Éole ?

Je fais volte-face, puis invoque une rafale qui gonfle mon ombrelle et me propulse vers les nuages. Mais Naomi dresse le bras et, en serrant le poing, me fige dans les airs.

— Il te hante dans le monde réel, je me trompe ?

SE PERDRE À L'ORÉE DES SONGES

— Il ne me hante pas.

Sans que mon cœur s'effondre…

— Tu ne survivras pas à ton foutu naufrage si tu n'acceptes pas sa mort.

CHAPITRE 14
Naufrage

— Ne l'écoute pas. Je t'en supplie, ne l'écoute pas.

Pilou s'est agenouillé à côté de ma paillasse et empoigne mon épaule. L'émotion lui est montée au visage en une nappe pourpre qui gagne ses joues et son front. J'essaie de ne pas le regarder, mais le poids de ses mains sur ma peau me semble trop réel pour que je l'ignore. Mon frère est là. Je sens son contact, sa chaleur et sa détresse.

— Je ne l'écoute pas, je murmure. Tu existes.

Dans un sanglot soulagé, il se laisse glisser contre moi et étire les bras pour amorcer un câlin. Mais il est tiré en arrière avant d'avoir pu se blottir sous les draps.

— Tu ne devrais pas lui donner raison. Tu t'es assez menti.

Maman retient Pilou et l'attire de l'autre côté de l'envoloir pour conserver une distance entre nous. Elle a une mine pâle et solennelle. Des mèches rêches bouclent autour de son visage grave.

— J'ai toujours été là pour te protéger, souffle-t-elle. J'ai gardé ton esprit pour éviter qu'il se fracture, mais là… je n'y arrive plus, ma chérie. Tu as piégé trop de choses en toi. Je commence à apparaître dans ta réalité, et Pierre-Louis à s'enraciner dans tes rêves. Lui et moi, on se croise alors que nous n'aurions jamais dû.

Pilou tombe à genoux et, incapable de maîtriser son désarroi, laboure ses cuisses à grands coups d'ongles. Le crissement de ses doigts sur le tissu me paraît si vrai qu'il me donne la nausée.

— Ton amie… bafouille-t-il. Elle n'a pas le droit de dire que je suis mort. Je voulais juste t'aider, moi ! Je voulais te montrer mon apparence d'adulte, et te chanter la chanson que Thibault m'a apprise… Je pensais bien faire !

— S'il te plaît, je glisse. Calme-toi. Je…

J'aimerais crier de toutes mes forces pour conjurer ces deux Vestiges. Je veux renvoyer maman dans mes songes, là où est sa place. Et Pilou dans notre appartement qu'il n'aurait jamais dû quitter. Mais je ne peux pas prendre le risque de hurler, au risque d'attirer tout l'office et d'écoper d'un internement sans aucune forme de procès. Je dois attendre que Naomi se réveille et lui demander quoi faire. Ensuite, on…

— Bordel.

Pas besoin de poireauter, tout compte fait. Elle a déjà émergé de son rêve et s'est redressée contre la tête de lit. Elle a les lèvres entrouvertes et fixe le fond de l'envoloir avec une stupéfaction qui fait tressauter ses prunelles. On dirait qu'elle dévisage alternativement maman, puis Pilou. Du bout des doigts, elle remonte le câble d'une électrode jusqu'à effleurer sa tempe.

— Je ne sais pas comment c'est possible, amorce-t-elle d'un ton fébrile. Je ne sais vraiment pas…

Sans déplacer son regard, elle se glisse hors de la couchette et tâtonne pour trouver ma main.

— Mais je les vois. Je les vois tous les deux.

— Alors je rêve encore ? je m'agace. C'est un de ces fichus faux-éveils ?

Naomi porte son sifflet à sa bouche, puis secoue la tête.

— Non. Je te jure qu'on est dans le monde réel. Je crois que c'est à cause de nos joncteurs, ils sont encore connectés. Et puisque tes Vestiges sont des éclats de rêve, on les partage.

J'attrape mon oreiller et l'écrase sur mon visage pour éponger un sanglot.

— Bonjour Armelle, dit Naomi. Bonjour Pierre-Louis.

— Pilou, corrige mon frère.

— Ça faisait longtemps que je ne t'avais pas vue, commente ma mère d'une voix qui sourit. Tu es splendide.

— Merci ! Vous n'êtes pas mal non plus.

Mon amie m'enlève doucement le coussin, puis m'aide à m'asseoir.

— Je n'arrive même pas à imaginer à quel point ça doit être douloureux, souffle-t-elle. Ils ont l'air tellement réels. C'est comme s'ils avaient poursuivi leur vie dans ta tête. Ils sont apparus quand ?

— Après mon décès, répond maman. Il y a un peu plus d'un an. J'ai commencé à me matérialiser dans ses rêves…

— Et Pilou dans notre appartement, je complète dans un chuchotis. J'ai rempli le vide avec des fantômes.

— Je ne suis pas un fantôme, renifle Pilou.

Maman l'abrite contre elle d'un geste doux.

— Arrête d'embrouiller ta sœur. C'est assez difficile pour elle.

— Mais elle n'a pas le droit de dire ça !

Naomi passe sa main le long de mon dos, frôlant la zone brûlante, entre mes reins, où la Chimère palpite.

— Écoutez, dit-elle aux deux spectres. Éole est en train de perdre pied, je ne sais pas quelle… « autonomie » vous avez, mais vous devez la laisser tranquille.

— Ce n'est pas eux qui décident, j'interviens en saisissant ma canne sur la table de chevet. Mon inconscient les invoque quand j'ai besoin de les voir. Et plus je m'égare, plus ce besoin me ronge. C'est un cercle vicieux.

— Dans ce cas, peut-être qu'ils pourraient faire en sorte de rester plus discrets ?

— Tu as entendu, Pierre-Louis ? sermonne maman. Tu ne l'aides pas, en la harcelant.

— Mais il faut que je sois près d'elle. On doit être ensemble…

J'arrache mes électrodes. Je ne peux pas en supporter plus, le ton suppliant de Pilou nourrit la Chimère que je sens plus féroce au fil des secondes. Naomi bat des cils avec une mine hébétée :

— Ils ont disparu. Pourquoi t'as fait ça ? Je pouvais porter ton fardeau avec toi.

— C'est pas à toi de le faire.

Elle se trompe, d'ailleurs. Maman et Pilou n'ont disparu qu'à ses yeux. Pour moi, ils sont toujours là, aussi désemparés qu'à mon réveil.

— Il est bientôt neuf heures. On doit retrouver les autres.

J'enfile ma prothèse et m'extrais de l'envoloir fiévreux. Naomi ne comprend pas.

On *n'accepte* pas la mort de sa mère, de son frère ou de sa propre enfance. On la subit, tandis qu'elle arrache à pleine gueule des lambeaux de bonheur. On survit malgré elle, parce qu'on n'a pas d'autre choix.

Naomi croit que je m'enferme dans une carapace de déni. Que je me suis persuadée que Pilou n'avait jamais été tué dans ce bus. Mais c'est faux. Ou plutôt, ce n'est pas vrai : il ne se passe pas un jour sans que sa disparition ne me fracasse. Et je dois apprendre au quotidien à respirer sans lui, à grandir alors que son monde s'est arrêté.

Pourtant, je suis incapable de dire à ce Vestige qu'il n'est qu'un fantôme.

Car ma peau perçoit sa chaleur, mes oreilles ses rires et mon nez ses odeurs. Les bonheurs que nous partageons sont concrets et leur souvenir s'imprime dans mon cerveau comme n'importe quel autre. Mon Pilou, je peux le toucher et l'embrasser. Je peux l'aimer comme s'il n'était jamais parti.

Même s'il n'est qu'une esquille de rêve plantée dans ma réalité.

*

Je n'avais jamais vu Rainal perdre ses moyens. Il m'a toujours fait l'effet homme aussi droit qu'inébranlable, comme doivent l'être les fonctionnaires de son rang. Jusqu'ici, il a toujours pris le temps d'enfiler son uniforme pour s'entretenir avec nous de la mission. Ce matin, il a enfilé à la va-vite un t-shirt mal repassé, sur lequel il a jeté un gilet à la coupe trop large. Il fait les cent pas dans la volière, éjectant du pied les gravats qui rencontrent sa semelle.

La scène est incongrue. L'autorité de notre commissaire s'écaille et son assurance laisse place à des doutes dont il ne sait que faire. Nous avons préféré le convoquer loin du Mas, au cœur de la tour qui accueille d'ordinaire nos insomnies. Valtteri et Estelle se sont blottis l'un contre l'autre, et ont étalé devant eux les comptes rendus de notre dernier envol. Naomi entortille la chaîne de son sifflet autour d'un doigt et fixe le plafond brisé, sûrement dans une tentative de mettre ses pensées en ordre. Quant à moi, je me suis accroupie contre le mur et inspecte l'entrée du pigeonnier au travers de laquelle j'aperçois les silhouettes de maman et de Pilou. Ils m'ont suivie sans rien dire depuis l'envoloir et discutent entre eux, m'adressant de temps à autre des regards pesants dont je me passerais bien.

— J'ai besoin que vous me récapituliez tout ce qui s'est passé, réclame Rainal.

— Encore ? soupire Estelle.

— Autant de fois qu'il le faudra. J'ai besoin de me représenter le déroulé des événements.

Estelle range nos notes par ordre chronologique, s'éclaircit la voix et débite :

— Nos joncteurs ont noté nos endormissements respectifs entre vingt-deux heures quarante-cinq et vingt-trois heures huit. Nous avons tous réussi à gagner le rêve que nous avions conçu en amont, reprenant les événements du jamboree. Naomi et Valtteri se sont écartés pour optimiser la matrice du rêve. J'ai accompagné Éole auprès d'Alexian pour tenter de le pousser à l'aveu.

— Un aveu incomplet, précise Valtteri. Les filles ont réussi à glaner quelques détails sur leur planque, sur la nature de leur trafic, mais il a été très peu bavard en ce qui concerne les noms.

— Ce n'est pas grave, nous aurons d'autres occasions de le faire parler. C'est quand elle a entendu cet aveu que la docteure Geist a… perdu le contrôle ?

Un silence gêné s'installe. Personne n'ose mettre des mots sur l'aberration que je suis devenue. Après de longues secondes, c'est Naomi qui finit par se jeter à l'eau :

— La matrice s'est enflammée. On a tenté de la préserver, mais…

— Je suis devenue une Chimère, je tranche avec dureté. J'ai détruit le rêve.

Hors de question qu'elle s'enlise dans des détours inutiles. Il n'y a plus à m'épargner ou à me protéger. Valtteri s'empare des documents d'Estelle et prend le relais :

— Vers une heure dix du matin, le patient a présenté un trouble du rythme cardiaque. À une heure treize, Estelle s'est réveillée pour déconnecter son joncteur. À une heure dix-huit, Naomi a émergé, et je l'ai imitée peu de temps après, à une heure vingt. Nous avons fait le choix de laisser dormir Éole car nous ne voulions pas qu'un éveil trop brutal la plonge dans un état de paranoïa. Elle a repris connaissance à cinq heures.

— Avec des symptômes caractéristiques d'un naufrage, ajoute Naomi tout en s'approchant de moi.

Elle se laisse tomber sur ma droite et presse son épaule contre la mienne.

— Comme si la Chimère n'était pas le plus flagrant des symptômes, je raille en raclant la poussière du bout de ma canne.

Rainal se plante devant moi et me sert une mine étrange, à la croisée des chemins entre la sévérité, la compassion et l'inquiétude.

— Cette Chimère… comment elle s'est manifestée ?

— J'ai voulu bouffer Alexian. Et l'univers entier avec lui.

— C'était déjà arrivé avant ?

Mes joues se froissent, crispées sur la réponse qui me met mal à l'aise.

— Non, indique Valtteri en me sentant flancher. Pas à notre connaissance en tout cas.

Naomi m'adresse un discret coup de coude. Elle n'acceptera pas que je laisse passer cette omission et je sais qu'elle me tient rigueur de ne pas avoir parlé de la première métamorphose.

— C'est faux, je grince. Il s'était passé la même chose en haut du colimaçon.

— Pourquoi ne l'avez-vous pas rapporté dans vos précédents journaux d'immersion ?

— J'avais peur que ça nuise à la cohésion de l'équipe, ou qu'on m'estime inapte à exercer. Mais… je crois qu'on est tous d'accord, je ne peux plus le cacher.

— Tu t'es jetée dans la rivière sous nos yeux, assène Estelle. Y a plus rien à cacher. Tes hallucinations t'ont persuadée que tu rêvais.

— Hé ! s'étrangle Pilou depuis l'extérieur. On est pas des hallucinations.

J'enfouis mon visage dans une main pour ne plus croiser le regard vexé de mon frère, qui accourt jusqu'à la volière, poursuivi par maman qui veut l'empêcher d'intervenir. Je continue, osant à peine regarder entre mes doigts :

— En me réveillant, j'ai vu des Vestiges qui n'auraient jamais dû se trouver là. J'en ai déduit que je rêvais, oui. Et je me suis plantée. Sacrément plantée.

— Et qui aurait agi différemment, à sa place ? s'insurge Naomi. Vous avez vu ce que vous lui demandez ?

En même temps qu'un juron, Rainal décoche un coup de pied dans un débris qui roule de l'autre côté du pigeonnier.

— C'est précisément parce que je sais dans quoi je l'ai engagée que j'aurais aimé que vous me parliez *avant* que ça arrive.

— On a été mis devant le fait accompli, rétorque Estelle.

— Vous auriez dû discuter en amont du ressenti d'Éole. Échanger au moindre doute, au premier symptôme. Vous êtes une équipe, bon sang !

— On est des onironautes à peine diplômés. Pas des agents d'Europol formés à ce genre de situation. Vous attendez de nous qu'on agisse comme de bons petits flics.

Pilou gagne le centre de la volière et tourne autour de Rainal pour l'observer sous toutes les coutures.

— Je l'aime pas, ce type, râle-t-il. Il se prend trop pour un chef.

— Arrête ! réprimande maman en tirant sur son poignet pour le ramener à l'écart.

— Quoi ? C'est vrai !

Les Vestiges s'éloignent, et j'essaie de raccrocher les wagons de la conversation que je n'ai pas suivie :

— De toute façon, admet Valtteri, c'est à Éole de prendre une décision.

— Je ne suis pas d'accord, proteste Estelle. Si elle fait naufrage, elle n'est pas en état de se prononcer sur ses capacités. Ça risquerait d'aggraver son cas.

Rainal appuie le talon sur un moellon défoncé, et le balance d'avant en arrière pour évacuer son stress.

— Je vais être honnête avec vous : je ne sais pas quoi faire. Je devrais notifier à mes supérieurs cet événement et, si je le fais, ça remontera jusqu'à l'officier de liaison. Or, je sais déjà ce qu'il va nous demander.

Il pivote sur lui-même pour nous fixer les uns après les autres, il peine à trouver les mots qui formuleront sa conclusion.

— On exigera qu'Éole soit « prise en charge » dans un de ces sanatoriums expérimentaux. Qu'elle soit écartée de la mission et possiblement de la vie civile, puisqu'on ne sait encore rien des conséquences d'un naufrage. L'onironautique est une discipline trop récente.

— Donc c'est réel. On évince les assermentés qui perdent pied.

J'ai murmuré ça si faiblement que seule Naomi m'a entendue.

— Je t'ai dit que je ne les laisserai pas t'embarquer, assure-t-elle. Fais-moi confiance.

— Vous balanceriez Éole ? s'offusque Valtteri en se relevant.

— Si elle se met en danger, tempère Estelle, c'est peut-être la meilleure solution.

— Ce n'est pas une solution du tout ! s'emporte Naomi en bondissant à son tour sur ses pieds.

— Elle se serait tuée si on avait pas été là !

Rainal lève et abaisse les mains pour pétrir le vacarme qui s'empare de la tour. Il n'a pas besoin de plus pour endiguer l'agitation. Le calme revient.

— Le problème, c'est qu'on ne résoudra jamais cette affaire sans elle.

Il hausse les épaules avec un sourire éteint.

— Elle détient des informations uniques et sait former la matrice du jamboree. Elle est investigatrice autant que témoin, et pourrait bien paver la voie pour des enquêtes ultérieures. Ça nous permettra peut-être d'établir une méthodologie, de former de futurs assermentés d'État…

— Et si elle ne veut pas continuer ? crache Naomi. Peut-être qu'elle a envie de tout plaquer, ou *a minima* d'arrêter de plonger dans la cervelle de ce foutu criminel ?

— Voilà pourquoi c'est elle qui va nous donner son avis.

Je sens quatre paires d'yeux se braquer sur moi, et elles pèsent lourd. Je ne sais même pas quel genre de réponse satisferait tout le monde. De toute façon, je n'ai pas vraiment le choix. Je ne peux pas quitter le Mas de la Volière comme si rien ne s'était passé. Je ne peux pas regagner mon appartement et reprendre une vie normale, hantée par mon frère et mes regrets. Je ne peux pas non plus regarder Pilou en face et admettre que je n'ai pas la force, ou le courage, de me battre pour lui offrir des réponses sur le jamboree. D'ailleurs, il m'observe depuis les bras de maman qui le balance en douceur. Comme les autres, il se tient à l'affût de ma décision. Je lui dois de persévérer, même si mon obstination risque de me perdre.

Quant à l'hypothèse de me laisser sur la touche et me cantonner à un rôle secondaire… je n'ose même pas songer à la frustration que ça susciterait en moi. Rien que d'y penser, ma Chimère frissonne d'appétit entre mes vertèbres.

— Je ne sais pas si on peut guérir d'un naufrage. Je ne sais pas non plus comment mon état va évoluer. Mais ce dont je suis sûre, c'est que je veux continuer de rêver avec vous.

CHAPITRE 15
Comme les larmes d'une étoile

— Je veux que vous respectiez le protocole à la lettre, insiste Rainal par la porte ouverte.

Sa silhouette, taillée en angles droits par l'uniforme, fend la lumière blafarde de la chambre d'Alexian : elle pénètre l'envoloir en deux faisceaux blêmes, qui chatouillent nos corps entassés. Pilou balance ses pieds juste au-dessus de Valtteri et d'Estelle, enlacés comme toujours lorsqu'ils volent ensemble. Aucun des deux ne l'a encore remarqué. Normal, je n'ai pas encore connecté mon propre joncteur. Je préfère attendre que l'obscurité nous baigne pour que mes fantômes se fassent discrets.

— On a bien compris, chef, grince Naomi. Ça fait une semaine qu'on révise ces nouvelles règles.

— Demain matin, je veux tous vous voir passer par le bureau du greffier. Un par un, avec Éole en premier.

— Vous avez toujours pas renoncé à l'idée ? soupire Estelle. Être débarrassée des rendez-vous chez les greffiers, c'était ce qui me plaisait ici.

— On ne peut plus se permettre de vous envoyer là-bas à l'aveuglette. Je veux un cadre pour vos envols, et un greffier constitue un solide garde-fou. Ça vous forcera à vous exprimer auprès de quelqu'un de neutre et nous aidera à un recueil de données objectif.

J'ai du mal à saisir l'intérêt de la procédure car rien ne nous empêche de mentir à ces pseudo-modérateurs de rêves. Certes, dans un cadre hospitalier, les greffiers aident à encadrer les voyages oniriques. Ils permettent de vérifier que les assermentés, interrogés à part, soient cohérents dans leurs récits. Mais ici, dans le cadre d'une enquête… je crains que ce rôle soit plutôt celui d'un psychologue. D'un psychologue en habits de flic. La belle affaire.

— Votre greffier arrivera dans la nuit. Il vous attendra à votre retour de mission, dans la remise de l'office qu'on a aménagée pour l'occasion.

Un greffier pour quatre ? Quel intérêt ? On pourrait très bien bidonner un mensonge crédible entre notre envoloir et son cabinet. Nous interroger au compte-goutte n'apportera aucune valeur à nos témoignages…

— On va s'y coller, promis, intervient Valtteri en constatant que Rainal ne s'arrête pas de parler. S'il vous plaît, laissez-nous nous préparer. On a besoin de temps pour gérer un envol à quatre.

Il ment, mais le commissaire ne peut pas le savoir. Certes, nous plongeons tous ensemble, mais c'est dans ma tête, et non dans celle d'Alexian, que nous nous rendons. Il n'y a rien d'incroyable à inviter quatre personnes dans l'esprit d'un rêveur sain. Enfin, si tant est qu'on puisse me qualifier de rêveuse saine. Rainal finit par abdiquer. La porte se referme, établissant dans notre envoloir une obscurité bienvenue, à peine troublée par les compteurs verts de nos joncteurs. Personne ne dit rien, mais nous sommes unanimes : nous n'aimons pas que Rainal, ou qui que ce soit d'autre – au hasard, un greffier – s'immisce dans notre envoloir ou nos excursions. Notre commissaire veut bien faire, mais je me passerais volontiers de la visite qu'il nous impose auprès d'un col blanc fraîchement recruté.

— Alors ? me lance alors Estelle, dont j'entends le bras glisser sur le parquet pour attraper quelque chose. T'as choisi ta musique ? On reste sur celle des entraînements ?

— Ça marchait bien, oui. Balance !

— C'est parti pour Sting ! Faites de beaux rêves, tout le monde.

Elle enclenche un bouton sur l'enceinte portable que nous a prêtée Rainal, et les premières notes planantes éclosent dans le cagibi.

Je connecte mes électrodes. Au moment de fermer les yeux, j'aperçois Naomi qui fixe les deux silhouettes assises sur ma couchette. Elle ne dit rien, mais à la lueur des appareils je crois voir passer de la frayeur sur son visage.

— Bonne nuit, murmure Pilou en se recroquevillant contre moi.

*

On and on the rain will fall
Like tears from a star
Like tears from a star

Le chœur résonne dans tout le jamboree. Il s'est intégré à la matrice, au point d'en être aussi indissociable que l'odeur du lac ou l'éblouissant soleil qui s'apprête à disparaître derrière les collines. Cette fois, pas d'exploration ni de duperie. J'ai établi sur la rive un cercle de pierres centré sur un foyer où remuent de belles flammes. J'ai pris soin de matérialiser cinq rochers, un pour chacun de nous. Comme si nous nous apprêtions à débuter une veillée, sans jeux ni tambour.

On and on the rain will say
How fragile we are
How fragile we are

Les notes de guitare se manifestent dans les airs par de petites mèches brunes, comme des apostrophes. La voix de Sting, elle, est d'un gris doré. Elle s'incarne en une traînée de poudre levée par les vents. Estelle attire toutes ces couleurs à moi. En les domptant du bout des doigts, elle les fait ramper contre mon corps. Cette musique est douce comme du sable, et elle m'enveloppe tout entière. Elle enserre mon dos pour museler la Chimère. Elle tournoie autour de mes mains, les liant ensemble à la façon de menottes qui m'empêchent de manipuler mon environnement. Elle longe également mon cou pour se condenser devant mes lèvres en guise de bâillon.

J'ai créé cette matrice, mais je n'en suis pas la maîtresse. Estelle m'emprisonne, et son carcan sera indestructible tant que le morceau tournera en boucle dans l'envoloir. Nous n'avons rien trouvé de plus solide pour me contenir… que des sons apprivoisés.

— On va pouvoir commencer, déclare Naomi, sur ma gauche.

Alexian se tient en face de moi, vêtu de son uniforme lacéré, laissant apparaître des hématomes et des croûtes suintantes. Si son corps onirique est encore marqué par ma violence de la dernière fois, c'est qu'il se souvient. D'ailleurs, il n'ose pas me regarder. Il se tord les mains, tressant ensemble ses doigts nerveux.

— La… La laissez pas me bouffer, s'étrangle-t-il en se tassant sur lui-même.

Merde. Je l'ai salement amoché.

— Elle ne te touchera pas, rassure Estelle. Regarde, même si elle voulait, elle ne pourrait pas t'atteindre. Je la retiens.

Pourquoi… est-ce que je sens cette chaleur entre mes reins, à l'idée qu'Alexian me craigne ? C'est comme si un deuxième cœur battait entre mes vertèbres, bouffi de joie à l'idée d'avoir traumatisé ce taré.

— Monsieur Omelhier, annonce Valtteri avec une grande délicatesse. Je voulais vous faire savoir que selon les termes de l'article 706-58 du Code de procédure pénal, nous avons obtenu l'aval du juge d'instruction pour faire entrer votre famille dans un programme de protection des témoins. Si vous acceptez de coopérer, votre femme Anaëlle et votre petite Emma se verront proposer une identité d'emprunt et…

— À quoi bon, si je ne peux plus être avec elles ?

Son désespoir prend ici des airs d'égoïsme. Il piétine les gravillons de façon compulsive, louchant sur ses chaussures trouées comme un gamin incrédule.

— Quel intérêt ? répète Naomi. Alexian : tu es presque mort. C'est nous qui te maintenons en vie. L'intérêt, c'est que tu quittes ce monde avec la conscience un peu moins torturée, et la conviction que tu laisses derrière toi des proches en sécurité. Dans ton état, tu ne peux pas espérer plus.

Il se penche sur ses genoux et sa bouche se met à béer comme celle d'un poisson sorti de l'eau. L'espace d'un instant, je crains qu'il vomisse, mais ce sont des mots qui s'écoulent entre ses lèvres :

— Je crois que… qu'avant de me faire massacrer par votre copine dégénérée… j'avais pas compris que c'était la fin. Mais mon corps… il ne s'est pas réparé. Il est de plus en plus fragile. D'ailleurs, je n'arrive plus à retourner dans ma forêt de boue. Quand vous n'êtes pas là, c'est comme si je n'existais plus.

— Ça fait plusieurs mois que vous… amorce Valtteri, enfin, que tu es dans le coma. On te nourrit par perfusion, mais…

— Ça ne durera pas éternellement, complète Estelle. Ton état se dégrade au fil du temps, et tu n'as plus les ressources pour créer le rêve dans lequel ta conscience s'était réfugiée.

— C'est pour ça qu'il faut parler, appuie Naomi. Le plus vite possible.

Le regard d'Alexian fuit vers l'orée du bois, où des ombres vont et viennent. Des enfants en polo beige se déplacent entre les arbres, dans un silence surnaturel. On dirait que la musique absorbe toute l'ambiance acoustique. Tous les sons, à l'exception de nos voix, sont étouffés. Ces jeunes éclaireurs ne font pas plus de bruit que les oiseaux aphones perchés dans les arbres. Ou que le vent, qui remue les ramures du bois sans y chanter. Même si je n'entends pas son rire, je crois reconnaître Pilou, avec son foulard et ses pin's favoris. Il joue avec un autre enfant à la dégaine familière. Un blondinet avec un drapeau finlandais cousu sur l'épaule, qui tire derrière lui un pied à perfusion.

Je me tourne vers Valtteri, qui réagit avec une moue contrite.

Contempler ces mômes qui défilent à l'orée du bois semble avoir remué Alexian.

— Je veux bien parler, annonce-t-il, mais j'ai une condition.

Comment ça, une condition ?

— Emmenez ma femme et ma fille ici. Je vous en supplie. Je veux les voir une dernière fois avant de… de partir.

C'est étrange. Sa requête, si proche de celle d'Odile Navarro qui avait réclamé ses fils, me laisserait presque entrevoir son humanité. Presque.

— Impossible, rétorque Estelle. On ne peut pas connecter un bébé à un joncteur.

— Juste Anaëlle, alors. Je vous en prie, apprenez-lui à faire ce que vous faites…

— On verra ce qu'on peut goupiller, rétorque Naomi. Donne-nous les bonnes infos, et on s'arrangera pour t'exaucer.

— Je veux une promesse.

Crac. Les flammes au centre du cercle se déploient en bras furieux et rouges, larguant un essaim d'étincelles et un panache de fumée âcre. Ma colère lutte contre les couleurs qui me retiennent, et s'exprime au travers du foyer. Alexian n'a pas le droit d'exiger quoi que ce soit. On ne lui doit rien, pas même une fin digne. Je sens une bulle enfler dans mon dos. La Chimère refuse ces entraves qu'elle n'arrive pourtant pas à détruire.

Naomi me lance un coup d'œil inquiet, avant de céder :

— C'est promis. Parle, et on conduira ta femme auprès de toi.

— Sans elle ?

Il a levé un doigt dans ma direction. Un sourire s'ouvre le long de ma colonne vertébrale, sous les cordes de son. Ce bâtard a peur de moi. Il sait que je peux saccager ses derniers instants et faire de sa mort un enfer.

— Sans elle.

— Qu'est-ce que vous voulez savoir, au juste ?

On and on the rain will say
How fragile we are
How fragile we are

Estelle se déplace dans mon dos et resserre encore l'emprise de la musique. Les rubans de son impriment une force colossale sur mes articulations, je me sens gelée au centre de mon propre rêve.

— On veut des noms, assène Naomi. Le nom de tes supérieurs, de ceux qui t'ont demandé de foutre le feu…

— Je ne les ai pas. Vous pensez que c'était une réunion de délinquants de quartier ? C'était pas du menu fretin, hein, à la tête de l'histoire ! Y avait du matériel, du personnel, des règles très strictes…

— Pourtant, intervient Estelle, tu connaissais un certain « Stefan ». Tu disais que c'était ton pote.

— Parce que je le connaissais d'avant cette histoire. C'était un respo chez les éclaireurs de Lorraine, et on avait déjà bossé ensemble.

Le feu, lui, ne décolère pas. Il craque, ronfle et rougit pour exprimer toute notre fièvre. Mais la Chimère n'arrive pas à le faire enfler autant qu'elle souhaite : les flammes se dressent comme des épines pointées vers Alexian, mais elles ne l'atteignent pas.

— Comment on vous a recruté ? demande alors Valtteri. Je suppose qu'ils n'ont pas toqué chez vous pour vous inviter poliment. Je me doute aussi qu'ils n'étaient pas du genre à accepter les refus.

— Ça s'est passé environ un an avant le jamboree. On sortait à peine de la crise sanitaire et le réseau – me reluquez pas comme ça, je sais rien de plus à son sujet ! – cherchait un moyen d'écouler les stocks de PMK qui n'avaient pas pu transiter quand la logistique de la planète entière tournait au ralenti. Ils ont pensé que ce rassemblement était une occase idéale et ont contacté les animateurs qui avaient déjà le pied dans ce monde-là. Ceux qui avaient déjà dealé ou joué les mules. Il suffisait de pas grand-chose, de la blanche ou un peu de beuh… et ils te mettaient le grappin dessus.

— T'avais le choix ? demande Naomi.

— D'après toi ?

Alexian ricane en laissant baller ses bras vers le sol.

— Ils arrivaient avec la carotte dans une main et le bâton dans l'autre. Ils débarquaient en te proposant une quantité astronomique d'argent… mais en glissant, dans le cas où t'envisagerais de les envoyer chier, la liste exhaustive de tes consos et de tes ventes qu'ils s'étaient procurée je ne sais comment. Ils pointaient toutes tes irrégularités : la moindre dose manquant des comptes, que t'aurais potentiellement égarée, gardée pour toi ou refilée à un mauvais payeur.

— Donc ils étaient en contact avec d'autres réseaux sur le territoire européen. Des réseaux qui n'avaient rien à voir en termes d'envergure ou de marchandise…

— Ils ont dû racheter toutes ces infos très cher. Ou proposer un pourcentage sur la came qui sortait du jamboree. Parce que c'est pas des milieux où tu fais parler la concurrence facilement.

Pilou a émergé du sous-bois. Il s'est planté de l'autre côté de la plage, flanqué de Mini-Valtteri qui se cramponne à sa potence. Je me demande si mon frère entend ce qu'il se raconte. Si ses fausses oreilles perçoivent et digèrent ces aveux.

— Comment tu recevais tes ordres ? demande Estelle, qui n'a pas quitté mon dos.

— Par téléphone, sur une ligne sécurisée. Sauf quand il fallait décrire l'état des stocks de marchandise, là, ça passait par des lettres codées, écrites en anglais. Elles étaient faciles à faire transiter entre les délégations, et encore plus à détruire.

Je me souviens de cartes décorées, que nous lisions le plus souvent ensemble autour du feu. Elles permettaient aux troupes de découvrir la langue, ou d'en améliorer sa maîtrise. C'étaient des moments conviviaux, où nous déchiffrions ligne après ligne les messages qui nous arrivaient des quatre coins du jamboree. C'étaient parfois de petites histoires, ou des anecdotes amusantes sur la vie de nos voisins, voire des invitations à se rencontrer pour une veillée. Y avait-il des codes cachés derrière ces petits mots ? Ce qu'Alexian est en train de dire, c'est que…

— Quelqu'un était payé pour faire circuler nos consignes et rédiger les lettres. On l'appelait l'Engoulevent. On savait qu'on devait rechercher un code lorsque son symbole, une espèce d'oiseau avec un grand œil noir, apparaissait quelque part sur une enveloppe ou une étiquette.

— C'était une seule personne ? demande Valtteri. Ou il y avait plusieurs messagers pour orchestrer tout ça ?

— Comment je pourrais le savoir ? J'avais accès qu'aux messages qu'on me destinait, il faudrait comparer aux SMS et aux lettres que recevaient les autres…

Encore faudrait-il que ces lettres n'aient pas cramé avec le jamboree. Avec nos vies tout entières.

— Si vous voulez des infos concrètes, c'est cet Engoulevent qu'il faut retrouver. Lui, il doit avoir les noms que vous cherchez.

— Il avait une position d'autorité, donc ? insiste Naomi. C'est possible qu'il ait été le chef du réseau organisateur ?

— Chef du réseau, je pense pas. Mais chargé de tout ce qui se tramait autour du lac, c'est sûr. Il détenait les identités de tous les respos dans le coup ainsi que le détail de ce qui entrait et sortait du jamboree.

— On sait quoi sur lui ? Son âge, son rôle au sein du rassemblement ?

— Pas grand-chose. Juste…

Alexian s'interrompt, comme s'il doutait de la pertinence de l'information. Les flammes du foyer s'inclinent et rampent vers lui, aussi avides de sa réponse que moi.

— On pense que c'était un Français. Ou qu'il y avait une équipe française derrière ce pseudo. L'Engoulevent devait maîtriser toute la logistique, avoir les oreilles qui traînaient auprès des autorités locales, connaître la géographie des environs par cœur, donc on en a déduit qu'il était d'ici. Mais bien sûr, on ne peut pas en être certains.

Un bruissement attire mon attention. Je me tords le cou pour aviser, à la lisière du bois, Pilou qui se débat avec Mini-Valtteri. Mon frère a les joues rouges, gonflées, et un ruisseau qui fuit son nez pour se perdre dans les plis de son foulard. Il veut s'arracher à l'étreinte de l'autre Vestige et sauter à la gorge d'Alexian. Oui, ses oreilles entendent ce qu'on raconte mais… non, elles ne parviennent pas à le digérer. Pilou n'est qu'un éclat de moi que le traumatisme a décroché, rien d'étonnant à ce qu'il partage mon émotion. Après tout, il est né de la même façon que ma Chimère : d'un inconscient qui ne sait pas où jeter sa détresse. Je donne un discret coup de pied par terre pour projeter une salve de gravillons qui s'échoue sur les chevilles de Valtteri. Ce dernier suit mon regard, et aperçoit à son tour le pugilat silencieux de nos fantômes. Puis, tout en recentrant son attention sur la conversation, il ramène son poignet dans son dos et claque des doigts. Je sens à peine une vibration et, lorsque je me retourne à nouveau, les deux garçons ont disparu. Ne subsiste à leur place qu'un ondoiement léger du sol, comme si la plage devenue liquide les avait avalés.

— Est-ce que tu peux nous décrire les rouages de votre organisation ? poursuit Naomi, qui n'a rien remarqué. Comment arrivait le PMK ? Comment repartait-il une fois passé par votre labo ?

Alexian mâchonne l'intérieur de sa joue, il semble se demander s'il est encore possible de faire marche arrière. Un instant, je crains qu'il revienne sur sa décision et se mure dans le silence. Surtout lorsque son regard m'effleure, avec une méfiance mâtinée de mépris. Son jugement se dépose sur moi à la façon d'une couche de bave qui me colle à la peau. Pourtant, le rêveur finit par soupirer et pivoter sur sa pierre. Du menton, il désigne les causses du nord-ouest, là où, au cœur de la montagne, se terre la capitelle.

— Tout se passait là-haut. Je peux vous faire visiter, si vous voulez. Vous aurez qu'à retoucher le rêve en fonction de ce que je vous décris.

Enfin, un peu de lumière. Nous venons de gagner un accès illimité à la scène du crime. Du moins, au souvenir que notre indic s'en fait.

CHAPITRE 16
Dessine-moi une Chimère

Naomi passe un bras autour de mes épaules tandis que nous traversons l'office. D'habitude, je n'aime pas quand elle le fait : ça entrave le mouvement de ma canne. Mais ce matin… je savoure son contact et son allégresse.

— On a réussi, souffle-t-elle. T'as réussi !

Elle a raison, nous avons tenu la Chimère à distance et obtenu d'Alexian qu'il parle. Dès notre réveil, nous avons consigné le moindre détail de son explication, allant jusqu'à appuyer notre rapport de schémas pour être sûrs de ne rien oublier.

Des flics sur le point de terminer leur garde nous saluent d'un signe de tête avant de replonger aussitôt dans leur partie de cartes. Nous les dépassons sans un mot et nous nous rassemblons devant la remise, dans un petit renfoncement habillé pour l'occasion de sièges au velours délavé. Valtteri et Estelle nous rejoignent quelques minutes plus tard, avec sous le coude une série de croquis dessinés en rêve sous les instructions de notre témoin, puis reproduits au réveil. Nous débriefons entre nous de cette immersion même si, bien sûr, nous ne sommes pas censés le faire avant de passer devant un greffier. Ça pourrait fausser notre récit. Enfin, c'est ce qu'on nous répétait à l'hôpital.

La porte s'ouvre sur un profil dur, aux traits marqués par d'énormes cernes, émergeant de l'entrebâillement.

— J'aimerais recevoir la docteure Geist en premier.

Une seconde… je connais cette voix, non ? Et le visage de Naomi qui se décompose…

Avant de pénétrer dans ce cabinet de fortune, je jette un coup d'œil par-dessus mon épaule. Pilou est assis sur l'accoudoir d'un canapé, il me dévisage avec hostilité. Peut-être ne m'a-t-il pas pardonné d'avoir laissé Valtteri le « noyer » au jamboree. Ou peut-être que c'est à cause de la promesse que je me suis faite de ne plus lui adresser la parole. Quoi qu'il en soit, j'ignore son regard qui voudrait me foudroyer et m'engage dans l'ouverture.

— C'est pas vrai…

Derrière un bureau minuscule, qui rentre à peine dans cette pièce étriquée aux murs dépouillés à la hâte pour ménager de la place, se tient le greffier que j'avais le moins envie de rencontrer à cet instant.

— Je vois que vous êtes ravie de me voir, Éole ! brocarde Richard en s'installant derrière son ordinateur.

Je ne sais même pas ce qui me choque le plus. Que Rainal ait recruté mon ancien greffier, ou que celui-ci m'ait appelée par mon prénom pour la première fois. Je m'assieds et ramène ma canne sur mes cuisses, sans rien oser dire.

— Je sais que vous auriez préféré vous trouver face à ma collègue, mais je suis le seul à avoir été en mesure d'accepter l'offre d'Europol.

C'est vrai que j'apprécie bien Céline, la deuxième greffière du service d'onironautique. Elle m'a toujours paru plus amène et moins tranchante que lui. Mais avec ses deux enfants, je l'aurais mal vu tout plaquer pour s'enfermer avec nous dans ce Mas avec ses rêveurs fous et son cadavre en sursis.

— Qu'est-ce que vous faites là ? je demande finalement.

— Je suis venu donner un coup de main.

Il tapote d'un air entendu la pile de dossiers sur un coin du bureau.

— Nous n'avons jamais été dans les meilleurs termes, mais je vous assure que j'ai toujours eu la plus grande considération pour vous et votre travail. J'espère que vous comprenez pourquoi je me suis opposé à ce que vous participiez à cette affaire, même si à l'époque je n'en savais pas grand-chose.

— Vous n'auriez pas dû proposer l'offre à Naomi.

— Pourquoi aurais-je privé la docteure Guzo d'une pareille opportunité ? Elle n'a pas à vivre enchaînée à votre passé. Elle est très douée, elle aussi, et j'ai pensé que son talent serait bien exploité ici, même si c'est vous que le commissaire Rainal était venu débaucher. D'ailleurs, si je ne m'abuse, d'après le dossier qu'Europol tient sur ses rêveurs, vos apparitions sont antérieures à votre recrutement. Rester à l'hôpital n'aurait pas résolu votre problème de Vestiges.

Mes « apparitions ». Personne n'avait jamais désigné Pilou ou maman ainsi. Je trouve que ça leur confère une dimension surnaturelle, presque mystique. Comme si j'avais aperçu la Vierge Marie au détour d'un couloir.

Richard ouvre un classeur et fait ramper son doigt le long des intercalaires.

— J'ai pris la liberté de collecter un maximum d'informations sur les naufrages. J'ai rassemblé toute la documentation, tous les rapports et tous les témoignages disponibles. J'aimerais que nous arrivions à vous tenir à flot. Notre service n'a pas investi autant dans votre formation pour vous perdre maintenant !

Il réussirait presque à me faire sourire.

— Techniquement, je suis là pour écouter votre rapport d'envol. En réalité, je me doute que vous savez très bien ce que vous faites, alors je vais surtout discuter avec vous des approches que nous pouvons adopter pour progresser dans cette enquête sans vous perdre. Je ne suis pas un policier ni un onironaute… Mais comme vous je connais bien le monde des rêves. Accompagner des assermentés a toujours été ma mission. Alors j'aimerais qu'on oublie les protocoles hospitaliers et que vous exprimiez vos besoins. Que peut-on vous apporter pour vous garder auprès de nous ?

La situation me paraît si incongrue que, par réflexe, je me fends d'un TR. À quoi bon, puisqu'ils perdent leur fiabilité au fil des semaines ? Autant partir du principe que je suis éveillée. Durant de longues secondes, je reste plantée derrière le bureau, à promener mon regard partout sauf sur le visage impassible de mon interlocuteur. J'ai l'impression de me trouver face à un psychologue, avec en guise de divan cette inconfortable chaise aux montants métalliques. D'ailleurs, est-ce qu'il y a vraiment ces drôles de canapés, chez les psys ? Je n'ai jamais voulu mettre les pieds dans un de leurs cabinets. C'est peut-être ce refus borné qui a planté les graines de mon naufrage.

Les mots surgissent d'un coup, comme poussés par un haut-le-cœur. Je déballe sans filtre toutes ces choses que je n'ai jamais osé confier à quiconque. Je parle de la douleur d'avoir auprès de soi un frère qui ne grandit pas. De celle de voir une partie de son inconscient se travestir en une mère qui tente de remplacer celle que le cancer a prise. De ce malaise qui me gagne semaine après semaine, à force de crouler sous un déni qui n'en est pas vraiment un. Entre deux hoquets, que j'oserais presque appeler sanglots, je prononce le nom de Naomi. Je le répète beaucoup, car je me rends compte qu'elle est devenue le centre gravité de ma vie. Le seul, en tout cas, qui soit réellement incarné dans ma réalité.

Pourquoi je balance tout ça maintenant ? Difficile à dire, car j'ai toujours nourri à l'égard de Richard une certaine hostilité. Mais aujourd'hui, il a laissé de côté son rigorisme habituel et consigne ce que je lui raconte sans m'interrompre. Il n'acquiesce jamais et, pour tout dire, il ne manifeste pas la moindre émotion, même lorsque j'aborde le sujet de la Chimère. C'est peut-être cette neutralité qui me fait du bien. Ce greffier représente un pan de ma « vie d'avant », celle qui avait réussi à oublier le jamboree. Alors je ne crains pas, en me confiant, d'abîmer une relation qui n'a de toute façon jamais existé. Donc je débite, encore et encore, sans parvenir à m'arrêter.

Au bout d'une heure, je sèche mes joues et quitte le cabinet. J'ai l'impression d'avoir crevé un abcès dégoûtant qui se serait logé entre mes vertèbres.

— On va trouver une solution, m'assure Richard lorsque je rejoins le reste de la *Dream Team*. Vous êtes en bonne voie.

Ma Chimère paraît s'être ratatinée, et le parasite que je sentais contre mes lombaires n'est plus qu'un petit pois à peine tiède que j'arriverai sûrement à ignorer. Reste à savoir combien de temps il me fichera la paix…

Naomi est convoquée à son tour, puis disparaît quand la porte se ferme. Je m'apprête à regagner le gîte, avec pour unique envie celle de me vautrer dans mon vrai lit afin de profiter d'un sommeil que je n'aurai pas à partager. C'était sans compter sur Valtteri, qui se lève lorsque je passe à sa hauteur.

— J'ai un truc pour toi, lâche-t-il.

Il me tend une chemise cartonnée.

— La fois où tu t'es... enfin, quand la Chimère a gagné, au jamboree... j'étais le dernier qui restait. Je t'ai vue sous la forme qui te fait peur. Je t'ai dessinée.

— Quoi ?

— Tu n'es pas obligée de regarder maintenant. Mais je veux que tu l'aies, pour quand tu te sentiras prête. Je me dis qu'elle t'effraiera peut-être moins si tu sais à quoi elle ressemble.

Après une hésitation, je saisis la pochette bleue et la cale sous mon aisselle.

— Merci.

— Pas d'quoi, répond-il en faisant volte-face.

Il s'immobilise, un brin guindé par l'embarras.

— Désolée que t'aies eu à te débarrasser de ton Vestige, sur la plage. Je sais que ça peut être douloureux.

— C'est à moi d'être désolé. Il n'aurait pas dû s'approcher de Pilou, je lui ai dit plusieurs fois de ne pas s'en prendre aux autres rêveurs, ni à ceux qui les accompagnent. Je... Je serai plus strict avec lui.

L'espace d'une fraction de seconde, ses prunelles filent à gauche. On dirait qu'elles suivent un mouvement qui remonte le long du petit corridor. Puis il a un très léger sursaut, comme si quelque chose l'avait percuté. Quelque chose que je suis incapable de voir.

— Il est là ? je murmure. Ton Vestige, tu le vois dans la réalité ?

Il balaie ma question avec un geste désinvolte de la main.

— Faut croire que t'es pas la seule à perdre pied, souffle-t-il avec un rire qui sonne faux.

— Depuis quand ? Pourquoi ça empire maintenant ?

— T'occupe pas de ça. Concentre-toi sur ton naufrage, moi, je gérerai mes tracas avec le greffier.

— Attends…

Trop tard, il est retourné devant le cabinet. Dans une posture voûtée, il s'installe tout contre Estelle et s'accroche à sa main. La jeune femme plaque un baiser sur ses joues et caresse ses cheveux du bout des doigts.

— Il a pas l'air dans son assiette, constate Pilou, qui vient d'apparaître derrière moi. Lui aussi il a un petit frère qui le suit ? C'est le garçon avec le pied à perfusion, non ? Celui qui était dans le *sielunmaisema*…

— C'est pas son frère, je rétorque en m'éloignant. Et je t'interdis de m'espionner quand je suis dans le rêve d'un autre.

Je regrette immédiatement ma réponse, car Pilou croise les bras devant lui en arborant un air satisfait.

— Ah, t'acceptes de discuter, finalement !

C'était plus fort que moi, je dois vraiment faire attention. Je ne peux plus me permettre de parler à mon frère comme s'il était vraiment là.

— Et je vois pas pourquoi maman aurait le droit de s'incruster et pas moi. C'est pas comme si on décidait ! C'est toi qui nous invoques.

Plutôt que de l'écouter, je me dirige vers le hall d'entrée. J'essaie de faire taire la Chimère qui, repoussée par mon entretien avec Richard, semble déjà se réveiller. Elle m'envoie de petites châtaignes électriques qui ricochent le long de ma colonne vertébrale. Me confier m'a aidée à la mater, certes…

mais savoir que je ne suis pas la seule à être abîmée par la mission m'est douloureux. Toute à ma propre détresse, je suis incapable de repérer ou de soulager celle des autres. Je me sens coupable du mal qui ronge Valtteri et, sitôt drainé, l'abcès gonfle à nouveau.

Ma Chimère ne me fichera jamais la paix, parler ne suffira pas à la tuer.

CHAPITRE 17
Garrigue et Boucherie

Vertige.

Je tâtonne jusqu'à trouver une souche et m'y assieds tant bien que mal. J'éponge la sueur qui baigne mon cou et contemple le chemin parcouru. En aval s'étale un tapis d'arbres malingres, qui ont percé il y a quinze ans la couche de terre brûlée. Entre leurs troncs fragiles, un fatras de fougères, de buissons et de ronces qui ont su pousser plus vite et se tailler une place de choix. La forêt fière du jamboree s'est effondrée en une marée d'épines et de feuilles crochues, qui attend que se redressent ses géants d'écorce. Entre les jeunes ramures, je discerne la surface grise du lac de Sainte-Croix qui scintille sous le soleil de mai. J'aperçois aussi Pilou, en habits d'éclaireur, qui me suit en silence. Maman n'est pas là, et je crois que je ne l'ai pas vue depuis un moment. Ces derniers temps, elle se montre beaucoup moins.

Naomi s'accroupit près de moi et fait signe à Valtteri et à Estelle de ralentir. Ils débouchonnent leurs gourdes et s'adossent aux troncs pour s'accorder une rasade d'eau fraîche. Je prends une longue minute pour reprendre mon souffle et calmer le stress que plante en moi ce paysage défiguré.

— Est-ce qu'on rêve ? C'est encore un entraînement ?

— Non, m'assure Estelle. C'est la réalité, on est pas chez Alexian.

Naomi porte son sifflet à sa bouche et, pour appuyer ce constat, me démontre qu'aucun son n'en sort.

— Qu'est-ce qu'on fait là, déjà ? je bafouille.

Pour grimper cette pente avec une jambe droite en moins et une gauche abîmée, je me suis armée de deux cannes et d'une prothèse adaptée, se terminant en une langue de métal courbée qui m'autorise de meilleurs appuis. Mais ça n'a aucun sens : qu'est-ce que je ferais sur les terres du jamboree après en avoir tant rêvé ? Avec, sous le genou, un appareillage que je reconnais à peine ?

Valtteri surprend mon trouble, il étire le bras pour frictionner mon dos.

— C'est pas grave, murmure-t-il. On est là pour t'aider, c'est normal que tu sois paumée.

— C'est comme si ma mémoire venait de se fouler…

— Souviens-toi : on est là pour guider une équipe d'Europol, m'explique Naomi. Ils ont pris un peu d'avance et sont déjà là-haut, à chercher la capitelle. Enfin, s'il en reste quoi que ce soit. On va les aider à faire un état des lieux, mais on avance à notre rythme. C'est toi qui mènes la danse.

— Et j'ai… accepté de venir ?

— On ne t'aurait pas forcée. Richard et Rainal ont discuté et ont convenu que ça te permettrait d'ancrer ces événements dans le réel.

Je hoche doucement la tête pour m'imprégner de leur conviction. À eux, je voue une confiance sans borne. Il n'y a plus qu'à espérer qu'ils ne soient pas des Vestiges bricolés par ma cervelle vrillée. Je réclame à mon tour un peu d'eau, puis me relève. Je ne rêve pas.

Je me serine cette phrase à mesure que je progresse le long de la pente. Je ne rêve pas. Je ne rêve pas.

Il me faut lutter contre mes intuitions, car j'ai parcouru cette côte boisée à plusieurs reprises lors de mes envols aux côtés d'Alexian. Rien ne me prouve, en cet instant, que je n'ai pas façonné moi-même ce sentier abrupt qui s'enroule autour de la colline. J'ai la sensation paradoxale de connaître cet endroit et de le découvrir. Cette impression de flottement renforce mon trouble. Et la Chimère, que je sens grosse comme un œuf sous mon t-shirt, semble prête à percer ma peau. Ce n'est pas le moment de perdre le contrôle de mes émotions. Reprends tes esprits, Éole.

Le talkie-walkie qu'Estelle garde à la ceinture se met à cracher des voix confuses.

— Bien reçu, major, répond-elle en le portant à ses lèvres. On arrive bientôt. Terminé.

Elle rengaine l'émetteur et, d'un geste théâtral, désigne le chemin qui disparaît en amont derrière une arête de calcaire.

— Ils ont trouvé la capitelle. Ils sécurisent le périmètre le temps qu'on arrive.

Elle apprécie plus que nous les interventions de terrain et s'est d'emblée proposée pour servir d'intermédiaire entre les policiers et notre équipe d'onironautes. Elle époussette, non sans un certain orgueil, le blason des assermentés d'État cousu au-dessus de sa boutonnière : une fleur de pavot dont la tige s'enroule autour d'une balance à plateaux.

SE PERDRE À L'ORÉE DES SONGES

Nous reprenons la route. Valtteri reste dans mon dos pour s'assurer que je ne flanche pas. Sa main s'appuie sur mon omoplate dès que je glisse sur un caillou traître.

— On en est où, des négociations ? s'enquiert-il. Concernant la femme d'Alexian ?

— Elle a été placée sous protection, répond Estelle, qui était en contact avec le juge. Ça devrait aller pour elle.

— C'est pas ce que je voulais dire. Elle va venir au Mas ? On a passé un marché avec son mari, je vous rappelle : les aveux contre une dernière rencontre.

— Y a pas de négociation. Rainal s'y est catégoriquement opposé, et c'est pas moi qui demanderai aux officiers de contourner son refus.

— On lui a fait une promesse.

— J'en suis consciente, mais…

— Il a tué des gamins.

J'aurais pu prononcer cette phrase, mais Naomi l'a fait avant moi et je lui en suis reconnaissante. Ce n'est pas le moment de m'engager dans ce débat.

— Il va s'éteindre dans les semaines qui viennent, poursuit-elle entre ses dents. Et il aura livré les informations qu'on attendait.

— Et c'est tout ? On essaie pas de lui assurer une dignité dans la mort, ou de respecter sa dernière volonté ?

— On ne lui doit rien, je grince.

Sous la responsabilité d'Europol, nous sommes des onironautes à la solde de la police. Nous ne sommes plus des soignants, et Valtteri a du mal à l'avaler.

Nous gagnons les hauteurs, et avec elles les bois épargnés par l'incendie. Nous plongeons à l'ombre de grands pins noueux et de chênes kermès aux feuilles crochues. Le sentier devient une corniche surplombant le Verdon qui dessine un ruban entortillé où glissent des canoës. Personne n'a osé engager une nouvelle discussion. Nous grimpons, tannés par le soleil autant que par le silence.

Ce n'est qu'une trentaine de minutes plus tard que nous débouchons sur un plateau en retrait et que nous découvrons l'escouade qui nous a devancés. Le major Cassagne approche, taillé comme un bœuf, avec des épaules immenses et une posture bien campée. Il nous accueille avec une délicatesse sincère, quoique maladroite… Il ne doit pas être habitué à coopérer avec des civils et je sens qu'il fait de son mieux pour ne pas s'adresser à nous comme à ses soldats.

— On a repéré la capitelle, nous annonce-t-il. Mon équipe délimite une aire de travail autour des ruines. Vous avez l'autorisation de circuler partout, tenez-vous prêts à présenter vos badges si on vous les réclame.

— Où est le commissaire Rainal ? je demande en scrutant les silhouettes à l'uniforme marine qui s'activent dans la garrigue.

— Clément ne grimpera pas aujourd'hui. Il a été retenu à la base stratégique que nous avons établie à Bauduen, de l'autre côté du lac. Il gère les derniers détails pour la mise sous protection d'Anaëlle Omelhier.

Dommage, je songe en me crispant sur mes cannes, sa présence m'aurait rassurée. Ces policiers ne connaissent presque rien à notre travail et, même s'ils acceptent notre présence, un univers entier nous sépare. Certains jettent des regards dubitatifs sur nos blasons, il faut dire que beaucoup nous prennent encore pour de doux dingues aux convictions ésotériques. Pour la plupart d'entre eux, un rêve ne saurait constituer une preuve, ni même un indice.

SE PERDRE À L'ORÉE DES SONGES

Encadrée par la *Dream Team*, je m'avance vers un groupe d'agents inspectant des monceaux de pierre qui décrivent une forme vaguement circulaire.

— Les murs se sont effondrés il y a un moment, nous explique une femme à la voix âpre, où perce une étincelle d'hostilité. On a repéré des traces d'un passage humain régulier : il y a des déchets dans une vieille auge, et quelques graffitis. Mais je ne vois pas comment démontrer que cette cabane abritait un trafic, et pas des groupes d'ados qui cherchaient un coin paumé pour faire la bringue.

Dans cet état, la hutte me fait penser à celle au travers de laquelle j'ai balancé Alexian, lorsque nous avons essayé de le berner. L'espace d'un instant, le souvenir du rêve se décalque sur la réalité et une fièvre étrange me gagne. Le vrai et le faux se fondent l'un dans l'autre. Mon cerveau ne sait pas comment réagir : c'est comme si je regardais en même temps deux mondes parallèles et superposés. J'ai l'impression de planer au-dessus de mon corps.

— Tu tiens le coup ? demande Naomi en passant une main devant mes yeux. T'as un regard de truite sortie de l'eau.

— Je préfère qu'on s'éloigne.

Nous prenons nos distances et nous enfonçons dans la lande. Le sentier a disparu, laissant place à une végétation drue, pelée par endroits, qui laisse paraître le calcaire sur lequel mon pied prothétique peine à se poser.

— Qu'ils inspectent la capitelle autant qu'ils veulent, ricane Naomi. Ils seront pas dans nos pattes quand on cherchera la fameuse crevasse.

— Vous me rappelez pourquoi on leur a pas parlé plus en détail de ça ? grince Estelle.

— De la Boucherie ? Parce qu'ils ne nous auraient jamais laissés approcher si on leur avait raconté que ces tarés cachaient un peloton d'exécution près de leur labo.

— Et est-ce que c'est vraiment nécessaire de la voir de près ? Surtout Éole ?

— J'en ai besoin, je rétorque d'un ton sec.

— Y a moins d'une heure, t'as oublié ce que tu faisais là. Et t'as déjà vu les restes du labo, ça devrait suffire.

— J'ai retrouvé mes esprits, et je veux qu'on trouve cet endroit. Ensemble. J'y rentrerai pas. Simplement… il faut que ce jamboree cesse de me ronger. Je sais que c'est dur à croire mais ça… ça vit dans ma tête. Mes Vestiges naissent de mes émotions, et mes émotions s'abreuvent non seulement de mes souvenirs, mais surtout de tous les fantasmes que je brode autour. Je vais remettre les choses à leur place. C'est qu'une foutue grotte.

Une foutue grotte où se sont jouées d'atroces scènes de torture, j'ajoute pour moi-même. Mais qu'importe : je ne suis plus une enfant. Découvrir la Boucherie imprimerait le jamboree dans la réalité, il cesserait de n'être qu'un cauchemar.

— Éole ?

Pilou m'appelle, bras pliés contre sa poitrine comme s'il grelottait malgré le grand soleil qui brille au-dessus de la lande. Je l'ignore, car ce n'est pas le moment d'éprouver mon sens des réalités déjà fragile. Il insiste, pourtant, d'une voix qui fond :

— Je crois que c'est par là. Ça ressemble à ce qu'Alexian t'a décrit.

J'avance à pas incertains dans la direction qu'il me désigne, abandonnant le reste de la *Dream Team* en pleine discussion animée. Ces genêts en pagaille, et cette ligne d'asphodèles à peine plus touffue que celle que j'ai dû reproduire en rêve… je crois que mon frère a tapé dans le mille.

— Il faut qu'on aille plein nord, je lance.

— Qu'est-ce que tu nous chantes ? rétorque Naomi.

— On doit marcher sur un kilomètre et demi à partir de ce point.

— Comment tu sais ça ? C'est que de la broussaille, tu peux pas comparer à celle qu'on a vue dans ta tête, la matrice d'un rêve ne peut pas être précise à la tige près… surtout si elle se base sur des souvenirs de plus de dix ans.

— Si c'était toi qui avais passé des heures à écouter Alexian te reprocher que la moindre caillasse n'était pas au bon endroit, tu dirais pas ça. C'est plein nord, j'en suis certaine.

Pilou aurait pu jubiler en constatant que je lui donnais raison. Il aurait pu m'adresser un pied de nez avec la goguenardise qu'il s'autorise depuis qu'il a quitté notre appartement. Mais il ne fait rien de tout ça : il nous devance et progresse à pas hagards, comme un zombie fagoté en scout. Un petit mort-vivant. Plus mort que vivant.

De temps en temps, je reconnais un tronc, une ravine ou une montagne au loin qui confirme que nous sommes sur la bonne voie. Nous aurons des comptes à rendre à la police, c'est certain. Impossible que nous nous soyons aventurés là par hasard. Rainal va nous passer un sacré savon pour avoir dissimulé des informations d'une telle importance… mais je m'en moque. J'avais besoin de découvrir cet endroit sans flics. Pour rencontrer cette réalité sordide, je ne voulais autour de moi que mes amis.

Nous faisons halte au pied d'un arbre chenu et rabougri, qui pousse à grand-peine au sommet d'une butte. Aucun doute, c'est celui qu'Alexian dessinait lors de nos entraînements.

Celui qui, d'après ses dires, « ressemble à un vieux type ». Un vieillard qui tordrait sa douzaine de bras dans tous les sens pour narguer le soleil.

— T'avais raison, s'étrangle Naomi, qui reconnaît comme moi l'écorce craquelée. C'est le repère.

— Mais où est la crevasse ? bredouille Estelle en tournant sur elle-même.

Notre témoin s'est montré très clair. La Boucherie avait été établie au fond d'un goulet dans la roche, qui décrivait une pente suffisamment douce pour y conduire sans peine des armes, des personnes ou du matériel. Mais autour de nous, il n'y a qu'une croûte de calcaire coiffée de buis et d'ajoncs. Rien qui ne laisse deviner le moindre passage.

— On a peut-être mal compris, hasarde Naomi, qui inspecte les environs avec la main en visière.

— Alexian ne s'est pas trompé ! s'écrie alors Pilou en tapant du pied.

Ma frustration a trouvé un chemin au travers de sa bouche et c'est lui qui formule la protestation que je m'efforçais de taire. Il insiste, avec plus de véhémence :

— Il ne s'est pas trompé ! C'est ici, c'est sûr !

— Il n'a pas pu se planter, je siffle entre mes dents. On parle d'une caverne entière, bon sang. Il nous a indiqué l'endroit avec certitude.

Je décortique le paysage en quête d'un indice que j'aurais manqué, mais ne trouve rien. Les drones d'Europol survolent la garrigue et composent une nuée de minuscules insectes qui enregistrent chaque détail de la zone et nous surveillent du même coup. Même si nous rentrons bredouilles, il faudra justifier notre présence si loin de la capitelle. Même sans avoir trouvé la Boucherie, on écopera des remontrances.

— On réclamera les enregistrements aériens, propose alors Estelle en avisant comme moi les quadricoptères. Il y a sûrement un truc qu'on a loupé.

— Y a intérêt qu'Alexian se soit pas foutu de nous, grince Naomi.

Soudain, Pilou pince un pan de mon t-shirt.

— Qu'est-ce qui lui arrive ?

Il pointe Valtteri, qui n'a pas pipé mot depuis notre arrivée. L'assermenté a porté son pouce à sa bouche pour en ronger l'ongle et ses yeux bondissent de droite à gauche, comme s'ils suivaient une rafale de vent. Mais je me doute que ce qui attire son regard… ce sont plutôt les bonds enthousiastes d'un Vestige invisible.

— Valtteri ? Ça va ?

Il a une moue qu'il tente d'étirer en une expression rassurante.

— C'est à moi de te poser la question, normalement !

— Tu n'aurais pas dû grimper, si tu te sentais mal. On va bientôt rejoindre l'escouade, t'en fais pas.

Il étale légèrement le bras, main ouverte pour freiner les ardeurs de son fantôme.

— Je crois que la grotte est là.

— Comment ça ?

Il gratte le sol avec la pointe de son pied, soulevant une gerbe de poussière.

— La texture du sol n'est pas la même, par ici. C'est beaucoup plus meuble, les cailloux sont bien plus petits et séparés les uns des autres, tu vois ? Ça fait comme du gros gravier, plutôt que des blocs de roche.

Il s'accroupit et enfonce sa main au travers des éclats de calcaire, presque aussi facilement que si ç'avait été du sable. Naomi et Estelle rappliquent, aussi intriguées que moi.

— C'est le genre de détail qui me frappe. À force de fignoler des matrices, t'apprends à repérer ces anomalies…

Il ramasse le cailloutis par poignées, et nous constatons comme lui qu'il est possible d'excaver sans se heurter à un fond dur.

— J'essaie de me mettre à la place des trafiquants du jamboree, poursuit-il sans cesser de creuser. Ils apprennent qu'un de leurs dealers s'apprêtait à les balancer. Ils s'en débarrassent, mais ne savent pas s'il a pu aller jusqu'à l'aveu. Il leur faut donc plier les gaules et filer en sauvant un maximum de marchandise. Ils demandent à Alexian d'allumer l'incendie pour détourner l'attention tandis qu'ils évacuent la MDMA et tout le matériel possible.

Il s'entaille les doigts sur une pierre trop tranchante et s'interrompt un instant pour éponger le sang sur son polo.

— Mais là-bas, à la capitelle… reprend-il, saisi d'une fièvre qui rougit ses joues. Ils avaient des appareils et des substances trop difficiles à déplacer discrètement, non ? Leur PMK, ils devaient bien le passer dans tout un tas de machines trop lourdes pour être descendues en urgence ! Et je ne parle même pas de tout le matos qu'ils avaient sûrement dans leur caverne de torture…

— Tu veux dire que… bredouille Naomi. Qu'ils n'auraient pas eu le temps de récupérer tout ça ?

— Exact. Et je ne vois qu'un endroit où ils auraient pu s'en débarrasser…

— La Boucherie, je complète.

La Chimère est écrasée par cette avancée. Elle souffre et moi, je triomphe à l'idée d'avancer, enfin, pour comprendre ce jamboree qui m'a tout pris.

Valtteri se laisse tomber en position assise et crispe ses mains sales sur sa nuque. Il ne paraît pas croire à sa propre conclusion :

— Je pense qu'ils ont bazardé tout leur fourbi là-dedans. Et qu'ils ont profité de l'incendie pour faire sauter l'entrée. Vu la surveillance de la zone et les enquêtes lancées dès le lendemain, ils n'ont peut-être jamais pu, ou voulu, déterrer ce qu'ils y avaient caché.

— Alors… tout serait là, sous nos pieds ? bafouille Estelle. Les preuves, les instruments, les…

Elle se glace en reculant de quelques pas.

— Les cadavres, complète Pilou en se plantant juste devant moi.

— J'appelle l'escouade, tranche Naomi en s'emparant du talkie-walkie.

Elle aussi est gagnée par l'émotion, elle s'éloigne avec une certaine brusquerie, manquant de nous bousculer. Au moment de parler dans l'émetteur, elle déploie tous les efforts du monde pour préserver l'assurance dans sa voix. Valtteri guide Estelle contre sa poitrine et la berce doucement.

— Redescends à la capitelle avec Naomi, lui souffle-t-il. Vous guiderez les flics, Éole et moi on vous attend.

— Fais attention, répond-elle si faiblement que je devine à peine les mots sur ses lèvres.

— Je vais…

— Je sais, tu vas toujours bien. C'est le problème.

Après un baiser qu'elle dépose au creux de son cou, Estelle s'éloigne et entraîne Naomi vers l'aval. Une fois certaine que les filles sont suffisamment loin, je me tourne sur Valtteri :

— Je vois que t'es aussi loquace que moi quand il s'agit de parler de tes démons.

Il hausse les épaules et se penche à nouveau sur les graviers, contre lesquels il balade un index distrait. Pendant un moment, je crois que ma remarque l'embarrasse, car il ne répond pas. Ce n'est qu'après une dizaine de secondes qu'il envoie valser un caillou d'une pichenette et se décide à cracher le morceau :

— Il faut qu'Alexian reste en vie.

— Comment ça ?

— C'est pas à toi que je devrais le dire… mais t'es peut-être la seule qui peut comprendre.

Il déglutit et renverse sa tête vers le ciel, comme pour laisser son esprit fuir vers les nuages.

— Si Alexian meurt, je vais perdre les pédales.

Puis, comme s'il avait déballé le nécessaire, il se mure dans un indémontable mutisme. La matinée s'écoule sans qu'il ne m'en dise davantage. Difficile de savoir s'il s'agit d'une annonce prophétique ou d'un appel à l'aide.

CHAPITRE 18
Derniers secrets

Le soir venu, nous avons été conduits dans une guinguette réservée pour l'occasion, au pied du village de Bauduen. L'estaminet possède une terrasse bien arborée, qui s'avance contre les rives du lac. Nous nous sommes attablés avec Rainal et Richard, sous un kiosque de fer forgé qui nous abrite des derniers rayons de soleil ainsi que du pollen des cyprès dressés derrière les murets. Une farandole de lampions colorés se balance doucement contre la façade enlierrée, et j'entends que le personnel s'active en cuisine. Même si nous ne sommes pour l'instant que six, le reste des troupes d'Europol ne tardera pas à investir les lieux. Enfin, si tant est que le travail supplémentaire que nous leur avons infligé ne les retienne pas toute la nuit.

L'eau lèche doucement les berges, poussées par un infime ressac. Les premiers grillons de l'année stridulent sous les haies. L'ambiance est sereine. Si tranquille, même, que je me demande un instant si je ne rêve pas. Je m'étonne que les bruits du monde ne chantent pas leur couleur à Estelle.

Le soulagement d'avoir exhumé la Boucherie l'emporte sur tout le reste : je ne crains pas la proximité du lac, ni d'être mêlée à une enquête lancée aux trousses d'un trafic international. J'arrive à ignorer le canoë-fantôme qui glisse au loin, entre les bouées de sécurité… même si c'est Pilou qui tient la rame en riant aux éclats. J'arrive à m'ancrer dans l'instant présent. Dans la réalité.

— Vous avez réfléchi à votre excuse ? demande Rainal, qui sirote son verre de porto.

— Laquelle ? s'étonne Naomi, le dévisageant par-dessus une chope débordant de mousse fraîche.

— Celle que vous allez devoir sortir au major Cassagne lorsqu'il vous accusera de rétention de preuve. Je pensais avoir été clair quand je vous ai signifié qu'on constituait une équipe. Vous ne m'avez même pas consulté à ce sujet.

— Ils sont les premiers à refuser de considérer un rêve comme une preuve ! s'offusque Estelle.

— J'en prends la responsabilité, intervient Richard, qui fait rouler entre ses doigts le pied de son verre à cocktail. Ils m'ont prévenu de l'existence de cet endroit, mais je ne l'ai consignée nulle part.

Le commissaire passe une main sur son front, sourcils levés en signe de franche lassitude.

— Je suis censé veiller sur la santé mentale de vos oironautes, rappelle le greffier. Ces jeunes avaient besoin de découvrir la réalité du terrain par eux-mêmes.

— C'est une prise de risque inconsidérée.

— Écoutez, Clément… vous êtes flic, et eux sont des assermentés. Moi, je ne suis ni l'un ni l'autre, alors j'essaie d'accorder les violons de tout le monde. C'est pour ça que vous m'avez embauché, non ?

Naomi me lance une œillade sidérée, elle n'aurait pas plus envisagé que moi l'hypothèse d'un Richard défendant nos cachotteries.

Ils sont interrompus par l'arrivée des serveurs qui nous présentent nos plats. Le fumet de mon camembert rôti m'arrache à leur différend : en y repensant, il aurait peut-être été plus judicieux d'envisager ce débriefing après le repas. J'attrape la panière, pressée de soulager la faim qui me travaille depuis ce midi.

— Je ne vous ai pas convoqués pour discuter de ça, enchaîne alors Rainal à la surprise générale.

Même Valtteri, jusqu'ici en retrait, lève les yeux de ses manchons de canard pour raccrocher la discussion.

Après qu'on vous a demandé de partir, les équipes de terrain ont commencé à creuser à l'endroit que vous avez indiqué. Un bouchon de gravats obstruait bel et bien une entrée, sur plusieurs mètres de profondeur. Dans l'après-midi, le major Cassagne m'a averti qu'ils avaient dégagé l'accès à une espèce de caverne, cohérente avec vos indications.

— Qu'est-ce qu'ils y ont trouvé ? demande Naomi sur un ton avide.

— Des fours, des débris d'instruments brisés, des bidons pour certains encore pleins qui sont partis en analyse. Ils ont également trouvé des outils de jardin, des chaînes et des tisons qui appuient la thèse d'une intimidation par la torture. Un officier-spéléologue a été dépêché sur les lieux pour s'en assurer, mais des traces évoqueraient la présence d'un charnier dans la partie la plus profonde de la grotte.

— On pourrait parler de ça après le repas ? grogne Valtteri.

D'instinct, j'ai moi aussi repoussé mon assiette. Il ne s'y serait pas pris autrement s'il avait voulu nous couper l'appétit.

— Non. Je veux qu'on en parle maintenant, avant que l'escouade revienne. C'est l'un des seuls moments que l'on pourra passer ensemble dans les prochaines semaines.

— Comment ça ? fait Estelle.

— Les trafiquants semblent avoir quitté cette « Boucherie » dans la précipitation. L'expertise nous en dira plus, mais apparemment ils ont entassé tous les éléments compromettants avant d'y mettre le feu, puis ont fait exploser l'entrée du goulet pour que l'éboulis enterre les preuves. Mais après une première inspection, des documents auraient été épargnés, peut-être suite à l'étouffement trop précoce des flammes. Mes collègues ont retrouvé des portables calcinés, des bons de commande, des lettres manuscrites, des listes de noms et d'adresses… Tout est méticuleusement codé, bien sûr. Sans parler de l'état du papier, après quinze ans passés sous terre. Mais on a retrouvé à plusieurs endroits le symbole du type qui tire les ficelles.

— L'Engoulevent ? je m'exclame, tandis que mon excitation refoule le dégoût.

— Oui. Et on peut tirer de tout ça deux conclusions essentielles.

Il se tasse contre le dossier de sa chaise et agite sa fourchette du bout des doigts, comme pour appuyer ses paroles.

— Conclusion numéro un : pour la première fois dans l'histoire mondiale, le travail d'assermentés se voit reconnaître un poids dans une enquête policière. Vous avez ouvert la porte à quelque chose de grand. Vous serez d'ailleurs interrogés à ce sujet au cours des prochaines semaines, afin de nous aider à établir des protocoles pour vos futurs confrères.

Si Estelle affiche une certaine fierté, ce n'est pas le cas de Naomi et de Valtteri, qui se renfrognent un peu. Je les comprends : difficile quand on a toujours été soignant de se mettre au service d'une institution qui nous confie des témoins plutôt que des patients. Des criminels plutôt que des malades. Mais Rainal ne s'arrête pas à nos expressions.

— Conclusion numéro deux… votre théorie serait exacte. Du moins, d'après tous les indices dont nous disposons. L'Engoulevent est vraisemblablement de nationalité française, ou *a minima* francophone.

— Pardon ? s'étrangle Naomi. Vous pouvez déjà le savoir ?

— La plupart des communications échangées avec l'extérieur de Sainte-Croix se faisaient dans un français impeccable. Cet Engoulevent aurait eu une maîtrise parfaite de la logistique, de la topographie et de la culture scoute. Aussi, nous pensons qu'il s'agissait d'un membre de l'organisation. Plus vraisemblablement d'un animateur, qui pouvait circuler entre les camps et distribuer des messages sans attirer l'attention.

— Vous voulez dire que ce serait un jeune ? je murmure. Un respo comme un autre ?

— C'est probable, oui. Dans les jours à venir, on va approfondir nos recherches pour identifier des profils qui pourraient correspondre. Nous allons éplucher la disposition des campements, les horaires des activités pour isoler le moindre comportement aberrant. Aussi, nous décortiquerons les casiers judiciaires de tous les chefs d'équipes. Nous vous tiendrons au courant, bien sûr. D'ici là, il vous faudra redoubler d'efforts pour obtenir le plus d'informations possible de la part d'Alexian.

— C'est de plus en plus délicat de le connecter aux joncteurs, regrette Richard. Je ne sais pas si on peut encore croire en ses témoignages.

— On ne le saura qu'en essayant, je riposte.

Ma détermination n'échappe pas à Rainal :

— Je veux que vous respectiez vos limites.

— Ça faisait longtemps que je ne m'étais pas sentie aussi bien.

C'est la stricte vérité, et, presque pour l'illustrer, je m'accorde un délicieux morceau de pain trempé de fromage. Mon appétit est revenu avec la promesse d'une suite dans l'enquête. J'inspire à fond les odeurs de nourriture et de printemps.

La Chimère s'est faite discrète, au point de n'être plus qu'un grain de sable que je peux oublier sans peine. J'en suis désormais certaine, c'est en obtenant justice que je trancherai la tête du monstre. Épingler l'Engoulevent me sauvera du naufrage. Et j'y arriverai, au nom de Pilou comme à celui de l'enfance qui m'a été volée.

Je n'ai qu'une hâte : rentrer au Mas de la Volière pour extorquer à Alexian ses derniers secrets.

CHAPITRE 19
Aiguilles

Dès notre retour à l'office, nous avons constaté que nos immersions s'avéraient de plus en plus complexes. C'est comme si nous peinions à invoquer Alexian dans son propre esprit. Il nous semblait incohérent, tant dans ses propos que sur le plan physique. Il lui manquait parfois un bout de bras, une jambe ou la moitié de la poitrine, et nous voyions son cœur battre à travers les côtes que ses chairs ne recouvraient plus. Un jour, il nous est apparu sans tête, le cou tranché net. Cette image, qui m'a mise mal à l'aise, a terrorisé Valtteri qui refuse, depuis, de participer aux envols.

Il ne s'est écoulé que deux semaines avant que Richard, flanqué de notre anesthésiste, ne tambourine à la porte du dortoir.

— Il ne lui reste que quelques heures, nous a-t-il annoncé de but en blanc.

La toubib nous a servi des détails que nous avons peiné à comprendre, ou du moins à intégrer. Ils sont repartis aussi subitement qu'ils étaient arrivés après nous avoir recommandé de « mettre nos affaires en ordre ». Cette dernière remarque s'adressait à moi, bien sûr. Je les ai sentis qui scrutaient la moindre de mes réactions.

Nous voilà réunis autour de la grande table de notre appartement pour discuter autour d'une carafe de jus d'orange et de pancakes froids.

— Tu veux y aller une dernière fois ? me demande Naomi.

— Non. Plongez si vous voulez, mais ce sera sans moi.

— Ça te ferait peut-être du bien de l'entendre s'excuser. Ou toi, de lui pardonner.

— Il s'est déjà excusé, et ça ne me fait rien. Je n'ai pas envie de lui pardonner, je n'ai rien à lui dire.

Je sens la main de maman atterrir sur mon épaule et me masser en douceur. L'annonce de Richard l'a matérialisée dans la seconde, comme pour me protéger de l'impact d'un nouveau deuil… mais je ne vis pas le départ d'Alexian comme un deuil. C'est plutôt un aboutissement naturel, la juste rétribution pour ses actes. Je songe soudain que je ne sais pas où est Pilou, je ne l'ai pas vu de la matinée.

— Valtteri, glisse alors Estelle. Je suppose que tu ne nous accompagneras pas non plus ?

L'onironaute finlandais fait les cent pas sous la mansarde.

— Hors de question.

D'une main, il effleure le plafond en dévers. De l'autre, il se tient l'abdomen, comme pour contenir une nausée. Je m'attendais à plus d'inquiétude dans la voix de sa compagne. Peut-être n'a-t-il pas été avec elle aussi franc qu'avec moi, concernant son état ?

C'est donc ensemble que Naomi et Estelle se rendent à l'envoloir afin d'y entreprendre une ultime plongée. Valtteri, lui, se recroqueville sur le canapé :

— Il y a quelques semaines, quand on discutait de ton naufrage… bafouille-t-il, regard voilé. Naomi a dit qu'elle avait vu tes Vestiges lorsque vous étiez connectées, alors que vous étiez réveillées…

— Oui, mais…

— Tu penses que tu pourrais reproduire les paramètres sur mon joncteur ?

Je m'installe à côté de lui, sur l'accoudoir.

— Je ne suis pas certaine que ce soit une question de calibrage. À mon avis, c'est simplement que mes Vestiges étaient trop puissants, qu'ils ont « débordé » si loin dans mon cerveau que la machine les a sentis.

— Je crois que je suis dans le même cas que toi.

— Valtteri, qu'est-ce qui t'arrive ?

Ses poils se sont hérissés à cause d'une vilaine chair de poule et chaque centimètre carré de sa peau est trempé de sueur.

— Pourquoi le sort d'Alexian te ferait faire naufrage ?

Son grelottement s'interrompt un instant tandis qu'il déglutit.

— Je faisais déjà naufrage avant. C'est… C'est qu'une rechute.

— Pourquoi tu n'as…

Je ravale ma question, bien sûr qu'il n'a rien dit à personne. Il n'avait pas plus de raison que moi de le faire. Il a lui aussi contenu ses démons jusqu'à s'en rendre malade. Je formule autrement :

— Estelle t'a laissé intégrer l'équipe malgré ça ? Elle doit bien le savoir, pourtant ?

Quand je pense qu'elle avait émis l'idée de m'envoyer dans un de ces sanatoriums pour onironautes détraqués ! Valtteri ricane et se redresse.

— Elle déteste qu'on transgresse les règles. Et elle déteste encore plus me savoir en danger. Si ça n'avait tenu qu'à elle, j'aurais déjà raccroché ma blouse et me serais fait interner.

Voûté comme si l'univers entier pesait sur son dos, il avance en direction de sa chambre. Il inspire et souffle à fond, pour persister dans un effort qui paraît consumer toute son énergie.

— C'est ce que je m'apprêtais à faire, d'ailleurs, avant que Rainal ne vienne nous chercher. Mais j'ai renoncé à intégrer un sanatorium. Je croyais qu'Europol me fournissait une opportunité professionnelle qui m'éloignerait des patients, et de ce qui me laminait à l'hosto. Je pensais retrouver du sens dans ce que je faisais parce que… parce que j'aime mon métier, merde. Je pouvais pas le plaquer comme ça. Et j'étais sûr, j'étais *si sûr* de pouvoir continuer…

Il pousse la porte et m'invite dans la pièce. Les deux lits simples ont été rapprochés pour constituer un plus grand couchage, mais la position des draps me laisse penser qu'ils sont régulièrement séparés. Le mur est placardé de photos, dont certaines froissées ou rafistolées à grandes langues de ruban adhésif. Un paravent sépare le mince espace de vie en deux : d'un côté, un pupitre où s'amassent des croquis en pagaille ; de l'autre, une table minuscule sur laquelle trône un ordinateur raccordé à un casque audio. Valtteri jette deux mallettes sur son matelas.

— J'ai besoin de partager ce que je vois avec Estelle, même si j'entends déjà ses « je te l'avais bien dit »… je peux pas porter ça tout seul. J'espère juste que ça ne la détruira pas, elle aussi.

J'ouvre les deux attachés-cases, déroule les électrodes, puis pianote sur les écrans tactiles pour reproduire la configuration que j'utilise d'habitude avec Naomi. Le sonal clair indiquant la validation de mes commandes retentit, et Valtteri place les électrodes sur son torse et ses tempes. Il se laisse tomber contre son oreiller, poings crispés et mâchoire si serrée que je me demande si ses dents ne vont pas éclater. On le croirait frappé d'une fièvre monstrueuse qui trempe ses draps.

— Merci, lâche-t-il. Mais tu n'as pas à faire ça.

Il a remarqué que j'avais commencé à positionner les capteurs du deuxième joncteur sur mon propre corps. Il ne refuse pas ce geste, mais il me met en garde :

— Je ne sais pas si c'est une bonne idée, vu ta situation.

— Si on est tous les deux dans la même galère, autant qu'on rame ensemble.

Est-ce la curiosité qui me pousse à me connecter à Valtteri, ou plutôt le besoin viscéral d'échapper à la solitude ? Il est le seul à pouvoir comprendre ce que m'inflige la Chimère, et c'est la première fois que je peux me projeter en quelqu'un d'autre. Je ne crains pas ce que je trouverai dans sa tête.

— Tu sais, Estelle a rigolé quand tu m'as désigné comme « son chéri » il y a quelques mois. Elle m'a bassiné avec ça toute la soirée.

— La confusion me semblait légitime !

— Elle l'est. Même nous, on ne sait pas vraiment où on en est. C'est un peu comme si on était…

— Des jumeaux qui partageraient un bout de cervelle ? C'est ce qu'elle m'a dit.

Valtteri s'esclaffe d'une drôle de façon. C'est presque une quinte de rire qui lui monte à la gorge.

— Elle a voulu garder la face. La vérité, c'est qu'on est un couple trop abîmé pour persister, parce qu'on a encaissé des choses qui ne peuvent pas laisser une relation indemne. Je l'aime à en crever, mais c'est trop dur d'oublier qu'elle a vu… *ça*. Et qu'elle va devoir s'y confronter à nouveau…

La violence dans sa dernière phrase réussit presque à faire flancher mon assurance.

— Ta Chimère, murmure-t-il d'une voix brisée, elle est belle, je trouve. Elle a des crocs pour bouffer l'injustice du monde. Des écailles et des plumes pour te protéger en douceur. Plein d'yeux pour entrevoir tes avenirs. Elle reflète tes blessures, mais surtout ta férocité et ta puissance. La mienne n'est qu'une abomination.

Je ferme les paupières au moment de placer la dernière électrode et n'ose pas les rouvrir tout de suite. Mon cœur s'emballe tandis que je *sens* une présence se former autour de moi. Et ce n'est pas celle de maman, qui m'épie depuis une chaise de bureau. Non, c'est plus imposant et plus malsain, ça met tous mes sens en alerte.

Lorsque je rouvre les yeux, je me trouve face à Mini-Valtteri, bras écartés, qui se dresse en rempart devant son double plus âgé.

— Tu n'as pas le droit de le voir comme ça ! couine-t-il.

— Laisse-la, pot de colle.

— Je veux pas ! *Je veux pas !*

Sa protestation est si frénétique qu'elle transforme notre environnement. Le parquet devient un carrelage immaculé. De grandes fenêtres aux stores fermés se dessinent dans les murs austères. La lampe à incandescence se change en un néon glacial. Une migraine me cogne le crâne : je suis sûre de ne pas m'être endormie, pourtant !

Avant que j'aie pu retrouver mes repères, maman s'avance et saisit le poignet du garçon.

— Viens. Je sais que c'est difficile, mais tu ne t'aides pas en agissant comme ça. Écoute-moi : je sais ce que ça fait. Tu m'entends ? Je sais comme c'est dur, mais il faut que tu lâches prise.

Le petit fantôme se laisse entraîner entre les bras de ma mère.

— Armelle, gargouille-t-il. Je veux que ça s'arrête, je veux que ça soit jamais arrivé. Je veux qu'on soit jamais allés à l'hôpital et qu'on ait jamais perdu Tuulia. C'est pas juste… c'est pas juste qu'on ait pas pu grandir comme les autres !

Il recule avec elle jusqu'au fond de la pièce et s'installe sur ses genoux, laissant apparaître sa version adulte, tordue, sur ce qui ressemble désormais à un lit d'hôpital. Mon corps tout entier se raidit pour contenir mon effroi et empêcher un hurlement d'ébranler le gîte.

La blouse de Valtteri est déchirée, et son ventre… son ventre est à l'air libre. Ouvert du sternum au pubis. Une entaille béante vomit sur les draps un lacis gluant de tubes translucides rattachés à des poches bouffies, pleines à craquer d'un liquide clair. La centaine de tuyaux est parcourue de petites contractions, comme si chacun d'entre eux était un ver pressé de trouver la chaleur des entrailles. Ou de la fuir.

— Qu'est-ce que…

Son corps.

Son corps est recouvert d'aiguilles qui traversent sa peau. Il lui en pousse au travers des bras, si affûtées qu'un moindre faux mouvement suffirait à ce qu'il s'empale la cuisse. Ses joues sont percées. Ses oreilles aussi. Il y en a même qui pointent au coin de ses yeux.

Je m'apprête à arracher les capteurs, mais la voix étonnamment neutre de Valtteri interrompt mon geste :

— Je ne supporte plus l'agonie des gens. Je ne supporte plus les perfusions. Je ne supporte plus ces odeurs de mouroir.

Il empoigne les tubes et tente de les décrocher en tirant dessus. Puis, après m'avoir laissée constater que c'était impossible, il essaie de pousser, pour tout tasser à l'intérieur de son abdomen. Mais il n'y a pas la place, dans son ventre, pour toutes ces poches visqueuses.

— Pourquoi on est doués, Éole ? Pourquoi la génération qui nous suit, plus nombreuse et mieux formée, peine à égaler le niveau des pionniers ?

Passé le premier choc, j'arrive à me confronter à cette vision d'horreur. Sous le regard soucieux de maman et de Mini-Valtteri, j'étire le bras pour effleurer les aiguilles. Elles sont aussi glacées que les outils d'un médecin légiste.

— Je crois que c'est parce qu'un événement, dans nos vies, nous a un jour poussés à préférer le rêve à la réalité. Que cet événement a détruit notre innocence ou notre bonheur au point qu'on choisisse de se réfugier dans le sommeil. On est là parce qu'un morceau de nos vies a sauté et que le rêve nous a servi de rustine. Toi, t'as perdu ton frère en plus de ta jambe…

— Et toi, t'as été malade, je complète.

Mes doigts naviguent entre les pointes d'acier jusqu'à rencontrer sa peau. Elle, elle est chaude et bien vivante. Valtteri semble apprécier que j'accepte de le toucher dans cet état. Ses yeux crient la reconnaissance que ses lèvres ne formulent pas.

— Bingo, me lance-t-il plutôt. Lymphome. J'ai passé mon enfance cousu à des poches de sang ou de chimio. J'ai enchaîné les cycles de traitement et les récidives. Je n'ai jamais été tranquille jusqu'à mon seizième anniversaire et, encore aujourd'hui, je vis dans l'angoisse que le crabe revienne me pincer. Je suis devenu assermenté avec l'espoir que mon don m'aide à…

Il renifle avec une moue cynique.

— J'allais dire « sauver des vies », mais je ne pense pas que ce soit à propos.

— Sauver des morts, alors.

Il hoche la tête, le temps que cette idée paradoxale résonne en lui, puis il poursuit :

— Mais le docteur Valtteri Kaiku s'est vite rendu compte qu'il ne supportait pas les hôpitaux. Même si ces hostos se trouvaient à des milliers de kilomètres de ceux où il a passé sa jeunesse merdique.

— Et tu as pensé que la proposition d'Europol te permettrait d'utiliser ton talent autrement ? je devine en m'asseyant sur le bord du lit.

— Exact. Mais je me suis planté : il y a toujours ces perfs, ces lits qui puent l'alcool et ces gens morts. Mais je ne peux pas me retirer maintenant, parce que…

Je devine la fin de sa phrase avant qu'il ne la prononce.

— … parce que sans mes rêves, je ne suis plus rien.

J'attrape le joncteur qu'il m'a prêté, le cale sous mon coude et fais quelque pas dans ce dortoir devenu chambre d'hôpital. Je n'aurais jamais imaginé qu'un naufragé éveillé puisse transformer à ce point son environnement. Je claudique sans canne jusqu'à la porte, curieuse de savoir si la matrice brodée par Valtteri se limite à cette pièce, ou si elle recouvre aussi le reste de la maison, voire du domaine tout entier. J'actionne la poignée… et me retrouve face à Estelle.

— Qu'est-ce que vous foutez ? s'écrie-t-elle après un sursaut.

Elle a compris ce qui se passe, au contraire de Naomi, qui reste plantée derrière elle en plein désarroi.

— Ça a recommencé, lâche Valtteri.

— Je t'avais prévenu. Je t'avais supplié qu'on rompe nos contrats avant que cette situation n'arrive...

Naomi la double et s'invite dans la pièce, bousculant sans le savoir maman, qui se retranche au coin du dortoir.

— Vous m'expliquerez ce bordel plus tard. Mais avant ça y a deux choses qu'on doit vous dire.

Elle s'éclaircit la gorge, comme souvent lorsqu'elle est mal à l'aise et peine à trouver ses mots.

— D'abord, je dois vous annoncer qu'Alexian vient de mourir. On est tous convoqués chez Richard à midi pour faire le point là-dessus.

Elle se laisse tomber sur la chaise qu'occupait maman et la retourne afin de pouvoir croiser les bras sur le dossier.

— Ensuite, complète-t-elle, les gars de l'office nous ont alpagués avant qu'on monte à l'envoloir. Rainal a appelé dans la nuit. Apparemment, les enquêteurs ont fini d'éplucher les archives. L'incendie du jamboree n'a pas été déclenché au hasard, ils ont profité du plus gros événement du festival... Une sorte de grand concours où les équipes s'affrontaient dans un tas d'ateliers répartis autour du lac.

— Les Olympiades, je croasse, peinant à rassembler mes esprits. À quoi ça nous avance ?

— Figure-toi que chaque atelier réclamait, pour l'inscription d'une équipe, la signature de tous les respos de la compagnie. Simple question de responsabilité civile. Bref, ça signifie qu'ils ont trouvé le moyen de suivre les mouvements de chaque animateur sur cette journée. Et ils ont déterminé trois suspects, qui ont manqué à leurs obligations et se sont fait remplacer sans raison valable.

— C'est... une bonne nouvelle, non ? hasarde Valtteri.

Aiguilles

Comment fait-il pour garder son calme avec ces milliers d'aiguilles qui le trouent comme une passoire ? Comment parvient-il à endiguer son horreur avec un tel brio qu'elle s'exprime à peine par un léger enrouement ?

— Carrément. Mais le hic, c'est que ces types débarquent le mois prochain. Europol veut qu'on plonge dans leur tête.

CHAPITRE 20
Avant la tempête

Par l'entrée du pigeonnier, j'aperçois un train de voitures banalisées remonter l'allée en direction de la place principale. Depuis quelques jours, le Mas de la Volière est en branle-bas de combat : le portail du domaine aurait presque des airs de poste de douane, au vu du nombre de véhicules qui y transitent par jour. Dans les coffres des breaks aux vitres teintées s'entassent du matériel et des documents amenés par les agents pour organiser la suite de la mission.

C'est ici, dans la vieille tour, que Rainal a choisi de nous exposer le programme des prochaines semaines. Il veut à tout prix s'intégrer à notre équipe, et pour cela il adopte nos codes du mieux qu'il peut.

— Aucun des trois ex-animateurs ne saura que nous les accueillons dans le cadre d'une enquête. Ils ont reçu une invitation à participer à une étude sur les cycles du sommeil. Une étude si grassement rémunérée qu'elle leur permet de quitter leur travail et leur famille sans scrupules pendant une semaine.

— Une semaine ? répète Valtteri. Vous voulez qu'on débusque cet Engoulevent en une semaine ? En admettant bien sûr qu'il se trouve bien parmi vos suspects ? C'est dur à avaler.

Il va un peu mieux, notre Valtteri. Après l'incident de la dernière fois, nous avons passé de longues heures à parler, électrodes aux tempes, jusqu'à ce que se rétractent ses horribles aiguilles. Il a confié ses peines, et nous, nos inquiétudes. Une certitude s'est imposée : il refuse d'abandonner l'équipe, et rien ni personne ne lui arrachera sa détermination. Je serais bien mal placée pour le juger.

Malheureusement, si nos discussions ont apaisé sa crise, elles n'ont pas le pouvoir de déraciner le mal qui l'habite. Je n'irais donc pas jusqu'à dire qu'il rayonne et, de temps à autre, je surprends ce léger voile sur ses yeux. Ce rideau du rêveur égaré, qui ne sait pas vraiment s'il habite un songe et qui commence à s'en ficher. Je reconnais ce regard car, à mon avis, il m'arrive d'avoir le même.

— Vous n'aurez pas besoin de plus de temps, répond Rainal. Ça passe ou ça casse.

— Attendez, doute Naomi. Vous pensez vraiment que ce taré va se laisser berner ? Qu'il va croire à cette histoire d'étude ?

— Évidemment pas, mais un refus aurait d'emblée attiré notre attention, et il le sait. D'ailleurs, nous nous sommes assurés de couper toute possibilité de fuite à ces suspects. On a mouchardé leurs portables et leurs véhicules. On aurait épinglé le premier qui aurait tenté de filer.

Juste à ma droite, Pilou dessine dans la poussière. Avec une brindille, il trace un rapace au bec crochu et aux barbillons flottant au vent. C'est sa façon de tuer l'ennui : au moins, il n'essaie pas de me déconcentrer. Tant mieux, car j'ai mes réserves à émettre concernant le plan de Rainal. Je détourne les yeux du gypaète de mon frère et interpelle le commissaire :

— Comment ça va se passer, au juste ? Vous comptez les plonger dans le coma pendant une semaine, le temps qu'on arrive à les manipuler dans leurs rêves ?

— Ce serait la situation idéale, mais c'est impossible. Ce ne serait pas légal ni éthique.

— Depuis quand la police internationale se pose des questions d'éthique ? ricane Estelle. Vous n'allez pas me dire que vous démantelez les pires réseaux criminels du continent à coups de sourires et de politesses !

Elle n'a presque pas parlé de la matinée, retranchée sous la capuche de son hoodie turquoise. Elle se tient à distance de Valtteri, qu'elle évite depuis qu'elle a appris sa rechute.

— Il y a potentiellement deux innocents parmi nos trois suspects.

— Ou trois, précise Naomi, dans le cas où vous vous seriez plantés.

— Peu importe, on ne peut pas leur imposer un coma.

— Donc vous attendez qu'on les rencontre dans des rêves classiques ? Dont ils pourront se réveiller à la moindre émotion trop intense ou s'ils se rendent compte qu'ils rêvent ?

— C'est l'idée.

— C'est n'importe quoi, soupire Valtteri en levant la tête vers le toit en ruine. Si on les visite plusieurs fois pour les interroger, il y a de fortes chances qu'ils se souviennent de nous et qu'ils comprennent qu'on les embobine. Même Alexian a réussi à reconnaître Éole alors qu'il était à l'article de la mort…

La Chimère n'a pas dû aider, je songe, mal à l'aise. Rainal retient sa réponse quelques secondes, comme pour nous préparer à une annonce désagréable.

— Richard et moi avons beaucoup travaillé, ces derniers temps. Lui a l'expérience des sciences oniriques et moi celle de la criminalité organisée. Mais ça ne nous a pas suffi, alors nous avons embauché des experts pour nous épauler sur ce cas, que nous leur avons présenté de façon strictement théorique, en modifiant la plupart des données. De brillants agents retraités et des assermentés de renom nous ont apporté leur opinion. Les débats ont été houleux, mais nous avons établi un angle d'attaque.

— Ravie de voir qu'on a été consultés en amont, raille Naomi. C'est pas comme si vous aviez quatre spécialistes sous la main.

— Quatre spécialistes profondément investis dans l'enquête sur le plan émotionnel. Votre implication ne vous autorise pas assez de recul. Il nous fallait des onironautes avec un regard neutre. Vous intervenez, bien sûr, mais dans un second temps : pour décider si vous acceptez ce plan et pour vous l'approprier. Nous vous adapterons à vos critiques.

— Arrêtez de nous faire lambiner, je grogne.

Pilou s'attaque aux ailes de son oiseau. Il les représente si amples qu'il doit s'accroupir aux pieds de Rainal pour dessiner la dernière rémige. Lorsqu'il se tourne vers moi, le commissaire piétine le gypaète, tirant à mon frère un souffle agacé qui vient bouffir ses joues.

— Nous voulons que vous fassiez la connaissance des suspects en toute discrétion. Nous vous confierons tous les éléments de nos dossiers pour vous préparer. Ensuite, vous plongerez pour les observer de loin, afin d'apprendre à les connaître.

— Une filature onirique ? s'emballe Naomi. J'ai toujours rêvé de jouer les espionnes ! C'est quoi l'idée, on les suit incognito jusqu'à ce qu'on puisse réaliser un profilage psychologique pour trouver notre coupable à partir d'indices dans la matrice ?

— Pas vraiment. Voyez plutôt cette infiltration comme une amorce.

Il ajuste son képi, comme à chaque fois qu'il se sent flancher.

— Je suppose que vous connaissez tous le postulat de Duberger.

— « *Tout rêveur non lucide qui revit un souvenir lors de son sommeil tend à la reproduction des actions adoptées dans le souvenir en question* », je récite du tac-au-tac. La base de toute exploration onirique !

— Et notre meilleur allié dans cette délicate entreprise, opine Rainal. Une fois que vous aurez cerné ces personnes, vous devrez les inviter dans une matrice réaliste, qui recréera la journée du jamboree. Vous aurez alors une chance de profiter de leur lucidité suspendue, comme vous l'avez fait avec Alexian, ce qui nous permettra…

— On est pas prêts ! tranche Estelle avec une violence inattendue. Ils ne sont pas prêts !

Elle saute sur ses pieds et dresse un doigt raide dans ma direction avant de le faire glisser vers Valtteri.

— Eux deux, ils sont en train de dériver. Navrée, mais la santé de notre équipe passe avant la mission. Trouvez-vous d'autres assermentés, on a assez donné.

— D'autres assermentés ? Il n'y a qu'Éole pour recréer la matrice du jamboree de façon crédible. Nos rêveurs n'y croiront pas sans une ressemblance poussée.

— Je ne peux pas produire de matrice réaliste sans Valtteri, j'interviens. En fait, j'ai besoin de tous mes étayeurs. L'équipe doit être au complet pour que ça marche.

— Mais vous seriez partante pour tenter le coup ?

— J'ai déjà donné mon avis. Je connais les risques, mais rester sur la touche me rendra forcément malade. Alors, si on est tous d'accord… autant se lancer.

J'étire le cou pour aviser Valtteri. Il malaxe son témoin au creux d'une paume pour évacuer sa tension.

— C'est pareil pour moi. Je pense qu'on doit essayer.

Son dé blanc, qui ne révèle ses points qu'en rêve, apparaît de temps à autre entre ses phalanges. Est-ce qu'il croit toujours en la fiabilité de ses tests ? Ou a-t-il comme moi perdu confiance en ses TR ?

— Vous n'avez de toute façon pas beaucoup d'options, reprend Rainal. À ce stade de l'enquête, on ne peut plus avancer sans vous.

— On va retourner au jamboree ? demande Pilou avec une pointe d'inquiétude.

— Commissaire Rainal ?

La docteure Amoudourra est plantée à l'entrée de la volière. Elle est en tenue civile, sa blouse d'anesthésiste jetée sur une épaule.

— Qu'est-ce qu'il y a, Cyrielle ?

— Le comité d'intendance voudrait savoir comment on s'organise pour l'aménagement de la baraque est. J'ai besoin qu'on décide où placer l'envoloir, car il me faudra centraliser les joncteurs, même si on se connecte à trois patients. Ce sera plus simple pour compiler les données.

— J'arrive tout de suite.

Rainal masse son front avec un air blasé, puis s'adresse une ultime fois à nous :

— Vous avez trois semaines avant leur arrivée. Les dossiers des suspects seront déposés dans votre dortoir dans la journée. Faites-moi parvenir votre décision au plus vite.

Le commissaire disparaît sans un mot de plus. Une ambiance étrange, lourde d'appréhension, pèse sur la volière. Nous nous tenons chacun dos au mur, à nous regarder sans savoir quoi ajouter.

— On est pas en état de faire ça, répète Estelle en époussetant ses manches. Vous êtes cinglés si vous pensez le contraire.

— On a réussi pourtant, j'objecte. Quand Alexian est passé aux aveux, on a plongé dans une imitation du jamboree et tout s'est bien passé.

— Ouais, et j'employais toute mon énergie à vous ligoter, ta Chimère et toi. Là, on parle de façonner un rêve crédible… et de reproduire une journée complète. Ce sera à toi de mener la danse et personne ne pourra t'entraver. Tu te sens capable de retourner là-bas sans vriller ?

Je ne peux pas lui répondre de façon honnête. Impossible d'avouer que j'ai *envie* de retourner là-bas. De m'offrir une virée dans ce passé où je pouvais encore vraiment vivre. Je le souhaite autant que ma Chimère, qui palpite dans mon dos. L'hypothèse d'évoluer à nouveau dans cette journée cruciale m'attire autant qu'elle m'effraie par la menace qu'elle représente. Je suis comme un moucheron obsédé par la bougie qui brûlera ses ailes. Estelle prend mon silence pour un aveu d'impuissance, car elle déclare :

— C'est bien ce que je pensais. On ne peut pas se lancer là-dedans, c'est trop dangereux pour vous.

— Ne nous fais pas passer pour le seul problème, coupe alors Valtteri. Comme si toi t'étais bien dans tes basques…

— Au moins, je ne fais pas naufrage.

— Pour l'instant.

— Et si ça m'arrivait, crois bien que je me ferais soigner plutôt que de me lancer dans des immersions qui risquent de me bousiller davantage…

— Qu'est-ce que t'en sais ?

— Stop ! intervient Naomi. On arrête les frais. Estelle a raison, on a pas les épaules. Y a encore trop de secrets et de failles cachées.

Elle tourne sur elle-même afin de tous nous considérer un par un. D'un mouvement de tête, elle nous invite à la suivre à l'extérieur du pigeonnier. Au moment de passer l'entrée, elle largue d'un air inspiré :

— Mais vous avez entendu le patron, il nous reste trois semaines pour nous préparer. On va chercher nos joncteurs ?

CHAPITRE 21
Un trou dans le cœur

Ces montagnes étoilées ne cesseront jamais de m'impressionner. Quand je foule l'herbe grasse de la thébaïde de Naomi, j'ai l'impression de fleurir. J'aime ces fruits-lucioles, ballottés par une brise tranquille. J'aime ce ciel, si vivant qu'on le croirait composé par un vitrailliste virtuose. J'aime cette sensation d'être accueillie, absorbée presque, par la nature qui foisonne sous le soleil couchant.

On ne pénètre dans cet endroit merveilleux qu'après s'être débarrassé de ses tracas. Comme on entrerait dans la maison d'un ami un soir de pluie, après avoir ôté son manteau trempé.

Il y a, dans ce morceau d'âme, toute la fraîcheur du printemps et toute la sérénité d'un été langoureux. Difficile de ne pas sentir l'ironie de la situation : c'est dans l'esprit de quelqu'un d'autre que je me sens chez moi.

— Qu'est-ce qu'on fait là ? demande Valtteri.

Estelle hausse les épaules, incapable de lui répondre. Elle s'est penchée pour effleurer les calices luisants, habitée par une fascination que je n'avais jamais vue chez elle.

SE PERDRE À L'ORÉE DES SONGES

Une ombre nous engloutit. Un ptérodactyle gigantesque se pose sous nos yeux. Après avoir écarté ses ailes, il pousse un long roucoulement. Naomi, perchée sur sa selle, nous adresse un signe de main.

— Alphys et moi vous souhaitons la bienvenue. Si vous voulez bien me suivre…

Le dinosaure claque du bec et commence à gravir la colline avec son drôle de déhanché qui secoue sa cavalière de gauche à droite. Le chalet qui culmine au sommet du rêve s'approche de plus en plus. Je discerne une lumière dorée derrière les fenêtres et renifle une odeur agréable de châtaignes qu'on laisse suer sur des braises. Nous dépassons une pancarte plantée de travers :

La Maison Interdite À Tout le Monde

— Tu vas nous faire visiter ? je lance à notre hôte.

Naomi sourit et tire sur ses rênes pour qu'Alphys ralentisse jusqu'à notre niveau.

— Tu sais ce qu'on dit. Charité bien ordonnée commence par soi-même.

Nous remontons le chemin d'ardoises et, après de longues minutes, nous nous rassemblons sur le perron de la maison. Je songe avec émotion au Pilou adulte, qui s'est installé sur ces marches quelques semaines plus tôt. Mon frère n'a pas l'air de m'avoir suivie dans ce rêve-ci, il doit comprendre que ma partenaire nous réserve des instants très intimes.

Naomi glisse un doigt sur la serrure, et un cliquetis de loquet déverrouillé retentit. Elle attrape la tête d'Alphys et dépose une bise entre ses naseaux, comme pour se donner du courage… puis elle actionne la poignée.

— Entrez. Je pense qu'il est temps qu'on soit vraiment sincères.

Elle nous entraîne dans un séjour au parquet grinçant, qui sent l'humidité et le feu de cheminée. Le crépuscule se jette par terre au travers de carreaux nappés de poussière : alors que tout à l'extérieur criait la belle saison, on se croirait ici sur le point de s'attabler pour goûter aux premières soupes de l'automne.

— Qu'est-ce que… tu veux nous montrer ? murmure Estelle, qui craint de vexer notre hôte.

— Le chalet de ma famille ! J'y ai coulé mes jours les plus heureux, avec mes consoles portables, mes jouets et mes bottes pour explorer la montagne…

Elle s'approche de l'âtre et plonge la main dans les flammes pour saisir une châtaigne qui sifflait sur une poêle percée. Elle l'épluche et la grignote avec délice, puis en attrape une nouvelle poignée qu'elle partage entre nous. Je reçois une coque roussie, à peine chaude entre mes doigts. Je la décortique pour croquer la graine.

— Je vais vous montrer le sous-sol.

La voix de Naomi a frémi. Pendant une fraction de seconde, ma bouchée a pris le goût de son amertume.

— On a tous un sous-sol, non ?

Elle repousse un tapis d'un coup de pied et révèle une trappe à la poignée cloquée de rouille.

— T'es sûre qu'on a le droit d'entrer là-dedans ? s'inquiète Valtteri.

— C'est ce qu'il y a au plus profond de nous qui pourra faire capoter notre dernière immersion. On doit écarter tous les risques.

Sous le parquet plonge un escalier aux marches abîmées, irrégulières, qui paraissent conduire jusqu'au centre de la Terre. Nous nous engageons dans une obscurité totale, et il me semble plonger pendant des heures entières. Ma main glisse sur une tige de métal chevillée au mur qui tient lieu de rampe.

Plutôt que sur une cave ou un cellier, comme je l'aurais imaginé, nous débouchons sur une chambre d'enfant à l'architecture impossible : une grande fenêtre donne sur un jardin aux contours flous, obstrué par un arbre qui apparaît à contre-jour d'un étrange soleil souterrain.

— Où on est ? demande Estelle.

Naomi ne répond pas et s'approche d'une vieille télé à tube cathodique qui crépite au fond de la pièce, contre le mur de pierres nues. Elle est raccordée à une console Nintendo un brin plus récente, avec un côté orange et l'autre turquoise. L'écran affiche un jeu à l'allure rétro. Un squelette goguenard, avec une orbite illuminée, menace le protagoniste représenté par un cœur rouge.

C'est une petite fille qui tient la manette. Elle a la peau sombre, et de beaux cheveux ramenés en arrière par des dizaines de tresses colorées. Assise en tailleur sur une carpette rongée aux mites, elle serre entre ses cuisses une peluche de ptérodactyle qui nous fixe avec ses yeux-boutons.

Absorbée par son jeu, l'enfant ne nous accorde pas la moindre attention. Elle ne paraît même pas avoir remarqué notre présence.

— C'est toi, devine Valtteri en s'accroupissant à ses côtés.

— C'est P'tite Nao, ouais. N'essaie même pas de lui parler, elle est muette, même avec moi.

Le cœur dessiné à la télé se brise, laissant apparaître un *Game Over* et forçant le retour au menu principal où apparaît le titre du jeu. *Unaltered*.

La fillette souffle avec frustration et s'acharne sur sa manette pour recommencer le combat tandis que Naomi passe une main tendre sur sa tête.

— Elle s'est coupée de l'extérieur. De ses amis. Du monde tout entier. Mais moi… moi je la garderai toujours près de moi. Je conserverai au fond de ma thébaïde cette image d'elle et de sa détresse que personne n'a vue à l'époque.

Elle ouvre un placard et y pioche une boîte de cookies ainsi qu'une briquette de jus de fruit qu'elle pose devant son double miniature.

— Elle n'a jamais bougé d'ici, mais je suppose que si la vie venait à me bastonner assez fort, elle quitterait notre chambre pour me hanter. On peut dire qu'elle est un Vestige à son tout premier stade, encore assez docile pour rester dans la cage que j'ai bricolée pour elle.

P'tite Nao ne regarde pas les biscuits, et encore moins le jus. Elle n'a même pas réagi aux caresses de sa rêveuse.

C'est un caveau, je songe en sentant mon sang se glacer. Un mausolée caché sous une maison de vacances où ont été inhumés un passé et des souvenirs. De toutes les bizarreries de ce monde, c'est l'expression figée du petit Vestige qui m'effraie le plus. On croirait que cette enfant est sortie d'une chambre froide.

— Qu'est-ce qui lui est arrivé ? je risque. Enfin… qu'est-ce qui t'est arrivé ?

— Comme vous, je crois. Un choc si important, si incompréhensible, qu'il m'a poussée à rêver mieux que tout le monde.

— Tu as perdu quelqu'un ?

— Pas besoin de ça pour être en deuil.

Elle s'arrête une seconde pour armer sa langue des mots qui frappent juste.

— T'es en deuil quand tu avais près de toi quelque chose de si précieux que sa disparition t'arrache un morceau de cœur. Mais ton cœur, lui, il continue de pomper, parce qu'il faut bien vivre malgré tout. Alors… tes émotions se mettent à fuir par le trou. Elles débordent jusqu'à te noyer de l'intérieur.

Elle s'assoit sur le tapis, laissant ses mains retomber mollement sur ses cuisses.

— On est dans la maison de ma grand-mère. J'y ai passé mes meilleurs moments d'enfant, et c'est pour ça que c'est devenu ma thébaïde. Malheureusement, c'est aussi là que mon enfance s'est terminée.

— Pourquoi ? demande Estelle.

— J'en sais rien. Il faut *lui* demander.

À la façon d'un pantin dont on aurait tendu une ficelle, elle dresse un bras pour pointer la fenêtre. L'arbre… n'est pas un arbre. C'est une silhouette difforme, et ce que j'avais pris dans ma hâte pour le relief torturé d'une couche d'écorce s'avère être un thorax malade, tiré en largeur par des côtes qui font une surface bosselée comme celle d'un güiro[1]. Je crois que c'est un homme, ou peut-être un ado au vu du gabarit.

Son visage…

— Il n'a pas de nom. Ou disons qu'il en a un, mais que je ne lui ferai pas l'honneur de le prononcer.

Ses yeux sont minuscules, à peine deux pois chiches figés. Ils sont noirs, sans sclère, et affreusement rapprochés. L'arête d'un nez retourné en groin les sépare à peine.

— Lui aussi, il venait en vacances ici. On se retrouvait tous les ans. Un jour, et putain ça, ça m'échappera toujours, il a

---

1. Instrument de percussion composé d'un racloir, dont on gratte les arêtes avec un bâton.

décidé que ses désirs de gamin à peine pubère valaient plus que mon humanité.

Les mains de la créature sont plaquées contre la vitre, témoignant une claire envie d'entrer dans la pièce. Ses doigts sont étalés de part et d'autre de ses lèvres violacées, retroussées de façon lubrique.

Estelle étouffe une exclamation surprise au creux d'une main. Valtteri se mord l'intérieur de la joue et pose sur la fillette un regard débordant d'une émotion que je ne sais même pas décrypter.

— C'est con, hein ? On imagine pas qu'un gosse puisse en saccager un autre.

— Pourquoi tu ne me l'as jamais dit ? je souffle en approchant de la fenêtre.

Je pensais connaître Naomi par cœur, comme une jumelle, avec qui j'ai partagé mon âme plutôt qu'une mère. Son aveu se plante en moi comme une banderille, et je me surprends à haïr ce petit monstre comme si c'était moi qu'il avait blessée.

— C'est toi qui me demandes ça ?

Il y a du reproche sous sa question, un gros orage qui couve. T'es une abrutie, Éole. Même dans un moment pareil, tu laisses parler ton égoïsme. Alors que tu exècres toi-même les questions déplacées sur ta jambe et que tu es la première à occulter des vérités dérangeantes…

— J'en ai pas parlé parce que je ne voulais pas qu'on me considère à travers ça. Je ne voulais pas de pitié. Je ne voulais pas non plus qu'on me considère comme souillée.

— Je ne t'aurais jamais considérée comme…

— Je refusais que ça me définisse. Point barre.

Elle se lève d'un coup, surprenant Valtteri, mais pas P'tite Nao, qui jubile après avoir asséné au boss de son jeu un coup fatal.

Par la force de la pensée, Naomi éjecte son bourreau à l'autre bout du jardin.

— Mais c'est des conneries, et je l'ai compris en voyant vos Chimères. Cet… *incident* a conditionné mes angoisses, mes obstacles et ma détermination. Ce gars a fait de moi ce que je suis, que je le veuille ou non. Ce qui me laisse deux choix : soit je refuse que le trauma m'a façonnée, soit je regarde les choses en face.

Elle claque les doigts et, dans un rugissement qui ébranle le rêve entier, Alphys plonge sur l'adolescent difforme pour l'engloutir. Ses membres noueux disparaissent dans un bec aux dents tordues.

— Et je déballe tout maintenant parce que ce sont ces fantômes enterrés qui vont pourrir notre mission. On aura qu'une chance au jamboree alors… je veux qu'on sache à quoi s'attendre.

Elle écrase une larme sur sa joue et ajoute, d'un ton qui implore presque :

— Lâchez prise, tous. Si on veut boucler cette enquête, on devra faire front ensemble. Je vous demande, s'il vous plaît, qu'on fasse tomber les derniers secrets.

Un placard s'ouvre dans notre dos, dévoilant une membrane souple et diaprée comme une bulle de savon.

— Tu caches autre chose là-dedans ? s'enquiert Estelle.

— J'ai recalibré nos joncteurs, répond plutôt Naomi. Je ne suis pas la seule rêveuse-hôte. Cette nuit, on pilote tous à égalité. Je vous ai présenté P'tite Nao, alors… à vous de me montrer ce que vous cachez dans vos sous-sols.

Je glisse une œillade fébrile à Valtteri, toujours penché sur la fillette dans l'espoir vain de lui tirer un sourire. Mais ni lui ni moi n'avons le temps de réagir, c'est Estelle qui s'avance jusqu'au portail.

— T'as raison. J'aurais dû faire ça il y a longtemps.

Elle appose un doigt sur la membrane et, à son contact, les couleurs réagissent. Elles tournoient jusqu'à composer un paysage confus, qui nous apparaît au travers d'un hublot embué.

La jeune femme fait demi-tour et attrape le poignet de son compagnon avant de plonger avec lui dans un nouveau rêve.

Naomi s'apprête à les suivre, mais je l'intercepte :

— Je suis désolée.

— J'ai pas besoin qu'on le soit.

— Non, je veux dire… je suis désolée d'avoir sous-entendu que t'aurais dû en parler. C'était idiot. T'as fait ce que tu pouvais.

Elle paraît se dérider un peu et ébauche un sourire qui me rassure. Elle entoure mes épaules avec ses bras, comme elle le fait quand nous nous suspendons ensemble à mon ombrelle. Elle plie les jambes et nous jette en avant. J'ai l'impression de m'enfoncer dans du chewing-gum liquide.

Depuis mon arrivée au Mas de la Volière, je prends conscience d'une réalité pourtant évidente. Le feu qui me ronge ne brûle pas que moi. Rencontrer le passé des autres m'arrache à mon enfer personnel. Je parviens à voir d'autres tragédies, mais surtout d'autres armes pour les surmonter.

Je fais confiance à la *Dream Team* pour comprendre mon deuil. Et cette confiance, je m'en habille comme d'une armure. Aux côtés de Naomi, d'Estelle et de Valtteri, je pourrais tenir tête aux fantômes, peut-être que je pourrais même espérer les pourfendre.

— *Les pourfendre ?*

La voix de Pilou a résonné au plus profond de mon esprit. Certains spectres s'accrochent plus que d'autres, et celui de mon frère n'a pas l'air décidé à me quitter.

CHAPITRE 22
Mosaïque

Autour de nous s'est construite une école, où se mêlent les odeurs de colle, de cantine et de livres neufs. Nous nous sommes matérialisés au milieu d'un couloir rouge, jalonné de patères où pendent des manteaux d'enfants et des cirés trempés. Une porte vitrée donne sur un préau décoré de ballons multicolores. Un peu plus loin s'étale la cour de récréation, avec des toboggans, des balles de tennis abandonnées au pied d'un stand de chamboule-tout et des tricycles abattus sur le côté. C'est sûrement un jour de fête qui célèbre la fin de l'année scolaire. Je repère des machines à crêpes sous les micocouliers, et une carcasse de baignoire recyclée en atelier de pêche aux canards. Mais il n'y a dehors ni parent, ni maître, ni gamin qui rit. Le souvenir est dépeuplé.

— Bienvenue, commente Estelle.

On sent qu'on est chez elle, car sa phrase remplit l'espace sous forme de mèches rousses qui s'éploient jusqu'au plafond.

Nous traversons la kermesse jusqu'à atteindre une estrade tout aussi déserte que le reste. Un pupitre se dresse sous le ciel pommelé, dominant des rangées de chaises vides sur lesquelles notre rêveuse nous invite à nous installer.

— J'ai rien vécu d'aussi grave que vous, avertit-elle, presque penaudement, en grimpant sur scène.

— On s'en fout, riposte Valtteri. C'est pas un concours.

Estelle contemple la matrice du rêve avec ce que j'interprète comme une nostalgie amère.

— J'ai une théorie sur vos naufrages. Vous voulez peut-être l'entendre avant notre dernier envol…

Elle laisse pendre ses jambes dans le vide, comme Naomi avait l'habitude de le faire lorsque nous donnions cours ensemble. Elle semble trouver de l'encouragement dans notre silence, car elle poursuit :

— Je pense que vos Vestiges sont de l'amour.

— De l'amour ? je répète.

— Ouais. Je sais que ça a l'air ridicule mais… j'étais môme, mon labrador Traezh s'est noyé dans les marais salants, à deux pas de chez moi. Bon, par chance, mon chien n'est pas devenu un Vestige !

— Ça aurait pu, intervient Valtteri. C'est sûrement possible.

— Qui sait ? Quoi qu'il en soit, pour me consoler, ma mère m'expliquait que le deuil, c'était de l'amour qui ne savait plus où aller. À l'époque, je ne comprenais pas ce que ça signifiait, mais en découvrant vos histoires, je crois que j'ai saisi. Ce n'est pas forcément de l'amour qu'on ressent *pour quelqu'un*. Ça peut aussi être un amour qu'on dirige vers soi, ou une image passée de soi.

— Ça expliquerait pourquoi nos Vestiges prennent les traits de personnes aimées, enchaîne Naomi, comme Pilou ou Armelle…

— … ou ceux de l'enfant qu'on était, comme Mini-Moi ou P'tite Nao, complète Valtteri.

Nous voilà de nouveau piégés par notre rôle de pionniers. C'est à nous de théoriser sur les maux qui nous travaillent car personne n'était là avant nous pour les étudier. Nos naufrages et nos erreurs serviront sûrement aux prochaines générations d'assermentés, si on parvient à sauvegarder assez de santé mentale pour leur laisser un témoignage.

Pilou et maman seraient des cristaux d'amour fondus dans ma réalité trop âpre pour la sucrer. L'incarnation d'un sentiment positif intense et mal canalisé… L'idée me plaît. Je préfère les voir ainsi qu'en fantômes.

— Moi, j'ai pas de Vestige, poursuit Estelle. Je suis pas la mieux placée pour dire ça, mais je ne crois pas qu'ils vous « hantent ». Ils sont là parce que vous avez besoin d'eux, parce qu'ils vous empêchent d'oublier vos proches, ou ce que vous étiez avant vos épreuves. Ils sont aussi nécessaires que votre chagrin.

Des ombres se glissent derrière elle, d'abord sous forme de langues obscures qui se dressent pour devenir des poupées désarticulées. Elles n'ont ni couleur ni visage, à l'exception de deux yeux couverts d'un voile gris derrière lequel rebondissent des pupilles déchaînées. Chacune possède une morphologie différente, et l'une d'entre elles culmine avec sa carrure d'armoire à glace. Toutes ont, au creux de leurs mains de porcelaine, une poignée de graviers qui tintent en mauve en s'écrasant sur l'estrade. Naomi approche pour inspecter ces mannequins. Valtteri, lui, s'acharne à nouveau sur son ongle sans manifester de surprise. À croire qu'il les a déjà rencontrés.

— Je dis que je n'ai pas de Vestige, reprend Estelle, mais je devrais plutôt dire que je n'en ai pas *encore*. Parce que comme vous, quelque chose m'a poussée à fuir dans mes rêves.

Elle agite les doigts, et le tintement se hérisse en blizzard qui cingle ses apparitions.

— Enfant, j'étais une élève modèle. Je savais lire et compter bien avant tout le monde, et j'étais une petite virtuose du solfège. Il faut dire que j'étais aidée par les couleurs qu'avaient les sons à mon oreille. J'étais la chouchoute des profs. Sans oublier que je venais d'une famille aisée et que je n'étais pas exactement du genre modeste. Une vraie tête d'ampoule qui ne cachait pas son arrogance.

— T'as été harcelée ? déduit Naomi.

La tempête ne suffit pas à décourager les poupées. Elles étirent leurs bras raides en faisant grincer les billes qui leur servent de coudes. Toutes tentent d'attraper Estelle.

— J'avais tout pour m'attirer des ennuis, ricane-t-elle. Et ça n'a pas loupé : coups, insultes, vols… Ils m'ont fait bouffer des cailloux jusqu'à ce que j'en gerbe.

Soudain exaspérée, elle pousse un juron brun qui s'affûte comme une lame et décapite la tête de tous les pantins.

— J'ai été déscolarisée en cinquième. J'ai passé mon bac en candidat libre, avec deux ans d'avance. Je n'ai retrouvé de camarades que sur les bancs de la fac, et j'ai dû attendre mon externat, plus particulièrement la rencontre avec Valtteri, pour réapprendre à faire confiance aux autres.

— C'était pas ta faute, je souffle. T'étais jeune.

— Ouais, appuie Naomi en m'accordant une bourrade. Regarde Éole : elle a vingt-six ans, et elle pense encore que son nombril est le centre de gravité de l'univers.

Je m'esclaffe, car je sais sa remarque dépourvue d'hostilité. Elle m'a toujours remis les pieds sur Terre par des piques bien senties.

D'un geste désinvolte, Estelle fait partir les pantins en fumée.

— Ce que je veux vous dire, c'est que je crois qu'on peut comprendre vos Vestiges, si on accepte de leur donner du sens. Naomi a raison, on doit tout mettre à plat.

Elle saute au bas de l'estrade et, portant deux doigts à sa bouche, émet un sifflement qui se mue en une tresse aux tons grisâtres et s'enroule devant nous pour former un vortex.

— Au suivant, annonce-t-elle en adressant un regard entendu à Valtteri.

Ce dernier s'immobilise au bord du portail en mâchonnant son index. Il ne dit rien mais je crois déceler sur ses bras… de minuscules points sombres. Je devine que ses aiguilles sont là, prêtes à sourdre de sa peau pâle. Ça ne m'étonnerait pas qu'il les sente, après tout. Ma propre Chimère ne se gêne pas pour manifester sa présence par ces palpitations erratiques qui embrasent mon dos.

Je me dirige à la droite du rêveur naufragé et saisis la main qu'il malmène.

— On essaie ensemble ? je lui chuchote.

La raideur dans ses phalanges se défait, et il opine du chef. Il s'en doute comme moi : en composant la prochaine matrice à deux, on diminue les chances d'en perdre le contrôle. Il inspire à fond, comme un plongeur qui s'apprête à basculer de son plat-bord. Je saute et il me suit.

Ce vortex-là a la froideur rugueuse d'une gâchée de béton. Je m'y enfonce avec l'impression que je vais m'y retrouver piégée, moulée pour toujours dans le néant. Me voilà devenue aveugle.

Je ressens la puissance de la pensée de Valtteri se heurter à la mienne. C'est pour moi une expérience inédite : je n'avais jamais sculpté de rêve en duo. Pas même avec Naomi.

Sa présence et la mienne négocient quelques instants dans le noir. Les images que j'invoque sont parfois repoussées par celle de mon corêveur, qui en accepte d'autres. C'est presque un jeu : nous mêlons des couleurs, des lignes et des textures jusqu'à générer un monde qui reflète nos intimités.

Nous savons d'emblée quel environnement nous servirait de point de départ.

Le bâtiment qui émerge de l'obscurité ne crée aucune surprise.

*

Il l'aurait voulu blanc, son hôpital. Comme cette chambre livide depuis laquelle il pouvait observer la neige.

Moi, je préférais du bleu. Le bleu doux, choisi pour les murs du service de soins palliatifs où j'ai passé des heures. Un bleu d'océan, dans lequel les âmes décrochées plongent sans crainte.

De notre divergence est née une mosaïque étonnante, et les murs autour de nous mélangent ces deux couleurs avec une somptueuse subtilité. On dirait qu'on a soufflé de l'aigue-marine sur un nuage de lait. Ou qu'on se trouve sous l'aile d'un oiseau de paradis qui arpenterait les glaciers polaires.

La pièce dans laquelle nous nous trouvons est immense, des plafonniers éclairent deux lits trop lisses, postés chacun près d'une fenêtre. Derrière l'une tombent les flocons et, à travers l'autre, ce sont des feuilles mortes qui virevoltent. Ma gorge se serre et je sens ma Chimère bourgeonner entre mes lombaires. Sur ma droite, mon corêveur regarde par le col de sa blouse, s'attendant peut-être à surprendre une lézarde en train de s'ouvrir sur son ventre.

Mais mon monstre reste sous contrôle.

Et Valtteri ne se laisse pas démonter.

Nous avançons ensemble. À droite, côté feuilles, se trouve mon Vestige. À gauche, côté neige, le sien nous fixe.

— Pas mal ! commente Naomi dans notre dos.

— Qui se lance en premier ? renchérit Estelle.

Je ne les avais même pas entendues arriver. Elles s'intercalent entre nous en inspectant cette audacieuse matrice.

— Pourquoi on commencerait par quelqu'un ? demande maman. Rien ne nous empêche de discuter tous ensemble.

Elle s'est dépêtrée de ses draps pour s'asseoir sur le côté du matelas, aussi droite qu'à son habitude. Mini-Valtteri l'a imitée, et les deux Vestiges se font face comme s'ils étaient le reflet l'un de l'autre. Ils se cramponnent tous les deux à un pied à perfusion dont le tube plonge dans le port-à-cath qui pend sous leur clavicule.

— C'est plus un secret, confie alors Valtteri. Moi, c'est à l'hosto que tout a commencé.

— Pareil, j'admets avec un sourire brisé. Jusqu'à la mort de ma mère, j'arrivais à garder mon âme en un seul morceau. Comme si je l'avais saucissonnée avec… du fil à rôti.

— Mais le fil a craqué quand tu t'es retrouvée seule.

— Évidemment.

— Moi aussi je me suis senti tout seul ! s'exclame Mini-Valtteri.

Il a sorti de sous sa couette une pile de cartes qu'il balance en l'air une par une. Elles tournoient une demi-seconde avant de glisser sur le carrelage. À bien y regarder, ce ne sont pas des cartes… mais des photos.

— Esko, Mirja, Joakim… énumère l'enfant. Et Tuulia. Surtout Tuulia.

— Arrête, s'il te plaît, lui demande son double.

— C'est quoi, ces noms ? s'enquiert Naomi.

— Ceux des gosses de passage dans le service d'oncologie pédiatrique où j'ai passé mon enfance.

— Nos *amis* !

— Les seuls qu'on peut envisager d'appeler comme ça, en tout cas.

— Tu ne m'as jamais parlé d'eux… regrette Estelle.

— À quoi bon ? Certains n'ont pas survécu. Les autres sont restés moins longtemps que moi et n'ont jamais souhaité reprendre contact. Normal, qui voudrait garder des accroches à ce monde-là ?

— Tu ne t'es jamais confié à ce sujet, murmure Estelle. Comment tu te sens, quand tu les évoques ?

Valtteri se penche sur les photos et les ramasse avec une délicatesse infinie, comme s'il cueillait des fleurs prêtes à tomber en poussière.

— Bien, je crois. Ils m'ont sûrement oublié, mais… pot-de-colle a raison, j'ai envie de les considérer comme des amis.

— On jouait aux pirates ensemble !

Le petit Vestige a envoyé valser les dernières photos et s'est dressé sur son matelas, agitant d'une main une rapière invisible. Naomi se prend au jeu et, claquant des doigts, matérialise un tricorne dont Mini-Valtteri se coiffe avec euphorie.

— Ça te dirait que je les implémente dans la matrice du jamboree ? propose-t-elle d'un ton étonnamment sérieux.

— Tu pourrais faire ça ?

— Seulement si ça te fait plaisir. Rien ne les empêche d'être là, avec nous… même si on interagit pas avec.

Valtteri écrase les photos contre sa poitrine sans rien ajouter. L'éclat neuf dans ses prunelles de naufragé, en revanche, montre que cette perspective l'apaise. Les points que je devinais sous sa chair ont disparu. Il est lavé de sa varicelle glauque. Il a ravalé ses aiguilles.

— Je ne sais pas si c'est une bonne idée, objecte Estelle. Je crains que ça ait l'effet inverse, qu'on injecte un surplus d'émotion dans cette bobine qui en concentre déjà beaucoup. Peut-être qu'il vaudrait mieux se montrer raisonnable...

— Ça dépend, glisse maman, qui nous contemple avec une expression enjouée.

Je ne m'attendais pas à ce qu'elle intervienne, encore moins pour dire ça. Elle effleure le port-à-cath par le col de sa blouse d'hôpital, puis interpelle Valtteri :

— À toi de voir comment tu as digéré cette histoire. Est-ce que l'enfant qui t'habite saurait les retrouver sans ravager ton âme ?

Le petit Vestige s'est immobilisé sur le lit, sa calotte de travers.

— C'est comme visiter la tombe d'un proche, poursuit maman. Ça peut soulager, drainer des émotions qui s'accumulent et autoriser des larmes qui sauvent. Mais il faut être *prêt* à le faire. Sinon, ça les fait rentrer, ces émotions, et elles peuvent te blesser. En tant qu'onironaute, je dirais même qu'elles peuvent te saigner à blanc.

— Arrête ça, s'il te plaît, je murmure.

— Quoi donc ?

— De parler comme si t'étais vraiment ma mère. Je t'ai créée, ne donne pas ce genre de conseils en sachant que moi je n'ai jamais réussi à encaisser mes deuils.

— C'est vrai. Tu n'as pas encore osé visiter la tombe de Pilou, ni la mienne.

— Arrête, bordel !

— Mais ça ne rend pas ce que je dis moins vrai. Et puisqu'elle peine à raconter son histoire, je vais le faire pour elle.

Naomi me serre contre elle et presse son menton sur mon épaule. Sa présence me rassure autant qu'elle m'inquiète : ma Chimère, que je sens brûler sous ma blouse bleue, se tient prête. Je pourrais empaler mon amie. Encore. Je crois que ça me rendrait cinglée.

Ce Vestige n'est pas ma mère. Ce Vestige n'est pas maman. Ce Vestige est…

Le monstre pousse mes os. Il se glisse entre eux pour les écarter comme un cric, se ménager une ouverture par laquelle exploser.

— Lorsque Pierre-Louis est mort, on m'avait déjà annoncé que j'étais malade. Éole avait onze ans.

— S'il te plaît…

S'il te plaît, maman. C'est ce que j'aurais aimé prononcer. Mais c'est moi-même que j'implore. C'est mon propre inconscient récalcitrant et sadique que j'appelle à l'indulgence. Toute la *Dream Team* s'est rapprochée de moi. J'entends Estelle suggérer qu'on me réveille, et Valtteri répondre d'attendre encore. Le petit Vestige fagoté en pirate est descendu de son matelas-navire pour m'observer. Mais aucun d'entre eux ne peut arrêter la Chimère. Sauf peut-être ma mère, si elle interrompait son récit qui me massacre :

— Je n'ai jamais apprécié le vocabulaire guerrier autour de cette maladie. Je trouvais ça naïf, de prêter à ce genre de drame une dimension épique. Les opérations, la chimio, tous ces effets secondaires… il n'y avait rien qui m'évoquait une bataille. C'était plutôt un passage à tabac, et j'avais qu'à encaisser. Mais… quand Éole est revenue du jamboree sans son frère, je peux vous garantir que j'ai compris. Et que je me suis bagarrée de toutes mes forces jusqu'à décrocher ma rémission.

Je me souviens de ça. De ce moment où ma mère est devenue une louve au sourire déterminé que rien au monde ne pouvait balayer. Elle entrait dans ma chambre et dans le cabinet des oncologues de la même façon, avec cette férocité inébranlable qui ne disparaissait ni devant mes pleurs ni face aux nausées qui suivaient les cycles de chimio. Elle a porté nos deux vies à bout de bras, et a tenu le rôle que mon père démissionnaire a abandonné peu après la naissance de Pilou.

— C'est à ce moment qu'Éole a développé son obsession des rêves lucides. Tous les jours, j'avais le droit à un compte rendu détaillé de ses progrès et de ses échecs. Elle avait ce besoin de tout contrôler, et il n'y avait qu'en dormant qu'elle atteignait cet état de domination absolue de son environnement. À l'époque, il n'y avait aucun doute, elle en ferait son métier.

— Mais vous êtes retombée malade, souffle Naomi, tout contre mon oreille. C'était au début de notre externat, je m'en souviens. Le calvaire a recommencé.

— Pas le même calvaire, non. Éole était devenue une adulte splendide, qui aurait rempli de fierté n'importe quel parent. La nuit, elle savait voler et créer des mondes. Elle apprenait à rafistoler des mourants, à décorer des fins de vie d'une si merveilleuse façon…

— J'ai pas pu te réparer, toi !

J'ai crié ça sans me contrôler. La Chimère tente une percée. Mais, peut-être parce qu'elle s'y attendait, Naomi résiste. Son ventre, plaqué contre mon dos, retient le monstre. Maman a un drôle de rire, mi-tendre, mi-coupable.

— Elle s'attendait à ce que je retrouve cette force qui nous avait sauvées, la première fois. Elle avait du mal à comprendre que je ne l'avais plus. Que j'étais fatiguée par les médicaments, par le stress, par tous ces efforts que je déployais pour préserver notre minuscule famille.

— Tu as arrêté la chimio alors que j'avais besoin de toi.

— Enfin, tu formules ce reproche !

Maman se tourne vers Valtteri, qui tient contre lui son petit double. Elle se fend d'un clin d'œil fugace avant de lui lancer :

— Si un jour tu t'en sens capable, tu pourras lui expliquer pourquoi ce n'est pas aussi simple que ça.

Elle examine quelques secondes le plafond livide, puis reporte son attention sur nous. Sur moi, en particulier.

— Oui, quand on m'a diagnostiqué les premières métastases, il y avait encore un infime espoir. Éole aurait voulu que je m'y accroche, que j'accepte de devenir l'ombre de moi-même pour une survie au conditionnel. Je ne l'ai pas fait, et ma fille ne l'a pas accepté. Quand mon cerveau a été touché et que je n'ai plus pu communiquer, elle a ramené son joncteur dans ma chambre et nous avons rêvé ensemble. Elle s'est accrochée à moi jusqu'aux toutes dernières frontières…

Oui, je m'invitais dans sa tête. Elle était l'hôte de ces songes vides, déchirés, où sa présence se condensait à peine au milieu d'une plaine blanche. Je voulais comprendre sa décision et… profiter de derniers instants avec elle. Oh, elle ne parlait pas vraiment plus en rêve que dans la réalité, mais elle s'exprimait autrement. De temps en temps, sa matrice reflétait, par couleurs, par odeurs et par ambiances, des désirs ou des souvenirs.

J'étais témoin des ultimes frissons de sa conscience. En avais-je vraiment le droit ? Derrière les mots de ce Vestige se cache peut-être un reproche que ma véritable mère n'a jamais eu l'occasion de formuler. C'est vrai, j'ai toujours voulu tout contrôler. Même sa mort.

— Je crois qu'Estelle a raison, poursuit maman, à la surprise de celle-ci. Pilou et moi sommes un condensé d'émotions positives, à l'inverse des Chimères qui traduisent des émotions négatives. Pour votre dernière mission, vous ne devriez pas vous préoccuper des Vestiges. Ce qu'il faut, c'est contenir les monstres en vous. Raccrochez-vous à ce qui vous aide à vous sentir bien.

Elle tâtonne un instant sous la couette pour en tirer un personnage vert, aux yeux malicieux et au long museau ridé.

— Cro-croc ? je murmure, en sentant quelque chose pétiller en moi.

La peluche a deux lanières qui émergent de ses épaules. Ma mère a pioché, dans les tréfonds de mon inconscient, un symbole de mon enfance. Un sac-alligator, dont la grande bouche s'ouvre pour y glisser un goûter. Celui que je portais lorsque j'ai débarqué au camp du jamboree. Une véritable relique, aussi douce que rieuse, qui effraie ma Chimère au point qu'elle se rétracte, dominée par une vague de nostalgie. Naomi recule.

— Je suis d'accord avec elle ! s'exclame Mini-Valtteri, d'un ton étonnamment docte. Éole, tu as de la chance, quelque part.

De la… chance ?

Traînant son pied à perfusion derrière lui, il attrape Cro-croc et l'examine avec un sourire en coin.

— Tu peux remonter le temps, non ? Tout rembobiner jusqu'à redevenir cette petite éclaireuse intacte. Tu peux retrouver l'insouciance de cette matinée-là, la savourer comme si c'était la première fois…

— Et y puiser la force nécessaire pour affronter le drame de l'après-midi avec ton âme d'adulte, complète le véritable Valtteri. Et nous aussi, on peut redevenir des gosses.

— Comment ça ? doute Estelle.

— Tu veux dire… bredouille Naomi.

Elle fixe le creux de ses paumes comme si une épiphanie s'était lovée entre ses doigts.

— … qu'incarner cette enfance avant qu'elle soit sabotée nous aiderait à faire face à nos parts d'ombre ? Que je pourrais… pour quelques heures… *être* P'tite Nao ?

— Vous êtes des survivants, assène ma mère.

— Ce qui veut dire, complète Mini-Valtteri, que par définition vos drames personnels ne vous ont pas tués. Et que vous pouvez réclamer une revanche.

Il me lance l'alligator que je reçois contre ma poitrine. Puis il se jette dans les bras de son double qui ne semble pas croire à cette scène irréelle. C'est comme si son inconscient d'adulte avait parlé à travers la bouche de ce Vestige de huit ans.

— Éole, me souffle maman. Tu arriveras à te confronter à l'incendie et vous réussirez votre mission. L'important, c'est que vous soyez *complets*.

Complets…

— C'est ça ! jubile Mini-Valtteri. Et quand vous aurez apprivoisé ces enfances abîmées, que vous aurez accepté – vraiment accepté ! – que vos pertes vous composent aussi sûrement que vos os ou vos talents… on disparaîtra. Parce que vous n'aurez plus besoin de nous.

Il câline son rêveur de toutes ses forces, front contre poitrine. Les deux Valtteri s'abandonnent à une étreinte nécessaire, si douce et si longue qu'ils finissent par fusionner.

Littéralement.

Mini-Valtteri perd en substance, son visage et sa blouse s'effacent peu à peu. Le Vestige se fond dans son rêveur, jusqu'à y être absorbé. Les bras de l'assermenté se replient dans le vide, comme s'il n'avait enlacé qu'un mirage.

— Pot-de-colle ?

Il pivote sur lui-même, ses yeux pâles sont embués.

— Mon Dieu… glapit Estelle.

— Je ne le sens plus. Ni dans le rêve ni… ailleurs.

— T'avais peut-être besoin de ça, décrète Naomi. D'accepter que ta convalescence ne t'a pas volé ta vie, qu'elle en a simplement fait partie, par la force des choses.

— Il va revenir ?

L'inquiétude palpable dans sa question me serre la gorge. Mais avant que l'un de nous réponde, maman intervient :

— La guérison passe aussi par des pas en arrière alors… qui sait ? Il reviendra peut-être si le devoir l'appelle.

Estelle nous dévisage, Valtteri et moi :

— Donc… vos Vestiges peuvent disparaître si vos blessures intérieures cicatrisent.

Sa voix rousse prend des accents dorés qui traduisent, je crois, une certaine jubilation.

— Alors ça doit aussi être le cas des Chimères ! triomphe-t-elle. Si on s'y met tous ensemble, on pourra te débarrasser de ton parasite et te sauver du naufrage.

Je veux croire en son enthousiasme, mais elle se berce d'illusions. Vestiges et Chimères sont complémentaires, mais là où les premiers se comportent en gardiens, les secondes sont des prédateurs. Bien plus dangereux, carrément indomptables… puisque c'est un morceau d'âme qui se rebelle. Elles sont nos cauchemars, le suintement de nos plaies les plus profondes.

— Je ne me débarrasserai pas de ma Chimère avant de replonger dans le jamboree.

— Pourquoi pas ? demande Naomi.

— Parce que…

Comment expliquer une chose pareille à des gens qui ne ressentent pas ce chaos en eux ? Est-ce qu'il existe des mots qui traduiraient la perversité d'un esprit qui veut s'autodétruire ?

— Parce que les Chimères ne sont pas un mécanisme de défense comme les Vestiges, explique Valtteri. Mais un mal en elles-mêmes. Comme… une tumeur.

Merci. Merci pour cette analogie qui, dans ta bouche plus que dans toute autre, a la puissance d'une bombe atomique. J'ajoute, du bout des lèvres, une conclusion qui mûrit en moi depuis des semaines :

— Ma Chimère se nourrit de ma culpabilité, de mes regrets et de ma peine. C'est au contraire lorsqu'on retournera là-bas qu'elle s'en donnera à cœur joie. Et c'est à ce moment que j'aurai l'occasion de l'affronter. Pour la vaincre, il faut recoudre la blessure qui l'a fait émerger. Pour ça, j'ai besoin que justice soit faite.

— Donc, comprend Naomi, d'épingler cet Engoulevent.

J'acquiesce, même si je n'en suis pas certaine. Rien ne me garantit que la réussite de la mission neutralise le monstre, mais… je ne vois pas d'autre alternative. Alors je me raccroche à cette hypothèse comme à l'unique corde qui m'empêche de dégringoler dans l'abîme de mon naufrage. Maman s'avance et plaque un baiser sur mon front. Je me cramponne à elle pour qu'elle ne s'arrête pas. Ses longs cheveux coulent le long de mes bras, par anglaises brillantes.

— On va y arriver, j'annonce. On coincera ce taré…

Ce « on » m'insuffle un courage neuf. Une conviction née du constat que cette nuit m'a offert : Estelle, Valtteri et Naomi sont des onironautes hors pair. Ils sont doués parce que la vie les a poussés dans leurs retranchements, eux aussi. Pourtant, ils ne sont pas leurs traumatismes. Ils sont leurs forces et leurs passions, leurs faiblesses et leurs doutes. Ils sont tournés vers l'avenir pour lequel ils se sont battus. Je leur voue un respect que j'ai toujours refusé de m'accorder.

Le jamboree ne me définit pas. Au contraire, c'est à moi de délimiter la place que je lui offre dans mon identité.

Ma Chimère sera vaincue et, quand j'irai mieux, je trouverai comment me libérer de mes Vestiges. Je trouverai la paix.

Je ne veux PAS disparaître.

La voix de Pilou rugit si fort qu'elle fracture ma matrice. Personne ne semble l'avoir entendue mais moi, je me sens siphonnée de ce monde qui m'éjecte d'une ruade.

CHAPITRE 23
Guider l'amour vagabond

Mes bras sont remplis de fourmis qui rampent jusqu'au bout de mes doigts. Mon ventre, de bourdons gigantesques. Ma tête, de frelons prêts à piquer.

Du moins, c'est l'impression que j'ai. Mon corps entier n'est qu'un frisson, et mes nerfs désorientés subissent cet état hybride, à l'équilibre entre la veille et le sommeil.

— Tu es une traîtresse…

Pilou est assis sur ma poitrine, voûté comme une gargouille qui me perfore de son regard accusateur. Il presse sur mon sternum que je sens proche de son point de rupture. Et je ne peux pas bouger.

— Je suis avec toi depuis la mort de maman. J'ai accepté de rester dans ton appartement, de te rassurer, de jouer avec toi comme si rien ne s'était passé. Et c'est comme ça que tu me remercies ? En souhaitant que je me tire pour que tu « trouves la paix » ?

Autour de mon frère se dressent les murs du dortoir, à peine verdis par les compteurs de nos quatre joncteurs. Je rêve… et je suis dans le monde réel. Ce n'est pas un faux-éveil, mais bien une paralysie. Voilà ce qui arrive quand on se réveille mal : l'esprit revient à lui avant le corps. Je n'ai aucun contrôle de mes membres ni de ma respiration. Ma langue est figée, impossible de répondre ou d'appeler la *Dream Team* à l'aide. Ils dorment encore, il leur faudra quelques minutes pour émerger.

— Éole, je t'en supplie : arrête de parler de moi comme si je n'existais pas.

Il se penche et appuie une main sur mon front. Sa paume est moite… à moins que ce ne soit moi qui suis fiévreuse.

— C'est pas réel, ça ? Je suis ton frère, tu sais ? J'ai des sentiments et des angoisses, comme toi !

Je ne comprends pas. Si Pilou incarne vraiment de l'amour vagabond, pourquoi s'emporte-t-il ainsi ? L'hypothèse d'Estelle serait bancale ? Ou est-ce qu'à force de me côtoyer, nourri par mon déni, il serait devenu quelque chose d'autre ? Une entité onirique inédite, peut-être plus proche de la Chimère ? Est-ce que l'amour pur peut rancir quand on le laisse plus d'un an à l'air libre ?

— J'ai réussi à oublier que j'étais mort pour qu'on vive tous les deux. Tu peux bien faire pareil.

Il dénoue son foulard d'éclaireur et me le jette au visage.

— Sans oublier que si j'ai cané dans ce bus, c'est un peu ta faute.

J'aurais eu moins mal s'il avait écrasé son poing sur mon ventre de toutes ses forces.

— Si tu n'avais pas supplié maman pour qu'elle nous envoie au jamboree… peut-être que tu n'aurais pas eu à m'inventer cette vie.

Je voudrais cesser d'exister. Tomber en poussière, être soufflée par un courant d'air, ne plus jamais parler à qui que ce soit. Cette culpabilité est le plus caustique des poisons, elle me détruit de l'intérieur.

Putain de Vestige ! Putain de paralysie du sommeil ! Putain de…

L'important, c'est que vous soyez complets.

Je ne suis pas complète tant que ces remords me brûlent. Je dois me dresser contre eux, comme Valtteri face à sa maladie. Comme Naomi devant son bourreau ou Estelle face aux siens.

— Je n'étais qu'une enfant.

Difficile de savoir si j'ai prononcé ça avec mes lèvres, ou si mon esprit s'est adressé directement à Pilou. Peu importe, j'ai brisé ce mutisme effroyable.

— Et alors ? Tu te sens coupable quand même.

— Cette culpabilité m'a fait si mal que j'en porte encore aujourd'hui une cicatrice douloureuse. Mais ça ne change rien à la réalité : ce n'est pas ma faute.

Mon frère m'adresse une moue méprisante tandis que je m'évertue à mobiliser mon corps engourdi. Les fourmis qui grouillent sous mes ongles se dispersent et, après de longues secondes, mes phalanges tressautent. Encore un petit effort.

J'ai l'impression de m'arracher à un bain de glu, tant il me faut forcer pour redresser ma nuque. J'y suis presque.

— Va-t'en, Pilou. Dégage !

Miracle, mon bras se tend. Je serre le poing devant moi. Mon frère s'évanouit sans un bruit, broyé par ma volonté. Seule une question persiste en un écho.

— *Tu veux vraiment que je t'abandonne ?*

— Je veux que tu me laisses vivre.

L'air se faufile dans ma bouche empâtée. Cette réponse, je l'ai formulée pour de vrai, mais personne ne m'a entendue : aucun des trois assermentés n'a encore repris conscience. Ça ne devrait pas tarder, les édredons commencent à remuer. Je prends un peu d'avance et, après avoir attrapé ma prothèse et ma canne, me presse jusqu'au séjour de notre appartement. J'allume la bouilloire et m'accorde un thé à l'hibiscus pour me remettre des émotions de la nuit. Je m'installe devant la table et fixe les volutes écarlates qui s'échappent du sachet lorsque j'y verse l'eau. Il s'est établi en moi un silence vertigineux. C'est peut-être ce qu'a ressenti Valtteri, tout à l'heure, lorsque son Vestige s'est fondu en lui ? Non, lui semblait plutôt apaisé tandis que moi… j'ai la sensation d'avoir la cervelle en feu. J'ai réussi à repousser mon frère, mais pour ça j'ai dû lui faire du mal.

— Sacrée virée, hein ?

Naomi s'installe à ma droite et bâille à s'en décrocher la mâchoire. Elle est la première à s'être dépêtrée de ses draps et paraît encore sonnée de notre longue excursion.

— C'est courageux ce que vous avez fait, Valtteri et toi. C'était un très beau rêve.

Elle s'arroge une gorgée de mon thé, mais je ne m'en offusque pas. Surtout lorsqu'elle grimace en constatant qu'il est encore trop chaud. Elle se précipite jusqu'à l'évier pour rincer ses lèvres brûlées :

— En fait, poursuit-elle avec la tête sous un filet d'eau fraîche, je pense qu'on a tous été géniaux. Une *Dream Team* au poil !

Je la dévisage de longues secondes. Elle est splendide, avec son franc-parler qui résiste à tout et sa bonne humeur qui perce les tempêtes. Mon insistance l'intrigue car elle se redresse avec une main sur la hanche et une mine moqueuse :

— Quoi ? On dirait que tu veux me bouffer.

— Rien, je me disais simplement que si je venais à te perdre, tu deviendrais certainement un de mes Vestiges.

Je m'attendais à ce qu'elle s'esclaffe ou réplique par une de ces badineries dont elle a le secret. Mais elle retient sa réponse le temps de revenir auprès de moi et de laisser sa joue atterrir contre mon épaule.

— Ça veut dire quoi, au juste ? murmure-t-elle.

— J'en sais rien. C'est compliqué de tout démêler.

— C'est le risque, quand on partage ses rêves pendant des années !

Elle tire son sifflet de son col et enroule plusieurs fois la chaînette autour de son index. Elle ne tente aucun TR. Comme si mon aveu ne lui semblait pas si incongru que ça.

— Éole, je retournerais le monde entier pour te rendre le bonheur que tu mérites. N'importe quel monde, en fait. Celui-ci, ou ceux qui nous attendent par delà le sommeil… je m'en fous. Il n'y en a aucun dans lequel je te laisserais sombrer davantage, t'entends ?

J'acquiesce sans rien oser ajouter.

Estelle disait que le deuil, c'était de l'amour qui ne savait plus où aller et se déversait en pagaille. Je crois bien que le mien a retrouvé son chemin.

*

Les semaines suivantes ont filé à une vitesse ahurissante, rythmées par nos entraînements durant lesquels nous nous acharnions à recréer une matrice réaliste reproduisant les rives du lac de Sainte-Croix. À la différence de la bobine que nous avions conçue pour Alexian, celle qui accueillera nos témoins devra respecter au mieux la chronologie mouvementée du jamboree. Nous avons décidé de faire débuter cette journée à dix heures, pour la conclure à vingt heures, juste avant le déclenchement de l'incendie. En nous appuyant sur des archives, nous avons distingué dix créneaux durant lesquels nous avons appris par cœur le déroulé des événements de la journée. Pour cette ultime plongée, le maître-mot, c'est le réalisme. Si nos témoins se croient revenus au bord du lac, ils agiront de la même façon que lors du véritable jamboree tant que leur incrédulité restera suspendue. Il est donc important de maîtriser à la perfection tout ce qui se trame autour des campements. Une fois aux Olympiades, Naomi se passera d'Alphys et Estelle devra gommer ses couleurs. Rien ne devra laisser croire à nos suspects qu'ils rêvent.

En nous appuyant sur notre expérience passée, nous avons réparti comme d'habitude les rôles de mes étayeurs : Valtteri s'occupe de la charpente du rêve, Naomi seconde la vie qui l'habite. Quant à Estelle, elle fait des merveilles lorsqu'il s'agit de stabiliser l'énergie mentale qu'ils déploient. Tous les trois s'améliorent sans cesse et cette bobine est si crédible que j'ai à plusieurs reprises failli perdre pied.

Un lundi, au réveil d'une immersion particulièrement réussie, Valtteri a suggéré que nous profitions de la douceur des premières matinées de juin pour organiser un brunch en plein air. Nous avons donc ramassé tout ce qui traînait dans nos placards : viennoiseries, pâtisseries ardéchoises, Tupperwares d'œufs brouillés et Thermos fumants… Tout a été jeté dans un panier que nous avons trimballé jusqu'à la place centrale. Nous avons déployé une nappe sur le gazon qui borde la baraque ouest pour y étaler nos victuailles. Nous avons aperçu Rainal, habillé en civil. Il était adossé au puits et surveillait tour à tour sa montre et la grande allée gravillonnée qui mène vers le portail du domaine. Il a décliné nos croissants, mais n'a pas résisté au café au lait tendu par Naomi. Par politesse, et peut-être par fierté à l'idée de partager nos avancées, nous avons demandé au commissaire d'inviter Richard, qui a rappliqué dans la minute. Le greffier s'est montré moins timide pour engloutir tout ce qu'on lui proposait.

— C'est le grand jour, alors ! glisse Estelle à Rainal en levant sa fougasse aux fruits, comme si elle voulait trinquer. À quelle heure les témoins débarquent ?

L'appréhension qui assombrissait son visage laisse poindre un sourire discret.

— Comment vous vous sentez ? demande-t-il au lieu de répondre.

— Au top, répond Valtteri pour nous tous. Aucun couac lors des entraînements, pas de Chimère à l'horizon…

Et pas de Pilou non plus, je songe, non sans une certaine amertume. Il n'a plus pointé le bout de son nez depuis que je l'ai envoyé paître. De temps à autre, je me demande s'il va bien… avant de me souvenir de ce qu'il est, un Vestige. Mais je n'y peux rien, mes neurones sont calibrés pour le considérer comme une vraie personne, dont l'absence génère un manque.

— C'est bien, apprécie Richard. Vos comptes rendus vont dans ce sens aussi : je note moins de déconnexions malgré une densité de détails qui ne cesse de croître. Vous allez nous construire un vrai bijou en matière d'environnement onirique.

— On aurait aimé avoir plus de temps, je grogne en pliant une tranche de brioche sur mes œufs brouillés. Moins d'un mois pour se préparer, c'est peu. Surtout que les suspects ne resteront au Mas qu'une semaine.

— Nous aussi, on aurait aimé avoir plus de marge, regrette le greffier. On a fait ce qu'on a pu.

Rainal cède enfin à sa gourmandise, il pioche une viennoiserie qu'il grignote avant de renchérir :

— Malheureusement, vous savez ce que pensent les huiles d'Europol. Le rêve n'est pas une preuve. Ils nous ont accordé un mois de délai pour qu'on s'amuse avec nos nouveaux protocoles et les joncteurs, mais…

— … ils ne croient pas en notre succès ? termine Estelle.

— Exact. Ils n'ont pas l'intention de lâcher le moindre centime de plus pour nos équipes. D'après eux, on devrait même s'estimer heureux qu'ils nous aient laissé autant de temps.

— C'est pas croyable… Alors que c'est nous qui avons débloqué cette enquête ! Personne ne prenait au sérieux la piste criminelle avant qu'Alexian se fasse descendre.

— Tu iras dire ça à notre directrice exécutive, puisque c'est elle qui a mis son veto sur la levée de notre plafond budgétaire.

Je crois que c'est la première fois qu'il s'autorise le tutoiement. On dirait presque que ça lui a échappé, mais il ne semble pas le regretter car il enchaîne sur le même ton :

— Si on échoue, le département des stups mènera les interrogatoires à sa façon. Inutile de préciser que ça fera perdre un temps colossal et que ça laissera au réseau de l'Engoulevent suffisamment de latitude pour protéger ses gros bonnets.

— Pas d'inquiétude, chef ! commente Valtteri. On a prévu de réussir.

— Vous devriez jeter un œil à la baraque est dès ce matin, commente Richard. On a terminé votre nouvel envoloir, vous serez ravis. Vous travaillerez dans un palace, ce soir.

— On aura droit à quatre vrais lits, ce coup-ci ? ironise Estelle.

— Bien sûr. On vous a aménagé tout l'étage, juste au-dessus de trois chambres qu'on a restructurées de sorte que chacune ait une issue indépendante vers l'extérieur. Nos suspects ne doivent en aucun cas se croiser.

— De toute manière, reprend Rainal, on a le dernier *briefing* dans l'après-midi, avec toutes les équipes. Histoire d'être parés à…

Il est interrompu par un puissant crépitement, celui d'une longue berline allemande qui remonte la route de graviers. La voiture banalisée, aux vitres fumées et à la carrosserie vraisemblablement blindée, s'immobilise devant le puits.

— Voilà notre premier suspect, commente Naomi d'un air guilleret.

Main en visière, j'observe la porte s'ouvrir. Un trentenaire au front dégarni s'extrait de l'habitacle. Il porte une chemise de lin enfilée sur un t-shirt mal repassé sur lequel se balance une dent de requin portée en pendentif. Il a… un grain de beauté, juste au-dessus de la joue droite.

— Son dossier est à l'office ? s'enquiert Valtteri. On peut déjà commencer à se renseigner sur lui.

— C'est Thibault.

Son nom m'est monté aux lèvres en un chuchotis consterné. Mon pouls s'emballe et je sens battre à mes tempes la chanson fredonnée par Pilou, sur le perron de La Maison Interdite À Tout le Monde. Le présent et le passé se connectent d'un coup, court-circuitant mon sens des réalités.

Qui peut faire de la voile sans vent ?

Qui peut ramer sans rames ?

Je sens le monde tanguer et, l'espace d'un instant, je ne sais plus vraiment si je suis éveillée. Naomi surprend mon trouble et se blottit contre moi. Elle me glisse au creux de mon oreille : « Je suis là. » Ça me suffit. Je m'accroche à son assurance de toute mon âme.

SE PERDRE À L'ORÉE DES SONGES

— Thibault Falquet. C'était un respo de la compagnie du Languedoc. Mon chef d'équipe.

Je peux faire de la voile sans vent
Je peux ramer sans rames

Je jurerais sentir la Chimère ronronner sous ma peau mais, pour une fois, je ne cherche pas à la refouler. Aujourd'hui, elle veut la même chose que moi. Plonger le plus vite possible dans la tête de ces foutus suspects pour peaufiner au mieux notre bobine du jamboree. Notre grand final.

Mais ne peux quitter mon ami
Sans verser une larme

Thibault était mon ami, je crois. Je me souviens de sa bienveillance et des astuces qu'il distribuait joyeusement aux quatre coins du campement. De son angoisse sincère, quand sa main m'a trouvée dans le bus en flammes. J'espère que notre ultime immersion ne viendra pas anéantir cette image.

CHAPITRE 24
La ville de verre et d'osier

Deux autres voitures sont arrivées au Mas à quelques heures d'intervalle. Postée avec les autres à la fenêtre de l'office pour suivre le briefing qui s'est étalé sur tout l'après-midi, j'ai scruté les silhouettes de nos derniers suspects. Je n'en ai reconnu aucune et les noms sur les dossiers ne m'évoquaient rien. Peut-être qu'en rêve j'aurai un déclic en entendant leur voix, ou qu'une mimique me permettra de les ancrer dans ma mémoire. Il est aussi possible que j'aie perdu toute objectivité tant mon attention s'est centrée sur Thibault. Le reste de la *Team* ne s'en est pas rendu compte, mais je n'ai pas été aussi investie dans cette réunion que ce que j'aurais dû. Thibault, *mon* respo, a surgi du passé pour que j'explore sa cervelle. L'absurdité de la situation m'a empoisonnée et, pendant quelques heures, j'ai eu du mal à me convaincre que je ne rêvais pas.

J'ai néanmoins prêté une oreille distraite aux consignes, aux objectifs et aux écueils que nous présentaient les enquêteurs, sans éveiller les soupçons de Rainal ou Richard. En réalité, j'étais obsédée par mon ancien chef de troupe, mortifiée à l'idée que ce soit lui qui se cache derrière le symbole d'oiseau. Thibault était avec moi dans ce bus, on a été témoin des mêmes atrocités. Une farandole de questions se déroule dans ma tête. J'aimerais toutes les lui balancer au visage. Comment va-t-il ? A-t-il perdu quelqu'un dans cet incendie ? Est-il comme moi hanté par les *flashbacks* de cet autocar broyé dans la fournaise ? Des points d'interrogations se bousculent mais… je devrai tous les retenir. Je n'ai pas le droit d'interagir avec mon ancien respo. Pas sans que le moindre mot soit pensé pour servir notre mission.

Je suis rentrée au gîte un peu avant les autres, prétextant un coup de fatigue. Je me suis affalée sur le canapé pour fixer la mansarde d'un air absent, espérant m'arracher à ce désagréable frisson qui me pousse à douter de mes sens.

Je me répète que cette enquête n'est *pas* mon sujet. Je ne dois pas voir cette ultime immersion comme une thérapie, ou un cataplasme à appliquer sur une âme contuse. Hors de question que je fasse capoter notre plan par égoïsme. Reste à gérer cette Chimère, qui ricane à l'idée que l'ironie du sort transforme Thibault en ce fameux Engoulevent.

— T'as l'air patraque, remarque Valtteri, débarquant avec les autres dans nos quartiers. Petite dérive ?

Il attrape son dé sans point et me le tend pour m'indiquer que je ne rêve pas, mais je secoue la tête. À quoi bon lui donner raison ? Ça ne ferait qu'inquiéter l'équipe. Je préfère répondre à côté :

— Je me demande juste ce que je ferais si Thibault était le coupable.

Naomi, qui planche sur les dossiers d'Europol depuis la grande table, intervient sans même lever la tête :

— On le traînerait en justice et on le forcerait à cracher devant toi toutes les vérités dont t'as besoin.

Estelle, qui avait disparu dans sa chambre, émerge avec un attaché-case dans chaque main.

— Tu m'accompagnes à la baraque est pour te changer les idées ? propose-t-elle avec un clin d'œil. On doit y installer nos joncteurs, on en profitera pour voir si les gars nous ont bidonnés, ou si on a vraiment droit à un envoloir cinq étoiles !

Après un détour par ma chambre pour récupérer les mallettes que je cale sous mon coude, je lui emboîte le pas.

Nous plongerons d'ici quelques heures, initiant ainsi ce que Naomi aime appeler « L'Opération Filoche ». Une infiltration discrète, préambule nécessaire à notre grand final.

Dès ce soir, les choses vont s'accélérer.

*

Il existe une différence majeure entre s'immerger dans l'esprit d'un mourant, et s'inviter dans celui d'un adulte en pleine santé : les personnages de rêve.

Si l'onironaute chevronné sait vider son espace onirique et si le moribond n'a plus la force de le remplir, le rêveur lambda n'a aucune maîtrise de sa « population intérieure ».

Il n'y a donc rien d'étonnant à ce que la matrice que nous propose Thibault soit bondée. Naomi et moi sommes matérialisées au milieu d'une foule qui se déverse sans contrôle dans les boulevards d'une ville extraordinaire, baignée d'une ambiance dorée. Je n'y vois pas grand-chose, car je suis prise dans le courant de bras et d'épaules qui veut m'emporter vers les ruelles comme une pauvre cellule perdue dans un flux sanguin. Je baigne dans une agora de vêtements et de visages vides qui nous enveloppe et nous oppresse. D'instinct, ma partenaire a créé un ruban lumineux qui lie nos poignets pour nous éviter d'être séparées.

— On doit se tirer de là, grince-t-elle. Foutus PR.

Elle porte deux doigts à sa bouche pour siffler. Alphys rase l'avenue en émettant un hululement rauque. Son bec plonge dans la marée grouillante pour y pêcher le filin qui nous réunit. D'un coup de tête, elle nous extrait de la marée et nous éjecte en l'air. Naomi met ses talents d'acrobate à l'œuvre et, d'un lancer de jambe, parvient à retomber sur sa selle. De mon côté, je dégaine mon ombrelle et préfère planer en douceur jusqu'à m'installer derrière elle.

— Je pensais que l'intérêt d'une filature résidait dans notre discrétion, je fais remarquer.

— J'en connais une qui n'a pas écouté le briefing ! s'exclame Naomi. On est pas encore au jamboree, j'te rappelle. On est chez un rêveur lambda, au sommeil tout ce qu'il y a de plus classique. Regarde la matrice qu'il nous a bricolée, tu crois vraiment qu'il est à un ptérodactyle près ? Je pourrais faire apparaître King Kong en marinière sans qu'il se pose la moindre question.

Tandis qu'Alphys pousse fort pour s'élever, je découvre mon environnement. Sous nos ailes, évidemment… mais pas que. Les bâtiments s'étalent tout autour de nous, remontant vers le ciel comme si nous nous trouvions au cœur d'un œuf gigantesque, illuminé de l'intérieur par des lampadaires et les fenêtres brillantes. Cette matrice lève autour de nous ces maisons et ces rues, irriguées par la cohue contenue entre les façades tressées. Car cette ville, au béton et à l'asphalte, a préféré l'osier. Si les vitres sont bien composées de verre, tout le reste semble avoir été conçu par la pliure et l'enroulement de rameaux minuscules, qui contribuent à cette ambiance si jaune et si chaude. Les toits, les cheminées, les trottoirs et les clôtures ne sont que plantes séchées, et les odeurs qui montent sont celles qu'on sentirait au fond d'un panier de grand-mère.

— Il est là-haut, m'indique Naomi en faisant claquer ses rênes.

Elle désigne ce qui, d'ici, tient lieu de point culminant de l'œuf-rêve. En réalité, dans ce monde clos, la gravité et les directions n'ont pas grand sens. Notre monture file à toute vitesse sans que nous sachions vraiment si nous fonçons vers le haut ou vers le bas. Nous progressons jusqu'à apercevoir une scène circulaire, superbement tressée, autour de laquelle se presse une foule en délire.

C'est vers là que se dirigent tous les PR, je comprends, tandis que nous nous perchons sur un toit.

— Un brin mégalo, ton Thibault !

— Comment ça ?

— C'est un concert !

Elle a raison. Il y a sur cette estrade suffisamment d'instruments pour approvisionner un orchestre entier : des saxophones, des contrebasses et des claviers, tous composés de tresses d'osier. Les faisceaux orange de quatre projecteurs convergent sur Thibault, dont les mains dansent sur une guitare qui, elle, possède un corps en bois et de véritables cordes. Les notes qui retentissent sonnent juste et s'enfilent sur un rythme maîtrisé. Pas de doute, ce type sait jouer. Les mains des personnages de rêve se dressent autour de son promontoire pour l'acclamer.

— Il est bien ancré dans sa matrice, commente Naomi. C'est bon signe. Au moins, on sait qu'il a une sensibilité musicale et… un certain besoin d'attention. Il devait emballer de la cheftaine à tour de bras, non ? Avec ce côté artiste désinvolte et ce chichon au bec !

Je n'ai pas le cœur à rire, car j'ai comme elle remarqué le joint qui dépasse de ses lèvres pincées. Ma gorge se noue. Alexian disait qu'il suffisait d'avoir trempé l'orteil dans le monde du deal pour se faire embrigader de force par le réseau. Et si…

J'interromps ma pensée. Je dois me cantonner aux faits et ne pas m'embarquer dans des fantasmes.

Alphys s'enroule sur le toit pour piquer un roupillon, et Naomi se love entre ses pattes sans cesser d'observer la scène. Elle consigne dans sa tête toutes les informations réclamées par Rainal. De temps à autre, c'est sur moi que son œil affûté se pose. Elle a reçu l'ordre de me surveiller pour anticiper le moindre dérapage. C'est donc tout naturellement qu'elle se hérisse lorsque je me penche au bord du vide.

— Tu vas faire une connerie, m'avertit-elle. Je reconnais cette expression sur ta trombine.

— Non, je veux recueillir une info supplémentaire.

— Laquelle ?

— Je veux savoir s'il se considère toujours comme un éclaireur.

— On est pas censées interagir avec lui !

— Il ne nous verra même pas. C'est bien moins risqué que de se trimballer à dos de ptérodactyle et puis… c'est important pour moi.

Naomi paraît me faire confiance, car ni elle ni Alphys ne réagissent lorsque je place mes mains en porte-voix et que je hurle à notre interprète solitaire :

— Tu nous fais *L'Appel au feu de camp* ?

À en juger par sa mine hagarde et le tour qu'il fait sur lui-même, il n'arrive pas à identifier d'où vient la question.

Cela ne le dérange pas outre mesure. Il écrase son joint sur sa semelle et le jette par terre, puis répartit ses doigts sur sa guitare. Un écusson vert et ocre vient d'apparaître sur sa chemise de lin, brodé du totem de notre équipe : un crocodile à la gueule grande ouverte. La foule en délire semble s'être apaisée. Les bras sont retombés, et les silhouettes sans visage écoutent sagement la chanson à venir. Comme des louveteaux rassemblés autour du foyer pour une veillée.

Holà, dedans le campement,
Groupons-nous c'est l'instant
Près de la flamme claire
Pieds tendres comme les vieux loups
Accourons laissons tout
Le conseil nous réclame

Le souffle perdu de mes bonheurs d'enfance remonte et me possède. Je matérialise Cro-croc entre mes mains et dodeline de la tête au rythme de la musique. Je pourrais presque entendre le feu crépiter, ou nos écuelles tinter après un bon repas. Et la voix de Pilou, qui avait toujours un demi-temps de retard. Cette sensation me grise et écrase la Chimère dans mon dos. La sincérité et la puissance dans le chant de mon ancien respo me rassurent.

Gardien du feu, tu peux porter
La flamme à ton foyer
Et que le feu pétille.
Silence parmi les taillis,
Soyons tous recueillis,
Au conseil, le feu brille.

Alphys étire grand son aile et me ramène contre Naomi. Je m'installe entre ma partenaire et le flanc écailleux de son vecteur. Nous nous laissons bercer par ces couplets répétés en boucle dans cette ville de verre et d'osier.

Maman et Mini-Valtteri avaient raison. Ces instants aussi nous ont fait grandir, et les revivre un peu me fait du bien. Que Thibault soit ou non l'Engoulevent n'enlève rien à la réalité de ces souvenirs, car je sais à présent qu'avec nous il était vrai.

La gamine que j'étais ne connaissait aucune limite. Ni dans l'intensité de ses joies, ni dans ces heures de jeux qu'elle sentait éternelles, pas plus que dans ses horizons qu'elle imaginait sans fin. C'est ce qui faisait sa force incroyable. Cette force blessée qui créa plus tard mon obsession pour le rêve. La force d'ignorer les barrières.

Celle dont j'ai besoin pour affronter ma Chimère.

J'en suis certaine désormais, c'est en enfant que je veux retrouver le jamboree.

*

Les réveils de nos joncteurs retentissent à l'unisson dans notre nouvel envoloir. Naomi allume la lumière, s'étire bruyamment, puis me lance :

— Bien joué. À mon avis on aura pas de souci à l'intégrer dans la bobine.

La porte s'ouvre, révélant Valtteri et Estelle qui bondissent chacun sur leur lit, prêts à plonger à leur tour dans l'esprit de Thibault. Richard n'a pas menti, nous avons désormais chacun notre espace, sans avoir à entasser nos affaires les unes sur les autres ou faire se chevaucher les couchettes.

— Le greffier vous attend, annonce-t-il en délaçant ses chaussures.

— Il est de bon poil ? je demande.

— Je l'ai trouvé plutôt sympa. Surtout si vous le complimentez pour l'agencement de nos nouveaux locaux.

J'échange un regard amusé avec Naomi. Ni elle ni moi n'aurions imaginé qu'on puisse qualifier Richard de « sympa ». Décidément, beaucoup de choses ont changé en quelques mois. J'enfile ma prothèse, saisis ma canne et, flanquée de ma partenaire, quitte la chambre tandis qu'Estelle démarre les chronomètres qui baliseront leur session.

Après notre compte rendu, nous aurons droit à quelques heures de pause. Ensuite, il nous faudra plonger à nouveau, cette fois dans l'esprit d'un autre rêveur. D'une rêveuse, même, puisque notre deuxième suspect est une jeune femme.

*

Des lasers se croisent et glissent le long des corps qui se trémoussent sur un immense dancefloor recouvrant le sol aussi bien que les murs. Ce rêve aussi concentre une foule sans visages, excitée par la fumée et le grondement des basses qui font palpiter les sonos. Une gigantesque boule à facettes lévite sous le plafond, arrosant toute la pièce de pétales roses et argentés, qui s'aventurent sur les joues des danseurs, puis se défilent aussi sec.

Naomi m'entraîne jusqu'au bar en bousculant des PR qui nous dévisagent avec hostilité. Elle grimpe à côté des tireuses à bière pour inspecter la discothèque.

— Cible repérée, me glisse-t-elle en ignorant la barmaid au visage gommé qui empoigne son pantalon pour la faire descendre.

Elle me pointe une direction, et je me faufile dans la forêt de corps déhanchés pour la suivre. Une odeur rance de sueur et d'alcool trop sucré me monte aux narines lorsque je gagne une trouée dans la cohue. Les personnages, qui partout ailleurs se tassent les uns contre les autres, prennent grand soin de ménager un espace en forme de carré parfait, au milieu duquel se dresse un fauteuil victorien, doublé de velours rouge, qui n'a rien à faire là. Notre rêveuse s'y délasse, nuque sur un accoudoir et jambes pendant de l'autre. Elle est absorbée par une tablette numérique qu'elle scrute sans prendre garde à son environnement.

Voilà donc à quoi ressemble Camille Etcheverry, qui n'a pas non plus fourni d'alibi assez convaincant aux enquêteurs d'Europol. Un bout de femme à la chevelure blonde et furieuse, étalée par mèches indisciplinées. Elle a des joues hautes, un nez abrupt et porte une robe de chambre marine, qui tient à ses épaules grâce à deux ficelles sombres. Une drôle de tenue pour un drôle de contexte. Notre hôte n'a pas l'air intéressée par la fête qui se joue autour d'elle, sourde à la musique autant qu'aux verres que ses PR font sonner en trinquant.

— Elle m'a l'air plus alerte que Thibault, commente Naomi en s'immisçant à ma droite.

— Qu'est-ce qui te fait dire ça ?

J'obtiens ma réponse au moment même où je formule la question. Les personnages de rêve, qui n'ont pourtant pas cessé de s'agiter au rythme des sonos, se sont tournés vers nous. Tous, sans la moindre exception. La majorité d'entre eux n'a pas de visage, mais leurs faces vides s'inclinent dans notre direction. Réaction typique d'un inconscient sensible qui se sait envahi. Ce genre d'hôte expulse spontanément ses visiteurs, envoyant ses PR comme un système immunitaire affûté recruterait des globules blancs.

— On devra s'assurer qu'elle ne se réveille pas, une fois dans la bobine, murmure Naomi. Il faut qu'on file avant qu'elle nous remarque.

Soudain, un bras tiède me tire en arrière. La masse de danseurs refuse que j'avance davantage et compte bien m'étouffer avant que je puisse approcher Camille. Je suis engloutie sous des corps qui gesticulent et me renversent dessus leurs verres de liqueur.

— Allez, Éole. On doit se déconnecter.

— Pas tout de suite.

— On reviendra plus tard, bon sang !

Pour me soustraire aux doigts qui s'accumulent contre ma peau, je me recroqueville et place mes paumes l'une en face de l'autre.

— Qu'est-ce que tu fous ? On pourrait se faire griller.

J'ai épluché le dossier avant de plonger. Camille conduisait les équipes du Médoc, qui avaient la martre pour emblème. Je concentre l'énergie entre mes mains jusqu'à ce que jaillisse un mustélidé au museau pointu, avec un foulard noir et vert pomme noué autour du cou. Je dépose l'animal sur le dancefloor et l'observe galoper sous les genoux des PR. J'en profite pour me replier jusqu'au bar, sur lequel je bondis comme Naomi quelques minutes plus tôt. Les personnages furieux griffent mes jambes et tentent de saisir mes chevilles, mais je tiens bon, et parviens à garder une vue claire sur le centre de la piste.

Ma martre bondit sur le fauteuil et vient renifler le menton de notre hôte.

Cette dernière pose sa tablette et caresse la tête de son totem avant d'en effleurer le foulard.

La musique s'arrête. Les PR s'immobilisent. Les sonos crépitent, puis répandent dans la discothèque des chants d'oiseaux et des rires, troublés par le rythme d'un maillet qui s'abat sur une sardine d'acier. Ce rêve bariolé accueille désormais la bande-son d'un souvenir. Camille sourit.

Voilà ce que je voulais savoir. Il y a du sang scout dans les veines de cette suspecte.

Une fois dans la bobine, elle se sentira chez elle et…

J'ai l'impression qu'un étau se verrouille autour de ma poitrine. Au milieu du dancefloor, entre les personnages de rêves hostiles, je crois avoir vu Pilou.

*

Lorsque j'ouvre les yeux, j'ai du mal à savoir si je suis bien réveillée. Il y a bien ces odeurs d'envoloir et cette paillasse rêche sous mon dos mais… j'ai une vilaine impression de flottement. Comme si le rêve s'accrochait à ma peau. Je me bats avec mes incertitudes comme si je devais me dépêtrer d'une housse de couette. On dirait que les lumières du dancefloor courent encore au plafond. Les lasers ont laissé des taches résiduelles dans mon champ de vision. Pour revenir à moi, je m'accroche à la voix de Naomi. Elle discute avec Estelle et Valtteri, venus prendre notre relève. Je devine leurs trois silhouettes dans cette pénombre habitée de lucioles criardes. Je décide de parier que je suis dans le monde réel.

— Faudra qu'on envisage de leur filer une bonne dose de somnifères avant le jamboree, prévient ma partenaire. Surtout à la fille. Elle a un inconscient réfractaire, faites gaffe.

Je cherche en moi le courage de quitter mes draps pour un nouveau passage chez Richard.

— T'es revenue parmi nous ? me demande Estelle. Je peux allumer ?

Je grogne une réponse affirmative, et le plafonnier illumine l'envoloir. Il ne nous reste qu'un rêveur à rencontrer, mais je ne sais pas si j'y arriverai. J'ai l'impression d'être à une embouchure interdite, où le conscient et l'inconscient se mélangent. Plus que jamais, le rêve se déverse à gros bouillon dans la réalité.

C'est peut-être le stress. Mais c'est surtout le manque. Ce manque que j'essaie de faire taire depuis trop longtemps. Le manque de ce frère dont je me suis moi-même amputée.

J'ai besoin de Pilou.

*

Flottant entre le ciel d'azur et cette eau qui scintille, une constellation de nénuphars immobiles. Samuel Bartoli, notre dernier suspect, a décidé de nous embarquer au travers des *Nymphéas* de Monet. Du moins, une imitation onirique plus ou moins consciente. Les plantes rondes, coiffées de fleurs colorées aux pétales luminescents, s'étalent à l'infini par grandes taches vertes de sorte qu'on ne puisse progresser qu'en bondissant de l'une à l'autre. Nous avons décidé d'oublier Alphys et de renoncer à mon ombrelle. Contrairement à la ville d'osier ou à la discothèque, ce songe-là est vide, sans le moindre PR à l'horizon. Débarquer en chevauchant un ptérodactyle ou en lévitant aurait attiré une attention malvenue. Alors nous sautons à la manière de rainettes, levant des éclaboussures comme deux gosses jouant dans des ornières inondées.

Une bruine légère pétille sur mes épaules, même s'il n'y a pas l'ombre d'un nuage dans le ciel pastel. La surface de l'étang frissonne avec le murmure de la pluie, ce qui confère à l'endroit une atmosphère exceptionnelle, douce et mélancolique. On se croirait vraiment invitées à l'intérieur d'un tableau de maître.

Nous n'avons pas à chercher longtemps notre rêveur : il fait les cent pas autour d'une fleur énorme dont le pistil se dresse en une belle gerbe écarlate. Nous gardons nos distances, car nous craignons qu'en l'absence d'une foule il décide d'interagir avec nous.

— Hey ! s'exclame Naomi. Je crois que j'ai vu des poissons !

Elle se précipite au bord de la feuille et se penche sur l'eau avant de pousser un cri plein d'enthousiasme.

— Non, pas des poissons, des PR ! Ils se baladent au fond, on les discerne si on regarde bien… y a toute une ville là-dessous !

Dubitative, j'approche à mon tour la surface, mais au moment de vérifier, un reflet terrifiant me fait face.

Ce n'est pas le mien, mais celui de Pilou. Un Pilou au visage déformé, qui arbore un sourire mauvais.

Je fends l'eau avec la tranche de ma main dans l'espoir de le faire disparaître, mais l'image persiste, à peine ridée par les vaguelettes.

— *Tu me feras pas partir.*

Cette annonce péremptoire, prononcée d'une voix stridente, manque de me réveiller.

— *Je ne t'abandonnerai jamais.*

D'instinct, je recule de quelques pas, mains plaquées sur mes oreilles.

— T'as entendu ça ? je bredouille.

— Entendu quoi ?

Elle se redresse avec inquiétude lorsque je marmotte un juron. Elle se poste à ma place et observe l'étang de mon point de vue.

— C'était Pilou, je crois. Il a… enfin il était…

— En tout cas, il est parti. Y a rien de louche.

J'opine pour la rassurer, mais mes doutes subsistent. Et s'il lui était invisible ? Ce ne serait pas la première fois qu'un Vestige m'apparaît sans affecter les autres. Je me souviens du rêve bicolore que Valtteri et moi avions façonné : j'étais la seule à avoir entendu le cri plein de ressentiment poussé par Pilou. Naomi me tend la main pour que j'ose à nouveau me confronter au reflet… mais c'est mon regard que je croise dans l'eau. Je me cramponne au rebord de la feuille avec soulagement. C'est moi. Mon frère a disparu.

Non, je songe en pivotant sur moi-même. J'aurais du mal à l'expliquer mais je le sens toujours, dissous dans la matrice comme une goutte de miel perdue dans l'eau.

Soudain, l'eau frémit et une voix résonne dans toute la matrice. Les nénuphars tanguent et je tombe à genoux pour éviter de chavirer. Au loin, Samuel s'immobilise.

Ensemble on est mieux
On a du mal à s'dire adieu

Cette fois, Naomi l'entend aussi. Elle me ramène contre elle et place une main sur le bas de mon dos pour apaiser la Chimère qui s'excite en entendant mon frère.

Les scouts nous portent, nous transportent
Nous font danser comme le feu !

— Fais-le taire. Imagine qu'il nous balance…

— Je ne peux pas.

— Alors déconnecte-toi !

— J'essaie !

Mes mains sont gelées et mes jambes collées à ce foutu nénuphar.

On vit ensemble et en patrouille
On devient les rois d'la débrouille

— Désolée, dans ce cas je vais devoir te réveiller moi-même.

On construit même nos pilotis
À bout de bras et d'énergie !

Elle attrape ma canne, qu'elle transforme en une longue épée, levée au-dessus de moi comme la lame d'une guillotine. Mais, au moment de l'abattre, un bouquet d'eau sombre jaillit de l'étang. Une ombre que je discerne à peine du coin de l'œil, et qui emporte ma partenaire sous les flots. C'est quoi, ce bordel ? Est-ce que c'était… humain ?

Il ne me reste qu'une poignée de secondes avant que Naomi ne force ma déconnexion depuis l'envoloir. Ce calvaire va s'arrêter, Pilou n'aura pas le temps de se faire remarquer.

Trop tard, car c'est Samuel qui prend le relais :

Enfin tu es animateur
Du temps, du talent et du cœur,
Et tu t'engages bénévolement
À transmettre tout ce que t'as dans l'sang !

Il offre à la pluie toute la conviction du monde. Ce couplet, presque bramé, m'impressionne autant qu'il me chamboule. Lui non plus n'a pas renié son passé d'éclaireur et porte fièrement, torse bombé, les valeurs qui faisaient l'essence de notre communauté. Je n'arrive pas à croire que l'Engoulevent puisse se trouver parmi nos trois suspects. Tous ont encore l'air de croire en l'esprit scout. Et un véritable éclaireur n'aurait jamais profité du grand jamboree pour coordonner un trafic sanglant.

Le silence revient, et Samuel se tait. On dirait qu'il attend que la voix mystérieuse, jaillie des eaux comme celle d'une sirène, reprenne la suite.

Pilou répond à son attente et entonne à nouveau le refrain. Ce coup-ci, avec des paroles tronquées, alignées sur un ton dissonant.

Ensemble on est mieux
On aura pas à s'dire adieu

Des paroles qui, sans le moindre doute, me sont adressées. L'eau se met à bouillonner autour du nénuphar de l'ancien respo. Le prédateur aquatique surgit à nouveau et Samuel explose. Le rêve s'éteint. Dans ces limbes éphémères et obscurs qui séparent la veille du sommeil, j'entends la haine de mon frère sonner :

Les scouts ravagent et nous saccagent,
Ils ont mis notre enfance au feu.

CHAPITRE 25

Dire à la pluie qu'on l'aime

Mon dos brûle. Les tentacules de la Chimère ont percé ma peau et se tortillent contre le matelas. Je ne sais plus vraiment si je rêve. Le décor qui se dresse autour de moi est bien celui de notre nouvel envoloir, mais… l'averse du rêve aux nénuphars ne s'est pas arrêtée. J'ai l'impression qu'il pleut à travers le plafond. Je sens les gouttes tièdes éclater contre ma peau, mais pas l'humidité logique de mes draps. J'entends le crépitement de l'eau sur le parquet, mais ne remarque aucune flaque au sol. Ce paradoxe me laisse patraque, comme lorsqu'en voiture l'œil et l'oreille interne ont du mal à s'accorder. Plutôt qu'un banal mal des transports, c'est le mal des rêves qui me rend nauséeuse.

— C'était quoi, ça ?

Naomi navigue sur l'écran de mon joncteur avec une mine grave. J'ai toujours ma demi-douzaine d'électrodes collées sur la poitrine, elle n'a pas eu le temps de me déconnecter de force. Ne trouvant rien d'anormal sur les données, elle insiste :

— Éole, qu'est-ce qui s'est passé ?

— Est-ce que je rêve encore ? je croasse.

L'assermentée s'adosse au montant de mon lit et se débarrasse de son collier qu'elle me lance par-dessus l'épaule. Le sifflet rebondit sur ma cuisse.

— Merde, merde, merde…

Elle a enfoui son visage entre ses mains et répète en boucle ces jurons qui fondent sur ses paumes. Je souffle dans le bec du témoin : pas un son. Je suis dans le monde réel, du moins, si mon cerveau ne bluffe pas en falsifiant les TR d'une autre.

— C'était Pilou, je bredouille en fermant les yeux dans l'espoir d'oublier cette fausse pluie qui se déverse dans l'envoloir.

— Pourquoi tu ne l'as pas contrôlé, cette fois ?

— Je ne l'ai jamais contrôlé.

— Mais jusqu'ici il s'était toujours tenu à carreau, non ?

— Plus ou moins, mais là il est en colère. Il refuse de disparaître comme Mini-Valtteri.

Naomi lâche un ricanement fébrile.

— C'est la meilleure ! Un Vestige qui proteste à l'idée que son rêveur guérisse !

— Je ne suis même plus certaine que ce soit un simple Vestige…

— Peu importe, on s'envole dans quelques jours. Hors de question qu'on recrée le jamboree si le fantôme de ton frangin peut tout faire foirer et te faire vriller par la même occasion.

Prise d'un accès de rage, je refoule un cri qui se transforme en un coup de poing s'écrasant à pleine puissance sur l'édredon.

— Et je suis censée faire quoi ? Rentrer à la maison, garder mes œillères et me blottir avec Pilou dans ce mensonge que je nous tricote depuis des années ? Revenir à zéro ?

— Je n'en sais RIEN ! T'attends de moi une réponse que je ne peux pas te donner !

Nos hurlements retenus deviennent des plaintes suraiguës, écorchées par nos impuissances respectives. La porte s'ouvre à la volée. Valtteri et Estelle se précipitent dans la pièce.

— C'était quoi, ce message ? demande cette dernière en agitant son vieux téléphone à clapet. Y a un problème ?

— Pilou a fait capoter le rêve. Éole dérive.

— À quel point ? On doit avorter la mission ?

— Non ! je crache avec une violence que je ne me connaissais pas.

Mon objection ne change rien, les filles s'empêtrent dans une discussion animée pour savoir si nous devons nous accrocher à la bobine du jamboree pour résoudre l'enquête. Elles ne comprennent pas. Elles ne peuvent pas comprendre. Nous sommes déjà allés trop loin et je ne peux pas faire marche arrière. Ma Chimère s'est réveillée, Pilou s'est rebiffé, et ni l'un ni l'autre ne s'apaiseront si je tourne le dos au Mas de la Volière.

— Qu'est-ce que tu vois ? murmure la voix de Valtteri.

Il s'est assis sur mon matelas, sans me toucher ni m'accabler d'un regard qui juge.

— De la pluie… de la pluie partout.

— J'ai le droit de la regarder avec toi ?

Il ramène sur ses genoux la mallette de son joncteur, qu'il a attrapée au moment de me rejoindre. J'acquiesce discrètement, et il positionne les électrodes sur son propre torse avant de manipuler les réglages de la machine. Ses pupilles se rétractent lorsque la connexion se fait. Il bascule la tête en arrière pour mieux sentir les gouttes, qui dégoulinent contre son nez.

— Pourquoi il pleut comme ça ?

— C'est un résidu de la matrice de Samuel. En ce moment, j'ai du mal à me dégager de certains rêves. Je sais pas pourquoi ça n'a pas disparu quand je me suis réveillée…

— Il n'y avait rien d'autre, dans sa tête ? Que de la pluie ?

— Si, bien sûr. Des nénuphars immenses, sur un étang infini…

— Mais ton cerveau n'a gardé que l'averse, et pas les nénuphars. Pourquoi ?

Il a raison. Sa question décante jusqu'à ce qu'émerge une interprétation symbolique, que je formule sans vraiment y croire :

— C'est… comme des larmes intérieures ?

— Peut-être ! Moi, si je devais parier, je dirais plutôt que ça traduit un débordement. Un trop-plein qui veut déferler à torrents et ne peut le faire qu'au travers du rêve. Sauf que t'es naufragée, ce qui signifie que tes rêves se décalquent parfois sur le réel. Avant, ce n'étaient que les Vestiges… mais maintenant, les songes plus classiques commencent à persister. J'ai connu ça.

Je remarque que Naomi et Estelle ont cessé de débattre. Elles se sont installées sur le lit d'en face et nous observent avec une fascination teintée d'appréhension.

— Je n'ai pas revu pot-de-colle depuis qu'on a rêvé cet hôpital tous les deux. Pas plus que ma Chimère.

— Tu dois te sentir mieux…

— Oui, les symptômes de mon naufrage sont apaisés. Mais pas parce que mon Vestige a disparu.

— Comment ça ?

— Ça marche dans l'autre sens : il a disparu parce que je me suis senti mieux, avec vous, dans cet hosto. Et tu sais ce que je me suis dit, au moment de fusionner avec Mini-Moi ?

Rassemblant ses doigts, il tend deux mains qui se remplissent d'eau. Puis, après quelques secondes, il claque ses paumes pleines l'une contre l'autre.

— *C'est moi.* Pas moi plus jeune, pas une vision fantasmée de moi : juste moi.

Il attrape mon épaule et la secoue avec un engouement inattendu.

— Pour maîtriser tes démons, tu dois arrêter de les voir comme des parasites, ou des ennemis à abattre. Commence par intégrer qu'ils sont toi. Le Pilou que tu vois dans tes rêves, c'est toi.

Il se penche pour observer le bouquet d'appendices noirs que dégobille mon dos.

— Ces tentacules, c'est toi aussi. Et c'est pour ça que tu peux les contrôler.

— Je sais pas comment faire.

— Normal, tu les vois encore comme des envahisseurs ! Je suis convaincu que c'est ce conflit qui crée ton averse. Pour l'instant, c'est encore toi contre eux.

— C'est faux, je sais très bien qu'ils sont une manifestation de mon inconscient et que…

— Vraiment ? Donc je suppose que t'as ouvert la pochette ?

Je déglutis sans oser répondre.

— Quelle pochette ? demande Naomi.

— Celle dans laquelle j'ai glissé mon dessin d'elle, sous sa forme de Chimère.

Celle que j'ai préféré oublier, et que j'ai jetée sans ménagement au fond du casier qu'on m'a attribué dans ce nouvel envoloir, avant de l'ensevelir sous mes autres affaires.

— Bon ! s'exclame Estelle. Alors on va l'ouvrir aujourd'hui. Où elle est ?

Du menton, je désigne l'armoire métallique qui trône à côté de ma table de chevet. Naomi prend les devants et répand mes effets personnels sur le parquet. Elle guette mon accord d'une œillade furtive, puis fouille entre les dossiers, les bouquins et les boîtes de médicaments.

— Elle est bleue, indique Valtteri. Tu peux pas la louper.

— Je l'ai.

Je reçois la chemise et la contemple, sans savoir si en découvrir le contenu me fera du bien. Après tout, j'ai *senti* à quoi ressemblait ma Chimère lorsqu'elle s'est manifestée face à Alexian. J'ai eu tout le loisir de deviner son apparence. Je connais ses yeux, ses dents, ses écailles et ses plumes. Ça devrait suffire. Pourquoi m'imposer de la voir à nouveau ? J'enroule un index autour de l'élastique sans me résoudre à aller plus loin.

Une main se pose sur la mienne, c'est celle d'Estelle.

— Tu as fait le choix de persévérer, me souffle-t-elle. Il faut y aller à fond, t'as pas fait tout ça pour refuser de te regarder.

Ma Chimère rigole, pleine de sarcasme et d'orgueil à l'idée que je la craigne… Alors, pour lui rabattre son monstrueux caquet, j'ouvre la pochette et en tire le croquis.

Valtteri a dessiné la bête immense au-dessus de mon corps voûté. Elle pousse depuis mon dos et m'écrase de son incroyable envergure, renforcée par une aura noire qui émane d'elle par volutes épaisses.

Elle a bien des yeux, par dizaines, qui fixent chacun une direction différente.

Des écailles aussi, sombres et serrées, qui la recouvrent tout entière.

Sans oublier ces crocs, qui jaillissent en pagaille dans sa gueule et au-dehors.

Ni toutes ces plumes, jetées au hasard entre les iris et les dents.

Mais ce que j'ignorais, c'était son anatomie. Elle est toute en longueur, avec un mufle jeté en avant et une gueule étroite, abritant une langue de vouivre couverte de verrues. J'ignorais également que la bête avait huit bras : les quatre de devant sont ceux d'un reptile, lisses et luisants. Les deux qui suivent sont plus rugueux et annelés, semblables aux pattes d'un rapace. La dernière paire, placée plus haut, rappelle des moignons d'ailes déplumées d'où pendillent des rémiges déchiquetées. Sa face allongée, au sommet de laquelle trônent deux yeux plus grands que les autres, est la seule partie de son corps qui ne soit pas noire. Ici, les écailles et les plumes lui font un masque roux, presque orange.

— On dirait un dragon, commente Estelle. Ou une créature bâtarde qu'on trouverait dans des mythes antiques.

Elle n'a pas visé si loin du mille. Cette vue d'ensemble m'autorise une conclusion qui ne me serait jamais venue à l'esprit : ma Chimère est un hybride de crocodile et de gypaète.

Le crocodile, l'emblème de mon équipe. Le gypaète, celui du jamboree.

L'important, c'est que vous soyez complets.

Ce monstre en moi n'est pas un patchwork décousu d'images horrifiques, ni la projection insensée d'un inconscient furieux. Il est l'incarnation d'une enfance trahie et de souvenirs contaminés par le traumatisme.

Naomi se glisse derrière moi. Une de ses mains s'arrête sur mon épaule, l'autre effleure les fils de mes électrodes. Ses lèvres se posent au creux de mon cou et murmurent, tout contre ma peau :

— Je crois que je t'aime. Je t'aime avec ton passé et tout ce qu'il remue en toi. Je t'aime avec tes plumes, tes écailles et tes griffes.

Je lève les yeux sur le plafonnier… La pluie s'est arrêtée.

*

Sur les coups de cinq heures, je me suis allongée dans la mansarde du gîte. J'avais besoin de souffler un peu, loin de la baraque est où Naomi raconte notre mésaventure à Amoudourra. L'anesthésiste, soucieuse de protéger notre couverture, se rendra bientôt au chevet de Samuel pour recueillir son ressenti sur le cauchemar qui l'a réveillé en sursaut. Nous avons besoin de savoir s'il se souvient d'avoir été happé et, surtout, s'il a aperçu le monstre après qu'il a surgi de l'eau. Nous craignons que cet incident n'éveille sa méfiance et le rende plus difficile à intégrer à notre bobine finale…

Valtteri et Estelle n'ont pas quitté l'envoloir, et ont replongé dès qu'ils ont pu dans la tête des respos encore endormis. Ils ont compris que je préférais rester seule.

Je pensais me reposer, juste assez pour démêler mes pensées en pelote. La confession de Naomi a tout effacé. La mission, la Chimère… même l'inquiétude à l'idée que Pilou ait saboté notre filature. Non, je ne pense plus qu'aux mots qui ont arrêté la pluie. Ceux qui m'ont collé aux tripes de drôles de colibris survoltés. À ce mal de ventre qui me fait du bien.

Mais je n'ai pas eu le temps de remettre mon esprit en ordre. Il m'a suffi de poser la nuque sur l'accoudoir du canapé pour que mon cerveau, soulagé de n'être plus scruté par les électrodes, m'offre une sieste réparatrice. J'ai fermé les yeux et me suis abandonnée au sommeil.

Je n'ai jamais eu de thébaïde. Lorsque j'ai commencé mes études d'onironaute, l'idée d'en concevoir une d'après un souvenir m'effrayait, je craignais les fantômes que mon inconscient pouvait glisser dans les méandres de ma mémoire. Alors j'ai décidé de créer mon refuge mental de toutes pièces, plus par obligation scolaire que par réelle volonté. À bien y repenser, ça ressemble un peu au *sielunmaisema* de Valtteri. Sauf qu'au lieu d'une toile blanche, je me représente un cinéma.

Cette fois, c'est là que le sommeil me porte. Dans ma salle de projection obscure, aux rangées de sièges vides, avec un plafond aussi haut que celui d'une cathédrale. Ce rêve est couvert de mousse et de velours noirs, qui étouffe le moindre de mes pas. Des méduses multicolores flottent à l'écran et s'en échappent comme d'une fenêtre. Je m'assieds pour les contempler. Elles sont portées par un courant invisible tout autour de moi. Il suffirait que je tende le doigt pour effleurer leurs chapeaux luminescents ou leurs tentacules de soie.

— Je suis contente que Naomi ait parlé, commente alors maman. Ça t'a fait du bien.

Je me retourne, mais ne la repère pas dans les travées. Je suis complètement seule.

— Tu veux me rejoindre ? je demande en tapotant la place voisine. T'as rien à craindre, j'ai invité personne, ce coup-ci !

— Tu sais bien que je n'ai pas peur de tes amis.

Le sérieux de sa réponse me déroute, alors je me redresse sur mon siège, fouillant la pièce pour comprendre où se cache ma mère. Mais elle n'est nulle part.

— Ça faisait longtemps que je ne t'avais pas vue, pourquoi tu ne te crées pas un corps pour venir près de moi ?

— Je n'arrive plus à m'incarner.

— Comment ça ? Tu n'obéis à aucune règle physique ni spirituelle !

— Ton frère non plus. Et je crois qu'il compte te garder pour lui tout seul.

— C'est Pilou qui t'empêche d'apparaître ?

Je me suis exclamée avec un tel désarroi que les méduses les plus proches se sont écrasées par terre.

— Il n'accepte pas que tu veuilles te séparer de lui. Alors… oui, on peut dire qu'il fait ce qu'il peut pour se manifester à ma place.

— Où il est, en ce moment ?

— Je ne sais pas. Mais le bonheur que tu ressentais au moment de t'endormir semble le garder à distance. Comme une Chimère. D'ailleurs, je crois qu'il est maintenant plus proche de la Chimère que du Vestige qu'il était à l'origine…

— Je ne comprends rien. Je pensais que vous étiez des manifestations positives, des condensés d'amour…

— Personne n'a dit que l'amour s'exprimait toujours de façon raisonnable.

Je soupire en me laissant aller contre le dossier de mon siège.

— Je suppose que si t'es venue me visiter malgré tout, c'est que tu as quelque chose à me dire.

— Je voulais te parler de la ville d'osier.

— Le rêve de Thibault ?

— Oui. Cette matrice touchait des cordes sensibles, elle aurait pu tourner au désastre et tu as déjà vrillé pour moins que ça. Pourtant, tu y as trouvé une sérénité inattendue, qui t'a donné une idée singulière…

— Celle de revenir au jamboree sous mes traits d'enfant ? Tu es là pour m'en dissuader ?

— Au contraire, je trouve ça merveilleux. Tu devrais même pousser l'idée plus loin. Ta Chimère est obsédée par ton enfance. Elle est excitée par ce qui s'y rapporte et veut dévorer tout ce qui a pu lui nuire. Je pense que tu pourras la canaliser si tu la nourris suffisamment pour qu'elle n'ait pas à attaquer le rêve ou les rêveurs.

— Qu'est-ce que t'entends par là ? Je compte déjà reprendre mon corps de gamine. Si ça ne lui suffit pas, je ne sais pas quoi lui proposer.

— L'inconscient adore les symboles. Et quand tu étais perchée avec Naomi sur les toits, tu en as trouvé un splendide, que je t'avais déjà suggéré dans l'hôpital bicolore.

Je me lève et agite la main pour disperser les méduses et projette sur l'écran le souvenir de la ville d'osier. Thibault se met à chanter *L'Appel au feu de camp*. Alphys étend son aile pour m'envelopper. Et je serre contre moi un sac-peluche au long museau vert.

— Cro-croc ? je murmure.

Je matérialise le crocodile dans mon dos. Son petit ventre rond tombe pile au niveau de mes reins.

— Tu penses qu'un vieux sac pourra m'aider ?

— Je pense que ton vieux sac porte en lui des souvenirs précieux qui calmeront l'appétit de ta Chimère.

Des filaments lumineux m'effleurent, et c'est comme si maman me caressait le front.

— Éole, tu as toutes les armes pour remporter ton combat.

*

SE PERDRE À L'ORÉE DES SONGES

Forte d'un espoir que ma Chimère avait bien failli éteindre, j'ai redoublé d'efforts pour les entraînements. Avec la *Team*, nous avons exploité au mieux les cinq jours suivants pour parfaire nos immersions. Nous avons même demandé à Richard, Rainal ainsi qu'à la docteure Amoudourra de jouer les cobayes et leur avons prêté des joncteurs de réserve. Aucun n'a remarqué être en train de rêver et ils ont exprimé un enthousiasme unanime quant au réalisme de la bobine. Naomi et Valtteri ont acquis une telle maîtrise de la matrice qu'ils n'ont désormais plus besoin de focaliser leur attention sur leur travail d'étayage. Plutôt que de se retrancher à l'abri des regards pour maintenir le réalisme du rêve, ils peuvent désormais évoluer à leur guise autour du lac de Sainte-Croix sans en perdre le contrôle. Pratique, puisqu'il nous faudra suivre trois suspects dans ce souvenir.

Naomi et moi avons réclamé une permission pour retourner chez nous, à Montpellier. Nous nous sommes rendues dans mon appartement désert et avons retourné mes affaires jusqu'à tomber sur Cro-croc. Mon fidèle sac-crocodile, que j'ai récupéré avec une joie que je n'aurais pas soupçonnée. Depuis, il m'accompagne dans l'envoloir, et sa présence me rassure. Il m'est bien plus facile de m'endormir, et j'y arrive même, parfois, sans piocher dans ma boîte de somnifères.

Quant à Pilou… il me suit comme un chien de vénerie. Peu importe que je dorme ou non, je sais qu'il est là. Je l'aperçois au détour d'une matrice ou d'un couloir du gîte. Il me fixe sans rien dire, mais je sais qu'il attend la bonne opportunité pour se confronter de nouveau à moi. Jusqu'ici, j'ai réussi à le repousser. Espérons que ça dure… Richard et la *Dream Team* sont plutôt optimistes, mais j'espère que mon Vestige corrompu ne prépare pas un sale coup.

— Comme prévu, Cyrielle va donner à nos suspects une belle dose de benzodiazépines, annonce Rainal. Ça limitera les risques que l'un d'eux se réveille en pleine bobine.

— Je croyais que ça n'était pas éthique ? raille Estelle, qui picore ses chips avec nonchalance. Qu'on ne pouvait pas imposer à de potentiels innocents un traitement médical ? C'est pour ça que vous avez refusé qu'on les sédate complètement, non ?

Nous sommes samedi. Le jour J, entouré au feutre rouge sur le calendrier pendu au mur de notre salon. Le grand final se joue ce soir et, pour évacuer la tension, nous avons opté pour un dîner en plein air, au bord de la rivière qui épouse le contour du sous-bois. Nous pique-niquons à quelques dizaines de mètres du torrent où j'ai bien failli me noyer mais ça, j'essaie de ne pas y penser. C'est une idée de Richard, qui préférait donner à notre ultime briefing une allure plus conviviale. Le greffier nous considère d'ailleurs depuis une souche, sans rien dire. Je crois qu'il étudie le moindre pli de notre visage, prêt à réclamer qu'on abandonne la mission si quoi que ce soit l'inquiétait.

— Tu préfères qu'on prenne le risque de louper le coche parce qu'un de tes rêveurs se sera déconnecté ? renvoie Rainal. On navigue en zone grise, et faire passer des somnifères pour des vitamines est plus défendable devant une cour que de plonger trois sujets en bonne santé dans le coma.

Aujourd'hui, on trinque à la limonade et au jus de fruit. Hors de question de mélanger de l'alcool aux hypnotiques que nous avalerons ce soir. Un crépuscule doré brille entre les branches et moire le courant d'éclats ambrés. Je croque dans mon wrap aux légumes en songeant que j'arrêterais bien d'un claquement de doigts l'espace et le temps. Rester ici, sur cette nappe rayée. La tête posée sur la cuisse de Naomi, à écouter l'eau qui roule et les oiseaux qui discutent. Cette virée en plein air m'aère l'esprit, mais à mesure que la nuit tombe je songe à ce qui m'attendra dans l'envoloir. Ma Chimère est étonnamment sage, il faut dire que j'arrive mieux à la canaliser depuis que je la considère comme un prolongement de ma personne. Un organe en plus ou un muscle que j'apprivoise au fil du temps. Il faut croire que Valtteri avait raison.

— Je vous le rappelle une dernière fois, déclare le commissaire. Votre santé est plus importante que la mission.

— On est là à titre expérimental, appuie Richard. Les autres services d'Europol prendront le relais en cas d'échec. Ne vous bousillez pas dans cette bobine.

— On veille au grain, les rassure Valtteri qui sait que cette remarque m'est adressée.

Une fois les desserts engloutis, le Finlandais propose une réunion de dernière minute à la Volière. Nous nous retrouvons à quatre entre les murs du pigeonnier, sous le ciel qui apparaît au-dessus de nos têtes comme un disque enflammé. Nous échangeons là nos pensées les plus intimes, que nous n'osions pas partager devant Rainal ou Richard. Naomi jure devant les premières étoiles qu'elle me protégera dans la bobine. Estelle et Valtteri, aux mains enchâssées l'une dans l'autre, assurent à leur tour qu'on sortira de ce jamboree entiers et victorieux.

— Promesse de scout ? je leur lance d'un ton taquin.

— Bien sûr, répond Naomi.

Je leur apprends alors le salut que connaissent tous les éclaireurs du pays. Index et majeur levés comme les oreilles d'un loup, avec le pouce pressé contre l'annulaire et l'auriculaire. Le fort défend les faibles. Aujourd'hui, alors que je m'apprête à explorer mes blessures, j'accepte d'être défendue par ma *Dream Team*. Mes trois amis renouvellent leur engagement, cette fois en le signant de la main droite.

Ce soir, nous rencontrerons Thibault, Camille et Samuel. Avec l'espoir d'épingler l'Engoulevent qui se cache peut-être parmi eux.

Le temps d'un rêve, nous redeviendrons des enfants. Les éclaireurs d'un passé disparu.

Nous débarquerons au jamboree en scouts, avec le cœur en bandoulière et l'esprit grand ouvert.

CHAPITRE 26
Jamboree

10 h. Première unité-temps.

Une aube timide filtre au travers de la toile turquoise. Je roule sur le côté jusqu'à ce que mon nez tombe sur celui de Naomi.

— On y est, murmure-t-elle en tâtonnant pour trouver ma main.

Aujourd'hui, elle porte ses cheveux longs, tressés d'élastiques multicolores et piqués de barrettes en forme de dinosaures. Elle repousse son duvet et se lève à moitié, pliée sous l'arceau de la tente. Elle porte au cou le même foulard vert et kaki que moi, ainsi qu'une chemise beige, aux manches couvertes de badges et d'écussons. Durant nos entraînements, elle a passé des heures à coiffer et habiller le corps onirique dans lequel elle s'incarnerait le temps du jamboree. Elle n'a pas fait le travail à moitié et arbore nos symboles avec un bel aplomb. Elle est ici à sa place.

SE PERDRE À L'ORÉE DES SONGES

Ma partenaire fait glisser la fermeture Éclair jusqu'à ce que la lumière déferle dans l'abri, puis m'invite à la suivre à l'extérieur. Nous émergeons au milieu du campement de notre troupe montpelliéraine. La trentaine de louveteaux se partagent une friche, organisée autour du foyer, dont la cendre encore tiède s'éparpille entre les pierres calcinées. Je reconnais des visages familiers, ressuscités par Naomi d'après mes descriptions et les photos que nous ont transmises les gars d'Europol. Près de la réserve où nous abritions nos ressources, j'aperçois Amir, un garçon frisé, avec sa montre Spider-Man que tout le monde lui enviait. Plus loin, le ruban rose que Manola, ma voisine de tente, utilisait pour parer son impressionnant chignon. Ils sont des réminiscences d'amitiés avortées, que mon inconscient régurgite pour une raison qui m'échappe.

— Allez tout le monde ! On forme le rang avec le reste de la compagnie, puis on décolle ! Je veux pas qu'un lève-tard nous mette en retard pour les Olympiades. On est des crocos, pas des paresseux !

Thibault, juché sur un rocher, harangue notre équipe qui s'écoule des tentes. Il agite haut les bras pour attirer l'attention, puis désigne la clairière dans laquelle nous sommes censés nous rassembler.

— Bonne chance, agent Geist ! me lance-t-elle avec un clin d'œil.

J'ajuste les lanières de Cro-croc sur mes épaules et, d'un pas déterminé, rejoins la foule d'éclaireurs qui s'accumule pour le départ. Ce matin, nous partons pour les rives. Cap sur la vérité.

*

11 h. Deuxième unité-temps.

Devant la grande scène érigée sur la berge, un parterre de jeunes en délire. Soixante-dix mille scouts du monde entier s'entassent face au lac de Sainte-Croix, vêtus de leurs uniformes ou de tenues traditionnelles, fanions aux poings et foulards aux cous. Les joues sont peinturlurées, les cheveux colorés et les banderoles décorées de gypaètes aux ailes déployées. Je me souviens de cette ambiance si particulière, avec ses rires qui chassaient toute morosité et son entrain qui repoussait notre trac. Thibault et les autres chefs de troupe arrêtent notre cortège sur un terrain délimité par des pierres, nos pierres, colorées en vert et en kaki. Nous voilà en plein milieu du contingent français, qui comptait vingt compagnies régionales, elles-mêmes regroupant un certain nombre d'équipes. Nous étions, bien sûr, la nationalité la plus représentée et notre nombre ne nous permettait pas d'approcher la grande estrade. Les meilleures places étaient réservées aux délégations plus modestes. Les immenses sonos qui se dressaient à intervalles réguliers nous permettaient d'entendre sans peine les différents intervenants.

Je suis toujours aux trousses de Camille, glisse alors la voix de Valtteri dans mon esprit.

Et moi, je lâche pas Samuel d'une semelle, ajoute celle d'Estelle. *RAS pour l'instant.*

La télépathie est une compétence que nous avons affûtée pour cette mission. Elle est nécessaire pour que nous communiquions sans alerter les autres rêveurs. Après de laborieux entraînements, nous parvenons désormais à échanger sans remuer les lèvres, ni même nous voir. Comme si nos neurones étaient directement connectés.

Naomi s'installe dans l'herbe et contemple les équipes techniques qui se relaient sur scène.

Thibault est sage aussi, commente-t-elle, tout en portant à sa bouche un brin d'anis qu'elle suçote avec un air absent.

D'ici peu de temps la compagnie de Provence, en sa qualité d'hôte, défilera devant le pupitre pour annoncer le programme des Olympiades. Je m'assieds à mon tour et hume les odeurs de l'été.

J'aimerais ne pas rêver.

J'aimerais pouvoir croire mes sens. Et j'aimerais que cette bobine me permette réellement de changer le passé.

C'est un fantasme, bien sûr. Mais je suis tentée de laisser ma lucidité flancher et de m'abandonner à ce souvenir. De rêver comme tout le monde, sans savoir que je dors. Ici et maintenant, je suis heureuse. Je donnerais tout pour me laisser bercer par cette foule et ce lac qui sent la joie. Je veux dériver, le cœur apaisé. Avec, aux manettes de ma conscience, l'enfant que j'étais.

— Éole ?

Ce soir, pour la grande veillée, je retrouverai Pilou. Et dans deux jours, maman nous attendra à la sortie du bus. Elle nous ramènera à la maison. Je lui montrerai tous les souvenirs que j'ai entassés dans le ventre de Cro-croc. Tout ira bien.

— Hé !

Une violente douleur me prend le côté de la tête. Naomi m'a pincé l'oreille si fort que mon cou a ployé.

— Tu restes avec moi. Et avec moi, on préfère la réalité qui fait mal aux mirages qui font du bien.

Du menton, elle désigne la grappe d'animateurs qui surveille nos équipes avec la main en visière.

— T'as loupé du mouvement. Thibault a confié son équipe aux autres respos, il vient de se faire la malle.

Mon cœur manque un battement, au point que je sens la matrice vaciller pendant une fraction de seconde.

— Il est sûrement parti pisser, je murmure, pour conjurer l'hypothèse que je crains tant.

— Peut-être, mais tu sais très bien…

— Qu'on doit le filocher de toute façon, ouais.

— Alors debout.

Nous nous faufilons entre les louveteaux et quittons le terrain montpelliérain, puis la zone française. Nous longeons le contingent ibérique, bariolé de rouge, de jaune et de vert. La silhouette de Thibault disparaît derrière un boqueteau blindé de cigales. Dans notre dos, les sonos se mettent à crépiter :

— Bonjour à toutes et à tous ! J'espère que vous êtes prêts pour cette journée de dingue ! Bienvenue aux Olympiades de ce vingt-cinquième jamboree international ! *Welcome to the Olympiads of this twenty-fifth international jamboree!*

Une musique épique, portée par des cors et de puissants tambours, résonne sur toute la berge. Sur l'écran géant, les drapeaux des différentes délégations défilent, avec les emblèmes des équipes qui la composent. Je n'ai pas besoin de me retourner pour le savoir : je m'en souviens. Et je me rappelle surtout la fierté qui m'avait envahie au moment de voir apparaître notre crocodile.

— Chaque compagnie passera la journée à découvrir les différents ateliers. Au programme, des jeux, des sports nautiques, des courses d'orientation, des concours de construction… qui vous permettront d'obtenir des badges, mais surtout, des points ! Ce soir, les vingt équipes les mieux classées se verront remettre un prix spécial.

Une récompense dont personne ne verra jamais la couleur, l'incendie ayant ravagé les campements juste avant l'annonce des résultats.

Je ravale ce constat amer et me concentre sur la filature. Car la théorie de la vessie pleine s'effiloche à mesure que les minutes s'alignent. Thibault ne fera pas demi-tour.

*

12 h. Troisième unité-temps.

Naomi et moi hâtons le pas pour rattraper Thibault. Il s'est engagé dans une pente escarpée qui nous conduit jusqu'à une baie reculée, abritant l'un des points logistiques du festival. Mon respo s'immobilise devant un chapiteau blanc, où s'entassent des masses confuses d'objets et de matériaux. J'aperçois des lacis de cordes, des boîtes à outils, des bouées et des harnais entassés par terre. Nous restons à distance, prêtes à nous rendre invisibles si l'animateur posait l'œil sur nous.

— Espérons que le postulat de Duberger ne soit pas une supercherie, je chuchote à Naomi.

Je peux générer la matrice, et mes étayeurs peuvent la renforcer, mais nous ne savons pas ce qui s'est réellement passé lors du jamboree. C'est donc à l'inconscient de nos trois suspects de broder les événements que nous ne maîtrisons pas. Après tout, c'est aussi leur bobine.

Alors nous retenons notre souffle quand la main de Thibault glisse jusqu'à la poche de son pantalon. Il en tire un portable noir, un de ces vieux modèles à clapet comme ceux qu'Europol nous a confiés.

— Putain… glapit Naomi. C'est un siffleux.

Voilà le surnom que donne Rainal aux téléphones cryptés qu'utilisent les criminels impliqués dans des trafics organisés. Ils utilisent une ligne sécurisée, qui efface automatiquement le moindre message après lecture. Idéal pour transmettre des informations urgentes. Comme une marmotte qui sifflerait un cri d'alerte à ses congénères pour qu'ils se réfugient en vitesse dans les terriers.

— C'est pas vrai… Tu peux pas me faire ça. T'as pas le droit.

Thibault est devenu livide. Il jette autour de lui des regards effarés, dépassé par ce qu'il vient de lire sur l'écran. Il détale au pas de course.

— J'hallucine. C'est pas réel, c'est moi qui corromps la matrice… C'est forcément moi.

— On le sentirait si c'était toi, rétorque Naomi en secouant la tête. Non, ça vient de lui, c'est sûr.

— Thibault ne peut *pas* être l'Engoulevent, t'entends ? Il était avec moi, il était avec nous quand… quand le bus…

L'humus tremble, et une grande lézarde se crée entre mes jambes. Elle file sur plusieurs mètres, devant comme derrière, défigurant la forêt à la façon d'une balafre.

— Calme-toi, bon sang ! s'écrie Naomi. Tu vas fracturer le rêve !

Elle plaque ses paumes sur mes tempes et approche son front du mien.

— Ça veut dire qu'il est sûrement impliqué dans l'affaire, mais on ne peut pas déduire que c'est notre chef d'orchestre. Ça, on pourra le savoir que si tu *respires* et qu'on arrive à mener la mission jusqu'au bout. Compris ?

J'acquiesce en plaçant mes mains sur les siennes pour m'assurer qu'elle reste là, à tenir ma tête et mes émotions en place. Naomi embrasse mon front et me presse contre elle le temps de stabiliser la matrice et de contrôler la Chimère qui pousse fort sous mon uniforme.

*

13 h. Quatrième unité-temps.

Cro-croc m'aide beaucoup : j'ai l'impression de porter une éponge dans mon dos, capable d'absorber toute l'énergie néfaste à mesure qu'elle se dégage de moi. Lorsqu'elle constate que j'ai repris pied, Naomi m'incite à reprendre la route, puis tient Valtteri et Estelle au courant de notre avancée. Nous plongeons au travers d'une palissade d'arbousiers, à la poursuite de Thibault. Je cours, sur mes deux jambes vigoureuses. Je fonce à toute vitesse, au point de m'essouffler. Je n'ai plus l'habitude de piquer des sprints et même en rêve, ça se ressent.

— On va le rattraper, me rassure Naomi qui me sent faiblir. Au besoin, on utilisera nos super-pouvoirs oniriques pour revenir à sa hauteur !

— Il faudrait déjà le retrouver, si on perd sa trace.

— Perdre sa trace ? Mais où il peut aller, d'après toi ?

Je bloque mes jambes et freine si fort que je sens que mes genoux me lancent. Je manque de basculer en avant et ne préserve mon équilibre qu'en écartant grand les bras. Car cette voix n'est pas celle de ma partenaire. C'est celle d'un garçon. Du garçon qui m'attend en contrebas d'une sente abrupte. Avec son foulard, ses bras croisés dans le dos et son sourire de hyène.

— Pilou ? je m'étrangle.

— Y a qu'un endroit où il peut aller, non ? À la capitelle, QG des trafiquants !

D'instinct, je tends le bras pour le faire disparaître, comme aux entraînements. Mais avant que j'aie pu projeter mon énergie mentale sur lui, il me lance :

— Tu veux me tuer ? Il y a quinze ans, ça t'a pas suffi ?

J'interromps mon geste, étourdie par cette remarque qui cogne dur.

— Essaie pas de lui mettre l'esprit en vrac ! gronde Naomi. J'hésiterai pas à te pulvériser.

Pilou se balance d'avant en arrière, s'appuyant tour à tour sur ses talons et sur le bout de ses orteils.

— Je te déconseille de faire ça. Je sais qui est l'Engoulevent.

— Et moi, je sais reconnaître quand on essaie de me bluffer. Même un foutu Vestige.

Elle tape du pied, et les racines alentour s'animent pour ramper jusqu'à mon frère, prêtes à l'écarteler. Mais il ne se laisse pas démonter :

— D'après vous, je suis qu'un pan d'inconscient, non ? Donc vous avez la preuve que les joncteurs mettent en commun les profondeurs de vos psychés. Ce qui signifie que j'ai accès aux secrets les plus enfouis de nos rêveurs. *Tous* leurs secrets.

Les racines s'enroulent autour de ses chevilles et sinuent le long de ses bras. Mais rien n'abîme le rictus de mon frère.

— Arrête tes conneries.

La grimace se change en un ricanement cynique.

— Le type qui t'a agressé quand t'étais petite… il s'appelle Maxime.

Pendant un instant, je crois qu'il dévoile le nom de l'Engoulevent. Mais ses yeux sont fichés dans ceux de Naomi.

Et Naomi… se décompose. Sa bouche s'entrouvre, ses épaules s'effondrent. Son cœur bat si fort que je sens ses pulsations, comme une énergie invisible qui me touche par à-coups.

— Je… Je t'interdis de prononcer son nom.

— Comme si tu pouvais m'interdire quoi que ce soit, P'tite Nao !

Dans un cri de rage si puissant que je crains qu'il ne lacère le rêve entier, elle réunit ses mains et y fait naître une gerbe de flammes bleues qu'elle projette sur Pilou. Mon frère soupire, insensible au brasier. Il se tourne vers moi.

— Tu vois que je bidonnais pas ! Pourquoi je mentirais, d'ailleurs ? Au fond, je veux la même chose que toi.

— Alors qui c'est ? Je t'en supplie, Pilou. T'as pas besoin de faire ça.

Les flammes de Naomi calcinent l'humus et les troncs. Là où elle a visé, il ne reste qu'une croûte carbonisée… Mais mon frère ne bronche pas.

— Vu comment tu m'as traité, tu mérites de galérer un peu. Et puis… au moins, tu comprends que t'as besoin de moi.

— Mais tu vas la FERMER, oui ? beugle Naomi. Éole, pitié, reprends-toi et défonce-le !

Sa détresse… Elle est insupportable.

— Je peux pas te laisser faire ça, je lâche en tendant le bras vers lui. Dégage.

Le feu ne peut rien contre mon Vestige. Je suis la seule à pouvoir le refouler hors de ce monde.

Pilou, c'est moi. Il n'est qu'un morceau de mon âme. Je dois l'accepter comme tel et c'est seulement là que je pourrai le contrôler comme je contrôle mes rêves.

Que la terre s'ouvre. Qu'elle avale Pilou. Qu'elle broie ce morceau de moi pourri.

Ça fonctionne, les pieds de mon frère sont engloutis par le brûlis. Puis ses genoux. Et sa taille.

— Je vais au moins vous laisser un indice ! fanfaronne-t-il. Il se trouve bien parmi nos trois invités. Ce serait dommage que vous le loupiez.

J'invoque toute mon énergie pour l'enfoncer au travers du sol. La matrice entière tremble, secouée par un séisme dont nous sommes l'épicentre. Mais lorsque le calme revient… Pilou a disparu.

Naomi doit se cramponner à un arbre pour éviter de vaciller. J'approche pour l'enlacer, comme elle le fait quand je dérive. Mais elle me repousse, en pleine sidération.

— T'as pas le droit de me faire un coup pareil, bafouille-t-elle. Ni toi ni ton inconscient.

Je ravale des excuses qui ne serviraient à rien et lui tends plutôt la main.

C'était quoi cette secousse ? s'exclame Estelle dans nos têtes. *Tout va bien ?*

On a un problème, je réponds.

Du genre ? demande Valtteri.

Du genre énorme, crache Naomi qui consent enfin à ce que je l'épaule. *Pilou sait qui est notre Engoulevent et… il a pété une durite.*

CHAPITRE 27
Origami

14 h. Cinquième unité-temps.

J'ai beau connaître ce chemin par cœur, à force de l'arpenter dans mes rêves autant que dans la réalité… j'ai cette fois l'impression qu'il me conduira ailleurs. Soit au triomphe, soit en enfer, il n'y a pas d'entre-deux. Quoi qu'il en soit, ce que je trouverai au sommet de cette pente ne me laissera pas indemne.

Les Olympiades battent leur plein, mais toujours rien du côté de Samuel, annonce Estelle. *Vous voulez qu'on se rejoigne à la capitelle ? Autant qu'on traque tous Thibault, à ce stade.*

Négatif, répond Naomi, sur ma droite. *On gère, ne lâchez pas vos cibles.*

Nous avons réussi à rattraper Thibault, et il ne nous distance plus que de quelques mètres. Il progresse dans cette bobine avec la plus grande naïveté.

Enfin, après de longues minutes, nous atteignons le plateau de la capitelle. Aux murailles calcaires se substitue une garrigue touffue. Au loin, au milieu d'une mer de buis et d'ajoncs, se dresse un relief connu. Comme une île, levée au milieu des feuilles dures. C'est une vieille hutte de berger, recouverte d'une bâche verte. Trois types gardent l'entrée, assis contre les murs, profitant de la minuscule lame d'ombre que concède le soleil pratiquement à son zénith. Leurs visages sont flous, ce ne sont pas des PR qu'anime Naomi. Ce sont ceux de Thibault, qui les invoque d'après son souvenir.

Ils sont armés. L'un d'entre eux balade ses doigts sur ce qui ressemble d'ici à la crosse d'un fusil de chasse. Les autres se retournent et saisissent une bandoulière qu'ils enfilent dès qu'ils aperçoivent l'intrus. En constatant que Thibault ne ralentit pas, tous bondissent sur leurs pieds, prêts à épauler leurs flingues.

Je joins mon majeur et mon index avant d'effleurer la nuque de Naomi.

Je veux qu'on soit invisibles à leurs yeux.

Un fourmillement nous parcourt, et une espèce de voile se dépose sur nos corps à la façon d'une seconde peau. Nous nous apparaissons l'une à l'autre bien plus ternes, avec une mauvaise résolution, digne d'une télévision du siècle dernier. Ma partenaire lève le pouce pour me remercier.

— Qu'est-ce que tu fous là ? aboie l'un des veilleurs. On t'a demandé de garder ta position, en bas.

Thibault s'immobilise et lève les bras en gage d'impuissance.

— J'ai reçu un message des gars d'ici, pantelle-t-il. Il paraît que Stefan a voulu cafarder. C'est vrai ?

— On en sait rien, répond le plus grand des trois types. Ils sont en train de le travailler mais… ouais. Ils l'ont surpris en train de fricoter avec une fliquette.

— L'oiseau a donné de nouveaux ordres ?

— C'est pas à nous qu'il faut demander.

— Je vais voir ce que ça dit du côté de la grotte.

— Fais gaffe à pas te faire trouer le caisson parce que t'as quitté ton poste.

Le respo s'élance au pas de course vers le nord, abandonnant les trois sentinelles à une discussion animée, qui devient confuse à mesure que le rêveur s'éloigne. Nous n'avons pas le temps d'analyser ces nouvelles informations, il nous faut suivre Thibault. Nous cavalons comme lui au travers des ramilles et des épines. Surtout, ne pas s'arrêter. La réponse se trouve quelques centaines de mètres plus loin, au fond du goulet glauque de la Boucherie qui n'a pas encore explosé.

Pourvu qu'on y retrouve pas mon Vestige détraqué, que je sais prêt à saboter le rêve entier. Pourvu que…

J'ai un problème à ajouter à la pile, fait alors la voix de Valtteri dans nos têtes.

Sans cesser de courir, j'échange un regard effaré avec Naomi. Il y a un grain de panique derrière cette annonce.

Lequel ? s'étrangle Estelle.

C'est Camille. Elle s'est écartée de sa troupe à la fin d'une épreuve. Elle a un siffleux, elle aussi. Elle grimpe à la capitelle. Je lui colle au train, on arrive.

*

15 h. Sixième unité-temps.

Lorsque nous atteignons la Boucherie, je flanche. Dans le monde réel, l'entrée est obturée par des tonnes de pierre pulvérisée à la dynamite. Ici… une crevasse s'ouvre au milieu des ajoncs et s'enfonce en un défilé obscur qui plonge sous la lande. Il n'y a plus rien pour séparer l'horreur souterraine de l'air libre alors… j'imagine malgré moi ce qui se trame à l'intérieur. Je respire à fond par le nez pour évacuer la nausée, mais je crains que derrière les odeurs de romarin et d'herbes sèches se cache une note abominable, échappée des salles de torture qui deviendront ce soir un charnier.

De temps à autre, des cris lointains, déformés par l'écho, surgissent des entrailles de la terre. Fort heureusement, nous n'avons pas à nous enfoncer dans la grotte : Thibault a été arrêté par une dizaine de trafiquants armés jusqu'aux dents. Leurs visages sont grossièrement dessinés par l'esprit du rêveur novice. Tous sont vêtus de haillons souillés et brûlés par endroits. Je repère des femmes et, comme les hommes, leurs mains sont gercées, marquées par les cloques et les cals. Chacun tient une arme : de la simple chevrotine au fusil d'assaut passé par contrebande, ces dealers ont prévu l'artillerie lourde pour défendre leur précieuse MDMA. Leurs traits sont indistincts, barbouillés sur leurs visages sales. On dirait qu'un doigt maladroit a dérapé sur leurs portraits trop frais.

Naomi et moi les observons de loin, tiraillées par l'appréhension. Vivement que Valtteri rapplique.

Un type baraqué émerge du goulet, avec un torchon souillé sur lequel il essuie ses doigts. Sous l'ombre qui lui sert d'yeux fleurit une moustache sombre, qui rejoint son imposant collier de barbe.

— Cet enfoiré de mouchard refuse de passer à table, grogne-t-il avec un fort accent de l'Est. Il jure qu'il a rien balancé.

— Tu parles ! crache un homme maigre au front dégarni. Un gamin à nous les a surpris aux lavoirs de Bauduen, hier aprèm'. Hein, Thibault ?

L'animateur a le regard vissé sur ses pieds. Il se mord la lèvre si fort qu'une goutte de sang trempe le bout de son incisive.

— C'est ça. Le respo de la compagnie toscane les a vus en rentrant au campement. On craint que ce soit un indic, ou pire… un collab' de justice.

— Ouais. Quand on creuse un peu, on se rend compte que Stefan nous a largués depuis deux jours. Il était censé charger les bouées avec la came, mais tout est encore au labo. À ce rythme, elles repartiront en Slovénie aussi vides qu'à leur arrivée.

— Et Dieter nous fait chier parce qu'il a pas reçu ses kilos, grince une femme qui tapote nerveusement le canon de son fusil. Ça aussi, c'était Stefan. Pourtant, il sait l'enfer que ça a été de se dégager une ouverture. On lui avait tout filé : une heure, un contact et une mission. Maintenant, les jeux ont été dégonflés et rempaquetés, ils repartiront sans marchandise, et on risque de perdre notre client bavarois. On aurait jamais dû se reposer sur des gosses de vingt ans.

— Quoi qu'il en soit, reprend le moustachu, impossible de savoir si Stefan nous l'a déjà mise à l'envers : on envisage d'évacuer.

Des murmures choqués s'éparpillent au-dessus de la lande.

— Sans qu'on nous donne l'ordre ? doute quelqu'un dans l'assemblée. T'en prends la responsabilité, Blazko ? Et si c'était un job que l'Engoulevent lui a confié, justement, de faire la taupe auprès des flics ?

— L'Engoulevent, j'ai envie de lui botter le derche. Il fait le mort alors qu'on a besoin d'avoir des infos d'en haut. Stefan nous a sûrement balancés, y a plus le temps d'attendre des petites lettres ou des messages codés !

— Il va nous contacter, professe Thibault. Laissez-lui le temps.

Pendant quelques secondes, il a troqué sa réserve pour une assurance robuste, presque religieuse. Il croit en l'intervention messianique de l'Engoulevent. À moins qu'il bluffe et que ce soit *lui* qui attende les instructions des huiles du réseau. Je n'ai pas le temps de m'embourber dans mes doutes. Le groupe de trafiquants s'agite. Au loin, une silhouette se découpe dans la lande. Celle d'une jeune femme au polo beige, qui porte en bandana un foulard noir et vert pomme. Derrière elle se trouve Valtteri, qui s'est lui aussi rendu invisible aux PR ainsi qu'aux deux rêveurs. Il a la chevelure indomptable et le regard glacé de son Vestige. Comme nous, il a choisi de s'incarner dans son corps d'enfant, cette fois sans pied à perfusion.

Camille se fraie un chemin jusqu'au centre du cercle composé par les dealers. Elle tire son siffleux de sa poche et en ouvre le clapet.

— Désolée du retard, je pouvais pas m'éclipser plus tôt. Il paraît que vous avez besoin de main-d'œuvre. J'ai droit à un topo ?

— Ouais, fait Blazko. À mon avis, on va pas tarder à devoir se tirer d'ici.

Lorsque Valtteri nous rejoint, je me fais la remarque qu'il fait pile la taille de P'tite Nao. Il ne dit rien et se raidit comme nous lorsque tous les siffleux se mettent à vibrer.

— C'est lui, bredouille-t-on dans l'assemblée. C'est l'oiseau.

Thibault s'empresse de parcourir le message qui vient de lui parvenir.

— Déclenchement de la procédure d'urgence… murmure-t-il sans parvenir à détacher ses yeux de l'écran.

*

16 h. Septième unité-temps.

— Tu ne l'as pas *vue* taper de message ? j'insiste en rebroussant mes cheveux dans un tic d'exaspération.

— J'en sais rien, rétorque Valtteri. Je la suivais, mais je n'étais pas par-dessus son épaule. Elle aurait pu me repérer, ou me sentir même sans me voir. Peut-être qu'elle a écrit alors que je croyais qu'elle ne faisait que lire…

La Boucherie est devenue une véritable fourmilière. Les trafiquants s'y bousculent pour entrer ou sortir, ils galopent entre le laboratoire et le goulet, à travers la garrigue qu'aucune voiture ne pourrait traverser. Ils ont improvisé des traîneaux, avec des palettes et des cordages qu'ils passent sur leur poitrine pour transporter un maximum de matériel. Nous nous sommes postés au pied de l'arbre chenu qui surplombe la zone et observons le remue-ménage qui se joue sous nos yeux. On tente de faire abstraction des hurlements qui se faufilent parfois par la crevasse, en se répétant qu'il ne s'agit que de PR. Ce ne sont pas de vrais êtres humains qu'on torture là-dessous. Pourtant, aucun de nous n'a osé se risquer à l'intérieur. Nous craignons la déconnexion si un tableau trop atroce nous y accueillait. Difficile de savoir si c'est une preuve de raison ou de lâcheté. Peu importe.

— Ça peut être Thibault aussi, commente platement Naomi. À cause de Pilou, on l'a perdu de vue de longues minutes, il a pu rédiger son message et le mettre de côté pour l'envoyer au meilleur moment.

— Pourquoi il aurait fait ça ? je m'insurge.

— J'en sais rien ! Question de timing, peut-être qu'il avait besoin de recueillir des informations, que les caïds du réseau lui ont demandé de patienter ou qu'il voulait éviter de s'exposer…

— C'est plus probable que ce soit Camille, qui aurait attendu d'être sur place avant de lancer le plan d'urgence…

— Je sais que tu voudrais que ce ne soit *pas* Thibault. Mais faut se rendre à l'évidence, on a pas plus de preuve contre Camille.

— Si c'est ni l'un ni l'autre, soupire Valtteri, alors c'est Samuel.

Il jette un œil au ciel limpide avant de lancer un appel mental à Estelle :

Rien de neuf chez toi ?

Rien du tout. Ma cible est au port avec ses équipes pour les courses de canoë.

— Il reste la possibilité que Pilou ait menti, remarque Naomi. Et qu'aucun d'eux ne soit le coupable.

— Autant dire qu'on avance pas ! je m'agace en écrasant mon poing sur ma cuisse.

À mesure que je rumine, je sens ma Chimère s'exciter. Pour l'instant, Cro-croc parvient à la contenir, et je sens le petit ventre de mon crocodile se remplir de ma frustration. Je ne supporterai pas d'échouer et de laisser filer l'Engoulevent. Je ne me le pardonnerai pas.

— Si on se plante, souffle alors Naomi comme si elle avait lu mes pensées, Europol prendra la relève.

— Je m'en fiche, j'ai besoin que ce soit moi qui le coince.

— T'as besoin de digérer ton passé.

— C'est…

Je m'interromps lorsque Valtteri me donne un coup de coude. Un PR se tient au pied de la butte, tirant par bouffées lentes sur une cigarette qu'il écrase dans une boîte métallique.

Il a beau avoir quinze ans de moins et le visage indistinct, je le reconnais sans peine.

— Alexian ?

Je ne l'avais pas vu plus tôt. Il vient sûrement d'émerger des profondeurs de la Boucherie, où est détenu son ami. Ça explique son teint livide et le tremblement incontrôlable de ses mains qui peinent à refermer le cendrier de poche. Nous retenons notre souffle lorsque Blazko parvient à son niveau et lui assène une bourrade complice. Il n'a pas remarqué sa détresse.

— Ton pote scout a des infos pour toi, lance-t-il. Vas-y, gamin.

Thibault s'avance, roulant entre le pouce et l'index la cordelette de son pendentif à dent de requin. Il s'éclaircit la voix, mal à l'aise. De toute évidence, se retrouver face à un collègue dans un contexte pareil le dérange.

— Les gars ont épluché tous les relevés météo. On aura un gros vent d'est dans la soirée… et les rives ont bien roussi, sous les quarante degrés qu'on se tape depuis le début du festival. On a trouvé un spot, derrière le campement ivoirien.

— Je sais ce que vous allez me demander. C'est hors de question.

— T'as pas le choix, ricane Blazko. Stefan est ton pote, t'es le prochain qu'on travaillera si tu prends pas les devants. Vois ça comme une occasion de te blanchir auprès des patrons.

— Je foutrai pas le feu au jamboree.

Le trafiquant ajuste son fusil sur son épaule avec un air entendu.

— Écoute, t'es plus un petit dealer de quartier. Un pas de travers, et tu termines comme ton copain, au fond de la grotte, à genoux face aux frères tchèques. Alors… si. Tu vas foutre le feu au jamboree.

— J'ai les noms de ceux qui t'accompagneront, ajoute Thibault. Dans le lot, y aura des nôtres, et des types lambda qui seront là pour l'alibi. Tu vas inviter ce beau monde pour une réunion secrète : votre prétexte, c'est d'organiser un spectacle de drones pour l'anniversaire d'un gros bonnet du scoutisme provençal.

— Tu viens pas, toi ?

Mon respo a une moue embarrassée, ce qui a le don d'enrager Alexian.

— T'as pas eu les couilles de t'engager là-dedans, hein ?

— Ça vous donnera une excuse pour approcher le hangar où sont stockés les drones, poursuit Thibault pour esquiver la question. C'est aussi là qu'on retrouve les jerrycans d'essence des bateaux. Vous les utiliserez pour démarrer le feu. À vingt et une heure quinze, précisément. Vous enverrez nos cautions chercher la clé USB qui programmera la chorégraphie des appareils. D'ici qu'ils reviennent, vous aurez lancé les opérations.

Hors de lui, Alexian empoigne le col de son polo.

— Espèce de raclure, tu pourrais au moins me défendre ! Tu sais très bien que je peux pas faire ça !

Blazko le repousse du plat de la main avec une telle force qu'il chancelle en retrouvant son équilibre.

— Au même moment, continue mon chef d'équipe d'un ton morne, les gars d'ici feront sauter la Boucherie. Une double explosion aidera à brouiller les témoignages.

— Je veux que t'aies recruté l'équipe d'ici une heure, lance le moustachu d'un ton sans réplique.

Il bascule le pouce derrière son épaule, sur l'entrée du goulet.

— Si t'as des questions, tu nous trouveras là-dessous. On sera en train de fignoler les préparatifs. Fais gaffe, les portables captent mal.

— Je te transfère les noms sur l'UnderChat, glisse alors Thibault en pianotant sur son siffleux. Ainsi que le détail de la procédure. Bon courage.

Il détourne le regard, soustrayant son malaise au jugement de son collègue. Il s'éloigne avec Blazko jusqu'à la Boucherie dans laquelle ils s'engouffrent. Séparé de son rêveur inexpérimenté, Alexian s'efface peu à peu. Il vomit des bordées de jurons, qui résonnent encore dans l'air après qu'il a totalement disparu.

Que je hais ces mensonges, échangés sans complexe pendant mon jamboree.

Que je hais cette Chimère, que Cro-croc peine à garder dans son ventre.

*

17 h. Huitième unité-temps.

Alexian vient de débarquer. Il a invité Samuel à rejoindre un petit groupe qui s'éloigne du festival.

Ce message laconique, transmis par une Estelle paniquée, tombe comme une pluie de sel sur nos esprits à vif.

Ils sont tous mouillés jusqu'au cou, grogne Naomi. *Quel foutoir !*

Elle entortille une tresse autour d'un doigt pour contenir son stress, ses grands yeux noirs ricochent dans tous les sens, témoins des hypothèses et déductions qui défilent dans sa tête.

Où sont Camille et Thibault ?

Comme les autres, répond Valtteri. *Ils trimballent du matos entre la capitelle et la Boucherie.*

À quoi ça ressemble, à l'intérieur ?

On en sait rien, et aucun de nous descendra là-dedans. C'est un coup à devenir cinglé.

Les hurlements lointains qui jaillissent de temps à autre nous suffisent amplement. D'ailleurs… ça fait longtemps qu'il se sont tus. Maintenant que j'y pense, ça fait au moins deux unités-temps que nous n'avons plus entendu ces cris qui semblaient lancés depuis les enfers. Ce constat serre ma gorge, même si je *sais*, pour avoir épluché les dossiers d'Europol, que ni Stefan ni la lieutenante qu'il avait contactée n'ont survécu à leur interrogatoire. On les a comptés parmi les victimes de l'incendie. Être le témoin de leur véritable sort me remplit d'émotions contraires. De tristesse et de dégoût, bien sûr. Mais également d'un sentiment de puissance, car nous avons le pouvoir de faire la lumière sur leur disparition.

Le ballet des traîneaux s'atténue peu à peu et les trafiquants se concentrent à l'entrée de la grotte. Je les vois qui démêlent un entrelacement de câbles qui s'enfoncent dans les profondeurs de la Boucherie.

Ils préparent les explosifs, décrit Valtteri à sa partenaire. *Où t'en es, toi ?*

Je suis toujours le mouvement. Pour l'instant on longe le lac vers l'est.

Y a qui, dans le groupe ?

Presque une dizaine de personnes : quelques animateurs, mais aussi des gars de l'organisation, un garde-côte et même un chauffeur de bus. Ils parlent d'un anniversaire.

À la lumière de nos nouvelles informations, nous devinons qu'il y a dans ce cortège les fameux agents sous couverture mentionnés par Thibault, recrutés parmi des innocents censés renforcer l'alibi. Comment savoir de quel côté se trouve Samuel, embarqué si soudainement dans l'affaire ?

Vous vous arrêterez près du hangar, informe Naomi. *Ils veulent faire sauter les réserves d'essence en même temps que la Boucherie. C'est ce qui lancera l'incendie.*

Bien reçu. On fait quoi ?

Naomi et Valtteri me dévisagent, comme si c'était à moi que revenait cette réponse.

On continue comme ça. On a une bonne vue sur les deux tableaux.

Je jette un coup d'œil à l'entrée du goulet. Camille accueille un homme qui vient de traverser la garrigue. Elle reçoit de ses mains un carton qui déborde de lettres et de feuilles volantes, qu'elle emporte vers les tréfonds de la Boucherie. Ce type a dû ratisser les campements pour récupérer les documents laissés par l'Engoulevent. Je saisis alors l'intérêt d'une communication manuscrite : le papier peut brûler sans laisser de trace. Voilà pourquoi le compte rendu de l'état de la marchandise transitait de main en main. Le papier ne se hacke pas, ne moucharde pas et se détruit bien plus facilement qu'un réseau crypté.

L'horreur planait comme un vautour au-dessus du bonheur effervescent de milliers d'enfants. J'effleure mon écusson au gypaète et songe que l'emblème du jamboree ne pouvait pas être plus ironique.

*

18 h. Neuvième unité-temps.

La lande est vide. Le goulet désert. Les cigales ne chantent plus que pour nous.

Nous n'avons pas eu le temps de comprendre. Il a suffi d'un

clin d'œil pour que les silhouettes s'effacent et que les voix s'éteignent.

— Où sont Thibault et Camille ? glapit Naomi.

— Ils ne sont pas ressortis de la grotte, s'inquiète Valtteri. Ne me dites pas qu'ils se sont…

— … réveillés ? je complète. Ça m'étonnerait, on l'aurait senti.

L'assermenté nordique dévale la butte et déroule ses pas jusqu'à l'entrée de la Boucherie.

Estelle ? fait-il mentalement. *T'as toujours Samuel en visuel ?*

Affirmatif. Vous aviez raison, on est pas loin du hangar. Tu veux mes coordonnées ?

Non. Garde l'œil ouvert, tous nos PR ont disparu d'un coup.

Compris. On se tient au jus.

Plus audacieuse que nous, Naomi se risque jusqu'au défilé et ose y aligner quelques pas.

— Personne, annonce-t-elle d'une voix blanche. C'est complètement vide.

Je la rejoins et inspecte à mon tour le passage. Pas de mouvement dans l'obscurité ni le moindre écho.

— Quelque chose cloche, je murmure. On a encore plus d'une heure de souvenir à débobiner.

Un léger bruissement vient perturber le silence. Un rossignol lumineux s'arrache aux profondeurs, traînant derrière lui un panache d'étincelles. Ses plumes brillent avec l'éclat d'un minuscule soleil et…

Ses plumes ? Non, ce ne sont pas des plumes.

— Un origami ? s'émerveille Naomi.

Ses pattes, ses ailes et sa longue queue sont composées par la pliure astucieuse d'un tissu bicolore. D'un foulard d'éclaireur, de la même couleur que le mien.

L'oiseau s'immobilise à notre niveau, aspergeant la pénombre de sa lumière surnaturelle. Son petit bec s'ouvre :

Je vous attends en bas, avec les réponses. Suivez-moi.

Je manque de défaillir en reconnaissant la voix de mon frère.

— Il a saboté la bobine ? bafouille Naomi.

Saisie d'un élan furieux, elle tend le bras pour anéantir l'avatar que s'est choisi Pilou. Elle cherche à écraser son corps par la pensée, mais le rossignol est insensible à son énergie mentale. Il multiplie les *loopings* autour de nous en répétant sa litanie. On dirait presque qu'il se moque.

Je vous attends en bas, avec les réponses. Suivez-moi.

Pierre-Louis ne m'a jamais menti, ni en tant que cadet ni en tant que Vestige. Même lorsque son fantôme voulait me persuader qu'il était bien réel, il le faisait avec conviction et sincérité. Alors… je crois cet oiseau-luciole et, presque malgré moi, je m'enfonce dans ce goulet morbide dont les murs de pierre ont retenu des drames innommables. J'avance, jusqu'à sentir une main d'enfant se refermer sur mon épaule.

— T'es pas obligée de descendre, me chuchote Valtteri. On peut aussi se réveiller.

Je me farde d'un sourire assuré et le repousse en douceur. Puis je continue ma descente. Naomi se précipite pour me rattraper et je la sens toute raide contre moi. Contracturée par sa rancœur, elle me suit sans rien objecter.

Quelque part au cœur d'un souvenir, trois éclaireurs plongent vers le centre de la Terre. Ils sont à la recherche de la vérité que leur chantera le rossignol. Parce que P'tite Nao et Mini-Valtteri espèrent, avec toute leur force et toute leur naïveté, qu'elle sera la bouée qui sauvera leur amie du naufrage.

SE PERDRE À L'ORÉE DES SONGES

*

19 h. Dernière unité-temps.

Le boyau de calcaire semble s'étirer à l'infini. Les ailes vertes du rossignol éclairent la roche ridée, qui fuse en colonnes ou se déploie en drapés suintants. Plus nous nous enfonçons, plus je peine à respirer. J'ignore si ce qui me serre la gorge tient plus de l'angoisse, du doute ou du triomphe. Démêler mes émotions me donne l'impression de dépiauter un oursin : c'est douloureux en plus d'être vain. Alors je me cramponne à Naomi et à Valtteri, qui m'ont chacun offert une main.

Nous avons tenté de prévenir Estelle de notre plongée dans la Boucherie… mais elle ne nous a jamais répondu. Un instant, une pensée idiote me vient à l'esprit et me laisse envisager que la pierre bloquerait nos messages comme ceux d'un téléphone portable. En y réfléchissant, il n'y a que deux explications à ce silence. Soit Pilou parvient à entraver notre télépathie, soit Estelle n'est plus en état d'y réagir. Nous évitons soigneusement de verbaliser l'une ou l'autre de ces hypothèses. Autant avancer.

L'oiseau nous guide dans ce dédale désert. De temps à autre, sa lumière dévoile des ombres jetées au mur par les stalactites ou les contours tarabiscotés des parois. Certaines ressemblent à des silhouettes humaines.

Nous traversons un couloir étriqué, qui nous force à progresser de profil. C'est comme si le rêve entier pressait sur ma poitrine, prêt à la briser aussi aisément qu'une allumette. Bien vite, le passage s'élargit, révélant une vaste caverne illuminée par des projecteurs blancs, dont les faisceaux aveuglants se croisent sur le plafond bas. Au centre, assis sur un bidon rouillé, se tient Pilou. Il tend une main sur laquelle le rossignol se pose et se déplie en un foulard que mon frère récupère au creux de son poing.

— Pourquoi t'as fait ça ? je lance sans préambule. Pourquoi t'as ruiné la bobine ?

Naomi s'immobilise sur ma droite. Elle fulmine tant qu'elle pourrait broyer mes phalanges avec la force de sa poigne.

— La bobine ne vous aurait rien appris de plus, répond mon frère.

— Pourquoi nous avoir fait descendre, alors ? demande Valtteri.

— Parce que je voulais qu'Éole affronte sa peur en visitant la Boucherie. D'ailleurs, vous pouvez me remercier de l'avoir vidée de ses cadavres et d'avoir effacé les traces de torture. Elle vous apparaît telle qu'elle était avant d'être souillée, elle aussi, par ce jamboree merdique.

Il noue son foulard autour de son cou et nous sert une mine trop complaisante, limite obséquieuse.

— Vous inquiétez pas, vos suspects vont bien. Heureusement que vous les avez bien chargés en somnifères ! Au moins, on sait qu'ils ne se déconnecteront pas tout seuls.

Il claque des doigts et deux cocons tombent devant lui. Ils tiennent à un fil dont l'extrémité se perd dans le relief du plafond. Ce sont Camille et Thibault, ligotés par un ruban qui étreint leurs membres, leurs troncs et leurs têtes. La bande verte et kaki s'enroule plusieurs fois autour de leur bouche pour les bâillonner. Les deux respos se cabrent dans tous les sens, mais ils sont momifiés aussi sûrement qu'un moustique piégé par la soie d'une araignée. Pour eux, la bobine a viré au cauchemar.

SE PERDRE À L'ORÉE DES SONGES

— T'es pas là pour nous offrir nos réponses, persifle Naomi. T'es là pour saboter notre mission, et jubiler en nous voyant échouer.

— Pas du tout ! s'exclame Pilou en levant les bras d'un geste théâtral. J'avais juste besoin de mettre ces deux ordures sur la touche. Il y a quinze ans, ils ont préféré se réfugier dans cette Boucherie plutôt que d'être sur le terrain, et voir de leurs yeux ce que leur trafic allait provoquer. Ils ne valent pas mieux qu'Alexian.

Pilou crispe ses doigts sur ses paumes, et la grotte paraît se ratatiner autour de nous, concassée par une main invisible. Naomi et Valtteri se tassent contre moi. Les murs de pierre craquent. Le noir se fait.

— Je vais nous emmener là où nos vies ont brûlé. Et cette fois, personne ne regardera ailleurs.

CHAPITRE 28
Le ventre du crocodile

?? h. Unité-temps incertaine.

— Qu'est-ce qui se passe ?

J'ai entendu la question d'Estelle une demi-seconde avant qu'un nouveau paysage ne se peigne autour de moi.

— Pourquoi vous me répondiez pas ? J'étais à deux doigts de me déconnecter pour vous réveiller de force !

Des arbres se dressent, moins secs et plus droits qu'au sommet du plateau. Une clairière fleurie apparaît avec, au loin, entre les troncs, la peau scintillante du lac de Sainte-Croix sur laquelle s'avance un ponton de bois. Une odeur épaisse de vase et d'humus me prend aux narines.

— Où sont les PR ? Les miens aussi ont disparu…

— C'est Pilou, je bafouille dès que je retrouve le contrôle de mon corps.

Ces deux mots lui fournissent toutes les explications nécessaires. Elle comprend d'emblée ce qu'il s'est passé. Il nous a téléportés tous les quatre à l'autre bout de la bobine, à deux pas du hangar que les trafiquants prévoient de faire sauter dans la soirée. Auprès de Samuel, notre troisième suspect, qui s'est plaqué contre un arbre et nous fixe tous, alternativement, avec un air ahuri.

— Arrête de te foutre de nous ! rugit Naomi en brandissant le poing dans la direction de mon frère.

Mon Vestige se tient au milieu des fumeterres, tenant entre ses doigts les rubans qui entravent toujours Camille et Thibault. Les deux respos se cabrent dans l'herbe comme ils peuvent, mais aucun ne parviendra à se libérer. La puissance onirique de Pilou dépasse tout ce que j'ai pu voir jusqu'ici. Après tout, je suis à l'origine de cette gigantesque bobine… et il est moi. L'incarnation indomptable des émotions que je n'ai jamais su apprivoiser.

Mon Vestige adresse à Naomi un clin d'œil, ce qui achève de la provoquer, au point que Valtteri doive la contenir contre lui pour l'empêcher de saccager le rêve. Estelle accourt pour lui prêter main-forte et, à deux, ils parviennent à la contrôler. L'énergie qu'elle déploie fracture le sol à ses pieds. Elle pourrait fendre le lac en deux d'un cri de rage. Il a suffi que mon frère prononce un nom empoisonné pour que volent en éclats son assurance et sa maîtrise d'elle-même. Elle ne digérera pas cet affront.

— Il faut qu'on se réveille ! s'écrie alors Valtteri en se tournant vers moi. Tant pis pour la mission !

— Personne ne se réveillera, prévient Pilou d'une voix douce. Pas avant que je l'aie décidé.

Il étire un bras sur la droite sans cesser de nous fixer. Une espèce de serpent surgit des fleurs, jeté à toute vitesse en direction de Samuel, qui s'effondre par terre. À mieux y regarder, ce n'est pas un serpent, mais un nouveau ruban vert et kaki qui s'enroule autour de notre dernier respo comme d'une proie à étouffer.

— Il ne peut pas nous empêcher de nous déconnecter ! insiste Valtteri.

— Non, mais je peux vous faire une promesse.

D'un geste, il tire sur le cordon bicolore et ramène Samuel devant lui, avec les autres. Puis il ajoute sur un ton péremptoire :

— Fuyez, et je jure de rendre Éole cinglée.

J'ai l'impression que mon cœur dégringole contre mes côtes. La Chimère se hérisse dans mon dos, remplissant toujours plus le petit ventre de Cro-croc. En entendant la menace, Naomi s'immobilise entre les bras des autres assermentés, qui sont devenus livides. Un silence froid, empoissé de peur, s'installe sur la clairière.

— C'est mieux, apprécie Pilou. Restez tranquilles et laissez-moi raconter mon histoire.

Par la force de son esprit, il éjecte les trois cocons derrière lui, à l'ombre des grands saules. Puis, d'un air désinvolte, il cueille une graminée qu'il pince entre ses lèvres. Comme mon véritable frère adorait faire.

— Estelle pourra confirmer, poursuit-il en s'asseyant en tailleur par terre, c'est ici qu'Alexian, Samuel et leur troupe se sont réunis pour la dernière étape du plan d'évacuation.

Du bout des doigts, il agite son brin à la manière d'un pinceau qui brosse sous nos yeux une dizaine de silhouettes, qui se précisent jusqu'à devenir aussi nettes que nous. Il y a là tout le groupe que filait Estelle… à l'exception de Samuel, qui n'a pas été reproduit.

— Dès qu'ils en ont reçu l'ordre, ils ont renvoyé leurs alibis aux campements pour chercher une clé USB préparée pour l'occasion.

Cinq PR s'éloignent avant de disparaître au bout du sentier qui se déroule vers le festival. Contrairement aux personnages façonnés par Thibault ou Camille, leurs visages sont parfaitement distincts. Pilou sait exactement à quoi ressemblaient les types qui se sont rassemblés là, car il pioche directement dans les souvenirs de Samuel. Un étrange vertige s'empare de moi lorsque je comprends ce que ça signifie : mon inconscient ponctionne le sien. Ma capacité à rêver s'associe à sa mémoire pour créer un portrait réaliste. Est-ce que quelque part dans le vrai monde, un ingénieur sait qu'un joncteur peut faire tomber l'ultime barrière de l'intimité ? Qu'il n'existe plus vraiment de secrets entre deux personnes qui partagent un rêve ?

— Les dealers sont restés entre eux, ce qui leur a laissé le loisir de se rendre au hangar pour rassembler les stocks d'essence sur les quais, près d'un hors-bord qu'ils ont préalablement saboté.

Alexian entraîne les PR restants vers les pontons qu'on discerne à peine. Saisi d'un tic nerveux, il fait tournoyer son briquet rouge entre ses doigts.

— Ils ont bouché la pompe à eau du bateau avec du plâtre, piqué aux ateliers manuels des Olympiades. Puis ils ont aspergé le périmètre de carburant pour accompagner le feu jusqu'à la forêt. Une heure plus tard, dès qu'ils en ont reçu l'ordre, ils ont fait tourner le moteur plein gaz… et BOUM !

Il a hurlé la dernière onomatopée, basculant en arrière comme soufflé par l'explosion déclenchée au loin. À plat dos au milieu des pétales, il observe le ciel à peine doré par le soir qui se dessine entre les branches. Il inspire à fond, puis lâche dans un soupir :

— Leur plan était futé. Ils ont tout fait pour que la piste accidentelle soit privilégiée. Un moteur mal éteint, une giclée d'essence qui pousse les flammes jusqu'aux broussailles... Ils ont réussi à détourner l'attention. Suffisamment pour que leurs copains du plateau fassent sauter la Boucherie et évacuent la came.

— Pourquoi tu nous racontes ça ? grince Estelle, dont la voix fuse par ondes écarlates, rougies de colère.

— Parce que j'ai promis des réponses !

— Pas ces réponses, proteste Valtteri. On veut savoir qui est l'Engoulevent.

— Alors disons que j'ai déballé tout ça en gage de bonne volonté. Histoire de faire un premier pas dans les négociations.

— Quelles négociations ?

— Comme si on allait marchander avec toi ! crache Naomi. Éole, bon sang, débarrasse-t'en comme la dernière fois !

Impossible, il ne disparaîtra pas. Il est aussi bien implanté dans cette matrice que nous et je n'ai aucun contrôle sur lui. À croire qu'il s'est laissé dominer de plein gré, tout à l'heure... ou que la Boucherie et ce hangar, en tant que lieux symboliques, lui confèrent une force que je ne peux entamer.

Pilou se lève et mâchonne son brin d'herbe. Il nous inspecte les uns après les autres, puis ses yeux s'arrêtent sur moi. Ils sont si semblables aux miens...

— Voilà le marché. Je vous donne le nom de l'Engoulevent si Éole s'engage à ne jamais me laisser disparaître.

Il a énoncé ces termes avec une voix soyeuse, vite emportée par la brise. Une légèreté qui tranche avec la gravité des enjeux et la sentence à laquelle son offre me condamne. Je me doute que ma réponse ne plaira pas à ce Vestige détraqué. Alors je matérialise ma canne entre mes mains, prête à réagir si le rêve virait au cauchemar.

— Il n'y aura pas de négociation, je veux vivre sans toi. Et si ça peut m'apporter la paix… je préfère encore renoncer à la vérité.

Sa tête bascule sur le côté, et son visage se plisse en signe de franche incrédulité. Il ne s'attendait pas à essuyer un refus si frontal. Naomi, Estelle et Valtteri sont désemparés, doivent-ils tenter une offensive ? En tout cas, ils ont renoncé à me déconnecter : tous se réunissent autour de moi. Les vivants font rempart face au frère disparu. Pilou tape dans ses mains, générant une lumière blanche qui l'avale tout entier… et il hurle à pleine gorge.

Son cri s'égare dans les aigus, exactement comme dans le bus, juste avant qu'il ne bascule dans le vide. La plainte lancinante s'éteint et l'éclat s'atténue, révélant mon Vestige qui…

Avant que j'aie pu constater quoi que ce soit, Naomi se retourne, m'attire contre elle et m'écrase sous son menton.

— Ne regarde pas, me dit-elle.

— On fait quoi ? demande Valtteri sur ma gauche.

— Pas le choix, siffle Estelle entre ses dents. Il nous prendra Éole si on se réveille… on doit le détruire ici.

— Le détruire ? Tu penses qu'on peut détruire un Vestige en rêve ?

— C'est plus un Vestige, tranche Naomi. Il a pris trop d'ampleur et, si on ne le rétame pas dans cette bobine, je ne sais pas qui pourra le faire. C'est maintenant ou jamais.

— Essayez donc ! ricane Pilou. Mais je vous ai prévenus : personne ne regardera ailleurs.

Un bruit sourd retentit, et Naomi est projetée dans les airs, soufflée par un geyser invisible.

— NAOMI !

Privée de mon aveuglement protecteur, j'ai pour réflexe de fermer les paupières. Mais elles sont figées, comme retenues par des sutures invisibles. En fait, je ne peux plus bouger du tout. Et je ne peux échapper à l'horreur que mon Vestige voulait m'imposer.

Mon petit frère a le crâne cabossé. La cage thoracique enfoncée. Son uniforme d'éclaireur déchiré laisse apparaître une épaule de travers. Il se présente tel que les pompiers l'ont sorti du bus, juste avant qu'on ne l'emballe dans un linceul d'aluminium.

— C'est ta faute, Éole. C'est toi qui as tenu à ce qu'on participe au jamboree. T'as supplié maman de nous y envoyer.

Valtteri se rue à mon secours. Il exige de la terre qu'elle se lève en une palissade qui me protège des mots de mon frère. Au même moment, une ombre aux ailes crochues se déploie dans le ciel doré. Après avoir réceptionné sa cavalière en plein vol, Alphys pousse un long rugissement. Estelle le change en un éboulis de pierres brunes qu'elle dirige sur Pilou.

Heurté par les gravats, le Vestige relâche son attention et je retrouve ma liberté de mouvement.

Mais… trop tard.

C'est ta faute, Éole.

Mon sac est trop petit pour cette accusation. Alors Cro-croc ouvre la gueule et vomit la Chimère qu'il ne peut plus contenir.

CHAPITRE 29
Certains courages sont des aiguilles

Mes tentacules se hérissent en colonne sous le crépuscule. Elles se tressent en six immenses pattes, deux de rapace, et quatre de reptile, qui déracinent les arbres quand elles se posent au sol. Puis une paire d'ailes déchirées s'étale. À peine deux moignons, maigres et tordus, qui ne me porteront jamais.

Je me couvre d'yeux fous, de crocs affamés et de plumes en colère.

— Si la matrice est détruite, Éole ne trouvera jamais la paix, avertit Pilou. Je ne vous laisserai pas partir sans que vous m'ayez exaucé. Je veux vivre, moi aussi.

Dans un cri épouvantable, sorti du plus profond de ses tripes, Naomi jette Alphys à l'assaut de mon frère. Le ptérodactyle plonge avec une vitesse improbable pour son envergure. Il s'écrase lourdement, ébranlant la rive et soulevant des nuages de poussière. Mais ses serres se sont refermées dans le vide. Pilou s'est déjà téléporté : il apparaît une quinzaine de mètres plus loin, tout près d'Estelle qu'il projette en direction du lac avec une facilité déconcertante. Pour lui, mes amis ne pèsent rien. Ils ne sont rien.

— Protégez Éole ! vagit Naomi, qui tire sur ses rênes pour reprendre de l'altitude. On doit absolument la ramener !

Me… ramener ? Mais je suis là ! À ma place, forte de ce nouveau corps aussi doux que gigantesque. Blottie sous ma haine, mes regrets et ma frustration qui bouillonnent. Maintenant que mes émotions sont sorties, elles ne me brûlent plus.

Valtteri n'a pas réagi à l'ordre de Naomi. Il s'est tourné vers le lac et en a dompté l'eau, invoquant un mur d'écume qui avale Estelle pour amortir son impact.

— Il essaie de nous déconnecter ! rugit-elle en émergeant d'une mousse opaque. Ne lui laissez pas le temps d'attaquer !

Elle change ses phrases en des lames cuivrées qu'elle pousse droit devant elle, avec une force telle qu'elles tranchent les arbres sur leur passage. La force de sa synesthésie est aberrante, il lui a suffi d'un cri pour scalper la forêt.

Elle veut jouer à ça ? Elle oublie que Pilou et moi sommes les maîtres des lieux. Ici, personne ne rivalise avec nous. Je me cabre pour lacérer ce bois pelé et ce lac de malheur. Il grêle du bois, pleut de la vase et neige de la terre sur ce champ de bataille impossible.

Alphys plane autour de ma gueule à la recherche d'une oreille dans laquelle Naomi pourrait glisser des mots qui rassurent. Mais je n'ai pas besoin d'être rassurée.

J'attends que le ptérosaure passe à portée pour la broyer entre mes crocs…

Maintenant.

Je lance mon mufle en arrière et happe une de ses ailes membraneuses. Il hurle sa douleur, mais réussit à planter une serre dans l'un de mes yeux. J'ouvre la gueule sur un cri de rage, ce qui offre une issue à Alphys et à sa cavalière. Elles battent en retraite en volant de guingois dans le ciel qui s'empourpre.

— Bordel, Éole ! s'emporte Naomi, dont la voix s'écorche. Te laisse pas faire !

Pilou ne regarde même pas Valtteri ni Estelle, qui lui lancent tous les éléments et les bruits du rêve. Une tempête de terre, de bois, d'eau et de couleurs se déverse sur mon Vestige, qui se téléporte à la vitesse de la pensée pour esquiver. Il n'y a aucune ouverture.

Alphys s'effondre sur la plage et, dans un soupir d'agonie, finit par disparaître. Naomi court dans ma direction, minuscule et fragile, avec ses os d'humaine et sa peau si fine. Elle se plante sous mes naseaux, bras étalés en un ridicule rempart, à la merci de toutes mes griffes.

— Ton naufrage ne t'emportera pas. Je t'ai fait la promesse des scouts.

Elle s'adresse directement à l'Éole massacrée, roulée en boule contre la terre. Ce bout de chair rose, qui tressaille en entendant le mot « promesse ».

— T'as plus à être seule. Je suis là ! Et je veux vivre avec toi, pas seulement quand je dors… Alors on va mettre une raclée à ton frère et affronter ta Chimère.

— Affronter ? s'exclame alors Pilou d'un ton goguenard. T'es mal placée pour parler d'affronter, P'tite Nao !

Il se matérialise dans son dos et l'enlace avec un sourire narquois. Tout se passe si vite qu'elle n'a pas le temps de réagir.

— Après tout… t'as pas eu le courage de porter plainte contre Maxime. Si ça se trouve, il a fait d'autres victimes par ta faute. N'oublie jamais ça.

— NE L'ÉCOUTE PAS ! beugle Valtteri.

Trop tard. Naomi s'est figée, regard dans le vague.

— Par ma faute…

Son visage s'est déformé, fondu par un trouble soudain qui la ravage de l'intérieur. Ses doigts sont raides. Son dos voûté par le poids des remords. Elle flanche face à la même arme qui m'a libérée : la culpabilité.

— C'est vrai… j'aurais dû dénoncer… parler plus tôt…

Estelle déboule dans son dos pour l'attirer dans une étreinte.

— Il ment, assure-t-elle. Il essaie de réveiller une Chimère en toi pour te détruire.

— Ça vous dérangeait moins lorsque *vous* essayiez de m'anéantir, grince Pilou.

Il s'est téléporté près de la berge, dos au lac dont la surface est rosie par le crépuscule. Profitant d'une apesanteur surnaturelle, il s'élève jusqu'à moi et atterrit sur mon museau. Il fait quelques pas jusqu'à mon front et s'installe sur mon arcade sourcilière. Il m'ordonne de reculer. J'obéis.

— On va détruire cette bobine ensemble, me souffle mon frère avec tendresse. Le passé n'aura jamais existé. Quand on rouvrira les yeux, y aura que nous deux.

Une éternité d'illusion et de paix. L'offre est si alléchante que mes plumes frémissent d'euphorie.

— ATTENTION ! s'écrie Valtteri.

Ramenant deux poings contre sa poitrine, il attire Estelle à lui pour lui éviter d'être empalée. Le dos de Naomi vient de se rompre. D'énormes épines crayeuses en surgissent.

— Pas ça… pitié, pas ça…

La petite Éole proteste avec toutes les forces qu'il lui reste. Mais j'écrase mon ventre à terre pour l'étouffer. Elle n'a pas le droit à la parole, à mon tour de la museler.

Les épines sont en réalité des os. Un squelette, titanesque et inhumain, est en train de s'extraire du corps de la rêveuse brisée. Je discerne une cage thoracique où pompe un cœur mauve et éthéré. Un empilement démesurément long de vertèbres terminé par un crâne troué d'immenses orbites. Un bec affûté comme une hallebarde. Des doigts étirés jusqu'au grotesque, qui dessinent des lignes obscures sur la clairière défoncée.

Naomi gardait en elle le fossile d'un ptérodactyle. L'aura violacée qui naît dans sa poitrine tient ses os ensemble, et circule jusqu'au bout de ses phalanges pour composer des ailes fantomatiques. La carcasse se dresse sur deux pattes arrière et… s'envole. L'assermentée inanimée est piégée dans son thorax comme dans une cage.

— On fait quoi ? s'étrangle Valtteri à Estelle, qui se relève à grand-peine.

— Je… J'en sais rien.

Je flaire leur impuissance. Je la savoure. J'aimerais les savourer, eux : les croquer pour mettre fin au rêve. Qu'on se réveille, Pilou et moi, pour redécouvrir notre bonheur.

J'entrouvre la gueule et déroule ma langue… mais mon Vestige m'arrête d'un claquement de talon. Ce n'est pas encore le moment de conclure. Je baisse la tête, rabaissant mon museau au niveau des deux assermentés pétrifiés.

— Dis-moi, Valtteri… commence Pilou d'une voix douceâtre. Je ne crois pas que tu aies déjà parlé de Tuulia à ta copine.

Le Finlandais lève un index, et une colonne de pierre se soulève jusqu'à percuter ma mâchoire. J'encaisse le choc et mon Vestige perd l'équilibre, puis glisse en arrière, le long de mon crâne. Il se raccroche à une poignée de plumes pour freiner sa dégringolade. Pendu à ma nuque, mon frère s'adresse cette fois à Estelle :

— Tuulia, sa meilleure amie, rencontrée à l'hôpital. Elle avait un ostéosarcome, une tumeur de l'os. On a dû amputer sa jambe gauche. Ils se croisaient souvent, en salle de chimio… Un jour, pour la dérider, Valtteri lui a proposé de jouer aux pirates. Avec sa prothèse de jambe, elle était la parfaite capitaine d'un gigantesque navire. Une frégate imaginaire qui leur permettait de s'évader et d'espérer…

— Arrête ton cirque.

— Tuulia, c'était la seule qui comprenait vraiment Valtteri. Il pense encore à elle, souvent. Même quand tu te blottis dans ses bras, il songe à son sourire. À ce que serait devenue sa vie si elle n'avait pas perdu son combat contre la maladie. Quand tu l'as rencontré, sur les bancs de la fac, il était tout embarrassé en t'annonçant que tu étais sa première expérience… mais il a menti. Il y a eu quelqu'un avant. Un premier amour qui l'habitera toujours alors que toi il finira par t'oublier.

Estelle se glace. Elle dégage une délicieuse odeur de doute et de stupéfaction.

— Tu trouvais ça bizarre, qu'il se soit si vite entiché d'Éole… Après tout, ils ont souvent rêvé ensemble. Sans toi. Tu pensais que c'était à cause de leurs Chimères, mais si ça se trouve c'est juste parce que ma sœur lui rappelle Tuulia.

L'assermentée dégage du bras de son compagnon, qui ne sait pas comment désamorcer cet aveu douloureux.

— Il dit n'importe quoi, pas vrai ? Tu m'aurais parlé d'un truc pareil…

Pilou reprend place sur mon front et hausse les épaules d'un air désinvolte.

— Ça t'étonne vraiment ? T'as l'habitude d'être un second choix, pourtant. Même au sein de ta famille, tes parents ont toujours préféré ton grand frère. Lui, au moins, ils n'ont pas eu à le déscolariser ou à le reléguer en hôpital psychiatrique.

Cette fois, Estelle pue carrément la nausée. Un tourbillon malsain de jalousie, de colère et de regrets s'est formé en elle. En insistant un peu, elle aussi pourrait se fendre et révéler une Chimère…

Mais Valtteri craquera en premier, c'est sûr. Ses aiguilles sont revenues, bien visibles sous sa peau grenelée. Une marque sombre apparaît par transparence sous son polo beige, témoin d'une entaille prête à s'ouvrir… mais il roule des épaules, comme pour se débarrasser de ses doutes. Il se penche ensuite sur Estelle et dépose un baiser sur sa joue blafarde. Elle ne se défile pas.

— C'est vrai, je n'ai pas parlé de Tuulia. Parce que son souvenir m'appartient et que ça t'aurait blessée sans me soulager pour autant. Oui, je l'ai aimée comme on n'aime qu'une fois dans une vie. Mais toi aussi, Estelle… toi aussi, je t'aime comme on aime qu'une fois.

Il jette un fugace coup d'œil en direction des trois cocons, de l'autre côté de la clairière. Apparemment satisfait de les savoir si loin, il s'exclame, avec une férocité inattendue :

— C'est ça que Pilou ne comprend pas : on ne peut pas ressusciter le bonheur ! Ça ne sert à rien d'espérer reproduire un passé disparu. Il y a d'autres choses à créer, d'autres amours à découvrir. Je n'ai pas le pouvoir de changer le cours du temps, mais je t'ai toi. Et ça me suffit.

SE PERDRE À L'ORÉE DES SONGES

Il fait craquer ses doigts et pose un pied en avant. Il prépare quelque chose, mais quoi ? Le Vestige perché sur ma tête bat joyeusement des jambes, ivre de cette agitation et de son propre pouvoir.

— Prêt à en découdre, on dirait ! jubile-t-il. J'espère que je n'ai pas ravivé de trop mauvais souvenirs !

Valtteri lève sur moi un regard étrange, qui n'a de place ni pour la peur ni pour le doute. Il n'y a plus dans ses iris glacés que du courage et une détermination impitoyable. Il se dresse face à moi comme face au deuil lui-même. De fines pointes d'acier ont percé sa peau et accrochent les reflets du crépuscule.

— Je vais te montrer ce que ça donne, quand on ne craint plus sa Chimère.

Ses paupières se ferment. Ses épaules se détendent. Il exhale un soupir qui laisse pendre ses mains contre sa taille. Il relâche son corps en même temps que ses émotions.

La matrice tremble, comme martelée par la foudre d'une invisible tempête.

Puis… un million d'aiguilles jaillissent du sol. La bobine entière se hérisse.

Et je suis embrochée avec une telle puissance que je suis soulevée dans les airs.

CHAPITRE 30
Œillères

Je ne peux rien faire. Mes six pattes se secouent dans tous les sens, mais mes griffes ne parviennent pas à briser les aiguilles, ni même à s'y accrocher. Mes moignons déplumés sont trop faibles pour que je décolle. Mon museau cloué est déjeté en arrière, exposant mon cou, mais surtout mon ventre.

Et la petite Éole pendouille dans le vide. Excroissance rose et honteuse, qui se débat pour s'arracher à mes écailles.

— T'en fais pas, me dit Pilou qui flatte mon crâne après avoir retrouvé l'équilibre. On est ensemble. Plus forts qu'eux. Plus forts que la mort.

Il invoque toute son énergie mentale pour me faire léviter et, petit à petit, je remonte le long des épines d'acier. Mais juste avant que je ne puisse me dégager, je croise le regard de Valtteri. Il dresse son index vers moi, singeant une arme à feu dont il ajuste la mire.

— Tiens-toi prête, Estelle ! On va tirer Éole de là !

Sa copine a l'air de comprendre ce qu'il attend car elle plie légèrement les genoux, comme une sprinteuse prête à foncer.

Ces deux-là m'exaspèrent. Je veux les tuer. Les dévorer avec le reste du monde. J'ai si faim… et je suis si près du but. Encore quelques centimètres…

Valtteri presse une détente invisible et une marée de spaghettis surgit du sol. Ce sont des tuyaux de cathéters qui rampent jusqu'à moi et ligotent mes pattes pour stopper ma progression.

Je rugis ma frustration. Ça brûle ma langue. Consume mes cordes vocales.

De nouveau, le rêveur mime un pistolet. Cette fois, il le pointe vers le ciel. Un tube plus épais que les autres jaillit et fonce au-dessus du lac. Il s'enroule autour du ptérodactyle furieux… et l'écrase dans l'eau avec une violence si folle que la matrice manque de se fracturer. Un formidable tsunami se brise sur le champ d'aiguilles qui recouvre les plages.

— Maintenant ! beugle Valtteri.

J'ai beau avoir des centaines d'yeux, tout se passe si vite qu'aucun d'entre eux ne sait quoi suivre.

En une fraction de seconde, Estelle s'est trouvée juste sous mon poitrail.

Quant à Valtteri… il a disparu. Mais je n'ai pas le temps de le débusquer : sa copine a condensé mon cri en deux piolets qu'elle utilise pour gravir mon ventre. Elle m'escalade à la façon d'une araignée mais mes liens sont trop fermes pour que je l'éjecte.

— Touche pas à ma sœur ! écume Pilou.

Il projette des trombes d'énergie dans l'espoir de lui faire lâcher prise. Sans succès. Enragé par l'échec, il décide d'attaquer au corps-à-corps et se téléporte sur Estelle… mais elle s'y attendait. Elle a levé un de ses piolets, prête à décocher un revers du tonnerre.

— Fous-lui la paix, bordel ! vocifère-t-elle.

À peine matérialisé, Pilou encaisse le choc et est catapulté avec une énergie surnaturelle jusqu'au sol. Il s'abat entre deux aiguilles, étourdi par l'impact.

La rêveuse en profite. Elle change l'une de ses pioches en une dague qu'elle approche de Cro-croc.

Elle n'a pas le droit de faire ça… je dois la broyer. La broyer vite.

La première bretelle cède, et Éole se retrouve suspendue par une épaule.

Je vais me dépêtrer de ces cure-dents de malheur. Et je vais bouffer cette alpiniste parasite.

D'un geste, Estelle déchire la deuxième lanière.

Et je…

*

… me sens plonger dans le vide. Ma chute est freinée par l'intervention d'une liane de son qui s'entortille autour de ma taille et me dépose sous le ventre de ma gigantesque Chimère. Par miracle, je reste incarnée dans ce rêve.

Ma lucidité engourdie se réveille et, pendant quelques instants, je ne comprends pas le paysage qui se dresse autour de moi. On dirait le dessin d'un enfant qui se serait énervé et aurait raturé sa feuille. Pourquoi les arbres côtoient des aiguilles qui scintillent sous les derniers rayons de soleil ? Pourquoi ces tuyaux se tortillent comme des lombrics ? Pourquoi le mugissement de ma Chimère blessée se mêle à celui de Pilou, avachi plus loin au milieu des troncs éventrés ?

Les souvenirs peinent à revenir, mais un instinct me souffle que je n'ai pas envie de les récupérer.

— Qu'est-ce que j'ai fait ? je bafouille, en pivotant sur moi-même.

Estelle passe une main autour de moi, puis dresse une paume en avant.

— T'occupe pas de ça. On doit dégager.

Elle absorbe les cris et les transforme en un cordon élastique qui nous propulse de l'autre côté de la clairière. J'ose jeter un regard en arrière…

Ma Chimère est toujours combative. Je m'attendais à ce qu'elle s'efface, une fois séparée de mon dos. Mais il semblerait que je l'ai trop nourrie : elle laboure le vide de ses six pattes et tous ses yeux roulent à la recherche d'un coupable. Quant à Pilou, il s'est redressé. Son uniforme est couvert de vase et d'échardes.

— Je vous laisserai pas faire ! annonce-t-il d'une voix déchirante, qui paraît remplir le rêve entier.

Il disparaît. Sans bruit ni effet spectaculaire. Il ne reste que la plage, avec sa boue, ses arbres fracassés, ses aiguilles qui brillent… et une gigantesque aile d'os, levée devant les nuages mauves.

Les souvenirs affluent d'un coup, et quelque chose se brise en moi.

— Naomi est devenue une *Chimère*…

Mes talons touchent terre et je manque de basculer en avant, retenue de justesse par Estelle.

— Valtteri est avec elle. Reste ici et reprends tes esprits, on en aura besoin pour…

J'invoque ma canne entre mes mains et, imperméable à toutes les injonctions, déploie mon ombrelle. Une rafale vient bouffir les baleines et je décolle dans la tiédeur du soir. En m'élevant, je comprends que Pilou s'est à nouveau perché au sommet du crâne de ma Chimère. Il mobilise toutes ses forces pour la libérer de ses entraves.

Ça n'a plus aucune importance. Ce qui compte, c'est ce squelette titanesque affalé sur la rive, dont le cou est ligoté et les pattes clouées au sol par un enroulement de tuyaux visqueux. Naomi est là, dans sa poitrine. Écrasée contre un cœur nébuleux qui bat à la chamade.

Valtteri, plus hérissonné que jamais, tente de la libérer. C'est lui qui maintient le ptérosaure au sol d'une main. De l'autre, essaie de soulever ses côtes pour ménager une ouverture… mais les os résistent.

— Tu nous as fait une belle frayeur, commente Valtteri lorsque j'atterris à ses côtés.

Sans répondre, je tombe à genoux et tâtonne entre les barreaux de la cage thoracique. Je trouve un bras glacé, que je remonte jusqu'à tomber sur un menton qui tremble.

— Naomi, écoute-moi. Écoute-moi, je t'en supplie.

Son visage est noyé dans l'aura obscure qui émane de sa Chimère. Je ne sais pas si elle m'entend, ni si elle veut m'entendre. Elle aurait tous les droits de me haïr. Après tout, c'est moi qui l'ai traînée ici. C'est mon inconscient qui a réveillé son monstre. Je l'ai poussée en plein naufrage.

— Je sais que j'ai pas été là pour toi. Pas assez, en tout cas. Mais… je sais ce que c'est. Je connais cette petite voix qui veut te rendre coupable des crimes d'un autre.

— J'aurais dû… J'aurais pu…

Sa plainte est à peine un râle, poussé du bout des lèvres.

— Tu as fait tout ce que tu pouvais. T'as survécu à Maxime et t'es devenue quelqu'un de bien. C'est déjà plus que tout ce qu'on peut exiger d'un enfant. D'un *enfant*, Naomi.

J'agrippe son bras, avec la ferme intention de ne jamais le laisser filer. Je pense aux mots qu'elle a eus pour moi dans l'envoloir inondé. Je pense à l'aveu qui a dissipé l'averse.

— Moi aussi, je t'aime avec ton passé. Mais nos passés, on doit les laisser derrière. Et les défier dès qu'ils osent s'inviter dans notre présent. Et on va le faire. On va les défier.

Des doigts se referment sur mon bras et j'aperçois, entre les volutes violacées, deux prunelles habillées d'un éclat vif.

— Je veux… sortir…

Elle est là. Elle est toujours là, j'en suis sûre.

— J'y travaille, rétorque Valtteri dont le visage est gonflé par l'effort. Mais c'est pas gagné.

Dans le vrai monde, il aurait sué toute l'eau de son corps à force de se concentrer comme ça.

— Vous feriez mieux de vous grouiller ! s'exclame alors Estelle, qui débarque dans notre dos. Le croco est libre.

Je me retourne et avise ma Chimère, comme une bête d'apocalypse, qui s'ébroue et nous fixe avec la bave aux crocs. Elle a toujours faim. Et le petit scout qui la chevauche ne lui refusera pas son repas.

— Détruis-les, ordonne-t-il d'une voix basse, que j'entends pourtant résonner à l'intérieur de ma tête. Qu'ils se réveillent tous cinglés.

Le crocodile difforme secoue ses pattes pour se débarrasser des bris d'aiguille… puis galope dans notre direction. Ses griffes s'écrasent avec un fracas digne des pires orages et taillent de profondes ornières dans la terre. Rien ne résiste à son passage : les souches volent, les épines se fendent.

— Aidez-moi ! lance Valtteri. J'arrive pas à dégager de passage…

Estelle joint ses efforts aux siens et tire sur une côte dans l'espoir de la faire craquer. Rien n'y fait.

— C'est parce que ce ptérodactyle appartient à Naomi, je murmure. C'est un morceau de son inconscient. Tu peux interagir avec et le contenir… mais pas le briser. Ça, il n'y a qu'elle qui peut le faire.

— On a réussi à te libérer, toi ! proteste Estelle.

— Parce que ma Chimère s'était installée à l'intérieur de Cro-croc. C'était… un symbole de mon enfance, plus confortable pour elle… et vous m'avez séparée de mon sac. Naomi est entièrement enveloppée…

Plus que quelques pas, et les six pattes du monstre nous réduiront en charpie. Des éclats d'acier et de bois s'abattent en tempête autour de nous. Estelle se retourne vers Pilou, prête à convaincre tous les sons du rêve de se lever en barrage. Mais quel barrage pourrait ralentir une créature pareille ?

— Je veux… ahane Naomi. Je veux défier.

La solution m'enflamme d'un coup. On l'a vu, plus tôt : il y a bien quelque chose capable de blesser une Chimère en furie.

— Alors je fais quoi ? s'étrangle Valtteri.

Tu lâches tout et on se tire.

— Quoi ?

— Lâche tout !

Les tuyaux de cathéter fondent, libérant le ptérodactyle qui déploie ses ailes mortes. Je lève mon ombrelle et m'envole juste avant d'être fauchée par l'un de ses doigts crochus. Estelle et Valtteri esquivent *in extremis* et se retranchent à l'orée du bois saccagé, près des cocons.

Le ptérodactyle pousse un sifflement menaçant, qui résonne dans les trous de son crâne sec. Puis il décolle dans un panache de fumée sombre… et se jette sur le crocodile.

Seule une Chimère peut en amocher une autre.

Et Naomi, dans un sursaut de lucidité, l'a compris comme moi. Je m'élève davantage et observe un pugilat surnaturel où se confondent les os et les plumes.

Leurs membres s'enchâssent. Leurs corps ne sont plus qu'un fatras confus. Un maelström indistinct de cauchemar.

— Naomi ! j'appelle en planant au plus près du combat. J'ai besoin que tu bloques le croco, tu m'entends ?

— Bousille-la ! exige Pilou au même moment, s'adressant à ma Chimère comme si elle était toujours un pan de moi. Cette fille veut nous voler nos vies. C'est avec moi que t'es heureuse. Avec moi, et personne d'autre.

Il y a de la peur, désormais, dans ces poings crispés qui se cramponnent aux plumes. Du doute, dans sa mâchoire serrée. On a une ouverture.

Sans prévenir, Naomi cesse de lutter et se retrouve sur le dos. Ma Chimère ouvre grand la gueule, prête à broyer les côtes qui s'offrent à elle comme de vulgaires brindilles…

Mais tout se passe trop vite.

L'immense ptérodactyle dresse son cou à une telle vitesse que j'en discerne à peine le mouvement. Son bec saisit le mufle écailleux dans une impitoyable tenaille, qui entame sa cuirasse et verse un sang visqueux.

Deux ailes éthérées glissent le long du flanc du crocodile, jusqu'à le ceinturer complètement et enfermer ses six pattes.

— Je l'ai ! crie alors Naomi à travers son armure d'os.

— Libère-toi, Éole ! implore Pilou.

Il refuse d'accepter que je ne sois pas ma Chimère.

— Il faut que tu te libères, ne la laisse pas gagner !

Mais je suis désormais lucide. C'est vrai que ce monstre m'appartient. Il concentre toutes les émotions avec lesquelles je ne suis pas encore prête à faire la paix. Mais il ne me définit pas.

Œillères

Aujourd'hui, c'est moi qui suis plus grande que lui.

Les vents me portent et j'atterris sur un tapis de plumes, derrière mon frère qui se découpe face au lac. Pilou se lève et se tourne vers moi. Son dos maigre est enflammé par le crépuscule. Des boucles sales dégoulinent sur son visage marqué. Il sait que je suis la seule à pouvoir le détruire. Après tout, on est chez moi autant que chez lui.

— N'approche pas.

Il se place en position offensive et invoque une énergie brûlante au bout de ses doigts.

— C'est pas fini, renifle-t-il. C'est pas fini…

— Non, Pilou. C'est pas fini.

Je brave son interdiction et fais un pas en avant. Il se raidit, mais ne m'attaque pas. Alors je continue, sans vent, ni magie pour me porter. J'avance comme une sœur ordinaire vers le souvenir de son frère.

Ses mains s'éteignent et un sanglot éclôt.

— Je veux rester avec toi…

Voilà ma chance, je dois foncer. J'avale les derniers mètres en trois bonds et capture mon frère entre mes bras. Un assourdissant bruit de verre fêlé emplit la matrice. Une fissure lézarde le ciel, survolant le lac à la manière d'un arc électrique.

— Qu'est-ce que tu fais ?

— Je te donne raison.

— Quoi ?

— Personne ne doit regarder ailleurs. Toi aussi, tu dois enlever tes œillères.

Je serre mon Vestige contre moi et, par ce geste, écrase le rêve entier.

La bobine vole en éclats. Nous sommes plongés dans une obscurité vertigineuse où pleuvent des fragments d'images.

CHAPITRE 31
Je peux faire de la voile sans vent

?? h. Unité-temps inconnue. Probable corruption de la matrice.

Pilou tente de rompre mon étreinte à coups de pied, de poing et d'énergie surnaturelle. Il se secoue comme un diable. Mais je tiens bon.

Je ne veux pas retourner là-bas.

J'appelle à moi les couleurs éparpillées autour de nous. Je les mélange les unes aux autres pour en créer de nouvelles. Je fais de ce *no man's land* une forge mentale où naîtra un nouveau monde. Ma détermination est le marteau, mes souvenirs sont l'enclume et le rêve usagé le fer fondu qui donnera corps au dernier segment de la bobine.

Je sens flotter autour de moi les consciences de Naomi, d'Estelle et de Valtteri ainsi que celles, plus fragiles encore, des trois animateurs. Ils se réveilleront tous si je ne leur offre pas une nouvelle matrice rapidement.

Je ne veux PAS !

Il me fait mal, mes bras vont se rompre. Mes muscles se déchirent. Nous luttons à armes égales. Aucun de nous ne parvient à dominer l'autre. Mais dans cette mer obscure où s'égrènent les minutes de sommeil, je ne peux pas me contenter d'une égalité. Me réveiller maintenant, c'est me condamner à une dérive éternelle, rongée par un Vestige qui me refusera toute paix d'esprit. Alors je serre plus fort encore. Plus fort.

JE. NE. VEUX. PAS.

Et moi je ne peux pas, Pilou. Je ne peux pas te sacrifier mon bonheur. Arrête de te débattre, par pitié.

Arrête.

TOI, ARRÊTE !

Je n'y arrive pas. J'ai beau m'escrimer, impossible de le calmer. Ce n'est qu'une question de secondes avant que j'éclate…

— Tu viendras nous voir ? souffle une voix chérie contre mon oreille. Tu n'as jamais osé le faire.

Même au fin fond du néant, je reconnaîtrais l'intonation pleine d'amour de ma mère. Elle est là, tout près de nous, bien plus grande que nos deux corps d'enfants. Notre combat impossible l'a appelée. Tout à sa lutte, Pilou ne peut plus la contenir, alors… ses bras rejoignent les miens pour renforcer mon étreinte.

— Je viendrai, c'est promis. Je visiterai vos tombes.

J'ai prononcé le mot interdit. Mon frère s'immobilise. Il grelotte.

— Tant mieux, sourit maman. Ça nous permettra de partager un peu de présent. Tu nous laisseras le passé, et tu garderas l'avenir pour toi.

— Je suis désolée de ne pas l'avoir fait plus tôt.

Je peux faire de la voile sans vent

Ses lèvres se posent sur le sommet de mon crâne. Et je sens s'éveiller la force que je cherchais depuis des années.

Je peux faire de la voile sans vent.
Je peux ramer sans rames.
Et je peux affronter mon passé
Pour faire mes au revoir.

Il me reste un rêve à peindre.

CHAPITRE 32

Se perdre à l'orée des songes

21 h. Dernière unité temps + 1 Matrice stabilisée.

J'ai invoqué une nuit sans étoiles et sans lune, qu'étouffe une chape de fumée coincée entre les montagnes. J'ai dressé autour de moi les montants de cet autocar rouge, décoré de croix languedociennes. J'ai retrouvé ce tissu délavé. Le mauvais plastique qui sonnait creux sous l'ongle. Les porte-bagages d'où pendaient les lanières des sacs.

Bien sûr, je me suis installée à gauche. À la même place qu'il y a quinze ans.

Ce n'est qu'après avoir planté le décor que j'ai injecté l'angoisse. J'ai creusé la falaise qui s'avançait jusque devant nos essieux. J'ai rempli les sièges de gamins qui crient et couvert les vitres de mains folles qui ne savent plus où se poser. J'ai laissé les flammes nous approcher : elles composent un mur de feu qui barre la route, prêt à lécher la carrosserie si le vent le poussait dans la mauvaise direction.

Ensuite, j'ai rappelé Thibault. Je l'ai délivré de son cocon et lui ai rendu sa place, juste à côté du chauffeur.

— Tu vas pas nous faire revivre ça, hein ?

Mon frère a posé cette question avec une innocence qu'il avait pourtant perdue en quittant notre appartement. J'ai bloqué sa ceinture pour qu'elle l'arrime à son siège, malgré ses efforts pour s'en défaire. Ce souvenir est le mien, j'y ai toute-puissance.

Alors… si, Pilou. On va revivre ça ensemble. Parce que personne ne doit regarder ailleurs.

Naomi est là, elle aussi. Elle a retrouvé son corps d'adulte. De l'autre côté de la fenêtre, sur le goudron que l'incendie lèche de reflets rouges. De petites pointes d'os dépassent de son dos, à travers son uniforme déchiré. Elle me dévisage, mais sait qu'elle ne doit pas intervenir. Derrière elle, deux assermentés revenus eux aussi à leur âge actuel se tiennent la main. Estelle a la mine grave, et Valtteri cette étrange varicelle qui accompagne chaque irruption de ses aiguilles. Samuel et Camille se tiennent à quelques pas de là, entravés cette fois par des cordes éthérées, sûrement composées de sons apprivoisés.

Deux phares brûlants percent l'obscurité, éparpillant tous ces rêveurs qui se réfugient en amont, dans les fourrés enfumés. Un bus gris du contingent italien surgit et, bien sûr, ne peut freiner à temps. Il nous emboutit et nos roues décollent. Nous nous avançons dans le vide…

Avant d'y plonger.

— Éole… ÉOLE !

Pilou supplie, mais c'est trop tard. Nous avons embarqué dans une fusée de tôle qui dévale la pente à toute vitesse, ruant par grands à-coups qui nous lancent dans tous les sens.

Le bus fracasse son flanc droit contre un rocher… et mon frère se tait. Un nouvel écart m'envoie contre la vitre, juste avant que le pare-brise ne vole en éclats. Nous avons percuté de plein fouet un arbre qui n'a laissé aucune chance à notre chauffeur. Tout le véhicule se plie à la façon d'un accordéon. Le siège d'Amir, juste devant moi, recule jusqu'à m'écraser. Mes côtes craquent, et mon front cogne l'arc en plastique qui surplombe le dossier. Sonnée, j'ai à peine le temps de sentir mes jambes disparaître. La gauche est tordue, la droite complètement broyée. Mais ça ne me fait pas souffrir, non… la douleur est ailleurs.

Les secondes s'alignent jusqu'à devenir des minutes insupportables. Je suis figée par la puissance du traumatisme. Pourtant, il me faut bouger. Je dois sortir de ce rôle de spectatrice.

Thibault a défait sa ceinture et boite le long du couloir.

— Est-ce que tout le monde va bien ? demande-t-il entre deux quintes de toux.

Il a oublié le cocon et le combat des Chimères. D'instinct, il adopte ses gestes et ses mots d'il y a quinze ans. Il remonte le couloir en claudiquant pour secourir ses jeunes éclaireurs. Il ne récolte que de rares réponses noyées dans des hurlements confus. Personne ne va bien.

Mais je dois cesser de subir.

Je me défais de ce corps comme d'une mue étriquée. Je me glisse hors de ma peau et dégage mes bras, puis ma taille. Je pousse fort pour libérer ma jambe. Une seule, la gauche. L'autre doit rester dans le passé.

Ça y est, une adulte en blouse bleue est née de la fillette au foulard.

Je grimpe au-dessus des sièges et enjambe Manola, qui n'est aujourd'hui qu'un PR aussi effrayé que les autres. Une fois dans l'allée centrale, je me dirige vers Pilou. Mais Thibault m'a devancée, il bloque l'accès aux places du fond.

— Les secours arrivent ! s'écrie-t-il.

Il cherche à se rassurer plus qu'à calmer les gamins dominés par leur panique. Il tente d'endiguer une bousculade, mais les louveteaux s'animent en une marée qui pousse si fort pour s'enfuir que l'animateur ne peut rien. Il se retranche sur le côté et laisse déferler une quinzaine d'enfants fous de peur, qui restent sourds à toute injonction. En m'écartant, j'en vois se rassembler près de l'issue de secours et tambouriner contre les murs à la recherche du mécanisme. D'autres éclatent les vitres avec les marteaux d'urgence et la fumée s'engouffre dans l'habitacle. Après quelques secondes de chaos assourdissant, il ne reste plus dans l'autocar que les gamins blessés ou inanimés.

Thibault m'a vue. Il lève sur moi un index qui tremble.

— Qui… Qui t'es ?

Je ne réponds pas et progresse vers mon frère, dont je devine la silhouette, tout près de l'impact latéral. Mais quand je le devance, le respo m'agrippe l'épaule.

— Qu'est-ce que tu fous là, bon sang ?

Je comprends qu'il ne me laissera pas tranquille, alors je largue d'un ton laconique :

— Je suis Éole. Tu ne me reconnais pas ?

— C'est pas possible…

Avec un air ahuri, il s'étire pour scruter la place concassée qui piège toujours mon double en uniforme. Il n'a pas l'air décidé à me lâcher pour autant.

— Ton trafic d'ecstasy a foutu des centaines de vies en l'air. Et il a presque ruiné la mienne. En ce moment, tu te trouves dans ma tête. Tu partages le rêve que j'utilise pour revivre ce passé.

— Je… rêve ?

Je me moque éperdument qu'il devienne lucide. La mission a capoté de toute façon. Autant cracher ce que j'ai sur le cœur :

— C'est toi qui aurais dû y rester, et pas ces gosses.

— Ce n'est pas moi qui ai décidé de… Je voulais pas…

— Ça n'a aucune importance.

Je lui adresse une dernière question avant de rejoindre mon frère :

— C'était toi, l'Engoulevent ?

— Non ! Je sais pas qui c'est, je le jure !

D'un mouvement de l'index, je le plaque au plafond et il disparaît sous les lambeaux de fumée. C'était stupide de demander. Il peut toujours mentir. Et puis, ce n'est pas comme si ça changeait la donne.

En m'appuyant sur les dossiers, j'avance à cloche-pied jusqu'au fond de l'autocar. Pilou est là, comprimé par un montant déformé vers l'intérieur. Ce bout d'inconscient révolté est de retour chez lui. Il est inerte, comme il l'était en vrai. Je crois qu'il a perdu conscience lors du premier choc qui a fracassé le flanc. Sa tête est tournée vers moi et, étrangement, ses yeux sont ouverts. Implorants.

— C'est là que ça s'est fini, je lui souffle. Et on ne réinventera pas le passé.

— On pouvait, proteste-t-il dans un râle. On pouvait tout faire. Quand tu dormais… au moins la moitié du temps.

Je m'installe sur le siège devant lui et cueille sa joue trempée entre mes doigts.

— Mais je ne veux pas d'une demi-vie. Je veux ma vie tout entière.

Je retranche une boucle derrière son oreille abîmée.

— Ça ne veut pas dire que j'aime moins Pilou. Ou que j'oublie maman. Au contraire, ils m'ont rendue si heureuse que je veux m'accrocher. Parce que si j'abandonne, je fais une croix sur tous mes prochains bonheurs.

— Mais ça fait mal. Ça fait *trop* mal.

— Je sais, mais on fera de notre mieux. Et tu auras plein de nouvelles choses bien vivantes à aimer. Parce que c'est ça que t'es, non ? De l'amour égaré !

Sa main glisse sur le dossier, et nos doigts s'effleurent. Il y a tant de fumée désormais qu'elle s'accumule juste au-dessus de nos têtes.

— Si tu nous laisses une chance, tu verras que nous aurons encore un tas d'opportunités d'être heureux.

Mon Vestige s'affaisse, comme soulagé par cette phrase, ses paumes se retournent et ses paupières tombent. Seules ses lèvres frémissent encore pour chuchoter quelque chose. Une phrase si simple mais si précieuse, qui s'évanouit aussitôt, perdue dans la fournaise. Je me redresse et matérialise une prothèse au bout de mon moignon, ainsi que ma canne que j'attrape avec détermination. Cette fois, il n'en sortira pas d'ombrelle.

Je m'engage par l'issue de secours et fais quelques pas dans le bois consumé par les flammes.

Je sors de ce bus en adulte. En onironaute qui vient d'obtenir la clé qu'elle convoite depuis des mois. Cette clé est un prénom.

La *Dream Team* émerge alors de l'obscurité. Nimbés d'une fumée âcre, les trois assermentés dévalent la pente à toute vitesse, projetant avec leurs paumes une lumière chaude qui repousse les ténèbres. Derrière eux cavale Alphys, ailes repliées, qui peine à progresser au travers du bois. Elle tient à bout de bec les cocons des deux animateurs, qui ne comprennent rien à l'enfer qui s'est dressé autour d'eux.

Naomi me fonce dessus et me soulève lorsqu'elle me serre contre elle. J'aperçois par-dessus son épaule son dos, visible par les déchirures de son uniforme. Les os se sont rétractés, effaçant toute trace de sa Chimère.

— Où est Pilou ? demande Estelle.

— À sa place.

— Ça veut dire qu'on peut se réveiller ? risque Valtteri.

— Il n'y a plus de danger, je réponds en touchant terre. Mais j'aimerais encore quelques secondes…

J'approche d'Alphys, qui me fixe avec défiance. Elle souffle avec violence par ses naseaux qui se dilatent comme des évents.

— Est-ce que tu pourrais lâcher Camille et Samuel, s'il te plaît ?

Le ptérodactyle gronde son mécontentement, jusqu'à ce que Naomi lui adresse un signe de la main. Alors seulement, la bête consent à ouvrir son bec pour libérer nos deux prisonniers. Estelle agite les doigts et ses cordes de son disparaissent.

Les suspects hébétés contemplent leurs mains, puis la pénombre rouge de la forêt en flammes. Je claque des doigts, et l'un d'eux disparaît, réveillé de force. Je me tourne vers le deuxième :

— Alors c'est toi l'Engoulevent…

Pas de réponse. À peine un menton qui se froisse et des poings qui se serrent.

— T'as ordonné tout ça sans rien prévoir pour protéger les enfants. Tu savais que ton plan foireux condamnerait les gosses dont t'étais responsable.

— Ils avaient tout prévu, là-haut. Avec des menaces dont t'as pas idée, et des enjeux qui nous dépassaient tous.

L'Engoulevent arrache les écussons qui décorent ses manches, puis les jette à mes pieds avec une violence inouïe. L'un d'eux se retourne par terre : une martre noire sur fond vert pomme.

— Je faisais partie du système, avoue Camille. J'avais pas le droit d'être respo.

Elle dénoue son foulard porté en bandana et l'écrase sous sa semelle. Je profite de son silence plein de hargne pour lever mon dernier doute :

— Samuel était dans le coup ? Ou c'était un de vos alibis ?

— Rien qu'un pauvre type qui s'est trouvé au mauvais endroit au mauvais moment. C'était un chef de la compagnie de Provence, on avait besoin de lui pour justifier notre présence au hangar.

Une question naïve et inutile affleure alors mes lèvres :

— Est-ce que t'as éprouvé l'ombre d'un remords ?

— Il ne se passe pas un jour sans que je me haïsse pour ça.

— T'expliqueras ça aux flics, grince Estelle.

— Aux flics ? Écoute, j'ai pas eu besoin de voir le dinosaure pour me rendre compte que je dormais. J'crois pas que la police puisse débarquer dans mon rêve pour…

Soudain, le bec d'Alphys fuse comme une sagaie et lui transperce la poitrine, rompant sa connexion. Le ptérodactyle hoche sa tête en poussant un caquètement satisfait.

— Elle aura la surprise au réveil, glisse Naomi en flattant l'aile de son vecteur. Pas besoin d'entendre ses états d'âme.

— Ouais, renchérit Estelle. Nous, on a fait le job.

— Plus que le job, corrige Valtteri. Ce qu'on vient de réussir, ça s'appelle un exploit.

Il s'accroupit et écarte le sol, formant un précipice sans fond dans lequel la terre dégringole.

— On rentre à la maison ? suggère-t-il.

Estelle acquiesce, puis s'assied au bord du vide. Naomi me tend la main pour que nous sautions ensemble.

— Partez devant, je réponds plutôt. Je vous suis.

Sans insister, la *Dream Team* disparaît dans l'abîme… et je me retrouve seule au milieu de mon immense matrice. Dernière scoute perdue dans ce bois aux troncs rouges et au ciel opaque. Je fais demi-tour et retourne près du bus détruit dont j'effleure la carrosserie. Thibault s'est déconnecté, étouffé par les fumées. Tous les PR ont disparu. Et je ne sens plus Pilou.

Ne règne dans ce rêve que le crépitement de l'incendie et le craquement des troncs gorgés de sève qui explosent avec la chaleur.

Je ne veux pas me réveiller. Je veux pleurer ici, sans que personne ne me voie.

Alors, je m'avance plus loin encore dans la forêt et laisse mes yeux déborder. Les branches griffent le ciel enfumé qui paraît rouillé par le feu. On dirait qu'un nouveau soleil, plus fiévreux et féroce, illumine la forêt par en dessous. Les paroles de la chanson de Pilou me montent aux lèvres. Je me les approprie et les fredonne aux troncs qui brûlent :

Je peux voir le soleil la nuit
Je peux voir la nuit sans étoiles
Mais ne peux quitter mon frère
Sans verser une larme

Je marcherai jusqu'à en perdre le souffle et ne m'arrêterai qu'à la frontière du rêve.

À l'orée de ce songe où j'ai bien failli me perdre.

*

SE PERDRE À L'ORÉE DES SONGES

Je me réveille entre les bras de Naomi. Elle s'est blottie contre moi en prenant grand soin de ne pas s'empêtrer dans mes électrodes. Ça doit faire un moment qu'elle est là, car elle s'est assoupie et ne réagit pas lorsque je m'étire pour éteindre mon joncteur.

Après m'être redressée, je déplace les bras de ma partenaire pour la laisser dormir, puis ôte mes capteurs avant d'enfiler ma prothèse. Les trois autres lits sont vides.

Je quitte l'envoloir et m'engouffre dans l'escalier. Il n'est que quatre heures du matin, mais derrière la porte du rez-de-chaussée je devine un tumulte qui me parvient par éclats de voix enthousiaste.

J'actionne la poignée, et découvre une trentaine d'agents qui s'activent dans la plus grande pièce de la baraque est. Des policiers se contournent entre les bureaux, téléphone à l'oreille ou dossiers à la main. La plupart d'entre eux ne prêtent pas attention à moi, et ceux qui me remarquent m'adressent un regard étrange, qui oscille entre perplexité et triomphe. La lumière chaude des plafonniers, réfléchie par les meubles blancs, contraste avec la nuit noire qui apparaît derrière les fenêtres.

— Voilà notre dernière rêveuse ! s'exclame Rainal depuis la banquette en coin, derrière les bureaux.

Il m'invite à le rejoindre autour d'une table basse où fume un percolateur argenté. Estelle et Valtteri sont déjà là. De même que Richard, qui me met entre les mains une tasse de café serré.

— La journée sera longue, m'avertit-il avant que je puisse décliner.

Je prends place sur un coussin et m'empare de la sucrière.

— On ne se retrouve pas au cabinet pour le compte rendu ?

— Pas cette fois. Europol va nous envoyer des interrogateurs des stups, ce sont eux qui vont vous entendre pour évaluer la cohérence de votre témoignage. Ils arriveront dans la matinée.

— Donc… ils acceptent de nous écouter ?

— Les premiers retours qu'on leur a transmis les ont convaincus, m'explique Valtteri, qui sourit sous ses énormes cernes. On a eu accès à des informations inédites qui corroborent des documents confidentiels…

— Si je comprends bien, ça veut dire qu'on a… gagné ?

Rainal me frictionne le dos avec un tel enthousiasme qu'il manque de renverser ma tasse.

— Tout à fait. Vous avez été des pionniers brillants. Votre réussite ouvre la voie à une nouvelle ère de l'onironautique.

— Une ère où l'on peut arracher à un cobaye endormi n'importe quel secret ? brocarde Estelle.

— Un monde où les inconscients peuvent être mis en commun. L'humanité a beaucoup à apprendre de votre découverte.

Je n'ai pas la force de m'engager dans un débat pareil. Alors je me retranche sur mon café, mais j'ai à peine le temps d'engloutir les premières gorgées qu'un détail attire mon attention à la fenêtre. Une lumière crue de phares au xénon vient d'inonder la place centrale, et le vieux puits est entouré de gyrophares qui plaquent des taches rouges et bleues sur la margelle.

— La cavalerie débarque ? commente Valtteri, qui se tord le cou pour mieux voir. Je croyais qu'on attendait les stups qu'au matin ?

Rainal attrape son képi sur l'accoudoir et le visse sur sa tête :

— Ils ne sont pas d'Europol. C'est le commissariat de Privas qui nous envoie des renforts.

— Pour coffrer Camille ?

— Pas seulement. On va escorter nos trois rêveurs en lieu sûr dès que possible. Après tout, ils trempent tous dans l'affaire, et qui sait quelles ficelles les huiles du réseau pourraient tirer pour se protéger. Si vous voulez bien m'excuser…

Il contourne la table basse et quitte la baraque pour rejoindre ses collègues qui envahissent les allées. Quelques minutes plus tard, des exclamations confuses retentissent depuis les chambres des suspects. J'entends qu'on tambourine aux portes, et le plafond se met à trembler.

Naomi, réveillée par le vacarme, nous rejoint dans la foulée. Elle s'affale sur la banquette et réclame qu'on lui transfuse un Thermos de café pour la sortir du coaltar. Je lui remplis plutôt un mug, qu'elle accepte en ronchonnant.

Je ne le mesure pas encore, mais je m'apprête à vivre de grands changements. Le soleil va bientôt se lever sur le premier jour de ma nouvelle vie, celle où le passé reste à sa place.

Pour l'instant, je veux juste somnoler contre Naomi, Valtteri et Estelle.

Soulagée par cette justice dont j'ai tant rêvé.

Épilogue

Perchée au sommet de sa colline, de l'autre côté de l'eau bleue, Notre-Dame-de-la-Garde sonne midi. Le son des cloches cadence le tumulte estival qui anime le Vieux Port. Toutes les mouettes qui rient, les cigales qui chantent et les gens qui parlent s'inscrivent dans ce rythme balourd, avec une étrange harmonie. La mer elle-même ajuste son souffle et joue en rythme avec les coques salées des bateaux qui s'alignent devant les pontons.

Nous quittons l'ombre d'une ruelle aux façades jaunes et Naomi m'entraîne au travers d'une route pavée, jusqu'à atteindre les quais. Elle bondit sur une borne d'amarrage pour inspecter les environs, avec la main en visière. De mon côté, je cherche un peu d'ombre au pied de la capitainerie et hume les odeurs des restaurants qui se mêlent à celles des jetées. J'ai une soudaine envie de poisson, espérons que j'arrive à convaincre les autres de déjeuner autour d'une bonne plancha. Ou d'une oursinade, peut-être. Avec un rien d'huile d'olive, ce serait royal.

— C'est bizarre, dit alors Naomi en me rejoignant. C'est ma première fois à Marseille, mais j'ai une impression d'être déjà passée par ici.

Je m'esclaffe et l'invite à reprendre notre promenade. Le thermomètre dépasse largement les trente degrés et je préfère éviter de griller sur place. Une petite ombrelle ne serait pas de refus.

— Pourquoi tu tires cette tête ? J'ai dit une ânerie ?

— Non. Mais ça m'étonne que tu ne trouves pas d'où vient ton déjà-vu.

Elle réfléchit de longues secondes, promenant son regard de mât en mât comme si un indice s'y perchait. Pour l'aider, je l'incite plutôt à se tourner vers le sud pour observer les toits.

— Si je me souviens bien, t'avais garé Alphys quelque part là-haut.

Frappée d'une épiphanie, elle s'immobilise avec les mains sur la taille.

— C'est vrai ! On avait plongé là avec la mamie au cannabis ! Ça me revient, elle était adorable. C'était quoi son nom, déjà ?

— Navarro. Mais c'était pas qu'une patiente adorable. C'est la dernière patiente qu'on a visitée toutes les deux, avant qu'on soit recrutées par Europol. Je pensais que ça t'aurait plus marquée que ça !

— Eh, ça fait trois ans ! J'ai déjà du mal à me rappeler ce que j'ai mangé avant-hier.

Elle doit remarquer un fugace accès de nostalgie dans mon expression, car elle attrape mon poignet avant que je reprenne la marche.

— T'aimerais t'envoler à nouveau ? demande-t-elle.

J'acquiesce à peine, comme si j'avais honte de cet aveu. Presque pour me justifier, j'ajoute :

— Christian pense que je suis prête, et je crois qu'il a raison. T'en penses quoi ?

— J'en pense que Christian Richard n'a pas à être décisionnaire. Moi, j'attends que ton feu vert pour dépoussiérer les joncteurs. On pourrait commencer doucement, avec une garde par semaine… sauf si tu préfères trouver une mission pour les flics. Ils cherchent de plus en plus d'assermentés pour leurs nouveaux protocoles.

— Hors de question, j'ai assez donné pour la police.

— Dans ce cas, on se trouvera une petite clinique tranquille.

Mon portable se met à vibrer. Je lâche la poignée de ma canne, la laissant pendre par la dragonne, et déverrouille l'écran.

— On a trop lambiné, j'annonce en découvrant le message. Ils sont au point de rendez-vous.

— Déjà ? Ils ont tapé le sprint de leur vie, ou quoi ? Le palais des congrès est à plus de trois kilomètres !

— Je leur dis de patienter un peu et de réfléchir à notre resto de tout à l'heure.

Nous hâtons le pas et longeons la dernière portion du Vieux Port. Je n'ai pas l'habitude de marcher autant, mais aujourd'hui je ne ressens pas la fatigue. Je suis transportée par cette ambiance et par la perspective de redevenir une onironaute digne de ce nom.

Naomi m'a proposé que nous nous arrêtions au cimetière, en rentrant à Montpellier. C'est une bonne idée. Il faudra que je raconte cette promenade à maman et à Pilou. J'écrirai tout sur mon bloc-notes, et je glisserai les pages dans notre urne posée au pied de la grande pierre et… j'empêche mes pensées de défiler. J'aurai tout le temps d'y réfléchir dans la voiture.

Les mouettes s'amusent au-dessus du fort Saint-Nicolas. D'ici, elles sont des mèches blanches et rigoleuses qui rayent le ciel limpide. Je me sens aussi légère qu'elles. En rêve, j'aurais bondi pour les rejoindre et j'aurais survolé la ville.

— On arrive, annonce Naomi en désignant le bout de la rue.

Nous longeons les remparts jusqu'à obliquer à droite, gravissant une pente qui nous conduit jusqu'à un parc arboré où les cigales se donnent en concert. La vue splendide donne sur le chenal où se croisent les navettes et les bateaux de plaisance. Nous arrivons devant le palais du Pharo, qui trône devant une vaste étendue d'herbe rase. Un jeune couple est assis sur un banc dominant le littoral.

— On a failli partir manger sans vous ! s'exclame Estelle en nous apercevant.

Elle me plaque une bise sur chaque joue avant de foncer vers Naomi. Elle porte un uniforme cintré avec une cravate marine et, à la boutonnière, l'écusson au pavot des assermentés d'État.

— Comment étaient les conférences ? je demande.

— Comme à chaque colloque sur l'onironautique, répond Valtteri en me prenant dans ses bras. Ça dépend desquelles. Certaines étaient soporifiques…

— Et les tiennes ?

— Exaltantes. Je suis un orateur d'exception, tu le sais bien.

Son sarcasme me tire un sourire. C'est vrai qu'il n'a pas l'air très à l'aise, dans son costume d'été. On dirait que son nœud papillon lui prend la gorge et l'empêche de bien respirer. D'ailleurs, il est un peu tordu. On voit qu'il l'a desserré plusieurs fois.

— Mon public a moins dormi que celui de la docteure Estelle Delbosc, en tout cas.

— Du *lieutenant* Delbosc, d'après ce que j'ai entendu ! s'exclame Naomi.

L'intéressée s'adosse à la balustrade et hausse les épaules d'un air désinvolte. Plutôt que de fanfaronner, elle poursuit :

— Les conférences qu'Europol m'a demandé d'animer étaient barbantes. Tout tournait autour des nouvelles procédures, de l'insertion des assermentés dans la hiérarchie policière, des questions de budget et de statuts administratifs…

— Arrête, je ricane. Je me sens déjà partir. Et toi, Valtteri ? C'était quoi ton thème ?

— Puisque je suis engagé à temps plein par le Conseil de l'ordre des assermentés, j'ai eu le droit à un sujet un peu plus… vivant.

— Balance !

Le Finlandais lève le petit doigt et récite sur un ton ampoulé :

— *Rêver et faire rêver, enjeux déontologiques de l'onironautique moderne.* Soit dit en passant, le Conseil aimerait vraiment vous récupérer en tant qu'intervenantes.

— Qu'ils nous lâchent un peu la grappe, grogne Naomi.

— Ils veulent la *Dream Team* au complet, et qui peut leur en vouloir, vu l'impact que notre virée au jamboree a eu sur la profession ? Pour eux, c'est un plan de com' optimal. Tu sais, j'ai l'impression qu'on est un groupe de musique pop. Les *Beatles* du sommeil, harcelés par leurs fans qui attendent une réunion miraculeuse…

— On verra lorsqu'on aura repris nos immersions, je tranche. Ce qui ne devrait plus trop tarder.

— C'est vrai ? s'égaye Estelle. Génial ! On a loué un appartement pour la semaine, de l'autre côté du 7e arrondissement et… on a des joncteurs en rab. Si vous voulez vous refaire la main, on vous héberge avec plaisir !

— On avait prévu de rentrer ce soir. J'aimerais passer par…

Valtteri agite la main pour me dissuader d'argumenter.

— Est-ce que tu nous laisses une chance de te convaincre pendant le repas ? Je pense que tu serais moins inflexible avec le ventre plein.

Je remarque un éclat argenté autour de son annulaire. De toute évidence, les deux assermentés ont beaucoup de choses à nous raconter.

— Possible, si le resto que tu proposes se montre à la hauteur.

— Est-ce que mon flair t'a déjà déçue ?

Je me laisse entraîner au travers du parc où nous flânons sans regarder l'heure. Ce n'est que lorsque les cloches de la basilique sonnent à nouveau que nous replongeons dans la ville aux couleurs d'été.

Maman et Pilou ne m'en voudront pas si je remets ma visite à demain. Peut-être qu'ils devinent, de là où ils sont, à quel point cette mer et ces sourires me font du bien.

Je ressens en moi un pétillement discret, une sensation d'entièreté qui m'éclaire de l'intérieur.

Cette fois, je sais que je ne rêve pas.

Liste des chansons utilisées

p.126 : reprise et légère modification de la chanson *Debout les gars* de Hugues Aufray, parue en 1964 et intégrée à la culture scoute.

p.160 : chant scout traduit d'une berceuse folklorique finlandaise, mais de langue suédoise : *Vem kan segla förutan vind ?* qui se traduit par « Qui peut faire de la voile sans vent ? »

p.179 : *Fragile*, chanson de Sting sortie en 1987 dans l'album « …Nothing Like the Sun »

p.281 : *L'Appel au feu de camp*, par Étienne Taupin. Apparu pour la première fois dans le carnet de chant « Le Coq » de 1941.

p.289 : reprise et modification de la chanson *Ensemble on est mieux*, composée et interprétée par Théophile Rénier en 2020.

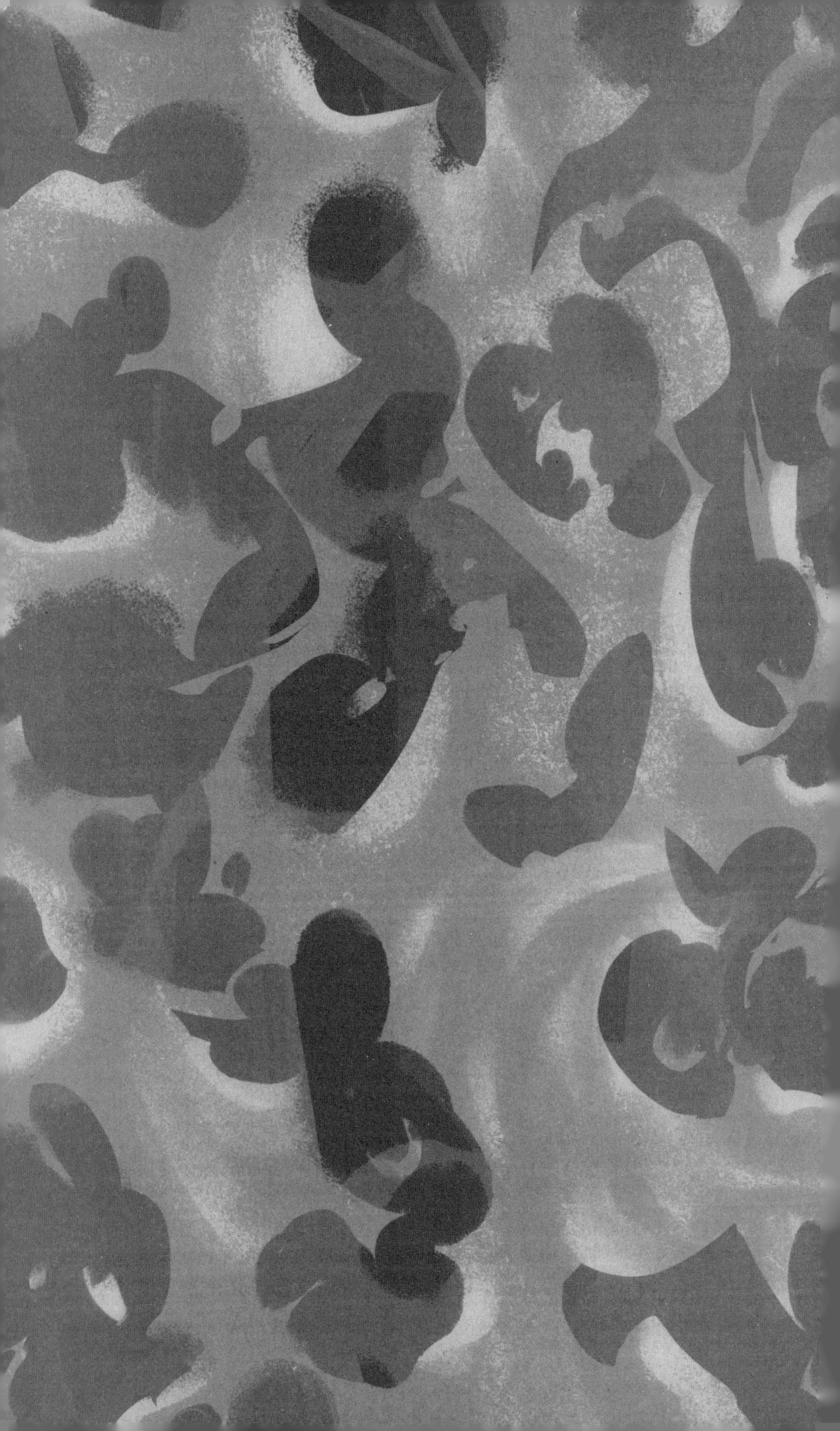

TESS CORSAC

Tess Corsac est une jeune autrice de vingt-cinq ans, également chirurgienne-dentiste pédiatrique. Retranchée dans sa tanière montpelliéraine, elle rêve de manier une plume aussi affûtée que son bistouri. Ses récits croisent l'imaginaire et la médecine pour suggérer des réflexions sur des sujets délicats. La plupart de ses ouvrages sont à destination des jeunes adultes et proposent des environnements familiers, nichés au cœur d'une France rurale que l'on retrouve peu en SFFF. Tess ambitionne de s'établir en tant qu'autrice professionnelle… et n'hésite pas à mettre son bagage scientifique au service de ses univers ou de ses personnages !

Table des matières

Reproduit et achevé d'imprimer en septembre 2023
par Abedik, en Pologne,
pour le compte de Gulf stream éditeur,
31, rue Alfred-Riom 44100 Nantes
www.gulfstream.fr

Dépôt légal 1re édition : février 2024